A E
& I

Fulgor

Autores Españoles e Iberoamericanos

Manel Loureiro

Fulgor

 Planeta

Obra editada en colaboración con Editorial Planeta – España

Diseño de la colección: Compañía

© 2015, Virtual Publishers, S.L.
© 2015, Editorial Planeta, S.A. – Barcelona, España

Derechos reservados

© 2016, Editorial Planeta Mexicana, S.A. de C.V.
Bajo el sello editorial PLANETA M.R.
Avenida Presidente Masarik núm. 111, Piso 2
Colonia Polanco V Sección
Deleg. Miguel Hidalgo
C.P. 11560, México, D.F.
www.planetadelibros.com.mx

Primera edición impresa en España: septiembre de 2015
ISBN: 978-84-08-13833-4

Primera edición impresa en México: marzo de 2016
ISBN: 978-607-07-3286-7

Impreso en los talleres de Litográfica Ingramex, S.A. de C.V.
Centeno núm. 162-1, colonia Granjas Esmeralda, México, D.F.
Impreso en México – *Printed in Mexico*

Este es de Roi, como no podía ser de otra manera

«Le disparé a un hombre en Reno, simplemente para verle morir.»

JOHNNY CASH, *Folsom Prison Blues*

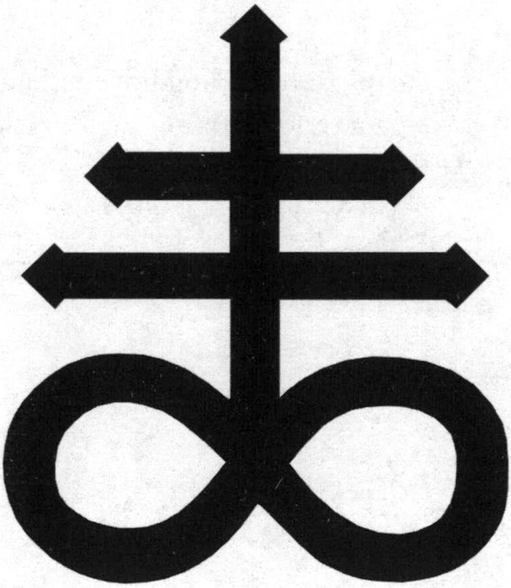

I

Ella no debería estar allí.

Mientras respiraba de forma entrecortada supo que ya había pasado por aquel lugar un rato antes. Las ramas que bordeaban el camino estaban rotas y recordaba perfectamente aquel agujero lleno de agua donde casi se había roto un tobillo al meter el pie.

La joven pelirroja vaciló, nerviosa, mientras giraba la cabeza en un intento de perforar las tinieblas. Por un instante pensó en volver sobre sus pasos, pero el ruido de algo —de *aquello*— que se aproximaba por el estrecho sendero embarrado justo detrás de ella le hizo cambiar de opinión, y sin dudar un segundo abandonó el camino y se internó entre los árboles. Las zarzas del bosque hicieron un ruido ahogado al quebrarse mientras se abría paso a trompicones entre la maleza. Una gota de sudor le resbaló por la sien cuando levantó la mirada, aunque no pudo ver nada. No era la primera vez que repetía aquel gesto en la última media hora, siempre con la vana esperanza de que la oscuridad pegajosa que la rodeaba se disipase un poco y le permitiese descubrir dónde estaba. Y sobre todo, dónde estaban *ellos*.

Se apartó el pelo mojado de la cara, vagamente consciente de que la lluvia había empapado su ropa y se le pegaba al cuerpo. Había perdido los tacones de los zapatos al menos media hora antes, cuando se había iniciado aquella pesadilla entre los árboles y sus piernas estaban cubiertas de arañazos y golpes. Una fea magulladura en el costado le impedía respirar con normalidad y le arrancó un gemido de dolor cuando apoyó la mano sobre ella. Ignoraba que tenía una costilla rota, aunque tampoco importaba demasiado en aquel momento.

Levantó la mirada hacia las ramas que el viento mecía sobre su cabeza. Los troncos y la vegetación del bosque, en medio de la noche nublada tras dos semanas de lluvia, eran una masa oscura y amorfa. Los ruidos del agua cayendo desde las hojas y el rechinar de las ramas despistaban sus sentidos y la hacían sentirse pequeña y sola.

Gimió cuando una zarza especialmente puntiaguda se enganchó en su ropa. Su vestido de seda se desgarró con facilidad y una delicada línea roja se dibujó sobre su cadera antes de empezar a manar sangre. Se mordió la mano para sofocar el grito de dolor que pugnaba por abrirse camino en la garganta. No podía gritar, no con ellos tan cerca.

—Piensa —se susurró a sí misma con voz llorosa, para darse ánimos—. Vas a salir de aquí, piensa, piensa, piensa…

Sabía que su única posibilidad pasaba por volver a la carretera. Una vez allí, tendría que caminar rumbo a la ciudad, rezando por que apareciesen los faros de cualquier coche y alguien la llevase de nuevo hacia la luz y la seguridad. Si se quedaba dando vueltas en aquel bosque, no tardarían en suceder cosas. Cosas muy malas que le dolerían mucho y le harían aullar de angustia, vergüenza y miedo. Lo sabía.

Se miró los pies y las lágrimas se agolparon en sus ojos. Al principio de la noche llevaba unos preciosos zapatos de cuero negro y suela roja subidos en unos sensuales diez centímetros de tacón. Esos zapatos se habían convertido en

12

un par de deformes piezas de costuras reventadas llenas de barro, que emitían chapoteos acuosos al andar y lanzaban ondas lacerantes de dolor cada vez que trataba de correr. No era el calzado adecuado para un lugar como aquel, ni tampoco su minivestido de seda roja con ese escote. El bolso a juego había desaparecido un buen rato antes, cuando se separó de su amiga.

Un sentimiento de angustia enterró por un instante al océano de pánico que la envolvía. Si estaba en aquella situación —si las dos lo estaban, se corrigió mentalmente—, ella misma tenía la culpa.

Habían salido de juerga como cualquier otro sábado por la noche. Al principio Eva había estado algo reacia a causa del mal tiempo. No le apetecía mojarse, paseando de bar en bar, pero ella había insistido al explicarle que la fiesta de aquel nuevo club era LA FIESTA y que si no iban se arrepentirían durante meses. Conocían al portero, habría un montón de tíos buenos y se rumoreaba que algún actor famoso se dejaría caer por allí. Además, tenían tres gramos de coca, estaban solteras y, al fin y al cabo, no se habían pasado dos horas en la peluquería aquella mañana para nada. Ella era así, feliz, burbujeante e inquieta. No había tardado demasiado en convencerla, y una hora y media después, vestidas para matar, con unos chupitos de tequila y unas rayas en el cuerpo, llamaban al taxi que las llevó hasta aquel club.

Un crujido en la espesura la sacó de sus ensoñaciones. Algo se movía entre la maleza en su dirección, estaba segura. Una carcajada apagada sonó desde las sombras, y el terror, caliente y pesado como cera fundida, se extendió por sus venas. Había algo de antinatural en aquella risa. Sonaba ligeramente desafinada, como un instrumento que no se ha usado en mucho tiempo. Subía y bajaba de forma irregular, pero lo más aterrador no era eso. Sonaba sin alegría, mecánica. Sonaba *muerta*.

—¡Dejadnos en paz! —gritó hacia los árboles. Su voz sonaba temblorosa incluso para sus oídos—. ¡He llamado a la policía! ¡Ya están viniendo hacia aquí!

Las risas se alzaron en un *crescendo* cascado y rasposo, como si las gargantas que las emitían estuviesen llenas de hojas muertas e insectos. Algo oscuro se deslizó a su derecha avanzando un paso hacia ella, dejándose entrever, pero sin prisas.

La joven echó a correr, sin hacer caso al dolor de sus pies ni al rastro de sangre que manaba de sus arañazos. Se limitaba a abrirse paso entre la maleza, sin sentir las ramas que le golpeaban la cara y sin tener claro hacia dónde corría. Solo sabía que tenía que alejarse de allí cuanto antes.

Un pedazo de terreno suelto y desmoronado por la lluvia se deshizo bajo sus pies y de repente perdió el equilibrio. Cayó rodando por una pequeña pendiente recubierta de musgo y helechos hasta acabar con el cuerpo encajado entre el tronco podrido de un viejo roble caído y unas piedras romas. Aulló de dolor cuando una de sus rodillas emitió un *crac* apagado al girar debajo de su cuerpo. Casi al momento, las carcajadas burlonas que salían de la oscuridad fueron sustituidas por un siseo anhelante y hambriento.

Aquel sonido llevó su terror a un estado aún más puro y le dio fuerzas para levantarse. Apoyó las manos en el tronco podrido, y este se desmigó entre sus dedos como un pedazo de pan mohoso. Lo intentó de nuevo y cuando apoyó el peso sobre sus piernas volvió a gritar de dolor: tenía la rodilla destrozada. Con las lágrimas corriéndole por la cara se alejó de las carcajadas que sonaban cada vez más cerca.

Solo dos horas antes aquellas mismas rodillas habían estado meciéndose al ritmo de la música *techno* que el disc-jockey llegado de Holanda pinchaba desde la cabina del club. Las dos chicas se habían tomado una larga fila de chupitos en la barra mientras se divertían rechazando a la hilera de hombres jóvenes que se acercaban a ellas como polillas a una lámpara encendida. Un rato después, Eva había salido del baño con una sonrisa pícara en los labios y un par de pastillas de color indefinido en un puño. Le puso una en la boca mientras ella se tragaba la otra y veinte minutos más tarde las dos jóvenes bailaban en el centro de la pista como si un dios pagano las hubiese poseído.

Debió de ser entonces cuando el hombre se les acercó. Frunció el ceño, tratando de recordar el momento, pero aquello le resultaba demasiado confuso. No era solo por todo lo que había tomado, estaba segura. Era como si su recuerdo se hubiese, bueno…, se hubiese *difuminado*.

Recordaba que Eva había reído muy alto cuando el hombre se le aproximó por la espalda y le susurró algo al oído. Se había puesto de inmediato a coquetear con él de forma descarada, espoleada por el cóctel químico que ardía en su cerebro. Pero había algo más, casi podría jurarlo. Era una pieza resbaladiza de su memoria, que se negaba a dejarse ver.

—¿Qué era? —murmuró mientras braceaba jadeante entre una densa mata de helechos. Pensar en lo que había pasado le ayudaba a mantener el control sobre su pánico.

Recordaba que el otro hombre (había otro hombre, eso era, un hombre mayor y con una visera, cómo se podía haber olvidado de eso) le había dicho algo muy cerca, tan cerca que había notado su aliento caliente sobre la piel. Ella le había mirado y…

Un grito de terror atravesó la vegetación y le golpeó los oídos. No venía de muy lejos, posiblemente su origen estaba a poco más de cien metros, pero en medio de aquella espesa foresta era como si estuviese en Plutón, a todos los efectos. El grito se repitió, seguido de las risas atonales que la venían persiguiendo. Reconoció al instante la voz de la mujer que gritaba.

—¡Eva! —chilló con todas sus fuerzas—. ¡Eva! ¡Estoy aquí! ¡Corre hacia mi voz!

—*No puede. Está cansada. Muuuy cansaaada.*

La voz rasposa parecía salir de todas partes a un mismo tiempo. La joven contuvo un gemido ahogado mientras trastabillaba y caía de espaldas. El borde afilado de una piedra se le clavó en el muslo. Ella la aferró y la levantó sobre su cabeza mientras giraba la mirada, jadeando, entre las sombras. Solo podía ver la nube de vaho que salía de su boca y sus piernas blancas destacando sobre el suelo cubierto de hojas empapadas.

—*Lauraaaaa.* —La voz susurró su nombre por primera vez—. *¿Tienes miedo, Laura?*

Un coro de risas siguió a la pregunta, como si los dueños de aquellas voces la encontrasen realmente divertida. La joven pelirroja lanzó la piedra hacia la vegetación mientras pugnaba por ponerse en pie. Las carcajadas espasmódicas se elevaron, como si disfrutasen del espectáculo más divertido del mundo. Uno de sus zapatos quedó enterrado entre las hojas, pero Laura ni siquiera se dio cuenta.

Levántate o estás muerta. Levántate. El pensamiento era tan intenso que casi dolía. Los dedos de Laura arañaron el suelo mientras se ponía a duras penas en pie.

Cuando lo consiguió se abrió paso entre los helechos una vez más. Una rama le golpeó en la cara y le marcó un feo verdugón en la mejilla. El cielo se abrió un instante y un débil haz de luna bañó el bosque por unos segundos con una luz apagada, pero lo suficiente como para que la muchacha pudiese distinguir la dirección general en la que iba. A los lados se levantaban dos enormes zonas boscosas, pero un poco a la derecha parecía haber un área más despejada. Si había una carretera, tenía que estar allí. Y de repente se detuvo, petrificada.

Todo estaba en silencio.

Ya no se oían ruidos en la maleza, ni risas desafinadas, ni susurros. Incluso el viento parecía haberse calmado. Era como si un manto de silencio hubiese caído de repente sobre aquel bosque sofocando hasta el último sonido. Resultaba tan antinatural que por un instante casi deseó que volviesen a sonar las risas.

Laura se repuso enseguida y se ocultó entre una enorme maraña de brezos. Si había alguien allí cerca, no hacía el más mínimo ruido.

Quizá se habían ido. *A lo mejor los he despistado,* pensó con algo parecido a un pinchazo de esperanza en el corazón. Tenía que encontrar a su amiga y salir de allí cuanto antes.

—Eva —susurró entre las sombras con precaución—. ¡Eva!

Permaneció acuclillada entre la maleza durante diez largos minutos, esperando oír algo, pero nada sucedió. Hasta los pequeños animales salvajes, asustados por el ruido previo, mantenían un silencio expectante. Por fin, cansada de esperar, se levantó y continuó cojeando hacia la zona despejada. Las lágrimas de miedo corrían libremente por su cara mientras recorría los últimos metros que la separaban de lo alto de una pequeña loma coronada por un roble cubierto de musgo y de ramas caídas. Al llegar allí exhaló un suspiro de alivio. A apenas doscientos metros, una estrecha cinta de asfalto serpenteaba entre los árboles, y lo que era mejor, tan solo unos kilómetros más allá, las primeras luces de la ciudad brillaban como una sarta de perlas luminosas.

Luz. Calor. Gente. Seguridad. Lo vas a conseguir.

Habían salido del club con aquellos dos hombres. Nunca se iban con desconocidos, y menos en la primera noche, pero estos habían sido tan convincentes… Frunció el ceño una vez más mientras intentaba recordar. ¿Iban a casa de uno de ellos? ¿A otra fiesta? ¿Adónde iban? Por enésima vez Laura se preguntó si las habrían drogado, pero negó con la cabeza. Lo recordaba todo, menos el motivo que las había llevado a subir a aquel coche… y la cara de los dos hombres.

Con un sentimiento creciente de pánico se dio cuenta de que no podía recordar ni uno solo de sus rasgos. Recordaba la ropa, elegante y cara, aunque algo anticuada, e incluso el carísimo reloj que llevaba uno de ellos en la muñeca, pero del cuello para arriba tan solo había una bruma oscura y viscosa.

El coche era de gama alta, con asientos de cuero suave y un asombroso espacio en la parte trasera. Eva y ella habían jugado alborozadas con el mueble bar oculto en la guantera intermedia mientras los dos hombres, sentados en los asientos delanteros, guardaban silencio. Todo había sido maravilloso hasta que se detuvieron.

—¿Hemos llegado? —había preguntado Eva con voz algo ebria mientras se incorporaba—. ¿Es aquí la fiesta?

—Está muy oscuro —había añadido ella mientras miraba por la ventanilla.

Había sido en aquel momento cuando había sentido el primer ramalazo de inseguridad. Aún suave, pero imposible de evitar.

Los dos hombres se habían girado y se habían limitado a contemplarlas fijamente, sin decir nada. Tan solo había sido cuestión de quince o veinte segundos, pero el recuerdo volvió a la mente de Laura como el regusto de un trago de agua sucia. Supo, de alguna manera, que aquellos dos hombres iban a hacerles daño. Mucho daño. No era una imagen clara, pero sí una idea lo bastante fuerte como para aterrorizarla.

—Si es una broma, no tiene ni puta gracia. —La sonrisa de Eva se había desdibujado a medida que apoyaba la copa de champán manchada de carmín—. En serio, parad ya.

Los hombres no se movieron. El mayor de los dos simplemente sonrió, en una mueca retorcida.

—Parad ya —había añadido Laura con voz débil—. Quiero irme. Eva, quiero irme de aquí.

—Llevadnos a casa, tíos, va.

Eva se había echado hacia delante, mucho más seria, con los ojos brillando debajo de sus rizos rubios, pero entonces uno de los hombres había apretado un botón y un separador se levantó, dejando aislados los asientos traseros del resto del coche. Laura no pudo contener un grito de miedo.

—¡Esto ya no tiene gracia, cabrones! —gritó Eva golpeando la pared de plexiglás—. ¡Dejadnos bajar!

—¡Abrid la puerta!

—¡Abrid la puta puerta! ¡Queremos salir!

—¡Abrid!

—¡Que nos dejéis ir, joder!

—¡Abrid!

Como obedeciendo su deseo, sonó un chasquido y los pestillos de las puertas se destrabaron de forma simultánea. Laura y Eva se miraron a los ojos durante un segundo, incrédulas, y sin pensarlo demasiado accionaron las manillas y salieron del coche, cada una por un lado.

Nada más apoyar los pies en el asfalto, la pesada berlina dio un acelerón y arrancó a toda velocidad, con las puertas traseras aún entreabiertas. En apenas cinco segundos sus luces traseras se perdieron tras una curva y ambas muchachas se quedaron a solas, en medio de una carretera desierta y tiritando bajo la lluvia.

—¡Serán hijos de puta! —había murmurado Eva con incredulidad—. ¡Se han ido! ¡Nos han dejado aquí!

—Casi lo prefiero —respondió Laura con un suspiro trémulo—. Hubo un momento, cuando nos miraban... He pasado mucho miedo.

—No pasa nada, cariño. —Eva abrazó con fuerza a su amiga, tratando de consolarla—. Voy a llamar a mi hermano y... ¡Mierda!

—¿Qué pasa?

—Me he dejado el bolso en el coche de esos imbéciles —suspiró Eva—. La cartera, el móvil, las llaves... ¡Joder, hasta esa barra de labios que me había costado una pasta!

—No te preocupes por el pintalabios ahora —susurró Laura inquieta. Le había parecido que había *algo* moviéndose por una de las cunetas.

—¿Tienes el número de mi hermano? Le podemos llamar desde tu móvil.

Laura sacó su móvil del bolso, pero el teléfono lanzó un par de pitidos ahogados y la pantalla se apagó de golpe. El contraste con la oscuridad que las rodeaba dejó a ambas chicas a ciegas por un momento. Levantó el rostro con una mirada angustiada que se perdió en la noche.

—Me he quedado sin batería —dijo con un hilo de voz.

—No me jodas, Laura.

Eva suspiró mientras daba un par de pasos sobre el asfalto agrietado. Era una carretera estrecha y revirada, lejos de las vías principales.

—Esta mierda de lluvia me va a arruinar el peinado y el maquillaje —refunfuñó cabreada mientras se cubría como podía con su pequeña chaqueta de terciopelo.

El agua ya le resbalaba por la cara y hacía chorretones grotescos con su sombra de ojos, pese a todos sus esfuerzos.

Laura no le prestaba atención. Algo se movía en la cuneta, estaba segura. Parecía venir reptando, o caminando de forma extraña, pero la oscuridad era demasiado densa. Giró la cabeza para avisar a su amiga y entonces comprobó que por el otro lado de la calzada también avanzaban unas sombras oscuras. Una sensación gélida se materializó en su espalda mientras el puño de hierro del miedo la sujetaba con fuerza. Aquellas sombras no eran nada que ella pudiese reconocer. No hacían ningún ruido y se movían de una manera antinatural sobre el asfalto.

Hacia ellas dos.

—… y encima se me está bajando el punto —Eva continuaba lamentándose—. Está siendo una mierda de noche como hacía…

—Eva —la interrumpió Laura—, tenemos que irnos de aquí.

—Claro que tenemos que irnos, joder —gruñó su amiga—. La putada es que…

—¡No, Eva! —replicó mientras la agarraba de un brazo. Las formas oscuras estaban cada vez más cerca. Podía sentirlas, a apenas unos metros, a ambos lados de la calzada—. Tenemos que irnos *ahora*.

—Pero ¿qué…? —comenzó Eva, aunque se detuvo de golpe al ver las sombras.

—¡Vamos!

No dijeron más y echaron a correr hacia el camino que se abría a su espalda. Era una trocha estrecha que zigzagueaba hasta perderse en la espesura del bosque, pero no tenían otra alternativa. Las figuras oscuras convergían hacia ellas desde los dos lados practicables de la calzada y la otra cuneta era un alto terraplén. Justo un segundo antes de dejar el asfalto, ambas comprendieron que los horrores de la noche tan solo acababan de comenzar.

II

El tramo hasta la carretera se les estaba haciendo eterno a Laura y su rodilla machacada. Ya no había tanta vegetación como un momento antes, pero el desnivel era más acusado y en medio de la oscuridad no dejaba de tropezar con las raíces y las piedras que se ocultaban en el camino. Un par de veces cayó de bruces y en una de ellas se despellejó una mano, lo que sumó nuevas lágrimas a su rostro.

Un movimiento en la maleza, a un par de metros, la arrancó de sus pensamientos. Con la celeridad de un conejo asustado, se zambulló de nuevo entre los helechos, intentando pasar desapercibida. El ruido se reprodujo y de entre las zarzas apareció un rostro magullado y una preciosa melena rubia empastada en barro y sangre.

—¡Eva! —susurró Laura mientras le hacía señas frenéticas—. ¡Aquí!

Eva giró la cabeza, confusa, y entonces la vio. El terror que se le dibujaba en la cara se transformó en alivio con tanta velocidad que habría resultado cómico en otras circunstancias.

—¡Laura! ¡Ay, Laura! —Eva se arrojó en sus brazos y las dos jóvenes se aferraron entre ellas con desesperación. Estuvieron así un rato hasta que consiguieron calmarse lo suficiente.

—La carretera está ahí abajo —señaló la pelirroja mientras se pasaba la mano por la cara—. Y no debemos estar a más de unos kilómetros de aquellas luces de allí.

—Si no aparece un coche, tendremos que ir andando —contestó Eva mientras miraba la rodilla de Laura, que se había hinchado como una pelota—. ¿Estás bien? ¿Puedes caminar?

—Si me apoyo en ti, no creo que tenga problema. Y tú, ¿estás bien?

La rubia asintió entre temblores. Era evidente que también había pasado un susto de muerte entre la maleza, pero excepto por una brecha en la cabeza parecía en bastante buen estado.

—Vayámonos antes de que vuelvan —contestó al tiempo que lanzaba una mirada temerosa sobre su hombro.

Laura tragó saliva y dudó antes de hablar. Tenía miedo de que la simple mención de sus perseguidores los invocase de nuevo.

—¿Tienes idea de quiénes eran? —preguntó con un hilo de voz.

Eva meneó la cabeza mientras trastabillaba arrastrando a su amiga. Los últimos cincuenta metros fueron especialmente miserables y difíciles. La lluvia arreciaba y se había transformado en una densa cortina de agua. Ambas chicas chapotearon en un profundo charco antes de llegar a la carretera.

Al pisar el asfalto agrietado se dejaron caer, agotadas. El agua corría por la calzada, formando revoltosos regueros que arrastraban hojas y restos de cortezas. Un ligero albor en el horizonte, casi imperceptible, anunciaba que el sol saldría en pocas horas, aunque seguramente quedaría tapado por el grueso manto de nubes que descargaba en aquel instante. Aun así, aquel mínimo resquicio de luz bastó para llenarles el corazón de ánimo. Habían sobrevivido, fuera lo que fuese lo que había pasado.

—No sé dónde estamos —murmuró Eva mientras intentaba controlar el castañeteo de sus dientes—. Jamás he visto este sitio.

—Creo que es la misma carretera donde nos dejaron, pero en otro punto —especuló Laura mientras contemplaba dubitativa en ambas direcciones—. Tenemos que ir hacia allí.

—En cuanto nos encuentre alguien, deberíamos ir a un hospital —dijo Eva—. Creo que te has roto la rodilla y yo tengo una brecha en la cabeza. Me caí por un terraplén cuando esos…, esos…

—Iremos a un hospital —asintió Laura—, pero antes debemos ir a la policía. Tenemos que contar lo que nos ha pasado.

Eva guardó silencio mientras continuaban caminando por la calzada apoyadas la una en la otra. De repente, comenzó a hipar; un llanto suave e interminable manaba de sus ojos.

—Casi me cogen, Laura… —Su voz se quebró—. Sentí cómo me acariciaban la espalda. Los pude sentir. Yo…

—Chssst, no pasa nada. —Laura le dio un cariñoso achuchón—. Estamos bien y eso es lo que importa. Es…

Un *clinc* apagado unos metros por delante cortó en seco sus palabras. Las dos se detuvieron, totalmente inmóviles, aguzando el oído en medio de la penumbra cada vez más difusa. Sin cruzar una palabra caminaron unos cuantos metros más, con todos los sentidos alerta.

—Hay algo ahí, en medio de la carretera —dijo Laura señalando con una mano hacia un bulto informe apoyado en la calzada.

—¡Es mi bolso! —exclamó Eva asombrada—. ¿Qué hace aquí?

La muchacha rubia recogió el bolso del suelo y tras abrirlo comenzó a rebuscar en su interior de forma furiosa. Mientras tanto, Laura vio de reojo algo más sobre la calzada, a pocos metros. Se acercó cojeando y un escalofrío le recorrió la espalda. Era una navaja de cachas negras y con una larga y afilada hoja de metal plateado. La levantó del suelo con extrema prudencia, como si fuese un artefacto alienígena. La navaja tenía grabado un extraño símbolo en una de sus cubiertas que Laura no pudo reconocer. Se giró hacia Eva, que en aquel momento bufaba de desesperación.

—El móvil no está —dijo—. Pero al menos me han dejado la cartera con todo el dinero. Tampoco se han llevado la coca, ni las llaves de mi casa. Qué raro es todo esto.

—Es aún más raro. —Laura le tendió la navaja—. Mira lo que había en el suelo.

—¿Es una navaja? —musitó Eva dándole vueltas en las manos—. A lo mejor se le cayó a uno de esos hijos de puta cuando dejaron el bolso aquí.

—Puede ser —murmuró Laura repentinamente molesta. Una intranquilidad pegajosa reptaba por su vientre.

La luz del día llegaba cada vez con más claridad y con ella aumentaba su sensación de que algo no estaba bien. Era algo imposible de explicar, más próximo a un pálpito que a algo real, pero *sabía*, de alguna manera, que no estaban solas. Levantó la mirada hacia la línea de árboles que marcaba el borde del bosque y por un breve momento tuvo la certeza de que algo se movía allí, acechando.

Expectante.

Se volvió hacia Eva, con un sabor agrio en la boca. No los habían despistado. Estaban allí arriba, esperando…

Su hilo de pensamiento se interrumpió cuando observó a Eva bajo la tenue luz del amanecer. La joven temblaba de forma violenta bajo la lluvia suave, como si sufriese algún tipo de convulsión. Sus hombros se sacudían con un patrón irregular, marcando un ritmo misterioso que Laura no podía oír.

—Eva… ¿Estás bien? —susurró.

Su amiga levantó la mirada cuando oyó su voz y la imagen de su rostro arrancó en ella un grito involuntario de horror. Las facciones armoniosas de la joven rubia estaban desencajadas por completo, sacudidas por una enorme tensión interior. Los ojos se sacudían en sus órbitas mientras hacía rechinar los dientes de una manera escalofriante.

—Eva, me estás asustando… ¡Para!

Por toda respuesta, Eva dio un par de pasos vacilantes hacia Laura. En su mano todavía sostenía la pesada navaja, cuya hoja brillaba de forma espectral bajo las primeras luces de la mañana.

—¡Lauraaaaaa! —El gemido que salió de la garganta de Eva resonaba con desesperación y miedo. Era su voz, pero al mismo tiempo sonaba distinta—. *Correeee, Lauraaa.*

Dio otros dos pasos de borracha hacia su amiga antes de trastabillar, a punto de perder el equilibrio. Se movía a golpes sincopados, con una expresión ausente en los ojos, como si algún cable imaginario en su interior se hubiese desconectado. El miedo en el corazón de Laura alcanzó una dimensión primitiva y básica.

Se dio la vuelta y trató de echar a correr, pero antes de poder dar tres pasos su rodilla lastimada se rompió definitivamente. Sintió una llamarada de dolor lacerante que le subía por la pierna y de forma repentina perdió el apoyo de un lado.

Con un grito de terror cayó al suelo y se arañó las manos con la grava de la cuneta. Intentó ponerse de pie, pero ya era demasiado tarde. Eva ya había llegado a su altura y con un gesto torpe se había dejado caer a horcajadas sobre su espalda, inmovilizándola. Laura sintió un dolor agudo y puro cuando la hoja de acero de la navaja se deslizó entre sus costillas y le perforó el pulmón por primera vez. Cuando trató de gritar, el aire mezclado con sangre borboteó en su garganta y solo pudo proferir un murmullo apagado. La hoja de la navaja se clavó una vez más, pero la sombra de la muerte ya estaba extendiendo su manto sobre la conciencia de Laura y apenas se dio cuenta. El último destello de su intelecto se deslizó hacia el otro lado envuelto en una nube de angustia, pesar y, sobre todo, una gran pregunta. ¿Por qué?

Eva, montada sobre el cuerpo de su amiga, le clavó la navaja al menos una docena de veces más antes de detenerse de forma abrupta. Su cabeza caída hacía que la punta de su cabello rubio tocase las heridas y se empapase en sangre, al igual que sus manos y su minivestido. Las lágrimas le corrían por el rostro y, si hubiese habido allí alguien para mirarla a los ojos, habría visto un cóctel de terror, miedo y espanto absoluto por lo que acababa de hacer.

Se levantó de forma trabajosa hasta ponerse de pie al lado del cuerpo caído. Con deliberada lentitud y un coro de gemidos de dolor, comenzó a hacerse largos cortes con la hoja de la navaja en las piernas y en los brazos, dibujando un enrevesado arabesco de marcas rojas. Eran cortes profundos que se entrecruzaban sobre su piel, en una espiral de dolor enloquecedora. En un giro repentino, clavó con fuerza la navaja en su ingle, y la hundió hasta la empuñadura. El golpe fue tan potente que la muchacha cayó de rodillas, incapaz de sostenerse por más tiempo.

La cabeza golpeó contra el asfalto y por un momento su visión se volvió borrosa. La cara sin vida de Laura estaba a tan solo unos centímetros de la suya, adornada con una última expresión de perplejidad y confusión. Una sensación heladora le trepaba por el cuerpo a medida que su sangre se escapaba a borbotones. Y mientras la vida se le iba lentamente por su femoral abierta, pudo ver cómo de la linde del bosque se asomaban ellos, satisfechos. Vio cómo contemplaban las dos figuras femeninas, allí caídas.

Y lo último que pudo percibir, antes de morir, fue el placer perverso que aquella escena les había proporcionado, y el intenso desprecio que sentían por las dos muchachas que agonizaban sobre la carretera agrietada.

III

Si Casandra hubiese sabido cómo iban a ser las siguientes horas de su vida, seguramente habría hecho las cosas de otro modo. Quizá se habría quedado un rato más en cama, disfrutando de la sensación de las sábanas tibias alrededor de su cuerpo y de la respiración pausada de Daniel a su lado, en la penumbra. Seguramente se habría permitido un rato más bajo los chorros de la ducha, disfrutando de los diminutos alfileres de agua caliente clavándose en la piel de sus hombros. Docenas de pequeños detalles cotidianos que ni siquiera valoramos.

Hasta puede que hubiese dejado dormir a su hijo un rato más, demorándose con paciencia en preparar el desayuno, como hacía todas las mañanas, casi sin excepción, desde hacía cinco años. Pero nada de eso sucedió porque Casandra no sabía que la sombra del destino ya la había marcado y que apenas le quedaban dos horas antes de yacer con la frente abierta en medio de un mar de cristales rotos.

Y quizá eso fuese lo mejor. Nadie merece vivir conociendo el futuro.

Así que, cuando el despertador sonó a las seis y media, sacó un brazo de la cama y lo apagó de un golpe, mientras se desperezaba. Al otro lado del colchón Daniel, su marido, se removió bajo las sábanas, aún medio atrapado en las redes del sueño.

—Mmmmm… ¿Qué pasa?

—Soy yo, no pasa nada. Sigue durmiendo.

Date la vuelta, bobo. Date la vuelta y arrástrame a tu lado de la cama. Abrázame y deja que entierre mi cabeza en tu pecho mientras me acaricias el pelo.

—¿Ya es la hora de levantarse?

—Aún te quedan veinte minutos —susurró Casandra—. Duerme.

Daniel murmuró algo ininteligible mientras se daba la vuelta y Casandra sintió cómo las lágrimas se agolpaban en sus ojos ante aquel silencio.

Un par de años antes él habría aprovechado aquel momento perdido de la mañana para tumbarla de nuevo en cama y hacerle el amor suavemente. Después se habrían acunado satisfechos, abrazados juntos en la penumbra, contando en silencio, con los latidos de su corazón como guía, los segundos que faltaban para que el despertador volviese a sonar. Pero eso ya no sucedía. Lo cierto es que, aunque dormían juntos, hacía meses que ni siquiera se tocaban. Un muro de ladrillos levantado a tiralíneas en medio del colchón no les habría separado con mayor eficacia.

Si les hubiesen preguntado por separado cuál era el motivo por el que su matrimonio se estaba desmoronando, posiblemente ambos habrían respondido de la misma manera: una simple mirada de incomprensión y un largo e incómodo silencio mientras buscaban una respuesta que fuese válida hasta para ellos mismos.

Algunas veces las cosas suceden porque sí, se diría Casandra, al cabo.

Conoces a alguien, te enamoras, creas una vida en común, llegan los hijos y el trabajo se hace cada vez más absorbente y estresante para ambos. Te mudas de ciudad cuatro veces en tres años y entonces, un día, cuando estáis desayunando, ves en la mirada del otro que ya no está enamorado de ti. En algún momento del camino, el amor ha sido atropellado y yace en la cuneta, muerto o malherido.

Pero ya estás tan atrapada en tus propias redes que salir a su rescate parece una tarea titánica y demasiado difícil, porque además no sabes quién ha sido el culpable. Y entonces no sabes qué hacer, salvo revolverte de dolor, sentir cómo se consumen tus propias entrañas mientras te preguntas una y otra vez qué es lo que has hecho mal.

Se secó las lágrimas con el dorso de la mano y salió de la habitación procurando no hacer ruido. Le quedaban tan solo una hora y cincuenta minutos de vida.

A Casandra le gustaba aquel momento del día, la calma antes de la tormenta. Aún rodeada de penumbra, con todos todavía durmiendo y con la calle en silencio mientras sus vecinos se iban incorporando paulatinamente a su propio día, en ocasiones se sentía como si fuese la última habitante de la tierra. En aquellos veinte minutos, antes de que su hijo Martín se despertase, se sentía liberada de toda responsabilidad y obligación. Libre. Era su momento.

Se observó un segundo en el espejo del baño antes de bajar las escaleras. Una treintañera de melena negra y grandes ojos verdes algo apagados le devolvió la mirada. El tiempo y el estrés se empezaban a cobrar su peaje en forma de un cuerpo un poco más relleno que cuando entró en los veinte, y alguna arruga que ya amenazaba con quedarse a vivir en su rostro de forma definitiva, pero aún era una mujer tremendamente bella por la que los hombres giraban la cabeza de forma discreta en la calle.

Encendió la cafetera y casi enseguida el olor a café, estimulante y denso, inundó la cocina. Echó una última mirada cautelosa al hueco de la escalera para asegurarse de que nadie se acercaba y abrió el armario situado detrás del fregadero. Apartó los botes de lejía y detergente y metió la mano hasta el fondo. Tanteó a ciegas durante un rato hasta que sus dedos tropezaron con la familiar forma de la cajetilla de cartón. Con expresión furtiva sacó el paquete de Lucky Strike y extrajo el mechero y un cigarrillo.

Siempre se sentía algo estúpida con aquel ritual matutino, pero no podía evitarlo. Daniel había dejado de fumar hacía cuatro años, después de que su cardiólogo le avisase con expresión grave que sus dos paquetes diarios le estaban llevando hacia el Carrusel del Enfisema a toda velocidad. Ella había decidido ayudarle en el trance de dejar de fumar y había renunciado a su vez al hábito.

No era solo por Daniel, sino también por ella y por el niño, por supuesto. Además, un médico fumador —aunque en su caso fuese una psiquiatra— daba muy mala imagen. Sin embargo, los malos hábitos son los más difíciles de dejar, y un año antes había vuelto al tabaco a escondidas.

Había sido en una guardia especialmente complicada en el psiquiátrico. Había salido un momento a tomar el aire después de que el chalado de Carlos Pajares y sus ciento cincuenta kilos de esquizofrenia paranoide entrasen en erupción sin previo aviso. Casi le había arrancado el pelo a una enfermera, a la que le arrebató una bandeja de metal que empezó a agitar a su alrededor como una maza apache.

Casandra recordaba el momento en el que el borde afilado de la bandeja centelleó a tan solo un centímetro de su cara, como un proyectil sin control. Al final hicieron falta dos celadores para reducirlo antes de que ella pudiese inyectarle un calmante que le dejó tumbado en el suelo, como un rinoceronte dormido. Después de eso, cuando salió a tomar el aire y vio a un grupo de enfermeras echando humo a pocos metros, la tentación se convirtió en un huracán desatado y antes de darse cuenta estaba caminando hacia ellas.

Llevaba un año fumando a escondidas, solo uno o dos cigarrillos al día, pero aquel pitillo de la mañana, sentada junto a la ventana entreabierta del garaje, le resultaba irrenunciable. En invierno el aire frío se colaba por la rendija y la dejaba aterida de tal modo que tenía que sujetar la taza caliente entre las manos para no perder la sensibilidad en los dedos, pero aun así merecía la pena. Sabía que el olor a aceite y gasolina del cortacésped enmascararía el olor del cigarrillo que no saliese por la pequeña ranura del ventanal.

De repente, fuera, vio cómo se encendían las luces del piso superior de la casa del señor Santaló, su vecino del otro lado de la calle. Primero la del dormitorio y luego, al cabo de unos segundos, la del baño. Casandra supuso que después de casi setenta años la próstata del viejo y amable señor Santaló necesitaba un buen alivio tras toda una noche de contención.

Un ruido en el piso de arriba por fin la distrajo de sus ensoñaciones. Oyó el agua corriendo en la ducha y adivinó que Daniel finalmente se había levantado. Apuró la última calada del cigarro y apagó la colilla en el bote de metal que guardaba escondido en el garaje. Arrugó un poco la nariz al abrir el bote y contar la cantidad de colillas que se acumulaban allí como testigos mudos que le apuntaban de manera acusadora.

Dio un último sorbo al café y subió las escaleras hacia el cuarto de Martín. Solo tenía cinco años, pero ya empezaba a parecerse a una copia a pequeña escala de su padre. El mismo aire confiado, los mismos ojos marrones e inquisitivos que se arrugaban cuando algo le parecía divertido, la misma sonrisa descarada y brillante que haría que algún día las rodillas de las chicas se aflojasen un poco cuando la lanzase en su dirección. Había heredado la piel clara y el pelo negro de Casandra, pero por el resto era una versión diminuta de Daniel.

—Despierta, Martín —susurró en la oreja del pequeño mientras encendía la luz—. Es hora de ir al cole.

El niño gruñó, aún enfangado en las últimas brumas del sueño, pero su madre fue inflexible, martilleando sus costillas de forma tenaz hasta que se levantó. Otra pequeña rutina de su vida diaria. A Casandra le quedaban apenas noventa minutos.

—¿Ya está despierto? —oyó a su espalda.

La voz de Daniel tenía una tonalidad profunda y cadenciosa (voz de color tabaco, decía una de sus amigas cuando ella y Daniel empezaron a salir juntos) que la hacía vibrar como un diapasón cada vez que él hablaba. Sin embargo, sobre esa voz cálida había ahora una capa de hielo grueso imposible de ocultar.

—Sí, y creo que con ganas de empezar el día. Dile hola a papá, Martín.

—¡Hola, papi! —Martín les regaló a ambos una deslumbrante sonrisa, ya totalmente despierto, con esa facilidad pasmosa que tienen los niños para pasar de la duermevela a la vigilia—. ¿Me vas a llevar hoy tú al colegio?

Daniel dudó por un segundo. Miró a Casandra, y ella le devolvió una mirada que pretendía ser inexpresiva.

—No, cielo. —Le revolvió el cabello a su hijo—. Creo que hoy es mamá quien te va a acompañar.

Daniel llevaba puesta una toalla alrededor de la cintura, que dejaba a la vista las dos cicatrices de un abdomen de músculos bien definidos. Una era de una apendicitis; otra, el recuerdo de una cuchillada que un traficante le había asestado justo antes de ser detenido con un fardo de veinte kilos de hachís. Daniel había ganado por aquello una medalla y un nuevo traslado, y con ello un escalón más en la descomposición de su matrimonio.

—Supongo que querrás llevarlo tú. —Daniel hablaba fingiendo normalidad, pero no podía evitar que su incomodidad se trasluciese en su voz—. Ya sé que hoy me tocaba a mí, pero…

—No importa, en serio. —Una sonrisa nerviosa apareció fugazmente en el rostro de Casandra, pero se desvaneció enseguida—. Si quieres, podemos…

—Bien. Perfecto entonces. —Daniel abrió la boca como si le fuese a decir algo más, pero se limitó a darse la vuelta.

Casandra sintió cómo el aire a su alrededor se volvía más frío, aunque sabía que solo era la decepción jugando en su mente.

¿Dónde estás, Daniel? ¿Qué me pasa? ¿Por qué nos comportamos como dos extraños?

Pero cuando fue a abrir la boca, Daniel ya había salido de la habitación. Como todo en su matrimonio, parecía haber un desajuste de segundos que les impedía comunicarse.

Al cabo de una hora, el domicilio familiar era un caos organizado. Daniel, ya vestido para ir hasta la comisaría, sorbía su café en una esquina de la mesa sin dirigirles una mirada. Desde que le habían ascendido a inspector ya no llevaba uniforme, aunque su lenguaje corporal no había cambiado. Acostumbrado al hábito de años, todavía se movía con esa cadencia particular del que se ha paseado mucho tiempo con una pistola colgada del cinturón.

El teléfono de Daniel comenzó a zumbar encima de la mesa. Sin apartar la mirada del periódico, se llevó el aparato a la oreja. No eran habituales las llamadas a aquella hora, pero tampoco muy infrecuentes.

—Sí —musitó justo antes de beber el último trago de café.

Casandra le observó de reojo y vio cómo la expresión de su marido se endurecía de forma súbita, en un gesto de clara preocupación.

—¿Dónde dices que es? —preguntó a su interlocutor del otro lado mientras sacaba un bolígrafo y anotaba algo de forma apresurada en el borde del periódico—. Voy para allí enseguida. Que nadie toque los cuerpos hasta que llegue el forense y que todo el mundo mantenga la calma.

Colgó el teléfono y su mirada se paseó sin rumbo durante un instante mientras pensaba. Luego se detuvo en Casandra y le hizo un discreto gesto para que se acercase, fuera del alcance de los oídos de Martín.

—Tengo que irme —murmuró—. Han encontrado los cuerpos de dos chicas en una carretera secundaria. Parece serio.

—No te preocupes —contestó Casandra—. Ve.

—Nos vemos luego —musitó mientras le daba un beso a Casandra en la comisura de la boca.

—Sí, nos vemos luego —respondió ella con una media sonrisa apagada.

Levantó la mano para acariciarle el rostro, en un gesto reflejo, pero el movimiento se marchitó a medio camino mientras él se alejaba. No siempre había sido así. En algún punto habían perdido el cable que llenaba de electricidad su relación, pero ambos preferían fingir que la casa todavía estaba llena de luz. Demasiado cobardes para mirar el problema de frente, como tanta y tanta gente. A Casandra solo le quedaban treinta y cinco minutos.

En cuanto Daniel se fue, Casandra recogió los restos del desayuno y le colocó su abrigo a un enfurruñado Martín. Al otro lado de la ventana, hilos pegajosos de niebla envolvían la casa y no le permitían ver el fondo de la calle. La ciudad quedaba a tan solo diez minutos en coche, pero en aquel instante, entre la bruma y la llovizna fina que lo calaba todo, podría haber estado tranquilamente a miles de kilómetros de distancia. A través de los jirones de niebla se adivinaban las figuras espectrales del bosque de robles que rodeaba al pequeño grupo de chalés en todas direcciones.

Vivir allí era una auténtica maravilla, o al menos eso había prometido el agente de la inmobiliaria que les había ofrecido la casa en alquiler cuando habían llegado allí un par de años antes. «Naturaleza y vida urbana juntas y por un precio de escándalo», había dicho el hombre, con una sonrisa tan falsa como un billete de tres euros brillándole en la boca.

Lo cierto es que por las noches, cuando los jabalíes y otros animales salvajes correteaban por el borde de las zonas iluminadas, Casandra sentía miedo, y al menos la mitad de aquella urbanización fallida estaba compuesta por casas vacías que no se habían ocupado jamás. Mientras sentaba a Martín en el coche, dentro del garaje, Casandra echó una mirada anhelante al mueble donde escondía el tabaco. Nunca le había sucedido, pero en aquel instante sintió la necesidad imperiosa de encender otro cigarrillo, como si una parte recóndita de su mente supiese que se le agotaba el tiempo y quisiera disfrutar por una última vez de aquel placer culpable.

En aquel instante, en el reloj de su vida, tan solo quedaban treinta minutos.

El colegio de Martín se hallaba en lo alto de una colina que se enseñoreaba sobre la ciudad, y para llegar a él debían recorrer una estrecha carretera montañosa que la bordeaba. Al pie de ella, el río se enroscaba, perezoso, aunque mientras subían por la carretera era casi invisible entre las ráfagas de lluvia que caían de forma transversal.

—No quiero ir al cole —refunfuñó Martín desde el asiento de atrás. En las manos sujetaba un muñeco realmente feo, salido de alguna serie de dibujos animados, que por algún motivo fascinaba al pequeño y a casi todos sus amigos—. Hace mucho frío y además llueve.

—Dentro de poco serán las vacaciones de Navidad, Martín. —Casandra trató de animar al pequeño dedicándole una cálida sonrisa desde el retrovisor—. Solo unas cuantas semanas más, vamos...

—Creo que estoy enfermo. —El pequeño se sorbió la nariz y a continuación hizo un tímido intento de toser de forma cavernosa. El resultado no debió de sonar demasiado convincente incluso para él mismo, porque enseguida intentó otra estrategia—. ¿Sabes quién es Alba, la niña de mi clase de los ojos azules, mamá? —Abrió mucho los ojos mientras gesticulaba con los brazos—. Tiene «sarapión» y es muy muy contagioso. Se te cae la piel a trozos y te explotan las venas de la cabeza y pareces un zombi y...

—Se dice «sarampión», Martín —le interrumpió Casandra, conteniendo a duras penas la risa y tratando de componer un rostro severo—. Alba está en su casa, así que no te puede contagiar. Además, no es tan terrible como lo pintas. Y vamos al cole, no hay nada más que discutir.

—¡Pero..., mamá!

—Es todo lo que tengo que decir, Martín —cortó tajante—. Y prepárate, que vamos a llegar.

Esa fue la última conversación que tuvo Casandra con su hijo aquel día. Posiblemente, si hubiese sabido lo que le esperaba apenas diez minutos más tarde, habría sido de otra manera. Le habría dicho todo lo que significaba para ella. El torrente de amor que la inundaba cada vez que le veía. El arrecife de felicidad que suponía en su vida, a la que cada vez le encontraba menos sentido. Le hubiese abrazado casi hasta asfixiarlo, con el caudal infinito de amor que siente una madre hacia un hijo. Pero no fue así y esas fueron sus últimas palabras. La vida, escurridiza y aleatoria.

Tan solo le quedaban ocho minutos.

Se despidió de Martín con un beso y volvió al coche con la chaqueta sobre la cabeza. La llovizna arreciaba y ya se había transformado en lluvia intensa. El cielo había ganado dos grados de gris y por el horizonte se empezaba a percibir el rumor de los primeros truenos. El día prometía ser de los de aguaceros.

Casandra podría haber hecho el camino de vuelta a casa con los ojos cerrados. Todos los días hacía aquella ruta un par de veces y ya había adoptado muchos de los gestos automáticos que todos adquirimos, de manera inconsciente, cuando repetimos una rutina una y otra vez. Más tarde, mucha gente se preguntaría si aquello podría haber influido en lo que pasó, pero no fue así. A veces las cosas simplemente pasan. A veces las cosas tienen que suceder porque en algún lado está escrito que deben ocurrir así.

O porque alguien ayuda a ello.

IV

—

A Miguel Antúnez todo el mundo le llamaba Tapón, lo cual no dejaba de ser irónico para un tipo de casi dos metros y cerca de los ciento diez kilos de peso. No recordaba por qué razón se había ganado el mote, pero sospechaba que tenía que ver con las botellas que bebía y el motivo por el que la gente lo seguía usando a sus espaldas: Miguel era un alcohólico y un completo desastre como persona, pero resultaba demasiado intimidante como para que alguien se lo explicase.

El mes no iba bien. Tenía aquel trabajo como comercial de vinos y aguardientes desde hacía tres semanas y se suponía que aquello tendría que ayudar a mejorar un poco su economía. Esa era la teoría. Pero Miguel y la teoría tenían la curiosa costumbre de llevarse mal entre sí.

Al entrar en su coche, Miguel trastabilló con el maletín donde guardaba los pequeños botellines de muestra. Fue vagamente consciente de que aquella valija debería tener más peso, pero desde el principio de su desempeño como comercial las muestras se consumían en sus manos a una velocidad extraordinaria. Mientras batallaba para abrocharse el cinturón frunció el ceño. Un ruido muy vago en el fondo de su conciencia le susurraba que quizá —y solo quizá— debería ir andando a su siguiente cita y dejar el coche allí aparcado.

Se frotó los ojos, exasperado, mientras los lentos engranajes de su cerebro trataban de girar en el orden correcto. Al apoyar de un golpe el maletín sobre el asiento del copiloto se levantó un remolino de multas de aparcamiento que se deslizaron como hojas muertas hasta el suelo. Miguel intentó concentrar su mirada sobre aquel montón de papeles, pero los números y las letras se empeñaban en trazar una complicada danza alrededor de su cabeza.

Una de las multas era de un color distinto. Del fondo de sus recuerdos, a Miguel le vino a la memoria un control de alcoholemia en el que había caído dos días antes. No tuvo más remedio que regresar en taxi a casa, después de discutir en vano y con voz pastosa con los guardias durante media hora. Había vuelto humillado, con dolor de cabeza y con la retirada de su carné de conducir a un solo punto de hacerse realidad.

Miguel titubeó, con la llave del contacto todavía girando en sus manos. Quizá no debería arriesgarse, al fin y al cabo. Las cosas ya no iban demasiado bien y, si perdía el carné, el trabajo se iría a la mierda. Y eso era algo que no se podía permitir, desde luego.

Pero, por otro lado, aquel tiempo infernal estaba empeorando. La lluvia caía en mantas de agua sobre el parabrisas de su viejo Ford Mondeo y se colaba por la junta agrietada de la puerta del conductor, con un lento *plop-plop* que le ponía los nervios de punta.

Miró de nuevo hacia la puerta del bar, a unas decenas de metros, con la lengua bailando sobre sus labios resecos. Allí dentro el ambiente era cálido y confortable, con el calor arrullador de la gente y el lento vapor que se desprendía de las chaquetas mientras se secaban al lado de la estufa de hierro. Además, estaba aquel tipo de cejas oscuras y nariz torcida que había sido tan amable con él y le había invitado, ronda tras ronda, mientras escuchaba de manera cortés sus chistes más y más procaces y faltos de humor.

Al pensar en ello, Miguel frunció el ceño por enésima vez. Mientras estaba allí, sentado a su lado, había pensado que aquel hombre le invitaba a beber porque se divertía con sus bravatas de borracho. Cosas así le habían sucedido en otras ocasiones. Pero cuanto más lo pensaba, más cuenta se daba de que algo no encajaba en aquella imagen. Tardó un rato en advertir qué era lo que no funcionaba, hasta que la respuesta llegó en un destello deslumbrante, en forma de esas revelaciones que se tienen cuando se está muy borracho.

El hombre no había sonreído ni una sola vez mientras atendía educadamente a Miguel y le hacía señas al camarero para que llenase su vaso. De hecho, casi no había abierto la boca.

Miguel hizo un esfuerzo para tratar de recordar su cara, pero por algún motivo le resultaba del todo imposible. Recordaba el traje negro, un tanto húmedo en los hombros, por donde le había goteado el paraguas al extraño, y el incongruente pañuelo del bolsillo frontal de la chaqueta, doblado de manera escrupulosa, pero por encima del cuello tan solo podía recordar líneas vagas e imprecisas. No es que se hubiese fijado demasiado, por supuesto, pero aquel agujero en su memoria le generaba un ligero malestar. Lo que sí podía recordar —y este recuerdo destellaba con una claridad dolorosa— era su mirada, fría y desapasionada, como la de un coleccionista de mariposas al pinchar un ejemplar en un corcho. Sin emoción. Sin humanidad.

Un escalofrío le recorrió la espalda a su pesar. De repente decidió que no quería volver a aquel bar y que tampoco se iba a someter a la tortura de caminar durante dos manzanas bajo la lluvia, sin paraguas y cargado con el maletín. Se iría a casa, eso era. Se había merecido el día libre, aunque aún no fuesen las diez de la mañana.

Justo cuando había tomado la decisión, un golpe seco en la ventanilla le sobresaltó hasta el extremo de hacerle pegar un bote. Al otro lado del cristal, el hombre de las cejas oscuras golpeaba el vidrio con una pesada aguamarina engastada en un anillo, mientras le hacía un gesto para que bajase la ventanilla.

Miguel dudó por un segundo. Algo le decía que ignorase a aquel tipo, que arrancase el motor y lo dejase allí plantado, debajo de la lluvia, pero su mirada le disuadió. Era penetrante, profunda como un pozo, y coronaba una sonrisa fría y mentirosa, que enseñaba una colección de dientes en una mueca de tiburón.

Bajó la ventanilla renuente.

—¿Qué quieres? —dijo con voz pastosa.

—No te has despedido de mí, Miguel —replicó el otro con su sonrisa brillando acerada. Tenía un leve acento extranjero que no pudo identificar.

—Me siento mal —mintió sin saber por qué—. Me voy a mi casa.

—Eso no es una buena idea, amigo mío —replicó el hombre de las cejas oscuras mientras levantaba la cabeza y miraba a su alrededor, como buscando algo—. Creo que lo que realmente quieres hacer es conducir en aquella dirección, dentro de cuatro minutos exactos, y de la forma lo más rápida posible.

Miguel sintió que dentro de su pecho empezaba a hervir la ira, aquella vieja y familiar sensación. ¿Quién cojones se creía aquel tipo para decirle lo que tenía que hacer?

—Oye, tío —comenzó a protestar con tono airado—, te agradezco que me hayas invitado a tomar unas copas, pero no puedes decirme…

—Cállate ya.

La voz del hombre era suave como el terciopelo, y sin embargo aquellas dos palabras salieron cargadas con tanta autoridad que Miguel cerró la boca de golpe como si fuese un muñeco al que le sacan las pilas.

—Vas a conducir calle abajo. —La sonrisa del hombre se ensanchó aún más, dándole el aspecto siniestro de un dóberman eufórico. Hablaba despacio y pronunciando con claridad, de la forma en la que se le dan instrucciones a alguien no muy listo—. Exactamente dentro de tres minutos y medio. No te vas a detener en ningún momento y vas a pisar a fondo el acelerador todo lo que puedas cuando llegues al cruce.

Miguel le contemplaba, con la mandíbula descolgada y los ojos vidriosos. Las ráfagas de lluvia se colaban por la ventanilla abierta y le mojaban el rostro, pero él no se daba cuenta. Tan solo prestaba atención a las palabras de aquel hombre. Se había olvidado de dónde estaba, de qué era lo que tenía que hacer o de que un segundo antes había tomado la decisión de irse a casa. Nada le importaba. Tan solo quería seguir escuchándole. Aquella voz era… ¡Oh, Dios!

—Tres minutos, Miguel. —Las palabras se colaban como caricias dentro de su mente, llenando sus pensamientos.

Con conmovedora claridad, Miguel entendió que aquel hombre educado tenía razón en *todo*.

—Ahora… mismo. —Su voz sonaba pastosa mientras intentaba tragar saliva.

Las manos se movieron torpes hacia el contacto, con una brusquedad que no solo tenía que ver con el alcohol que había bebido: Miguel no podía saberlo, pero una parte de su cerebro había sido desconectada como si alguien hubiese pegado un tirón de un cable.

—Así me gusta. —La voz untuosa del hombre le llenó por última vez. Oh, era *tan* agradable escucharle—. No te detengas por nada, mi pequeño. Corre como el viento.

Miguel arrancó el motor mientras contaba lentamente los segundos que faltaban antes de pisar el acelerador. No reparó en que el hombre de las cejas oscuras se había alejado del coche sin perder la sonrisa siniestra y sin despedirse de él. No importaba. Nada importaba, excepto hacer lo que aquella voz maravillosa le había pedido que hiciese.

Mientras Miguel arrancaba por última vez el motor de su vehículo, a poco más de dos kilómetros de allí el señor Dean se frotaba sus viejas rodillas con gesto de dolor. Jorge Dean llevaba más de diez años vendiendo periódicos en su pequeña tienda del cruce, y hacía mucho que había aprendido a distinguir a los clientes que se acercaban por el sonido del motor de sus vehículos.

Aquella zona de la ciudad quedaba lo bastante cerca del centro como para ser atrayente, pero al mismo tiempo estaba demasiado lejos como para llegar hasta allí andando. La mayoría de los habituales que se pasaban por su tienda se detenían de paso hacia sus trabajos o sus hogares y le compraban prensa, algo de picar o las típicas cosas baratas de última hora, desde hielo a una barra de pan o, a partir de una cierta hora de la noche, preservativos y tabaco de contrabando que tenía escondido debajo del mostrador.

Con el paso de los años, el ordenado quiosco del anciano señor Dean se había ido transformando en un abigarrado bazar de docenas de productos, que se apelotonaban unos sobre otros tratando de encontrar un hueco por donde asomar, y en medio de todos ellos, atrincherado detrás de una mesa orientada hacia la única ventana del local, el viejo y arrugado señor Dean veía pasar las horas al ritmo del tráfico del cruce.

Realmente el día se estaba poniendo muy feo. A través de las ráfagas de agua los ojos miopes del señor Dean observaron a la pareja que se guarecía de la tormenta bajo la marquesina del autobús. Eran una mujer y un hombre de mediana edad y ella llevaba un pañuelo anudado alrededor de la cabeza a modo de capucha improvisada. El señor Dean los miró con curiosidad. Hacía más de dos años que ningún autobús pasaba por aquella parada, desde la última reorganización de tráfico. Seguramente aquellas personas no lo sabían, aunque el estado de abandono de la marquesina, con los cristales laterales rotos y llenos de grafitis, debería haberles puesto sobre aviso.

El anciano dudó por un instante. Quizá debería cruzar la calle y avisarles. Un remolino de viento atravesó el cruce como un pequeño tornado y envió un roción de agua contra la mujer. *Qué diablos*, pensó mientras se ponía de pie, *con este tiempo asqueroso no va a venir nadie*. Y además, parecía muy guapa. Cuando se levantó, sus rodillas artríticas descargaron una serie de pequeñas puñaladas sobre sus nervios. Iba a descolgar su chubasquero de la percha cuando su mano se detuvo a medio camino. Había algo raro en aquellas dos personas. Dean se acercó renqueando a la puerta mientras sacaba de su bolsillo las gafas y las limpiaba con el faldón de la camisa.

Tardó un momento en darse cuenta. Las dos figuras permanecían de pie, impertérritas bajo la lluvia, sin hablar entre ellas, concentradas en algo que al anciano se le escapaba. Pero lo realmente raro era que no miraban en la dirección de la calle por donde se suponía que tendría que aparecer el autobús, como haría cualquier persona normal que aguantase aquel aguacero, sino que sus ojos estaban enfocados en la dirección opuesta. Dean siguió la línea de su mirada, pero no pudo ver nada especial, excepto el cruce y el viejo semáforo que se cimbreaba impulsado por las ráfagas de viento y agua. Justo en aquel instante, una moto de gran cilindrada se detuvo al lado de la parada. *Menudo día para montar en moto,* pensó el quiosquero mientras el motorista se apeaba de su montura.

Era un hombre corpulento, vestido con un mono de cuero rojo y gris y un casco con visera polarizada que le ocultaba todo el rostro. Sin prisas, el hombre se acercó a la marquesina y se colocó al lado de aquellas dos personas, sin intercambiar con ellas un solo gesto. Si les dijo algo o no, era algo que Dean no podía adivinar a causa de la distancia. El motorista se cruzó de brazos y sin levantar la visera de su casco se giró en la misma dirección que la mujer guapa y el hombre mayor. Los tres se quedaron allí plantados, expectantes, aguardando algo.

—Pero ¿qué rayos...? —empezó a murmurar el anciano.

Había visto bastantes comportamientos extraños en aquel cruce a lo largo de los años, pero aquello se salía de lo normal. Y justo en aquel momento comenzaron a suceder muchas cosas a la vez.

Cuando más tarde quiso reconstruir lo que había ocurrido, se dio cuenta de que apenas podía recordar algo más que fragmentos inconexos. El agua chorreando desde el toldo de la tienda en forma de cuatro columnas líquidas que salpicaban sin cesar. Las olas que levantaban las ruedas de los coches al cruzar el enorme charco de agua embalsada que surgía siempre en el centro del cruce los días de tormenta. La ruta titubeante de aquel destartalado Ford Mondeo, con una aleta abollada y la otra de un color distinto al resto de la carrocería mientras se metía a toda velocidad en el cruce, ignorando la luz en rojo del semáforo suspendido.

Y a partir de ahí, el caos. El ruido desesperado de los frenos del todoterreno de aquella mujer cuando el viejo Mondeo se abalanzó sobre su lateral a toda velocidad. El sonido de metal desgarrado y cristales astillándose. El momento escalofriante en que ambos coches salieron disparados como balas de cañón, el *jeep* dando vueltas de campana y el Ford arrastrándose boca abajo, aplastado como una cucaracha. El olor a ozono mezclado con la gasolina derramada. Los gritos y la sangre diluyéndose lentamente con la lluvia.

Y después, el silencio.

V

—No me puedo creer que este marrón nos haya tocado a nosotros —murmuró Daniel por lo bajo. Respiró hondo y se subió el cuello de la gabardina para protegerse de la lluvia que caía casi en transversal.

Su interlocutor musitó un gruñido indescifrable mientras se abrigaba a su vez. La humedad del ambiente hacía que el frío de aquella carretera abandonada de la mano de Dios lo calase a uno hasta los huesos.

—¿Cuánto tiempo hace que no hay un homicidio en esta jurisdicción, Roberto? —Daniel formuló la pregunta en voz alta—. ¿Diez, quince años? Y justo hoy, en nuestro turno y con este día de mierda, tenemos que encontrarnos esto. Quiero decir, ¿cuáles eran las probabilidades? Joder.

A su lado, Roberto Millón, uno de sus colegas de comisaría, se limitó a encogerse de hombros. Joven, vestido con una delgada chaqueta de cuero sobre una camiseta tan gastada que parecía sacada de un contenedor y con un piercing atravesándole una ceja, era la imagen más alejada que nadie pudiese componer de un inspector de policía. Daniel no recordaba haberlo visto vestido de uniforme en todo el tiempo que llevaban trabajando juntos.

—Por lo menos podían haber tenido el detalle de matarlas en algún lugar más civilizado. —Roberto meneó la cabeza—. ¿Dónde cojones estamos?

—Aunque te parezca increíble, a tan solo cinco kilómetros del centro de la ciudad —replicó Daniel mientras se soplaba en las manos—. Sigue siendo nuestra jurisdicción hasta la cima de esta montaña, incluyendo cada puto árbol que puedas ver en todas direcciones.

—Aquí solo hay bosque y alimañas —gruñó Roberto aterido—. Aquí debería estar un guardia forestal, no nosotros.

—Ni ellas —contestó Daniel mientras señalaba los dos bultos caídos en medio de la carretera. A su alrededor, un par de forenses tomaban las últimas fotos al otro lado de una cinta policial.

—Ni ellas —convino Roberto—. Parece que los forenses están acabando.

Daniel escupió el chicle con nicotina que llevaba en la boca y por primera vez en mucho tiempo lamentó no tener un cigarrillo a mano.

—Vamos —musitó mientras echaba a andar.

Pasaron al lado de un grupo de agentes empapados que mantenían a un par de fotógrafos de prensa a cierta distancia y de unos policías municipales que permanecían allí para regular un tráfico inexistente, ya que estaban ocupando media calzada con el dispositivo. En todo el rato que llevaban allí no había pasado ni un solo vehículo por aquel trozo de carretera, y Daniel sospechaba que como mucho podrían verse un par de ellos en todo el día. Estaba por apostar que pasarían horas desde que levantasen los cuerpos hasta que coincidiese alguien circulando por allí.

El forense más veterano se acercó a ellos. Era un hombre cincuentón, con los restos de pelo gris pegados sobre las orejas como dos reductos rebeldes separados por una calva empapada. El hombre secó las gafas con un pañuelo que sacó del bolsillo y suspiró, como preguntándose por qué Dios había hecho llover aquel día y qué tenía contra él.

—Son dos chicas jóvenes, de entre veinte y veinticinco años, calculo. No parecen extranjeras, pero eso es algo que supongo que averiguaréis vosotros más adelante. Muertas por arma blanca, que, por cierto, no aparece por ninguna parte. A la pelirroja la apuñalaron más de una docena de veces por la espalda y la rubia…, bueno.

—¿Qué?

—Hay que esperar al informe pericial forense, pero yo juraría que sus heridas, incluida la mortal, son autoinfligidas.

—¿Dices que se suicidó? —murmuró Roberto en cuclillas al lado del cuerpo. La volteó ligeramente con las manos enguantadas y torció el gesto al ver las heridas—. Pues parece que se ha caído en una picadora de carne.

—Los detectives sois vosotros, no yo. —El forense se encogió de hombros—. Pero la posición y el ángulo de los cortes sugieren que fue ella quien se los hizo a sí misma.

—Esos cortes tienen que haber dolido muchísimo —apuntó Roberto—. Algunos son tan profundos que casi llegan al hueso. Hace falta mucha fuerza de voluntad para rajarse de esa manera.

—¿Y la otra chica se apuñaló a ella misma por la espalda, también? —musitó Daniel sarcástico—. Con dos suicidios cerraríamos rápido el caso.

El forense ignoró la puya y señaló hacia los cuerpos.

—Por la temperatura de ambos cadáveres, la hora probable de la muerte fue entre las cinco y las seis de la mañana. Ha estado lloviendo fuerte durante las últimas doce horas y este tramo de carretera es como una vaguada natural donde se concentra el agua, así que los cuerpos están lavados como si los hubiésemos pescado en el río. De hecho, la chica rubia se seccionó la femoral y esto tendría que estar lleno de sangre, pero, mira —giró los brazos a su alrededor, en un gesto teatral—: ni una gota a la vista.

—Estupendo —gruñó Daniel. Aquello se ponía cada vez peor. Nada tenía demasiado sentido en aquel escenario y encima la lluvia lo complicaba todo de una manera atroz. Huellas, fibras, pelos… Encontrar alguna pista iba a ser una pesadilla.

—Ah, una última cosa —apuntó el forense antes de irse—. Las dos mujeres tienen laceraciones y abrasiones varias en piernas y brazos, y una de ellas tiene la rodilla rota.

—¿Qué quieres decir? —intervino Roberto, al tiempo que se incorporaba.

—Quiero decir que se golpearon muchas veces —musitó Daniel, pensativo, mientras miraba el denso bosque que los rodeaba—. Con ramas, piedras y zarzas. Estas dos chicas estuvieron un buen rato corriendo entre los putos árboles y solo ellas saben por qué.

—¿Por qué por el bosque? —preguntó Roberto—. Pueden ser marcas de una paliza o de cien cosas más.

—Mira sus pies —fue la lacónica contestación de Daniel mientras se acuclillaba junto a la cuneta—. O lo que queda de sus tacones.

El forense hizo un gesto vago de despedida y se alejó chapoteando en dirección al interior cálido y confortable de su furgoneta. Sus dos ayudantes se quedaron bajo la lluvia, a una distancia respetuosa de Daniel y su compañero, esperando la llegada del juez para levantar los cadáveres. A juzgar por sus caras largas, no era algo que fuese a suceder muy pronto.

—¿Qué tienes ahí? —preguntó Roberto al ver que Daniel levantaba algo embarrado de la cuneta.

—Es un bolso. —Lo abrió con cuidado y miró en su interior. Con las manos enguantadas sacó una bolsita y se la pasó a Roberto, que la sopesó con tiento.

—Parece cocaína —dijo—. Unos dos o tres gramos, creo yo. ¿Hay algo más?

—Una cartera con setenta pavos, una barra de labios y una polvera y unas llaves. —Daniel suspiró mientras negaba con la cabeza—. El móvil no fue el robo.

—¿Agresión sexual, tal vez?

—Cuando les hagan la autopsia lo sabremos, pero con esas heridas tan extrañas, no tiene pinta. —Levantó la cabeza hacia el bosque con gesto confuso—. Esto es muy raro, Roberto. ¿Qué hacen dos chicas jóvenes, guapas y vestidas de fiesta corriendo en medio de un bosque apartado de todo? No tiene sentido.

—Quizá deberíamos rastrear el bosque.

—Con lo que ha llovido va a ser una pesadilla, aunque seguro que dejaron un rastro fácil de seguir. Habrá que traer perros, a ver qué encuentran.

Roberto asintió y justo en ese momento sacó el teléfono móvil del bolsillo, que había empezado a zumbar. Se alejó unos pasos para contestar mientras Daniel contemplaba los dos cuerpos pensativo. Al cabo de unos segundos su joven compañero volvió con el ceño fruncido.

—Lo que faltaba —masculló con desgana mientras trataba de evitar los riachuelos de agua que bajaban por la calzada—. Menuda mañana nos espera.

—¿Ajá? —murmuró Daniel sin apartar la vista del bosque. Su mente no paraba de darle vueltas a un montón de piezas que no encajaban. ¿Qué tenía de especial aquel sitio? ¿Por qué estaban los cuerpos en aquel punto y no ocultos en medio de la maleza cercana?

—Al parecer ha habido un accidente de tráfico gordo en uno de los cruces de la circunvalación —comentó Roberto con fastidio—. Los locales han tenido que cortar el tráfico y hay tal lío montado que hasta han desviado a dos de nuestros zetas hasta allí.

—¿En qué cruce? —preguntó sin prestar demasiada atención. El topetazo de dos camiones de reparto no era algo que le resultase especialmente interesante.

—En el de la carretera que baja de la colina esa... ¿Cómo se llama? Donde está ese colegio pijo. ¿No mandas tú allí a tu niño?

Daniel gruñó en señal de asentimiento mientras levantaba la mirada de los cuerpos. Una súbita sensación de urgencia le reptaba por la espalda. En algún rincón de su mente repiqueteaba a oscuras una campanilla. No sabía cómo ni por qué, pero era algo que le salía desde dentro y pocas veces fallaba. *Algo va mal.*

—Vaya día para un operativo —masculló Roberto mientras se escupía un chicle en la mano, ignorando el silencio de Daniel y ajeno a la inquietud que le azotaba por dentro—. Se van a empapar hasta los de las ambulancias.

Como un actor de teatro que esperase su momento para saltar al escenario, el móvil de Daniel cobró vida y comenzó a zumbar en su bolsillo. Cuando lo sacó vio que en la pantalla aparecía el nombre de Casandra sobre la foto de su mujer sonriendo con Martín en brazos. Estaban en la nieve, rodeados de un manto grueso, inmaculado y de una blancura tan cegadora que parecía irreal.

Daniel recordaba el día en que habían tomado aquella foto. Había sido al poco de nacer su hijo y lo recordaba como uno de los últimos días auténticamente felices que habían pasado juntos. En aquel instante, la foto destellante que zumbaba en su palma le parecía la imagen de alguien extraño. Un reguero de hielo se había extendido de forma lenta por sus entrañas.

—Es tu mujer, tío. —Roberto señaló al teléfono con un dedo de uña mordisqueada—. ¿No lo vas a coger o qué?

Algo va mal. Ella nunca me llamaría a esta hora si no fuese por una auténtica emergencia. Algo va REALMENTE mal.

—Claro que sí —dijo con voz mecánica mientras descolgaba el móvil.

Sus movimientos eran los de un buzo bajo dos kilómetros de agua, lentos y pesados. Miró la pantalla de nuevo, en un absurdo intento de que algo hubiese cambiado por arte de magia y fuese otro nombre el que relampagueaba.

—¿Casandra? —se oyó decir a sí mismo al descolgar. Su voz sonaba pastosa, con la textura de una boca llena de algodón.

—Ehhh... ¿hola? —Al otro lado de la línea sonó una voz masculina dubitativa. Se hizo un silencio de un par de segundos que a Daniel le resultó interminable. Era evidente que su interlocutor estaba dudando cómo seguir—. No, mire, no soy Casandra...

Ya me he dado cuenta, idiota, pensó Daniel mientras se ponía en pie, *como si no conociese hasta el último matiz de su voz después de ocho años juntos.* Al hacerlo dejó caer el bolso empapado de nuevo en la cuneta, pero ni lo advirtió. Su corazón empezaba a desbocarse.

—Mire, esto... Esta es la última llamada que figuraba en este teléfono y... —continuó la voz al otro lado del móvil—, me temo que ha habido un accidente.

Daniel no siguió escuchando. Ya corría hacia el otro lado de la línea policial mientras Roberto le preguntaba a gritos qué sucedía.

Se subió de un salto al coche e hizo girar la llave en el contacto. Uno de los municipales se acercaba haciendo aspavientos con los brazos y cara de confusión en el rostro.

—¡Eh, oiga! —rugió—. ¿No se queda a esperar el levantamiento de los cadáveres? Tienen que...

Daniel no le dejó terminar la frase, porque metió la primera marcha y el coche pegó un salto hacia delante, en el mismo momento en que la puerta del copiloto se abría y Roberto entraba haciendo una contorsión imposible. El muchacho no se había dejado los pies debajo de las ruedas delanteras de puro milagro. Una parte distante de la mente de Daniel se quedó asombrada de la agilidad gatuna de su compañero. *Qué maravilloso es tener veintipocos años,* pensó con amargura, pero la marea que inundaba su cabeza pronto apagó ese pensamiento. Casandra. Martín.

—¿Se puede saber qué coño te pasa? —Roberto pugnaba por abrocharse el cinturón de seguridad mientras el coche daba bandazos por la carretera a toda velocidad—. ¿Te has vuelto loco, tío? ¡Nos vamos a matar!

Por toda respuesta, Daniel negó con la cabeza y musitó la única palabra que acudía en ese momento a su boca.

—Casandra.

Tardaron apenas quince minutos en llegar al lugar del accidente. Roberto colocó en el techo del automóvil la sirena y se abrieron paso a través del tráfico como un tiburón en medio de un banco de arenques. Daniel se mantenía en silencio, con los nudillos blancos alrededor del volante, mientras su compañero le miraba cariacontecido.

Pudieron olerlo antes de ver las primeras luces del accidente. Era un aroma a plástico quemado mezclado con gasolina y un sutil toque de grasa chisporroteante por debajo. El olor se filtraba por los respiraderos del coche y al sentirlo ambos hombres se estremecieron. No les hacía falta mirarse ni cruzar una sola palabra para adivinar lo que el otro tenía en la mente. Ambos sabían de sobra lo que se iban a encontrar incluso antes de llegar allí. Al coronar la loma, Daniel levantó el pie del acelerador de manera inconsciente.

—Joder, no. —Las palabras quedaron atascadas en su garganta.

Era mucho peor de lo que había imaginado.

El tranquilo cruce se había transformado en un escenario bélico. Dos coches de policía impedían el paso del tráfico mientras un grupo de bomberos y algunos sanitarios hormigueaban sobre el asfalto, pisando una capa aparentemente infinita de cristales rotos. En una esquina, cerca de una parada de autobús abandonada y cubierta de grafitis, estaban los restos carbonizados y retorcidos de un coche imposible de identificar. El calor del incendio había sido tan intenso que parte de los plásticos de la marquesina habían empezado a fundirse y se doblaban sobre sí mismos como unos grotescos michelines oscuros. Un par de bomberos lanzaban un chorro de agua sobre los hierros negros de lo que un día había sido aquel turismo. Cada vez que el líquido golpeaba la carcasa, una columna de vapor se elevaba siseando.

Con una sensación de vértigo en el estómago, el policía distinguió la mueca sonriente de una calavera chamuscada en medio de las nubes de vapor. El cráneo aún conservaba pegados trozos de carne renegrida alrededor de donde habían estado los ojos y parecía observar toda la escena con un gesto sarcástico, consciente de un secreto que los demás no podían llegar a entender.

Daniel sintió que las rodillas le flaqueaban.

Casandra.

Martín.

Su mirada se dirigió de forma automática al asiento trasero buscando y evitando al mismo tiempo la imagen más espantosa que puede asaltar a un padre.

Allí no había nada, ni siquiera los restos de una silla infantil. Y aquel coche, comprendió de golpe, aun en aquel estado lamentable era demasiado pequeño como para ser el pesado todoterreno de Casandra. La sensación de alivio fue tan abrumadora que se tambaleó.

Entonces su mirada se detuvo en los restos del otro coche y el tiempo se detuvo por un instante.

Hasta dormido habría reconocido aquella espantosa pegatina de los Village People adherida al portón trasero. No podía recordar la cantidad de ocasiones en las que había intentado convencer a Casandra de que la arrancase. Durante dos interminables semanas en las que su propio coche estuvo en el taller por una avería complicada, había ido a diario a trabajar a la comisaría con el todoterreno y su pegatina, y por aquel entonces todavía iba de uniforme. Un policía uniformado en un coche con una pegatina de los Village People, nada menos. Fueron dos semanas eternas, que incluyeron un penacho de plumas aparecido de forma misteriosa en su taquilla y una burlona coreografía de «YMCA» por parte de media brigada de Homicidios.

Daniel no podía dejar de pensar en aquella absurda anécdota mientras corría hacia el todoterreno volcado. El costado del copiloto aparecía doblado de forma extraña, como si un gigante enfurecido hubiese decidido dar un puñetazo a aquel lado del coche. Sobre el asfalto destacaban las cicatrices que había dejado el pesado vehículo en cada uno de los puntos donde había rebotado en su agitada travesía del cruce.

Los últimos metros Daniel los hizo casi a cámara lenta. Sentía las gotas de lluvia resbalando por su cara, empapando su pelo, transformando su ropa en una esponja. Alguien —*Roberto, es Roberto, que no ha abierto la boca ni una vez desde que hemos llegado. Joder, qué raro se hace que esté tan callado*— le apoyaba una mano en el hombro y trataba de retenerlo con suavidad, casi con cariño. Daniel se desembarazó de la mano que le sujetaba con un gesto ausente, casi como accidental. Todos los sonidos le llegaban amortiguados, en sordina. Sentía los trozos de parabrisas crujiendo bajo sus pies, pero no podía oírlos. Ya podía ver la silla infantil en el asiento trasero. Estaba vacía, y el cinturón de seguridad estaba desabrochado. Casandra jamás arrancaba el coche sin comprobar dos veces que el pequeño estuviese bien sujeto, así que aquello solo podía significar que el accidente había tenido lugar en el trayecto de vuelta. Martín no estaba allí.

Martín estaba a salvo.

Dio la vuelta al coche por la delantera. Parte del motor asomaba de forma impúdica por el lateral del impacto, a través del agujero dejado por una aleta desaparecida. Sintió más que vio el movimiento delante de él. Dos sanitarios se esforzaban en extraer un cuerpo desmadejado desde el asiento del conductor, procurando estabilizarlo en la camilla sin hacer movimientos bruscos. A su lado, un bombero de expresión fatigada y mirada de veterano sujetaba unas pinzas de extracción con las que se había abierto paso hasta el habitáculo.

Daniel reconoció al instante el cabello negro y la piel blanca, demasiado pálida en aquel instante. La cara estaba cubierta de docenas de pequeños cortes y en la sien una herida algo más grande sangraba con lentitud, marcando un lento compás de muerte mientras el equipo médico trabajaba.

Alguna trabilla de la ropa de Casandra se había enganchado en el interior. Los dos paramédicos dieron un último tirón y el cuerpo se deslizó hasta fuera con la suavidad de un bebé naciendo. En ese instante, una de las manos de Casandra resbaló desde su pecho a uno de los charcos agua sucia que cubrían el suelo. Daniel no pudo escuchar el *chof* apagado que hizo la mano al introducirse en aquella mezcla de agua, cristales rotos, aceite y ceniza, pero sí que distinguió perfectamente el brillo apagado de la alianza de su mujer. Una alianza cubierta de sangre.

Fue en ese instante cuando le fallaron las rodillas y se desplomó. Y mientras la lluvia redoblaba su fuerza y se mezclaba con sus lágrimas, Daniel comprendió que había llegado demasiado tarde y que ella ya estaba muerta.

Levantó la cabeza hacia el cielo y de su garganta surgió un rugido de dolor, ira y desesperación.

Y mientras aullaba de dolor y de pérdida, un grupo de tres personas, apelotonadas detrás de la barrera de seguridad, contemplaban la escena en medio de la pequeña multitud que siempre se congrega en los accidentes. A diferencia del resto, ninguno de ellos sacaba fotos con un móvil ni gesticulaba mientras hacía comentarios.

Tan solo miraban con expresión impasible.

Miraban y disfrutaban el momento.

VI

El infierno era un lugar negro, silencioso y muerto. Eso fue lo primero que pensó Casandra cuando el último destello del accidente se desvaneció. No podía precisar cuánto tiempo llevaba allí ni cuál era su situación exacta. Los momentos de consciencia se alternaban con otros largos lapsos en los que no era capaz de recordar nada. Lo peor de estos momentos era la incapacidad para definir su duración. No sabía si aquellas ausencias eran cuestión de minutos, semanas o siglos. Quizá ya llevaba atrapada milenios en aquel abismo. Podría ser que todos aquellos seres que una vez había conocido y amado ya solo fuesen polvo y cenizas desde hacía centenares de años. O podía ser que tan solo hubiese pasado una fracción de segundo y de un momento a otro fuese a sonar el despertador, y entonces ella se levantaría y comenzaría su ritual matutino del café y el cigarrillo furtivo en el garaje. No saberlo la estaba volviendo, literalmente, loca.

De tanto en vez, cuando se aburría de observar la nada que llenaba la oscuridad, a Casandra le daba por reconstruir para sí el accidente. Al menos eso podía hacerlo bien, y con detalle. Recordaba a la perfección el aguacero que casi no dejaba ver el semáforo colgante y cómo este bailaba sacudido por las ráfagas de viento. Recordaba haber ido conduciendo en un estado de atención distante y cómo le había sorprendido, durante una décima de segundo, el pequeño grupo de personas acurrucadas bajo la ruinosa parada del autobús. *Se van a empapar,* le dio tiempo a pensar antes de que el otro coche impactase contra el costado de su *jeep* como un obús de artillería.

Estaba segura de que todo lo que sucedió a continuación no duró más de cuatro o cinco segundos, pero en su mente era capaz de estirar aquel momento hasta hacer de él una película sin fin, que hacía moverse de atrás hacia delante a su voluntad, como una moviola infinita.

Podía recordar con claridad la expresión bovina del conductor del otro coche, con los ojos enrojecidos tratando de adivinar la carretera entre las brumas del alcohol y la lluvia que sus limpiaparabrisas no conseguían retirar del cristal, y cómo esa expresión se transformó en estupefacción y sorpresa apenas un instante antes de que ambos vehículos se fundiesen en un abrazo de metal y plástico resquebrajado.

También recordaba cómo el mundo se puso boca abajo durante unos segundos mientras su *jeep* giraba en el aire, como una peonza. Con sorpresa se dio cuenta de que durante todo aquel instante eterno no había sentido miedo en ningún momento, sino estupefacción, una sensación indeleble de «esto no me puede estar pasando a mí», y acto seguido el golpe brutal contra el asfalto.

En ese punto su película, muda hasta entonces, recuperaba el sonido. El chirrido del techo del todoterreno volcado contra el asfalto, el tintineo de los cristales rotos a medida que los iban sembrando por su camino y, en última instancia, el sonido de las llamas que prendían en el otro coche mezclado con los aullidos de dolor de su conductor. De fondo había algo más, pero era tan suave y sutil que se le escapaba. Era un sonido que no debería estar allí, desde luego. De no haber sido por el contraste, le habría pasado totalmente inadvertido, pero allí estaba, elusivo y escurridizo, por más que intentase identificarlo.

Luego, aquella sensación de dolor infinito que le atravesaba la cabeza, como una larga aguja al rojo vivo, y que apartaba cualquier otra consideración de su mente, demasiado atroz y arrolladora como para percibir otra cosa.

Y después, la negrura y el silencio.

El silencio.

Uno podía llegar a acostumbrarse al silencio después de un buen rato. Te envolvía como una manta, era confortable y te daba mucho tiempo para pensar. Casandra había comenzado a habituarse a aquel entorno cuando el primer ruido llegó. Era como un zumbido rasposo, un *rssss-zap* constante y regular que se iba colando de fondo, muy leve al principio, pero cada vez más fuerte hasta que al final parecía que estaba sonando justo al lado de su cabeza.

Aquel sonido era tan intenso que por su culpa tardó un buen rato en oír las voces. Eran apenas unos murmullos, ruidos apagados de una conversación al otro lado de una puerta. En cuanto Casandra las oyó, su corazón se disparó al galope. ¡No estaba allí sola, fuera lo que fuese aquel lugar oscuro! Gritó con todas sus fuerzas, o al menos lo intentó, pero su garganta se negaba a obedecerla. Frustrada, trató de concentrarse en las palabras y las frases, procurando reconocer una pauta, una voz o una palabra con sentido en medio de todo aquello.

Tardó un buen rato (Casandra no podría decir si fueron minutos, días o semanas: el tiempo no significaba nada en el Sitio Oscuro), pero al final distinguió varias voces. No se oían siempre, y casi nunca había más de un par de ellas a la vez, aunque estaban allí muy a menudo. Tres de ellas eran de mujer, dos jóvenes y una algo más mayor, y otras dos eran de hombre. Por mucho que lo intentase, Casandra no podía adivinar qué era lo que se decían entre ellas, aunque el tono era pausado, tranquilo, casi de conversación de biblioteca.

El sonido aún estaba muy distorsionado, pero mejoraba de manera constante. Con un destello de esperanza, Casandra comprendió que era solo cuestión de tiempo que pudiese entenderlas. Y si podía oír, eso significaba que sus otros sentidos también regresarían. Y entonces podría saber dónde estaba.

Casi se le pasa. La falta de referencias era tan absoluta que quizá las voces ya fuesen inteligibles desde hacía tiempo, pero Casandra no había caído en ello. Necesitó oír su voz para iniciar el camino de vuelta. Fue él quien le dio el inicio del cabo que la sacaría de aquel laberinto. Se encontraba flotando en la negrura, acunada por el sonido rasposo y las voces, que llevaban un buen rato conversando entre ellas, hasta que de pronto una risa familiar la sacudió como un latigazo. Aquella voz. Su voz.

Daniel.

—Estoy bien, en serio. Ya estoy acostumbrado y no me cuesta nada, en serio.

—¿Seguro que no quiere otra almohada? —Era la voz de una mujer de mediana edad. Sonaba amable, casi maternal—. Se va a destrozar el cuello como siga durmiendo en ese sillón.

—Estaré bien, muchas gracias. —La voz de Daniel sonaba agradecida, pero firme—. Estoy acostumbrado a dormir en sitios incómodos.

—Como quiera, pero si necesita algo más, avísenos en el control de enfermería, ¿de acuerdo?

Es Daniel. Está aquí, a mi lado. La mente de Casandra funcionaba a toda velocidad. *Y la mujer ha dicho algo de un*

64

control de enfermería, así que tengo que estar en un hospital. En un hospital... Estoy viva. ¡Estoy viva!

Si se pudiese morir de felicidad, Casandra habría caído fulminada en aquel instante, lo cual habría sido bastante paradójico. Rio, aliviada, pero consciente de que todavía quedaba un largo camino. No podía hablar, ver ni moverse, y no tenía forma de comunicarse con el resto del mundo, pero ya estaba consciente y ya podía oír. De alguna manera inexplicable, a un nivel muy profundo, sabía que el resto era solo cuestión de tiempo.

No estaba muerta. No estaba en el infierno. Sonrió para sí, satisfecha, pensando que eso era suficiente por el momento.

No sabía que acababa de abrir la puerta a algo muchísimo más aterrador.

VII

Primero había regresado una luz difusa, de color rojizo, que poco a poco se fue abriendo en un abanico de colores cada vez más intensos. Casandra había contemplado el espectáculo arrobada, como una niña que ve por primera vez una explosión de fuegos artificiales. Las manchas de colores giraron ante sus ojos sin seguir ningún patrón determinado hasta acabar mareada.

Al cabo de unas horas las formas empezaron a aparecer, borrosas al principio y cada vez más definidas. El corazón de Casandra pegó un bote cuando adivinó la silueta de su hijo atravesado sobre su cama. Estaba en brazos de su padre y se inclinaba ansiosamente sobre ella.

—¿Sigue dormida?

—No, ya puede oírnos, pero todavía no puede hablar con nosotros.

—¿Se va a quedar muda para siempre en una cama, papá?

Se hizo un silencio incómodo, tenso, que duró apenas un par de segundos.

—Los médicos dicen que van a hacer todo lo que puedan para que mamá se ponga bien —respondió Daniel—. Puede que aún tenga que estar un tiempo en el hospital, Martín.

—Yo creo que en casa estaría mucho mejor, papi —contestó su hijo—. Si hace falta, puedo dejar de ir a clase para cuidar a mamá.

Daniel rio con una risa familiar, cantarina. Casandra sintió ganas de llorar al darse cuenta de la enorme cantidad de tiempo que había pasado desde que esa risa había dejado su vida.

—No, Martín, mamá se va a poner bien muy pronto. Vamos a tenerla de vuelta antes de que te des cuenta.

—¿Va a volver a casa? —La figura borrosa de su hijo se giró en brazos de su padre y le miró con expectación. La voz le temblaba de la emoción—. ¿De verdad?

Y entonces sucedió. Casandra no llegó a oír la respuesta que Daniel le daba a su hijo porque en ese instante una terrorífica explosión de dolor le atravesó la cabeza y la obligó a cerrar los ojos. Era como una jaqueca, pero una especialmente cabrona, montada sobre una montaña de anfetaminas y con una motosierra en cada mano. El dolor era tan intenso, tan puro, que le cortó la respiración por un instante. Si hubiese podido gritar, su alarido se habría oído en todo el hospital. Sin embargo, paralizada como estaba, lo único que pudo hacer fue hundirse en aquella agonía de dolor que parecía interminable, aunque tan solo duró unos cuantos segundos.

Y de repente, el dolor cesó. No desapareció por completo, pero se volvió algo mucho más asumible, tan solo una fracción de aquel estallido inicial de potencia, lo suficiente como para que Casandra pudiese abrir de nuevo los ojos. Y cuando lo hizo, pensó que se había vuelto loca.

Todo aparecía iluminado de una manera extraña, como a través de un filtro de fotografía especialmente onírico. Casandra había leído muchos tratados sobre experimentos realizados en sujetos bajo el efecto del LSD y otras drogas alucinógenas, y las experiencias que contaban se acercaban mucho a lo que ella misma estaba viviendo en aquel momento.

Las paredes parecían temblar con luz propia, como si respirasen apenas. El haz de sol que entraba por la ventana rielaba y se descomponía en una cascada de colores en espiral que perseguían sin descanso las motas de polvo que flotaban en el aire del hospital. Hasta la propia atmósfera que los rodeaba parecía dotada de vida propia y brillaba con una luz especial.

Pero lo más asombroso de todo eran las llamaradas. Al menos a eso le recordaron a Casandra al principio. En torno a la figura de su hijo y de su marido habían aparecido unos halos de luz de colores giratorios y cambiantes, como llamas surgiendo de una hoguera. Daniel estaba rodeado de un círculo verde profundo, del que de vez en cuando saltaban chispas de un color esmeralda que se disolvían en el aire. Martín, por su parte, rugía en un naranja intenso que viraba casi a granate en algunas partes. Frente al relajado nimbo alrededor de su marido, el de su hijo parecía chispear con vida propia, volcánico e incontrolable.

—¡Bien! ¡Bien! ¡Mamá vuelve a casa! —Los gritos de alegría de su hijo marcaban un *stacatto* que las llamaradas parecían seguir al compás. La descarga sensorial era tan intensa que Casandra se sentía conmocionada.

Me estoy volviendo loca. Estoy viendo auras. Dentro de un rato entrará un dragón rosa cabalgando por la ventana. Ya lo verás. Puede que incluso me hable y entonces ya podré ir a unirme a mis pacientes. Me pregunto qué dirán al ver a su terapeuta encerrada con ellos. Pobre Martín, tener que ver a su madre así. Joder, no...

Casandra cerró los ojos y los volvió a abrir, deseando que los colores tremolantes y los halos hubiesen desaparecido, pero seguían allí.

—Papi… ¿Qué le pasa a mamá? Está respirando muy rápido…

—Mamá puede oírnos, Martín. Seguro que está muy contenta de que estemos aquí y de poder volver pronto con nosotros.

Casandra sintió cómo Daniel le sujetaba la mano y le daba un apretón. Un apretón seco, fuerte, cariñoso. Con una mezcla de horror y fascinación, Casandra siguió con la mirada cómo un zarcillo del halo verde de su marido se desprendía de su mano de un salto elegante y se entremezclaba con otro de color violeta, casi malva, que surgía… de ella misma. La mezcla se retorció un momento en el aire antes de disolverse lentamente como un retazo de bruma.

Suéltame. Por favor, Daniel, suéltame. Por favor, por favor, POR FAVOR…

Justo entonces, Daniel soltó su mano para sujetar mejor al inquieto Martín. Casandra suspiró aliviada. Sentía ganas de gritar, de correr, de llorar, de saltar de aquella cama. Era demasiado para ella.

—Cas, cariño, tenemos que irnos. —Daniel se inclinó sobre ella—. Tengo que acostar al niño y mañana me espera un día que… —Se interrumpió, consciente de que estaba balbuceando.

Daniel sujetó al niño con fuerza y miró a su alrededor, como buscando la manera de decir lo que llevaba atravesado dentro. Casandra contempló fascinada cómo el aura verde se volvía roja en las puntas, casi al compás de la confusión arrebolada en el rostro de su marido.

—Cas, cielo, te echo de menos. Necesito…, necesitamos que vuelvas pronto a casa, por favor. Sé que podríamos haber hecho las cosas mejor y que… —Daniel se interrumpió y se inclinó para besar levemente a Casandra en los labios—. Lo vamos a hacer mejor, seguro.

Martín se abrazó a ella con la intensidad de un náufrago agarrado al último madero a flote. Las llamaradas de su hijo habían crecido hasta formar un óvalo enorme alrededor de ambos y todo parecía latir con su fulgor. Había algo en aquella luz que transmitía pasión, pero al mismo tiempo angustia y pérdida. *Exactamente como se tiene que sentir un niño de cinco años que casi pierde a su madre,* pensó Casandra.

Enterró rápidamente ese pensamiento en lo más hondo de su conciencia. No. Aquello era una alucinación, un mero juego de su mente. *No le des más vueltas, Cas.*

Su marido y su hijo salieron de la habitación dejando un rastro de colores que se fue descomponiendo poco a poco, una bruma perezosa que se desvanecía bajo los rayos del sol. Al cabo de unos segundos solo quedaba un mínimo rastro de ellos, como el leve resto de un perfume que permanece cuando alguien deja una habitación.

En cuanto se quedó sola, la tormenta sensorial disminuyó un poco, pero aún tardó un buen rato en serenarse una vez que Martín y Daniel se marcharon. El dolor de cabeza se había ido transformando en una cefalea más ligera, y los colores a su alrededor brillaban con menos fuerza. Fuera lo que fuese aquel fenómeno, parecía ir perdiendo intensidad. Sus ojos saltaban de un lado al otro de la habitación sorprendidos por la nueva realidad que percibían. Con un enorme esfuerzo consiguió girar el cuello por primera vez en semanas, y como recompensa un latigazo de dolor la sacudió desde la base de los pies a la cabeza, pero aun así se sintió satisfecha. Era un paso más. Una victoria.

Por primera vez se dio cuenta de que no estaba sola en aquella habitación. Había otra cama, muy cerca, donde yacía otra mujer, intubada e inconsciente. Tenía unos cincuenta años, llevaba el pelo muy corto y su piel era de un blanco enfermizo, del tono de alguien que lleva mucho sin disfrutar de un rato de brisa bajo el sol. Casi todo su cuerpo se hallaba cubierto por las sábanas, pero sus brazos al aire estaban consumidos, con una masa muscular ínfima, la piel tensada sobre unos huesos que parecían delicados como los de un ave.

Al contemplar sus manos agarrotadas, Casandra comprendió que hacía mucho tiempo que aquella mujer no se movía por sí misma. Su cuerpo oxidado era la muestra de que debía llevar meses en coma. Años, probablemente.

Con un escalofrío se dio cuenta de dónde estaba. En el ala del hospital destinada a los pacientes desahuciados. El Pasillo Final, le llamaban las enfermeras con un sentido de humor negro imprescindible para sobrevivir al día a día. La última estación para aquellos pacientes con lesiones cerebrales tan severas que no tenían solución posible salvo una muerte lenta y silenciosa.

Al ver a aquella mujer, Casandra comprendió que aquel tendría que haber sido su propio destino de no haber mediado el milagro que la había traído de nuevo a la vida. Mientras ella se acercaba a la luz, su compañera de habitación seguía languideciendo, atrapada en el Sitio Oscuro, sin posibilidad de salir. Quizá aquella mujer no había encontrado el extremo del cabo para salir del laberinto, como había hecho ella. Puede que no tuviese a nadie que le hablase para indicarle la salida del infierno.

Se estremeció. Solo entonces advirtió que aquella mujer también tenía un halo de luz a su alrededor, pero era tan débil que resultaba prácticamente invisible. Era de un amarillo desvaído, y apenas se levantaba un par de centímetros alrededor de su cuerpo. Casandra lo contempló con la sensación agobiante de estar observando la luz de una lámpara que se apaga. Si al menos pudiese hablar con ella, explicarle que había una salida...

De repente reparó en un detalle que se le había pasado por alto hasta aquel momento. En el dorso de la mano de la mujer alguien había hecho un dibujo con un rotulador rojo. Eran un montón de rayas que no parecían tener un diseño preciso; al principio las había tomado por un grupo de venas que resaltaban sobre la piel blanca. Al fijarse más, reparó en que tenían un patrón definido. Se trataba de una serie de rayas horizontales, como el rastro de un zarpazo, y a cada uno de los extremos había una especie de punta de flecha. Algo parecido a un ocho remataba el dibujo por el otro lado. No, no era un ocho, se corrigió. Era más bien el símbolo de infinito o una banda de Moebius. Desde donde ella estaba no podía ver la totalidad del diseño, por más que intentase torcer su maltrecho cuello, pero algo le decía que en la parte de la mano que no veía el patrón era el mismo.

Se estuvo devanando un rato los sesos, tratando de entender el significado de aquel símbolo. Ella misma era facultativa, llevaba más de doce años trabajando en hospitales y no recordaba ningún motivo en ninguna especialidad que incluyese el dibujo de garabatos en el dorso de las manos de los pacientes.

Quizá es el dibujo de un pariente, o de un amigo. Una manera de decirle «estoy aquí», pensó. Pero casi al instante se corrigió. El dibujo no parecía cariñoso. No había corazones, palabras de ánimo o nombres. Tenía un aspecto... siniestro.

Casandra frunció el ceño. ¿Por qué se le había venido precisamente esa expresión a la cabeza? Nada en aquel montón de líneas parecía especialmente amenazador, pero tenía algo. ¿Qué era?

De pronto lo vio. O, mejor dicho, no lo vio. Con un escalofrío, Casandra se dio cuenta de que la zona cubierta por aquel extraño anagrama era la única parte de la mujer que no brillaba con su tenue luz amarilla. Allí la piel estaba apagada y fría. Muerta.

La enfermera entró en aquel momento. Era joven y bonita, con unos brillantes ojos claros y una larga melena oscura que le llegaba hasta la cintura. Su aura era de un color azul celeste con ribetes oscuros. Trabajaba de forma rápida y eficiente, tarareando para ella misma una canción. Revisó las constantes de Casandra y le ahuecó la almohada debajo de la cabeza. A continuación se giró hacia la otra mujer y comenzó a realizar el mismo procedimiento.

La mano —Casandra sudaba intentando transmitir sus pensamientos, aunque sabía que era imposible—. *Mírale la mano, joder.*

La joven ya iba a abandonar la habitación cuando de golpe se detuvo, como si hubiese oído la voz invisible de Casandra. Se inclinó sobre la otra paciente y levantó con delicadeza su mano mientras contemplaba extrañada el dibujo.

—Pero ¿qué es esto? —murmuró mientras abría un paquete de compresas húmedas.

Añadió algo más que Casandra no pudo entender, pero justo en el momento en el que iba a empezar a limpiar aquel dibujo, una voz de hombre la detuvo.

—No hace falta que hagas eso, María. —Era una voz cálida, agradable, con un tono profundo. A Casandra le recordaba la voz de un locutor de radio veterano—. Ya me encargo yo.

—Oh, hola, doctor. —La enfermera se enderezó de golpe, sonrojándose, mientras su halo azul celeste se revolvía como un brazo de mar en pleno temporal. Gotas carmesíes lo salpicaban aquí y allá—. No se preocupe. Solo tengo que limpiar esto y ya habré terminado.

—No es necesario. Vuelve al control, siéntate un rato y tómate un café. Estás muy cansada y te mereces un respiro. Ya sigo yo con la ronda —repitió el hombre.

Casandra era incapaz de levantar la cabeza de nuevo, así que no podía ver mucho de aquel doctor. Lo intentó con todas sus fuerzas, pero los músculos de su cuello aún se negaban a obedecerla. Maldijo para sí frustrada.

Incluso tumbada en la cama y apenas consciente, Casandra podía sentir el influjo del sonido de la voz del médico. Desde que había pronunciado las primeras palabras, el aire de la habitación parecía haberse hecho más denso, dotado de una esencia propia que vibraba en lentas ondas perezosas cada vez que se emitía un sonido. Casandra se sintió poseída por una sensación de irrealidad casi física, pero lo veía como una espectadora privilegiada. La joven enfermera, sin embargo, parecía totalmente enganchada a las palabras que salían de la boca de aquel médico. Tenía un timbre peculiar que de alguna manera hacía que quisieras cumplir el menor de sus deseos. Era una melodía untuosa y soterrada que se deslizaba por debajo de las palabras. Todo en su tono gritaba a los cuatro vientos «Obedece».

—Vuelve al control —repitió el hombre, y Casandra casi pudo adivinar una sonrisa lobuna en su rostro—. Descansa. Olvídate de todo esto.

La enfermera parecía haber caído bajo el hechizo porque asintió arrobada y salió de la habitación, mientras las gotas carmesíes se multiplicaban en su aura hasta motearla por completo. Cuando desapareció del campo visual de Casandra, lucía una sonrisa satisfecha en el rostro y la expresión relajada y feliz de quien ha disfrutado de una intensa sesión de sexo salvaje.

El médico esperó un rato hasta que los pasos de la enfermera se perdieron por el fondo del pasillo. Casandra podía oír el crujido de su ropa y su respiración tranquila mientras aguardaba de pie, fuera de su campo de visión. Solo cuando estuvo seguro de que no había nadie más, Casandra escuchó cómo el hombre carraspeaba y la tensión que por un momento casi se había adueñado de la habitación se disolvió con la misma rapidez que una pompa de jabón.

Entonces cerró la puerta, dio un par de pasos hacia delante y Casandra vio a uno de Ellos por primera vez.

Al principio no supo muy bien qué era lo que estaba viendo. Se trataba de un hombre corpulento, de unos cuarenta años, con un pelo tan rubio que parecía paja seca, y un par de penetrantes ojos azules sin vida, vestido con una bata blanca de médico como las que ella misma usaba en el psiquiátrico, pero a partir de ahí se acababa lo que podía definir. El halo del hombre era mucho más denso y espeso que cualquier otro que hubiese visto hasta el momento. Frente a los colores brillantes de los otros halos, este era negro y lo envolvía como una columna de humo de fragua, enroscándose en espirales alrededor de su cabeza.

No es negro —se corrigió Casandra absolutamente aterrorizada—. *Es algo mucho más oscuro que el negro. Es la ausencia total y absoluta de color. Es como...*

Es como el Sitio Oscuro.

El hombre se inclinó sobre la otra mujer y concentró la atención durante unos segundos en el diseño de la mano. La oscuridad alrededor de su cara era tan densa que Casandra no lograba ver la expresión de su rostro, pero algo en el lenguaje corporal de su cuerpo le decía que era de anticipación. Como si esperase algo.

La espera no duró demasiado. Alguien llamó discretamente a la puerta y el doctor se incorporó con agilidad y abrió. Dos personas entraron, un hombre y una mujer. Al principio, Casandra solo podía vislumbrar sus zapatos. Los del hombre eran unas deportivas nuevas, demasiado blancas como para haber tenido mucho uso. La mujer calzaba unos carísimos Jimmy Choo que debían de valer más o menos el doble del sueldo mensual de Casandra. Las piernas, enfundadas en unas medias de nailon, parecían las de una dama de mediana edad muy bien conservada. Alguien con dinero y posición como para permitirse unos zapatos como aquellos. El contraste con las deportivas de su acompañante no podía ser más chocante.

—Llegáis tarde —musitó el doctor. El timbre hipnótico había desaparecido de su voz, sustituido por otro tono, mucho más apremiante. Parecía ansioso. *Hambriento.*

—No entiendo por qué nos reunimos aquí de esta manera —se quejó el hombre de las zapatillas, malhumorado.

—¿Y no disfrutar del riesgo? —replicó la mujer—. Es mucho más excitante aquí que en un rincón apartado.

—Tus ansias de emociones no se corresponden con lo que eres. Con lo que somos.

—¿Es esa? —dijo la mujer ignorando la puya evidente que le había lanzado su acompañante. Su voz era aristocrática y suave, la voz de alguien acostumbrado a ser obedecido en cualquier circunstancia.

—No, es la de al lado —replicó el hombre vestido de médico, aunque a cada segundo que pasaba Casandra dudaba que fuese un doctor de verdad—. Ya tiene la marca en la mano.

—Lástima —musitó la mujer—. Hubiese preferido a la chica joven. Tiene un aspecto mucho más saludable.

Una garra de hielo atenazó el vientre de Casandra al comprender que estaban hablando de ella. Por primera vez desde que había recuperado la consciencia se sintió total y absolutamente indefensa. Rezó con angustia, deseando que la enfermera se hubiese olvidado algo en la habitación y tuviese que volver, o que Daniel decidiese hacerle una visita sorpresa justo en aquel momento, pero sabía que era inútil. María estaba en el control, tomándose un café caliente y charlando con sus compañeras, seguramente con aquella sonrisa idiota todavía paseándose por sus labios y la poderosa necesidad de llegar a casa y darse un largo baño solitario y relajante. Y por otro lado, su marido y su hijo estaban en casa, durmiendo en medio de la noche.

La implacable realidad era que Casandra, consciente pero sin control de sus músculos, estaba sola y a merced de aquellas personas, incapaz de mover ni un dedo en su defensa. Era totalmente suya.

—¿Esperamos a alguien más?

—No. —La voz del hombre de las zapatillas sonaba vieja y pesada. Aquel «no» resonó como la losa de una tumba al encajar en su sitio.

El hombre vestido de médico asintió meditabundo. Parecía complacido con lo que oía.

—Bien, pues entonces empecemos de una vez —dijo. El tono de ansiedad de su voz se había vuelto urgente, casi feroz.

Los tres dieron un paso al frente y Casandra sintió que su pánico se levantaba como un tornado. Tanto el hombre de las deportivas como la mujer estaban envueltos en el mismo halo negro que rodeaba al doctor. Las brumas oscuras que los abrazaban eran tan densas que parecían atrapar la luz que titilaba a su alrededor; la devoraban como un pozo sin fondo. Era una oscuridad vieja, densa, profunda y poderosa. Una oscuridad codiciosa que manaba de aquellas personas como una nube fétida.

Ambos estaban de espaldas a ella y no podía verles el rostro, pero la mujer llevaba un carísimo traje chaqueta de diseñador que debía de valer tanto como todo el ropero de Casandra. Su pelo rubio estaba peinado con una exactitud militar en una media melena que debía de ser el fruto de una hora de trabajo de una peluquera. El hombre, por su parte, era calvo, y por su constitución parecía mayor. Vestía un chándal cómodo que ofrecía un contraste incongruente con el elegante atuendo de su compañera.

El doctor sacó un frasco de su bolsillo y una aguja hipodérmica. Con gesto experto clavó la aguja en el frasco hasta llenar la cánula y a continuación sujetó el brazo de la mujer en coma del otro lado de la habitación, el que estaba marcado con el extraño símbolo.

—Danos tu dolor. Danos tu angustia. Sufre para que nosotros no suframos nuestro destino —musitó en voz baja, como si estuviese recitando una oración. Al final la miró con aquellos ojos angustiosamente claros y musitó una última palabra—. Muere.

Sin dudar un segundo, clavó la aguja en una vena y apretó el émbolo del inyectable. Al acabar, dio un paso atrás y se colocó al lado de los otros. Los tres miraban hacia la compañera de habitación de Casandra. Los tres esperaban algo.

El cuerpo de la mujer se arqueó como sacudido por una corriente eléctrica. Sus manos se cerraron como dos cepos mientras sus talones raspaban las sábanas en contracciones incontrolables. Casandra vio con horror cómo los ojos de la mujer se abrían de par en par inyectados en sangre. En el fondo de aquellas pupilas adivinó un mínimo destello de consciencia, casi anegado por oleadas de dolor. Dolor en estado puro, en tal cantidad que haría enloquecer a alguien cuya consciencia no estuviese perdida entre las brumas.

Una nueva convulsión atenazó a la mujer, obligándola a rechinar los dientes. El dolor tenía que ser horrible para sacudir así aquel cuerpo. Pero lo que de verdad heló la sangre en las venas de Casandra fue el sonido que emitían las tres personas que estaban de pie en la habitación. Los tres gemían suavemente, en un éxtasis tenebroso, mientras las sombras de sus halos giraban en torbellinos enloquecidos. Conforme la mujer de la cama convulsionaba, aquellos halos parecían hacerse más densos y más oscuros, y sus dueños vibraban envueltos en sus sombras.

Y entonces, de golpe, la mujer se desplomó sobre el colchón desmadejada. La mano con el símbolo cayó laxa y flácida a un lado de la cama y golpeó el armazón metálico del soporte con un sonido apagado. Por un instante se hizo un silencio tan cerrado dentro del aquel cuarto que Casandra creyó oír los latidos de su propio corazón.

—Ha estado bien —murmuró el hombre de las zapatillas deportivas. Su voz sonaba satisfecha y saciada.

—Era solo una zorra vieja y acabada —contestó la mujer despectiva, refiriéndose a la pobre enferma que acababa de agonizar, a la vez que se giraba hacia la cama de Casandra y apoyaba una mano helada sobre su hombro—. Ahora vayamos a por esta.

Justo en ese instante la puerta de la habitación se abrió de golpe. Un celador de mediana edad, algo pasado de peso y con unas explosivas gafas rojas en la cara, entró en la habitación empujando una camilla con una mano mientras consultaba una anotación en una carpeta metálica que sujetaba en la otra. Estaba tan abstraído que no se dio cuenta de que aquel cuarto estaba atestado de gente hasta que casi tropezó con uno de ellos.

—Bueno, Anna, es la hora de tu sesión de electroestim… ¡Oh, vaya! —murmuró al impactar con la camilla contra la cintura del hombre calvo—. Perdone, no le había visto.

Casandra observó cómo el hombre vestido de médico lanzaba una profunda mirada hacia sus dos acompañantes. No dijo nada, pero Cas supo inmediatamente que toda una larga conversación basada en una vieja complicidad se había establecido en cuestión de segundos. El calvo asintió y la mujer se acercó hasta la puerta y la cerró de nuevo con suavidad, tras echar un breve vistazo a los dos lados del pasillo sin que el enfermero se diese cuenta.

—¿Son ustedes familiares? —preguntó el enfermero con voz dubitativa mientras su mirada saltaba de uno a otro. Casandra observó que llevaba su escaso pelo pegado sobre la cabeza en una de esas antiestéticas cortinillas con las que algunos hombres tratan de disimular la calvicie—. Les deberían haber avisado de que no se admite más de un visitante a la vez en el…

—*Cállate.*

La voz del falso médico rubio sonó seca como una detonación. El aire volvió a rielar y el enfermero cesó su cháchara nerviosa como si alguien le hubiese sacado las pilas de un tirón.

—Túmbate en la camilla —ordenó a continuación.

Ante el asombro de Casandra, el enfermero se sentó de manera dócil en el borde de la camilla y levantó los pies de manera torpe para tumbarse a lo largo. Uno de sus zuecos cayó al suelo con un sonido sordo, pero el hombre ni siquiera pareció advertirlo. En su cara exhibía la misma sonrisa blanda y confiada que la enfermera un rato antes. Se diría que estaba disfrutando de un momento maravilloso y especial, en un lugar al que solo él podía llegar.

—Deberías quitarte las gafas —ronroneó la mujer rubia mientras le acariciaba el pelo y se lo desordenaba como si acabase de cruzar un huracán.

Lo dijo con el mismo tono suave y cálido que un amante reserva para susurrar algo en el oído de su pareja. El hombre levantó la mirada, asintió sin perder la sonrisa beatífica y obedeció.

El asombro de Casandra no tenía límites, pero se transformó en un horror gélido al escuchar la siguiente orden de la mujer.

—Sácate los ojos. —Sonaba como una emperatriz ordenando alimentar a sus perros—. Usa las patillas de las gafas. Y hazlo despacio.

No puede ser. No lo puede hacer. No puede...

Era como contemplar un accidente de tráfico a cámara lenta. El hombre levantó la mano derecha, en la que sostenía sus gafas, de manera torpe, como si los hilos que conectaban su cerebro y su cuerpo estuviesen desconectados de algún modo, pero sin perder la expresión complacida del rostro en ningún momento. Sin dudar ni un segundo, hundió la patilla de las gafas en una de sus órbitas oculares con un gesto seco que vino acompañado de un *schooff* acuoso y apagado. El hombre lanzó un débil gemido de dolor que quebró por un instante su sonrisa, pero no dejó de empujar.

—No grites —musitó el doctor jadeando mientras oleadas de placer parecían envolver su aura negra—. Ahora el otro.

El celador extrajo la patilla de su cuenca ocular de un tirón. El sonido de vacío que produjo le revolvió el estómago a Casandra. Sobre su mejilla colgaba el ojo, sujeto todavía al nervio óptico. Unas gotas solitarias de sangre resbalaban por su barbilla.

El hombre repitió el procedimiento con el otro ojo. Pese a la sonrisa de su cara, Casandra veía cómo todo el cuerpo se arqueaba sobre la camilla, sacudido por ondas de dolor ante aquella tortura salvaje. La joven se preguntó si, en algún lugar oculto dentro de su cabeza, la conciencia del celador aullaba de sufrimiento y de miedo mientras se cegaba de forma metódica.

Las sombras negras de las auras de aquellas tres personas parecían haber enloquecido y giraban formando remolinos en la habitación, casi unidas entre ellas. A medida que el hombre se retorcía de dolor, la oscuridad ganaba un nuevo grado, amenazando con devorar hasta el último átomo de luz que lanzaban las barras del techo. Casandra se dio cuenta de que había perdido el control de su esfínter y se había meado encima. Nadie más fue consciente de ello. El celador ya no podía verlo y los tres personajes estaban demasiado ocupados disfrutando del momento.

El anciano sacó de su bolsillo una estilográfica de oro de diseño antiguo. Daba la impresión de tener muchos años, pero el oro brillaba con un fulgor apagado que destacaba en medio de la creciente penumbra que los envolvía.

—Usa esto —murmuró mientras la ponía en una de las manos del celador. Tuvo que sujetarle con fuerza la muñeca, porque se sacudía de manera incontrolable—. Clávala hasta el fondo.

El celador emitió un leve gemido, ¿de protesta?, ¿de miedo?, ¿de desafío? Solo Dios lo sabía. Durante un interminable segundo permaneció inmóvil, con la estilográfica firmemente sujeta en su mano, mientras su cabeza de mirada ciega se giraba hacia un lado y al otro, como peleando contra demonios invisibles. El anciano se limitó a apoyar una mano sobre su hombro y toda la resistencia del celador pareció disolverse como un azucarillo arrojado a un torrente de montaña. Sin dudar un segundo, levantó la pluma, la apoyó dentro de su vacía cuenca ocular derecha y con un último hipido de dolor la empujó con violencia dentro de su cabeza.

El sufrimiento que tuvo que experimentar durante aquel instante final de conciencia tuvo que ser terrible. El hombre se sacudió de forma tan violenta en la camilla que estuvo a punto de caer al suelo, pero el anciano lo sujetaba con firmeza mientras jadeaba como un hombre que tuviese un orgasmo. El celador por fin dejó de moverse y su brazo soltó la pluma, que se quedó clavada dentro de su cabeza como el poste de la bandera sobre Iwo Jima.

Los dos hombres y la mujer se estremecieron durante un buen rato, mientras las sombras oscuras giraban cada vez más despacio. Finalmente, como si saliesen de un estado de trance profundo, levantaron la vista y se observaron entre ellos. Su mirada era de satisfacción y gozo, teñida de una maldad insondable.

—Esto ha sido inesperado —murmuró por fin el anciano mientras extraía de un tirón su pluma de la cabeza del enfermero. La contempló asqueado durante un segundo y finalmente limpió los restos de materia gris que se habían quedado adheridos sobre la camisa del pijama del celador, antes de volver a guardarla en un bolsillo de su chaqueta.

—Pero no por ello menos gratificante —respondió la mujer. Parecía la más satisfecha de los tres.

—Debemos irnos —dijo el médico por fin—. Nos veremos esta noche, ¿verdad?

—Por supuesto —contestó la mujer—. Tenemos muchas cosas de las que hablar, ahora que este pequeño asunto ya está solventado. Estoy deseando oír lo que Silas tiene que contarnos.

—Muy bien.

El falso médico miró el conjunto con ojo crítico y con un rápido gesto eliminó las pocas gotas de sangre que salpicaban el rostro. Después de colocar los ojos de nuevo dentro de las órbitas de manera descuidada, sacó un par de gafas de sol de su bolsillo, se las colocó al cadáver del enfermero y a continuación lo tapó con la sábana hasta el cuello.

Parecía un paciente dormido, o alguien con especial fotofobia que necesitaba unas gafas de sol en interior después de alguna operación ocular delicada. Nada que llamase especialmente la atención dentro de un hospital.

—Tengo que hacer que alguien saque esto de aquí —musitó con enfado, refiriéndose al cuerpo aún caliente del enfermero como si se tratase de un despojo médico cualquiera—. Menuda pérdida de tiempo.

—No te costará nada, ya lo sabes. —El anciano le dio una amistosa palmada en la espalda, al tiempo que le franqueaba el acceso al pasillo del hospital—. No ahora.

—Además, ha merecido la pena —remachó la mujer con una sonrisa encantadora y llena de dientes, que parecía tan amistosa como un cepo viejo.

El médico gruñó en señal de asentimiento y salió de la habitación empujando la camilla. El anciano cerró la puerta y Casandra se volvió a quedar a solas en la habitación, en compañía del cadáver de su compañera, que miraba hacia el techo con una expresión de sorpresa infinita por verse arrojada de aquella forma al otro lado.

Casandra los oyó susurrar detrás de la puerta mientras sus voces se alejaban pasillo abajo. El hombre de las deportivas dijo algo y la mujer rio complacida. Era una risa fría, descarnada, que le puso los pelos de punta. El médico murmuró algo más y las voces se fueron alejando hasta hacerse inaudibles.

Solo al cabo de un buen rato se atrevió a respirar con normalidad. Una lágrima solitaria se deslizaba por su mejilla mientras temblores incontrolables sacudían todo su cuerpo. Casandra notaba un hormigueo en cada uno de sus músculos, como si el disparo de adrenalina que había sufrido hubiese servido de gatillo para acelerar la respuesta de todo su organismo. Sus muslos estaban calientes y mojados a causa de la orina, y un olor penetrante a pis le asaltaba las fosas nasales. Debería sentirse avergonzada de haberse meado encima, pero en su lugar solo podía experimentar un alivio infinito por estar aún con vida después de lo que acababa de vivir.

Mientras notaba cómo los calmantes de su gotero la arrastraban de nuevo hacia la inconsciencia, Casandra no dejaba de preguntarse una y otra vez qué era lo que había sucedido. Porque aquellas personas envueltas en brumas acababan de asesinar a sangre fría a su compañera de habitación y a un pobre enfermero inocente, de una manera cruel y espantosa, y algo le decía que no era la primera vez, ni la última, que lo hacían.

Y de alguna forma, sospechaba que ella estaba en la lista.

VIII

—Sigue la luz, Casandra. Sigue la luz.

—Sabe que cada vez que me dice eso me hace sentir como la niña de *Poltergeist,* ¿verdad, doctor?

—¿Cómo? —El médico parpadeó sorprendido y por un instante miró a Casandra con cara confusa. Al ver la expresión traviesa en el rostro de la mujer, refunfuñó algo conforme sujetaba de nuevo su linterna y continuaba con el examen clínico.

Casandra suspiró y se resignó pacientemente a seguir la luz de la linterna mientras el médico comprobaba los reflejos de sus pupilas. Hacía poco que se había despertado del todo y desde aquel momento su vida se había convertido en una rutina inacabable de revisiones y pruebas médicas. Estaba en la cuarta planta de un enorme complejo hospitalario y su sorpresa había sido mayúscula cuando se enteró de que habían transcurrido casi cien días desde su accidente. Cien días metida en aquella habitación, más de tres meses en coma profundo que de manera incomprensible había remitido casi por completo. O al menos eso decían los análisis.

Y de todo aquel tiempo no tenía el más mínimo recuerdo ni la sensación de lapso transcurrido. Todo había sido devorado por El Gran Oscuro. *Bueno, casi todo,* pensó con un estremecimiento. Su mirada se detuvo en el respirador artificial todavía colocado al lado de su cama: ese zumbido había sido el primer sonido capaz de quebrar la barrera de silencio que la rodeaba. Aquel chisme la había mantenido con vida, pero su garganta continuaba tan irritada después de tantas semanas intubada que le costaba hacerse entender. Pasarían muchos días antes de recuperar la voz por completo.

Y sobre todo, las voces de Daniel y Martín. Después de aquella primera frase cazada al vuelo, habían sido siempre sus voces las que llegaban a ella con más nitidez. Por un instante sintió en su interior una sensación de calor maravillosa al pensar en su marido. Era una sensación que se había vuelto tan rara y extraña con el tiempo que casi le sorprendió ser capaz de sentirla todavía.

—Bien, Casandra. —El doctor apagó la linterna y la introdujo en un bolsillo de su bata blanca, que tenía una etiqueta con su nombre, mientras hacía chasquear la lengua—. Si no lo veo, no lo creo. No presentas ningún síntoma ni secuela. Si tuviese que hacer un diagnóstico clínico de tu estado, a grandes rasgos diría que estás casi en plena forma.

—De eso se trata, ¿no? —preguntó Casandra—. Por el tono de su voz se diría que está casi disgustado.

—No es eso, pero… —El doctor, un hombre corpulento de unos cincuenta años y barba canosa, se sentó en el borde de la cama mientras abría una carpeta sobre sus rodillas. Dentro había analíticas, un par de radiografías y las fotografías de varios TAC de la cabeza de Casandra.

—Pero ¿qué? —le espetó Casandra con voz ronca. Las conversaciones largas todavía le agotaban un poco.

—Es demasiado bueno, eso es todo —añadió el doctor con voz titubeante mientras sacaba un puñado de TAC de la carpeta y los extendía sobre la cama como un tahúr con una mano de cartas amañada—. Has sufrido un traumatismo craneal severo, con edema cerebral, daño axial difuso, parte del lóbulo frontal dañado y un buen número de venas cerebrales rotas. Esto de aquí es tu cabeza la mañana del accidente, hace justo noventa y ocho días, cuando entraste en Urgencias. ¿Ves?

El médico señaló una de las fotografías con un lápiz. Casandra adivinó el contorno familiar de una cabeza en un corte transversal. Dentro, en distintos colores, había manchas que no le decían absolutamente nada, excepto una zona, en la parte delantera, ocupada por una nube oscura y densa. Esa mancha tenía una forma irregular y extendía sus tentáculos por distintas partes de aquella cabeza (*mi cabeza*, se corrigió).

—Esa era la zona de tu cerebro afectada. Está más oscura a causa del edema. Esto que ves aquí y aquí son dos pequeños derrames que en teoría deberían haberte matado, pero que por algún motivo no lo hicieron. —El doctor lo explicaba de una manera fría y desapasionada, con la voz tranquila del veterano que ya ha visto casi de todo—. Y aunque en ocasiones no lo hacen, la falta de riego sanguíneo a toda esta zona del cerebro durante varios días tendría que haber ocasionado daños severos.

Entonces señaló los otros TAC. En cada uno de ellos la mancha oscura se volvía más pequeña, mientras las partes que quedaban de nuevo descubiertas presentaban un aspecto normal e indistinguible de las áreas cercanas, hasta que en la última imagen la mancha había desaparecido por completo.

—Este es el TAC que te hemos hecho hoy por la mañana —dijo mientras sujetaba el último entre los dedos—. Asombroso.

—Tiene buen aspecto, ¿no? —preguntó Casandra con aire dubitativo. Ella era psiquiatra, no neuróloga, y no estaba segura de si había algún detalle que se le escapaba.

—Posiblemente mejor que el mío propio, teniendo en cuenta nuestra diferencia de edad y que ya llevo un infarto y tres matrimonios a la espalda —gruñó el doctor—. Y que además me paso metido en Urgencias más horas de las que debería. Pero sí, tiene un aspecto excelente. Demasiado bueno, incluso.

—¿Qué quiere decir? —Casandra se removió en la cama mientras miraba incómoda al gotero que le impedía moverse con libertad.

—Quiero decir que lo curioso no es solo que estés viva. A lo largo de mi carrera he visto docenas de casos de traumatismos craneoencefálicos graves, y lo cierto es que la resistencia humana y las ganas de vivir son unos motores maravillosos.

Casandra asintió y bebió un sorbo de agua. Su garganta irritada protestó, pero ella intentó no quejarse. Estaba demasiado interesada en la conversación.

—Te sorprendería saber la cantidad de gente prácticamente desahuciada que se las ha arreglado para salir adelante. —Al doctor le brillaban los ojos mientras guardaba con parsimonia la documentación en la carpeta—. Aunque en casos como el tuyo, con lesiones tan graves, bueno…

—Bueno… ¿Qué?

—Todo tu lóbulo frontal sufría daños severos, con falta de irrigación masiva. Ante eso, las células empiezan a morirse por la falta de oxígeno y nutrientes, y las sinapsis neuronales comienzan a fallar en cascada. Es como una red eléctrica que se va desmoronando paso a paso. Algunas funciones motoras perviven, pero la parte consciente, todo lo que tú eres como persona, desaparece sin posibilidad de recuperación.

—Pero eso no ha pasado… —tartamudeó.

—Eso es lo que quiero que entiendas, Casandra. —El doctor se inclinó hacia delante—. Deberías seguir en estado vegetativo, y sin embargo estás aquí, conversando conmigo y a un paso de irte para tu casa. No soy un hombre religioso, pero si hay algo que se merezca el apelativo de milagro, es esto.

Casandra guardó silencio por un instante, demasiado sobrecogida como para poder contestar nada.

—Deberías anotar esta fecha para celebrar tu segundo cumpleaños. Teniendo en cuenta que has muerto y vuelto a nacer, creo que merece que la marques en el calendario.

El médico le dio un par de palmadas cariñosas en la pierna y se levantó de la cama. Al llegar a la puerta de la habitación se dio la vuelta y la miró con atención durante un par de segundos.

—Necesito que me cuentes si sientes algún cambio o síntoma distinto a lo habitual, cualquier cosa fuera de lo común. Mareos, cefaleas, náuseas…, lo que sea. Si algo así te pasa, dímelo cuanto antes. ¿Has sentido algo extraño desde que recuperaste la consciencia?

Casandra titubeó un momento y a continuación negó con la cabeza. Mucho más tarde se preguntaría por qué había mentido. Seguramente porque estaba convencida de que todo lo que había sucedido era tan solo una jugada extraña de su mente.

—No —murmuró con una sonrisa—. Nada especial que comentar.

Sin embargo, en aquel momento la mentira fluyó clara y suave, con naturalidad, ocupando su sitio en la historia.

Quizá aquel era su lugar.

IX

—¿Estás lista, cielo?

La voz de Daniel sonaba ansiosa. Nunca le habían gustado los hospitales y para él había sido una tortura acudir a diario a uno durante tres meses. Estaba deseando salir de allí cuanto antes.

Casandra asintió distraída mientras se ponía el abrigo. Miró a su alrededor, una vez más, tratando de quedarse con todos los detalles de aquella habitación donde había pasado los últimos cien días. Era increíble lo poco que podía recordar de la experiencia. Al pensar en la parte que sí recordaba, la bola de hielo de su estómago se hizo un poco más grande y fría mientras se clavaba en sus entrañas. Aún no era consciente de lo cerca que había estado de la muerte en vida.

Su mirada se detuvo en la cama vacía del otro lado del cuarto. Tan solo sabía que la mujer que la había estado ocupando hasta su muerte se llamaba Ana y que había permanecido allí los últimos seis años, justo hasta la semana anterior. Muerte por causas naturales, dijeron. Un infarto cerebral. Algo previsible, dado su estado de deterioro.

Casandra cerró los ojos mientras inspiraba hondo. En su mente la escena del falso doctor y los dos visitantes misteriosos estaba grabada de una manera nítida y perfecta.

Podía reconstruir hasta el último detalle de aquel momento, la mirada de angustia y dolor extremo en los ojos de la mujer y del celador mientras se debatían por su vida. El placer perverso y jadeante que emanaba de aquellos tres personajes envueltos en sombras. Ella había sido testigo de primera fila. Era real.

Sin embargo, la parte racional de Casandra sabía que solo se trataba de una alucinación. No había pasado. Tan solo era el producto de un cerebro agotado tras una lucha extenuante para aferrarse a la vida y un cóctel de fármacos demasiado intenso. Nadie había asesinado a sangre fría a dos personas delante de ella.

Y por supuesto, la gente no tenía auras brillantes alrededor de su cuerpo.

Una vez recuperó el conocimiento al día siguiente, se diría que todo había vuelto a la normalidad. Las paredes no lanzaban destellos, el aire no vibraba con luz propia y, por supuesto, la gente no recordaba a una maldita bombilla de Navidad. Ni su marido brillaba con luz verde ni Martín parecía estar en medio de un incendio forestal, para su inmenso alivio. Todo había sido una alucinación. Intensa, vívida y dolorosa, pero irreal.

Después de más de una década tratando con pacientes psiquiátricos, sabía que las alucinaciones eran bastante usuales en gente que ha sufrido un traumatismo severo en la cabeza, y sin duda ella se había autosugestionado lo suficiente como para hacerlo más intenso todavía. Lo cierto es que debería habérselo comentado a su médico, pero algo en su interior le había hecho contenerse en el último momento. Una sombra de duda, esquiva y juguetona, pero que susurraba con insistencia desde el fondo de su cabeza que lo que había visto era real. Y que todo aquello, aunque no pudiese verlo, seguía allí.

Esperando su oportunidad. Esperando por ella.

Era un pensamiento lo bastante abrumador como para rechazarlo de plano, así que Casandra hizo con él lo mismo que solía hacer con la mayoría de sus problemas: ignorarlo con la esperanza de que se solucionase solo. Desde luego no era la mejor de las tácticas, algo de lo que podía dar fe el estado de su matrimonio, pero al menos le permitía seguir hacia delante.

Tras echar un último vistazo, agarró su bolsa y siguió a su marido hacia el exterior del hospital. Martín todavía estaba en el colegio y no llegaría a casa hasta más tarde, así que tenían unas cuantas horas para ellos solos. Miró de reojo a Daniel mientras caminaban por el pasillo. Un tiempo atrás eso hubiese supuesto un enorme abanico de posibilidades que de manera invariable incluirían una cama, toda su ropa arrugada en el suelo y una botella de vino entre risas y caricias, pero ese tiempo parecía pertenecer a un pasado demasiado antiguo.

Al salir fuera se guareció bajo el paraguas de Daniel mientras caminaban hacia el coche. Él estiró el brazo de manera instintiva por encima de sus hombros, en un gesto protector. Al sentir el peso de su brazo, Casandra se puso rígida por un instante, sorprendida. Sin embargo, Daniel interpretó su lenguaje corporal de otra manera y, pensando que ella rechazaba el contacto, retiró el brazo con una expresión pétrea en la cara. Casandra abrió la boca, a punto de pedirle que la abrazase, pero al ver el bloque de granito en el que se había convertido la mandíbula de Daniel, la petición se marchitó. Cuando se sentía herido, Daniel se cerraba sobre sí mismo y ella no tenía las energías suficientes como para iniciar una discusión estéril. No en aquel momento.

El viento formaba remolinos de agua de lluvia que salpicaban en todas direcciones. Cuando llegaron al vehículo ya estaban empapados. Casi en el mismo instante en que el policía arrancó el motor y conectó la calefacción, la humedad empezó a desprenderse de su ropa en delicadas hebras de vapor que empañaron los cristales.

—Me han dicho que te has quedado a dormir a mi lado casi todos los días —murmuró ella con voz vacilante, deseando poder romper el hielo que había creado.

—Solo los días que mis padres podían quedarse con Martín —respondió él todavía rígido—. Ese sillón al lado de tu cama era una tortura.

Casandra sonrió nerviosa. Le costaba imaginarse a su marido, largo y desgarbado, encajado en aquel sillón anticuado y de aspecto incómodo.

—Martín ha venido a diario a verte. —Por fin una sonrisa rompió la expresión crispada de Daniel—. Nada en el mundo podría habérselo impedido.

A Casandra los ojos se le inundaron de lágrimas, incapaz de articular palabra. No podía ni imaginarse lo dura que podía haber sido aquella experiencia para un niño de cinco años. Hablar de su hijo le emocionaba, pero al menos era un territorio seguro, un tema de conversación confortable en el que ambos se sentían cómodos y evitaban el silencio. Se pasó los siguientes diez minutos escuchando de los labios de Daniel todas las cosas que su hijo había vivido en los tres meses de su vida que se había perdido. Cada una de ellas era una pequeña espina de remordimiento en su corazón, pero durante aquel rato Casandra fue feliz y se olvidó de todo lo demás.

Finalmente, se volvió a hacer el silencio. Daniel conducía con delicadeza, mirando a Casandra de reojo de vez en cuando. La joven deslizó la mano sobre la de su marido de forma torpe, durante unos segundos, para retirarla casi a continuación. Notaba un tapón demasiado espeso en

94

la garganta. Daniel apartó la vista de la carretera durante unos instantes para mirarla de una manera larga e indescifrable. Abrió la boca para decir algo, pero la cerró de inmediato. Continuaron sumidos en sus pensamientos, aunque con la sensación de que una larguísima conversación pendiente se acumulaba en alguna parte, como una tormenta sobre las montañas.

Por fin, cuando ya casi estaban llegando, Daniel rompió su mutismo.

—¿Sabes una cosa? —Una sonrisa apacible cruzó su rostro—. Tenías a todos nuestros vecinos preocupadísimos. Durante estos tres meses se han volcado tanto en Martín y en mí que casi no hemos podido respirar. Creo que pensaban que no seríamos capaces de sobrevivir por nuestros propios medios.

Casandra sonrió aliviada. El nudo se deshizo en su interior. La tormenta no se iba a desatar… aún.

—¿Y qué tal os ha ido? —contestó risueña—. ¿Os habéis apañado bien?

—Bueno, la señora Mendoza se empeñó en prepararnos la comida todos los días. —Daniel meneó la cabeza—. Es una buena mujer, pero desde luego la cocina no es su fuerte. Como las lentejas son su plato favorito, pues, bueno…, no ha hecho más que traernos marmitas día tras día. Martín me ha jurado que no va a volver a comer un solo plato de lentejas en su vida.

Casandra rio contenta mientras sentía que una oleada cálida de amor le brotaba del interior. Martín era un niño sensible y maravilloso, dotado de un sentido del humor socarrón e ingenioso impropio de su edad. Una urgencia irrefrenable por abrazarlo y cubrirlo de besos la asaltó. No era de extrañar, pensó. Al fin y al cabo, le debía más de noventa días de ausencia y sufrimiento.

—Prometo no haceros comer lentejas durante una buena temporada. De hecho, creo que durante los próximos meses será Martín quien escoja el menú.

—Ese golpe en la cabeza te ha trastornado más de lo que pensaba —bromeó Daniel.

La sonrisa de Casandra se crispó durante una fracción de segundo. Por un instante pensó en contarle a Daniel lo de las auras, pero lo desechó al momento. No tenía ningún sentido preocupar a su marido de forma innecesaria. En vez de eso, sonrió y dejó que el viaje continuase.

En cuanto llegaron a casa, Casandra subió a su dormitorio aspirando los aromas conocidos de su hogar. Era increíble cuánto podía añorarse un sitio y la cantidad de recuerdos que disparaban los aromas. Se pasó la mano por la melena, apelmazada por la lluvia. Necesitaba darse una ducha.

En el piso de abajo, Daniel hablaba por teléfono con voz comedida. Casandra le oyó asentir. Al cabo de unos segundos su marido subió por las escaleras y entró en el dormitorio con expresión culpable en el rostro.

—Cas, cariño. Era una llamada de comisaría. Es por una cosa muy desagradable, un cuerpo sin ojos que ha aparecido flotando en el río. Están hasta el cuello y me necesitan ahora… —Vaciló—. ¿Te importaría si…?

La sonrisa de Casandra se crispó por un segundo. *Sin ojos*, había dicho. No podía ser una coincidencia. Aunque había muchos motivos por los que un cuerpo a la intemperie podía perder los globos oculares, por otra parte. Al estar en un río posiblemente los peces se los habrían comido. Tenía que ser algo así.

No te vuelvas loca, Casandra.

—¿Estás bien?

—Ve, no te preocupes. —Casandra asintió. La tormenta rugía a lo lejos. Pronto, parecía decir. Muy pronto.

—¿Estarás bien? ¿Seguro? Te prometo que estaré de vuelta antes de que llegue Martín del colegio.

—Claro que sí, no seas tonto. ¡Ve!

Se despidieron con un beso. Al cabo de un momento Casandra escuchó el sonido del coche al meter marcha atrás y el ruido que hacía mientras se alejaba entre la lluvia. Cuando por fin estuvo sola, se desnudó y entró en el baño, donde el grifo del agua caliente de la bañera ya desprendía volutas de vapor.

Se contempló durante un buen rato en el espejo. Siempre había sido de tez muy clara, pero en aquel momento su palidez era casi cristalina. Sus ojos verdes, vivarachos e inquisitivos, destacaban en su rostro, con una expresión agotada. Casandra se echó la mano al pelo y apartó los rizos negros que caían en cascada, hasta ver la diminuta cicatriz en el cuero cabelludo. Era un auténtico milagro que el único rastro de su accidente fuese aquella marca casi invisible. Los médicos habían pensado en raparle la cabeza para aliviar la presión del edema mediante una intervención, pero finalmente no lo habían hecho por el riesgo enorme de que no saliese viva de la sala de operaciones. Y justo cuando pensaban que ya estaba lo bastante estable como para proceder con la cirugía, Casandra se había despertado. Sana, en perfecto estado y sin una secuela. Como después de una larga siesta reparadora.

Salvo por el pequeño detalle de la alucinación, todo había ido bien. Incluso demasiado bien.

Tras una larga ducha se vistió y, por fin, después de tres meses, se dio cuenta de que su vida se había reanudado. Lo primero que hizo fue llamar al psiquiátrico donde trabajaba. Daniel le había contado que durante su periodo en coma el reguero de visitas de sus compañeros de trabajo había sido constante. El Centro de Enfermedades Mentales no era excesivamente grande, con apenas cincuenta internos, así que el personal era también reducido. Eso hacía que se comportasen casi como una pequeña familia… Una familia muy peculiar, porque al fin y al cabo no todas las familias tenían a su cargo a cincuenta enfermos mentales que estaban entre los más potencialmente peligrosos e inestables de todo el país.

La conversación se prolongó durante varios aturdidores minutos, a lo largo de los cuales Casandra tuvo que hablar con casi todos los que estaban de guardia en aquel momento. La alegría y el cariño que transmitían eran genuinos y deseaban que estuviese de vuelta cuanto antes. Casandra era lo suficientemente perceptiva como para captar el mensaje subliminal que se ocultaba debajo de aquella tormenta de palabras de felicitación y alborozo. «Vuelve pronto —decían todos—, nos has dado un susto de cojones. Y bregar con esta pandilla de lunáticos con una psiquiatra menos es una puñetera odisea.»

Cuando colgó el teléfono, se sintió repleta de energía y capaz de enfrentarse a cualquier cosa. Miró al fregadero y advirtió que, apiladas de forma ordenada, había un par de tarteras que no eran de aquella cocina. Supuso que pertenecían a la señora Mendoza.

Las lentejas, sonrió para sí. A juzgar por el tamaño de las tarteras, allí habían traído suficientes alimentos como para dar de comer a media compañía de zapadores.

Echó un vistazo por la ventana y comprobó que la lluvia había cesado por un instante. Quizá aquel fuese un buen momento para acercarse hasta la casa de la señora Mendoza para devolverle sus cacharros y agradecerle el esfuerzo que se había tomado.

Se puso un chubasquero, metió las tarteras en una bolsa de tela y salió de casa. La vivienda de su vecina quedaba apenas a cien metros de la suya. Mientras caminaba esquivando los charcos, el cielo se iba poniendo cada vez de un gris más oscuro. Era la primera vez que caminaba a solas al aire libre desde el accidente y se sintió terriblemente afortunada por estar viva. Las tarteras repiqueteaban dentro de la bolsa y era el único sonido que la acompañaba junto con el zumbido del viento frío entre los árboles. A aquella hora no había casi nadie allí.

Casandra llegó a casa de su vecina justo en el instante en el que las nubes empezaban a descargar de nuevo. Abrigada bajo el porche, apretó el timbre y esperó durante un largo rato.

Frunció el ceño. Por primera vez se le pasó por la cabeza que a lo mejor su vecina no estaba en casa. Fue a apretar el timbre por segunda vez…

Y entonces lo vio.

Le hubiese pasado desapercibido de no ser por una ráfaga de viento y lluvia que la obligó a girar el cuello para resguardarse. Estaba casi oculto entre el montón de restos de hojas que se acumulaban junto a la base de una de las columnas del porche. Apenas asomaba un par de pulgadas, lo suficiente para que se pudiese ver si estabas mirando en la dirección correcta.

O si lo estabas buscando, se corrigió mentalmente Casandra, con una sensación de nerviosismo en aumento.

Caminó un par de pasos y apartó las hojas muertas mientras el pánico rugía libre en su interior. Algo empezó a latir en sus sienes, lanzando oleadas de dolor a toda su cabeza.

No puede ser. Nopuedesernopuedesernopuedeser.

En la base de la columna de su vecina, a apenas cien metros de su casa, alguien había grabado de manera tosca un símbolo que conocía muy bien. Una cruz de dos aspas, con las puntas terminadas en flecha, montadas sobre una onda de infinito.

Un símbolo que había visto dibujado en la mano de una mujer que había muerto poco después.

Un símbolo que Casandra creía que solo existía en su imaginación.

Un símbolo que implicaba que, entonces, otras muchas cosas —cosas horribles— también debían de existir.

X

Casandra se deslizó hasta el suelo, incapaz de sostenerse sobre las piernas. El zumbido en la cabeza era un arpegio cada vez más intenso que lanzaba ondas abrasadoras de dolor. Sentía una inmensa presión dentro del cráneo, como si alguien empujase desde detrás sus globos oculares intentando sacarlos de su sitio. Cerró los ojos con fuerza mientras un gemido peleaba por escaparse de su garganta.

Tranquilízate, tranquilízate...

Oyó cómo alguien abría la puerta de la casa. La señora Mendoza, con sus ochenta y largos años, no era muy veloz, pero todavía tenía un oído fino. Había escuchado el timbre y había acudido a la llamada de la puerta.

—¡Casandra! ¡Por el amor de Dios! —exclamó—. ¿Qué haces tirada en el suelo, querida? ¿Te has caído?

La anciana se inclinó sobre Casandra e intentó levantarla. Sintió cómo las manos huesudas de la mujer asían su brazo y solo entonces abrió de nuevo los párpados. Y esta vez no pudo evitar que un grito ahogado de asombro se le escapase de la boca.

Era como en el hospital, solo que en esta ocasión todo brillaba cien veces más fuerte. Si toda su vida hubiese transcurrido dentro de una película en blanco y negro y de repente la hubiesen pasado a color, la sensación no habría sido más impactante. Las auras habían vuelto, aunque en esta ocasión con la fuerza de un espectáculo pirotécnico de Las Vegas.

La madera y el cemento del porche desprendían un fulgor suave y constante, entre los que destacaban los destellos anaranjados de todos y cada uno de los clavos incrustados en los tablones de pino. A su alrededor, los árboles del jardín se balanceaban sacudidos por el viento, soltando retazos de ondas blancas desde sus hojas cada vez que se agitaban. Casandra pudo *sentir* la presencia de un par de topos asustados que correteaban por debajo del césped de la señora Mendoza, dejando a su paso una serie de exhalaciones azuladas, como el humo de una locomotora enterrada, que se filtraba entre la hierba del suelo que brillaba con un destello espectral. Incluso el cielo, gris y cargado de nubes, vibraba emitiendo una luz ominosa, que latía con vida propia. En algunos puntos la luz se concentraba y retorcía, como si una dinamo gigante acumulase energía para liberarla más tarde. La lluvia que caía con fuerza se había transformado en una cascada de chispas doradas que rebotaban en todas direcciones al impactar contra el suelo. Era enloquecedor.

—Casandra, cielo. ¿Estás bien? —La voz de la señora Perla Mendoza le llegaba amortiguada a sus oídos.

Estás sufriendo una conmoción. Respira tranquila. Trata de mantener el control.

—Eh, sí. —Su voz sonaba débil y entrecortada—. Me he mareado un poco, Perla. Venía a traerle esto y además a darle las gra…

—¡No hacía falta, querida! —le cortó tajante la anciana—. ¡Acabas de salir del hospital, por favor! Ven, entra a casa. Estás tan pálida que parece que acabas de ver a un muerto.

Casandra se dio cuenta de que su rostro debía de estar demudado. Trató de recomponer su expresión lo mejor que pudo, pero le resultaba enloquecedoramente difícil. La señora Mendoza brillaba rodeada de un halo amarillo desvaído que tenía un color mucho más intenso alrededor de su cabeza, donde brincaban débiles chispas azules. Hablar con alguien cuando tu interlocutor destella como un anuncio de neón es condenadamente difícil.

—Si no le importa, me sentaré aquí fuera un momento. —Señaló una mecedora de mimbre que reposaba en una esquina del porche—. Creo que necesito aire. ¿Podría darme un vaso de agua, por favor?

—Claro que sí, tesoro, claro que sí. —Le acarició el pelo, dejando un rastro de zarcillos amarillentos que se engancharon en el aura violeta de Casandra; casi logró que empezara a gritar.

La señora Mendoza desapareció dentro de su casa y Casandra se quedó a solas durante unos minutos. Había conseguido recuperar el control de su respiración y sus extremidades ya no temblaban. Como en la ocasión anterior en el hospital, se diría que el dolor de cabeza había remitido un poco tras el estallido del principio y era cada vez más tolerable. Los colores, sin embargo, seguían vibrando a su alrededor con vida propia. Hasta el mismo aire tenía un tono propio. Todo zumbaba cargado de energía a su alrededor, todo parecía estar *vivo*… Excepto la marca situada en el poste del porche. En torno al símbolo de la cruz y el óvalo de infinito solo había un agobiante vacío de luz y color, un agujero negro en medio de una galaxia que estaba explotando en un millón de supernovas.

La señora Mendoza salió de nuevo al cabo de un rato con un vaso de agua y un plato de galletas. La hospitalidad estaba tan enraizada en la mente de aquella mujer que le resultaba inconcebible tener a alguien en su casa y no ofrecerle algo. Casandra bebió un largo trago del vaso y apartó las galletas de forma discreta antes de respirar hondo y volverse hacia la anciana. Necesitaba toda su fuerza de voluntad para mantener el control y no actuar de una forma errática.

—Ni siquiera te he dado la bienvenida —dijo la mujer mayor—. ¿Ya te han dado el alta? Claro, por supuesto que sí, de lo contrario no estarías aquí, ¿verdad? No sabes lo que me alegro de verte, tesoro. He estado muy preocupada por ti, muchísimo. He rezado todas las noches para que…

—Perla —Casandra interrumpió la avalancha de palabras de la mujer con un gesto amable—. ¿Qué es ese dibujo? ¿Lo ha hecho usted?

La anciana la miró confundida durante unos segundos. Después, se colocó las gafas sobre la nariz y se acercó renqueando hasta la columna. Tuvo que hacer un esfuerzo considerable para agacharse hasta al altura del grabado. Resoplando, se quedó contemplándolo un buen rato. Finalmente se puso de pie, con expresión cansada, mientras negaba con la cabeza.

—No lo había visto en mi vida —se quejó contrariada—. Debe de ser alguna chiquillada o cosa de algún grafitero de esos.

Casandra asintió. Se esperaba aquella respuesta.

—¿Qué gracia tiene pintarrajear la casa de una anciana que vive sola? —gruñó la mujer mayor—. ¿Me lo puedes explicar? ¡Ahora tendré que contratar a alguien para que me lo limpie!

Casandra agachó la cabeza e intentó controlar sus emociones. Estaba segura de que aquel dibujo no era obra de ningún vándalo. Se trataba de algo mucho más siniestro, pero no podía explicarlo sin sonar como una chiflada. Aunque, teniendo en cuenta que todo a su alrededor brillaba en una cegadora explosión de colores, el concepto «estar chiflada» comenzaba a sonar como algo real.

—Te voy a decir una cosa, querida. —Perla Mendoza resopló mientras intentaba limpiar el dibujo con la servilleta que envolvía las galletas—. La gente está perdiendo el sentido común, eso es lo que pasa. Orden y disciplina es lo que hace falta. ¡Orden y disciplina!

Pese a su vigorosa friega, el dibujo se resistía a desaparecer, aunque en otro nivel algo estaba ocurriendo. Casandra observaba entre fascinada y horrorizada cómo a cada pase de la tela el color y el brillo parecían desvanecerse en cada uno de los puntos que tocaba. Lo que fuera que impregnaba el extraño símbolo parecía devorar como un cáncer rabioso y descontrolado el color que lo rodeaba. Incluso las yemas de las manos de la señora Mendoza habían perdido su brillo fulgurante y habían quedado reducidas a un grupo de apéndices grises y apagados. A Casandra le recordaron durante un instante a un puñado de enormes gusanos muertos. Tuvo que hacer un esfuerzo para no vomitar ante la comparación.

—Debo irme. —Se levantó trastabillando—. Daniel y Martín deben de estar a punto de llegar. Ha sido usted muy amable, de verdad.

La señora Mendoza asintió de forma distraída mientras se esforzaba en borrar el símbolo. Mientras bajaba las escaleras, Casandra le oyó murmurar algo que sonaba como «condenados niñatos pintamonas». En el último instante, llevada por un repentino impulso, se giró de nuevo hacia la anciana.

—Perla —dijo—, tenga mucho cuidado, ¿quiere?

La anciana dejó de fregotear por un momento y la miró con ojos miopes por encima de la montura de sus gafas. Al cabo de un segundo asintió con expresión confundida. Sin duda se preguntaba a qué venía aquello, pero era demasiado educada para preguntar.

Casandra tragó saliva, levantó la mano y se alejó casi a la carrera. Sobre la cabeza de Perla Mendoza habían aparecido de golpe una cascada de chispeantes lucecitas anaranjadas que se perseguían mientras resbalaban por las mejillas de la mujer, y aquello era más de lo que podía soportar. Estaba a punto de ponerse a gritar.

Caminó hasta su casa temblando y procurando mantener los ojos cerrados casi todo el trayecto. Cada vez que miraba en cualquier dirección, una visión distorsionada del mundo le asaltaba en oleadas de colores con una intensidad abrumadora. Los últimos metros los hizo casi a la carrera, mientras el leve chisporroteo de agua se transformaba de nuevo en un diluvio. Casandra cruzó la puerta de su casa justo en el momento en el que el rugido de la lluvia intensa comenzaba a sonar con fuerza.

Entre jadeos, subió las escaleras hasta su dormitorio tropezando con los cuadros de las paredes mientras trepaba por los escalones en su huida del mundo exterior. Un gemido sordo peleaba en su garganta, pero ella luchaba por mantenerlo dentro. Sabía que, una vez que empezase a gritar, sería incapaz de parar.

Se descalzó las botas de dos puntapiés al tiempo que dejaba caer la gabardina en el suelo sin miramientos. Trastabillando, caminó hasta que sus rodillas tropezaron con el borde del colchón y se desplomó. El caleidoscopio de colores no parecía tan fuerte allí tumbada en la penumbra. Cerró los ojos con fuerza mientras intentaba controlar la respiración. El agotamiento y el estrés se sumaban para dejarla sin fuerzas. Una enorme ola de negrura se abalanzaba sobre ella. Casandra se dejó acunar, agradecida…

Y entonces se quedó dormida. Así de sencillo.

XI

Cuando despertó, lo primero que pensó fue que se había quedado ciega.

Estaba totalmente sumergida en tinieblas y era incapaz de ver su propia mano, pese a que la movía delante de la cara.

Primero las luces, ahora esto. Quizá me he lesionado el nervio óptico en el accidente. Eso es mucho mejor que estar volviéndose...

No le dio tiempo a dejarse llevar por el pánico, porque casi en ese mismo instante escuchó el sonido regular y profundo de la respiración de Daniel a su lado. Estiró el brazo y tocó la familiar piel suave de la espalda de su marido. Daniel tenía la inveterada costumbre de dormir completamente desnudo desde que era un niño. Decía que, si no lo hacía así, era incapaz de pegar ojo. Aquello le había costado más de un resfriado, sobre todo en invierno, pero era una de aquellas cosas que a Casandra le habían parecido encantadoras en él cuando se conocieron y ahora se había transformado en una costumbre extraña.

Se revolvió en la cama. Ella también estaba desnuda, excepto por su ropa interior, y envuelta en las sábanas. El cuerpo de Daniel irradiaba un agradable calor y de manera instintiva se apretujó contra su espalda, agradecida de la presencia de su marido. Un breve vistazo al despertador por encima de su hombro le informó que eran cerca de las cuatro de la mañana. Eso explicaba la oscuridad, por supuesto.

Se preguntó qué habría pasado. Recordaba haberse dejado caer en la cama y…

El recuerdo del símbolo en casa de la señora Mendoza la golpeó con fuerza e instintivamente se puso a tiritar.

—Lo he soñado —murmuró entre dientes—. Lo tengo que haber soñado, seguro.

Daniel se removió inquieto cuando la oyó hablar. Casandra se giró y de manera inconsciente acarició con ternura el pelo de su compañero. Se sintió reconfortada y llena de amor por un instante. Echaba dolorosamente de menos ese tipo de gestos, y ya solo se atrevía a hacerlos cuando él no era consciente, como cuando dormía. Le daba la sensación de que, si trataba de hacerlo de otra forma, se quedaría paralizada por la angustia ante su posible reacción…, o más en concreto por la posible ausencia de ella.

Se deslizó con sigilo fuera de la cama. En medio de la penumbra palpó hasta encontrar su bata y unas zapatillas. Daniel se removió en sueños una vez más. Procurando no hacer ruido, Casandra salió de la habitación y caminó por el pasillo hasta el dormitorio de Martín.

Se detuvo de golpe antes de abrir la puerta del cuarto de su hijo, con la mano suspendida en el aire cerca del pomo. Una bola de hielo se le formó en la garganta. Su mano no brillaba. No tenía aura. Estaba apagada y sin luz, como el símbolo.

Un segundo de horror le recorrió la espina dorsal justo antes de ser sustituido por una inmensa sensación de alivio. No solo era su mano. Nada brillaba. Su piel, pero también las paredes, el techo y hasta el aire que la rodeaba era normal. El Fulgor había desaparecido. Toda aquella locura se había disipado.

Con la sensación tranquilizadora de que el mundo volvía a girar en la dirección correcta, sin luces de colores ni símbolos extraños, Casandra abrió la puerta del cuarto. Un breve vistazo le permitió comprobar que Martín estaba profundamente dormido. Besó a su hijo y le revolvió el pelo con suavidad antes de dejarlo de nuevo sumergido en sus sueños. Casandra miró el reloj y fue consciente de que estaba desvelada. Necesitaba pensar con calma en todos los acontecimientos de las últimas horas. Entonces se acordó de los cigarrillos escondidos en el armario del fregadero y se dio cuenta de que necesitaba uno con urgencia.

Cinco minutos más tarde estaba en el garaje, al lado de la ventana entreabierta y con un café en la mano, mientras contemplaba la cajetilla arrugada apoyada sobre la mesa de bricolaje de Daniel. Después de tres meses sin fumar, debería haber dejado el hábito de una vez por todas, pero un día tan completo como el que había vivido hacía que la idea de encender uno de aquellos pequeños cilindros de papel y cáncer le resultase absolutamente tentadora.

Por lo menos he realizado un estudio de campo fantástico, pensó con humor negro. *Pasar tres meses en coma no ayuda a dejar de fumar. Quizá debería publicar un estudio con esto. El título es estupendo.*

El tabaco estaba algo húmedo y su sabor era desagradable. Casandra le dio dos largas caladas antes de apagarlo en el bote de las colillas con un gesto de asco y regresar a la cocina. Su mente viajaba a toda velocidad.

Había tenido dos episodios de alucinaciones en pocas horas, eso era evidente. El mero hecho de que esas visiones apareciesen y desapareciesen al azar demostraba de sobra que no eran reales. Algo fallaba en su cabeza, probablemente en el córtex frontal o el nervio óptico. De algún modo no era capaz de procesar correctamente las señales que le llegaban a través de los ojos y por eso estaba teniendo esos raptos.

Eso no explica lo de los símbolos. Ni lo del hospital. Yo sé lo que vi.

Casandra trató de obviar lo que la vocecilla de dentro de su cabeza le gritaba. Los símbolos no existían. Tampoco eran reales. Todo formaba parte de una imaginación sobreexcitada en un cerebro cansado. Tenía que ser eso. Lo contrario era una alternativa demasiado espantosa.

Pero aun así quedaban demasiados cabos sueltos. Su mirada se detuvo en un par de botas empapadas que descansaban en el fregadero. Sus botas. Daniel debía de haberlas dejado allí cuando llegó a casa y se la encontró profundamente dormida sobre la cama.

Un regusto amargo que no era del cigarrillo se extendió dentro de su boca. Aquellas botas eran la prueba viviente de que había estado fuera aquella tarde, que había ido a casa de Perla Mendoza, su vecina. A partir de aquel punto, la realidad y la imaginación tendían a cruzarse peligrosamente.

Un fogonazo anaranjado iluminó de pronto toda la cocina, seguido de una serie de breves destellos azules. Los flashes surgían en rápida sucesión, estirando las sombras de los distintos objetos en ángulos grotescos e inesperados.

—No, otra vez no, por favor. —La súplica casi agónica se escapó de los labios de Casandra mientras se encogía esperando el estallido de dolor en la cabeza…, pero no llegó.

En su lugar pudo oír el ulular distante de una sirena que se aproximaba por la carretera a toda velocidad. Abrió los ojos y se acercó corriendo a la ventana de la cocina. Un coche patrulla de la policía, con las luces encendidas, estaba cruzado en medio de la carretera con las dos puertas delanteras abiertas. A lo lejos, el aullido de la sirena de un camión de bomberos se hacía cada vez más audible, despertando a su paso a los vecinos que hasta el momento permanecían ajenos a lo que sucedía.

Uno de los agentes hablaba rápidamente por la emisora del vehículo mientras el otro corría con un extintor en la mano hacia una casa situada al fondo de la calle. Por las ventanas de la planta baja asomaban las primeras lenguas de fuego que amenazaban con devorar toda la estructura. Casandra contempló estupefacta y sin atreverse a respirar el gesto valiente pero inútil del policía que corría hacia la vivienda en llamas.

Al fondo de la calle, la casa de Perla Mendoza ardía por los cuatro costados, condenada por completo y envuelta en un humo negro como una pesadilla.

En los siguientes cinco minutos comenzaron a suceder muchas cosas a la vez. El aullido de las sirenas hizo que la mayor parte de las ventanas de la calle se iluminasen, mientras los vecinos se despertaban asustados. El fuego que devoraba la casa había alcanzado ya unas dimensiones notables y al primer coche patrulla se le habían sumado otros dos, mientras la dotación de bomberos trataba de controlar las llamas.

—¿Qué demonios pasa?

Casandra oyó la voz grave de Daniel, que bajaba saltando los escalones de dos en dos. A diferencia de ella, su marido era capaz de pasar del estado de sueño profundo a la actividad más absoluta sin apenas esfuerzo. Sus ojos saltaron de un lado a otro, evaluando rápidamente la situación, hasta que se detuvieron en la casa en llamas del fondo de la calle.

—¿Y Martín? —preguntó Casandra con ansiedad—. ¿Está despierto?

—El crío duerme —contestó Daniel mientras abría la puerta de casa—. No creo que ni con el doble de sirenas se despertase. Ya sabes cómo es.

Casandra siguió a su marido al exterior arrebujándose en la bata. El césped de su jardín estaba húmedo y pronto tuvo las zapatillas empapadas. No eran los únicos. Poco a poco una pequeña multitud de vecinos somnolientos se había ido congregando frente a una improvisada línea policial que dos atareados agentes se esforzaban en tender. Casandra vio cómo Daniel se acercaba a uno de los agentes y charlaba con él durante un rato. Seguramente se conocían de la comisaría. Su marido escuchó con gesto serio y luego volvió a su lado.

—Al parecer, alguien llamó por teléfono para avisar de que había un olor muy fuerte a gas —dijo—. Cuando llegó el primer coche patrulla, la casa ya estaba en llamas, así que cortaron el suministro de la calle y avisaron a los bomberos.

—¿Y la señora Mendoza?

Daniel meneó la cabeza con expresión sombría.

—Por lo que sé, podría estar todavía dentro —musitó—. Joder, esa mujer es muy mayor para vivir sola. Estaba claro que al final iba a pasar algo así.

Casandra abrió mucho los ojos.

Piensan que es un accidente. Por supuesto que lo es —se corrigió de inmediato—. *Te estás dejando llevar por la imaginación. A menos que...*

Se giró sobre sí misma y le dio la espalda al incendio para contemplar la pequeña multitud que se estaba congregando. Aun desde la distancia a la que se encontraba, podía sentir en la piel el suave calor que irradiaba la casa en llamas. La pintura de la fachada se inflamaba en pequeñas burbujas que ardían con la ferocidad de la gasolina. En algún lugar un trozo de tejado se derrumbó hacia el interior con estrépito, propagando un rumor sordo que hizo temblar el suelo debajo de sus pies. Las expresiones de todo el mundo eran de sobrecogimiento y horror, un «esa podría ser mi casa» pintado en cada vecino, y el convencimiento morboso de que dentro de aquel horno humeante una anciana se estaba quemando viva.

La mirada de Casandra saltaba de un rostro a otro buscando algo que no podía definir. De repente vio a uno.

Si sabías lo que estabas buscando, era fácil de ver. En medio de un numeroso grupo de gente vestida solo con pijamas o con alguna chaqueta puesta sobre los hombros apresuradamente, aquel hombre era el único que llevaba vaqueros y botas gruesas. Era bajo, corpulento y de mediana edad. Su piel era cetrina y estaba bastante calvo. Los ojos, ocultos debajo de dos espesas cejas que casi se unían en el centro de la frente, estaban clavados en el espectáculo con una expresión que a Casandra le resultó inmediatamente familiar. Era la misma mezcla de expectación, hambre y deseo frenético que había visto en la mirada del doctor y de los dos extraños que se habían colado en su habitación del hospital.

Estaba a punto de tirar del brazo de Daniel cuando de repente vio a otro de ellos un poco más atrás. Este era un hombre más alto, mayor y de aspecto aristocrático. Casandra estaba segura de que jamás había visto a aquel individuo en el vecindario, y si tuviese que apostar dinero, se lo jugaría a que aquel tipo nunca había dormido a menos de un kilómetro de allí. Y a su lado había una mujer muy guapa, alta y rubia, con la misma expresión salvaje. Casandra no podía ver su cuerpo, pero se preguntó al instante si sería la dueña del par de carísimos Jimmy Choo. Si al menos pudiese oír su voz… Solo había una manera de averiguarlo.

Justo cuando dio el primer paso hacia ella sucedieron varias cosas a un mismo tiempo. La primera fue que el primer hombre, el tipo bajo y grueso de las cejas, desvió un momento los ojos de las llamas y los paseó por la multitud, expectante. Su mirada se cruzó con la de Casandra por una fracción de segundo y su expresión cambió por completo. Primero una genuina cara de perplejidad se dibujó en su rostro, seguida de sorpresa, confusión y miedo. El hombre dio un paso atrás, para perderse en la multitud…

… Y justo en ese instante la casa de Perla Mendoza voló por los aires.

Fue una explosión atronadora. Un lateral de la vivienda —*La cocina, ahí estaba la cocina*— se abombó durante un segundo de una manera imposible antes de reventar en medio de una deflagración espantosa. Una bola de fuego amarillenta salió despedida proyectando una lluvia de pedazos de madera ardiendo, trozos de metal, ladrillos y docenas de objetos inidentificables en todas direcciones. Por suerte, el lado que había explotado estaba orientado en transversal al grupo de vecinos, pues de lo contrario la lluvia de metralla los hubiese aniquilado a todos en cuestión de segundos. Aun así, algunos trozos grandes cayeron en medio de la gente y enseguida se oyeron aquí y allá gemidos de dolor. Casandra pudo sentir claramente el olor característico del pelo humano *(el pelo de alguien)* al arder.

Un grito de pánico salió de la multitud y, de repente, aquel ordenado grupo de curiosos se transformó en una multitud aterrorizada que tropezaba y se aplastaba al intentar retroceder. Alguien empujó a Casandra por la espalda y la joven trastabilló. Braceó para mantener el equilibrio, pero en ese instante un hombre con un batín de seda entreabierto y pelos alborotados la embistió sin miramientos tratando de alejarse de las llamas. Justo antes de caer sintió las manos de Daniel, que la sujetaban por la cintura. A su lado, una mujer de unos cincuenta años no tuvo tanta suerte y cayó a plomo al suelo. Su brazo derecho se dobló en un ángulo extraño debajo de su cuerpo y la mujer soltó un aullido de dolor, casi inaudible en medio de la histeria de la multitud y el rugido de las llamas.

Dolor. Dolor y miedo por todas partes. Dolor brillante, vivo, caliente.

—¡Vamos! —gritó Daniel mientras la levantaba en vilo—. ¡Hay que alejarse de aquí!

Casandra se incorporó sofocada. Algo metálico y caliente cruzó el aire justo en el lugar donde ella había estado apenas un segundo antes, para acabar estrellándose con un *clonc* apagado contra el suelo. A sus pies humeaba un trozo retorcido de metal que en su día debía de haber sido una tartera. Por un instante alocado se detuvo a pensar si sería una de las que le había ido a devolver a la anciana el día anterior.

La multitud se estaba dispersando a toda prisa. La gente, consciente del peligro que corría, se dirigía hacia la seguridad de sus casas, excepto las tres o cuatro personas que habían resultado heridas. La más grave era la mujer del brazo, que gimoteaba en el suelo, al tiempo que su marido, con la bata abierta y la barriga asomando penosamente de su pijama, se esforzaba en consolarla mientras aguardaban la llegada de ayuda. A lo lejos ya se empezaba a escuchar el ulular de las sirenas de las ambulancias.

—Vamos para casa —dijo Daniel preocupado—. Por muy profundo que sea el sueño de Martín, se tiene que haber despertado a la fuerza con la explosión.

—¡Martín! —El pánico invadió la voz de Casandra. Mientras ella se encontraba allí, abstraída con aquel espectáculo, su hijo había estado a solas en casa, dormido. Solo. Indefenso.

Y *ellos* estaban por allí.

Salió corriendo hacia el jardín de su casa, que estaba a apenas cincuenta metros. La parte racional de su cerebro le decía que nada malo le podía haber pasado a su hijo. Su vivienda solo tenía dos puertas y ambas daban a la misma fachada. El niño no había salido, de eso estaba segura…, pero lo que no podía saber era si alguien se había colado dentro. Alguien con una sombra oscura y que dejaba extrañas marcas en sus víctimas.

Entró como una tromba en su casa y subió las escaleras a trompicones, poseída por una urgencia primitiva y protectora. Al llegar al pasillo superior casi arrolla a su hijo, que caminaba con expresión confusa y arrastrando un muñeco de peluche. Su rostro se iluminó al ver a su madre.

—¡Mamá! ¡Estás en casa!

Antes de que a Casandra le diese tiempo a reaccionar, Martín se lanzó a sus brazos como un obús y ambos cayeron al suelo.

—¿Mami? ¿Qué pasa? ¿Qué ha sido ese ruido? —preguntó entonces, súbitamente consciente de la agitación en el exterior—. Mami, tengo miedo.

—Chsstt, cariño. —Casandra lo abrazó con fiereza y enterró la cara en el cabello del pequeño mientras acariciaba su espalda—. No pasa nada, corazón. Mami está aquí.

—¿Está la policía en la calle? —El pequeño estiró el cuello tratando de ver a través de la ventana del fondo del pasillo—. ¿Está papá con ellos? ¿Van a detener a un ladrón? ¡Yo quiero verlo, mami!

Su expresión de miedo se había transformado en otra mucho más luminosa. *La increíble capacidad de adaptación de los niños,* pensó Casandra mientras lo cogía en brazos y se acercaba con él a la ventana.

Ambos miraron al exterior. El fuego en la casa de Perla Mendoza estaba totalmente fuera de control. Los bomberos trataban de mantener las llamas a raya para evitar que saltasen a otras viviendas del barrio, pero por lo demás poco podían hacer. Las lenguas de fuego ya asomaban por los huecos abiertos en el tejado, y una de las paredes se había desmoronado dejando a la vista parte del interior envuelto en llamas. Toda la calle estaba inundada de un aroma denso y espeso a humo, acre y picante, que se empezaba a filtrar dentro de las viviendas.

—Esa es la casa de la señora Mendoza, mami —señaló Martín—. ¡Está ardiendo! ¿Dónde está la señora Mendoza?

—No lo sé, cariño —Casandra articuló deprisa una mentira piadosa—. Seguramente no está en casa.

—Pues cuando vuelva se va a llevar un disgusto —replicó Martín, y tras cavilar un rato añadió—: ¿Puede venirse a vivir con nosotros? Si ya no tiene casa, va a necesitar un sitio donde vivir. A mí me gusta la señora Mendoza. Pero no quiero que nos haga lentejas, ¿vale?

Casandra no le estaba prestando atención. Su mirada se paseaba por toda la calle buscando a los intrusos de la multitud.

Pero, por más que buscó, no pudo encontrarlos. Se habían esfumado sin dejar rastro, como si nunca hubiesen estado allí.

O solo hubiesen existido en su cabeza.

XII

Nadie en la calle durmió demasiado el resto de la noche. Cuando las últimas llamas de la casa se convirtieron en rescoldos siseantes, un sol pálido y enfermizo ya asomaba sobre los árboles del bosque, peleándose por encontrar un hueco entre las nubes negras. Un viento húmedo y racheado zumbaba a través de los contenedores de basura y arrastraba restos indefinibles entre las ruinas humeantes de lo que hasta el día anterior había sido la vivienda de una anciana agradable.

La lluvia había empezado a caer cuando el forense, una hora antes, retiró una bolsa de plástico negra de los restos de la vivienda. Desde la distancia del porche de su casa, Casandra se estremeció. ¡Qué pequeña parecía aquella bolsa para contener un cuerpo humano!

—Roberto llegará a recogerme dentro de un rato y así tú puedes usar mi coche. —La voz de Daniel sonó a su lado sobresaltándola—. ¿Estás segura de que quieres ir sola?

Ella asintió convencida. Volver a repetir la ruta del día del accidente era algo que le despertaba una sensación incómoda en el fondo del estómago, pero también un paso ineludible para recuperar la normalidad en su vida. «Cuando te caes de un caballo, lo primero que debes hacer es montarte de nuevo», le repetía siempre su padre cuando solo era una niña. Bien, había llegado el momento de sacudirse el polvo y encaramarse otra vez a la silla. Además, echaba de menos llevar a Martín al colegio.

Un rato después, Roberto y su marido se alejaban zigzagueando entre un par de brigadas municipales de limpieza y los últimos periodistas gráficos despistados, de las noticias locales, que habían llegado para sacar algunas fotos de la vivienda calcinada. En una ciudad tan pequeña como aquella, sin duda sería la comidilla durante un par de días.

Casandra le colocó una bufanda en el cuello a Martín y ambos salieron del patio de su casa. El coche de Daniel —un deportivo gris, bajo y nervioso que a Casandra no le gustaba conducir— estaba aparcado en el camino de entrada. Al salir a la calzada, sus ruedas hacían un suave *chooof* cada vez que pisaban un charco lleno de ceniza. Al pasar al lado de la casa incendiada, Casandra disminuyó la velocidad casi hasta detener el vehículo y contempló las ruinas chamuscadas.

Una cinta azul y blanca de la policía rodeaba los restos, ya medio caída en una esquina. Al otro lado de la cinta, del porche de Perla Mendoza no quedaba nada más que un montón de carbones aplastados y ladrillos ennegrecidos por el humo y desmoronados. De manera incongruente, una cortina se había salvado de la acción de las llamas y todavía colgaba junto a una ventana sin cristales, rasgada y empapada por la lluvia, como la bandera de un ejército derrotado.

Casandra le echó un vistazo ansioso al lugar donde debería haber estado la columna del porche, pero aquella parte era un montón de cenizas y cascotes. Si realmente alguna vez hubo una marca en aquel poste, y no solo en su imaginación, en aquel momento ya no quedaba ni el menor rastro de ella. Desaparecida en medio de aquel terrible accidente.

Un accidente. Eso era lo que los bomberos decían que había sucedido. Un desafortunado escape de gas sumado a un radiador eléctrico defectuoso que había desembocado en un fuego incontrolado. Lo más seguro, a juzgar por lo que comentaban en la radio aquella mañana, es que la anciana hubiese muerto asfixiada por el humo antes de poder despertarse. Un triste accidente.

Un accidente.

La palabra restalló con fuerza en la mente de Casandra y le hizo preguntarse algo. De repente se dio cuenta de que, una vez dejase a Martín en el colegio, tendría que hacer una parada imprevista minutos antes.

Hicieron el camino hasta el colegio en medio de una animada cháchara. Martín hablaba sin cesar, feliz y satisfecho de tener a su madre con él, de vuelta a la rutina diaria después de un angustioso e incomprensible espacio de meses para un niño tan pequeño. Como si quisiera recuperar el tiempo perdido, el niño hablaba y hablaba, acumulando historias de manera atropellada y anárquica. Casandra reía feliz, y durante el trayecto no pensó ni una sola vez en marcas extrañas, muertes espantosas ni auras de colores que aparecían y desaparecían al azar. Durante el tiempo que duró aquel breve microcosmos entre ambos, fue total, pura y absolutamente feliz. Por eso, cuando remontaron la cuesta que llevaba hasta el colegio en lo alto de la colina, el repentino silencio de su hijo la sobresaltó.

—Martín, cariño… ¿Qué pasa?

El niño la observó con expresión preocupada.

—Mamá… —Se miró las manos, como si el pensamiento que quería expresar fuese muy complicado para su mente de cinco años—. No vas a tener otro accidente, ¿verdad? Quiero decir… ¿Me prometes que vas a volver a por mí? ¿Me lo prometes? Por favor… *¡Por favor!*

Los ojos de Casandra se humedecieron, y por un segundo sintió un nudo tan poderoso en la garganta que no pudo respirar. Una sensación cálida y desarmante, poderosa y primitiva la inundaba por completo.

—Claro que sí, tesoro. Claro que sí.

El corazón de Casandra se derretía de pura emoción. El principal temor de su hijo era que ella volviese a desaparecer. Una nube tan negra que para él cualquier otro problema resultaba insignificante. Se dio cuenta de que había una profunda herida en el alma de Martín que tardaría tiempo en sanar. El vínculo casi animal que existe entre una madre y su hijo se había visto amenazado y Martín lo había percibido por puro instinto. Se prometió a sí misma que haría lo que fuera necesario para que esa herida cicatrizase cuanto antes.

El abrazo en la puerta del colegio fue interminable y denso para ambos. Ninguno quería realmente soltar al otro, unidos los dos por ese vínculo tan complejo que supone el contacto físico con un ser amado. Cuando finalmente Martín cruzó la puerta del colegio, con una enorme sonrisa en la cara y agitando la mano, Casandra sentía que las lágrimas se deslizaban por sus mejillas.

La sensación de felicidad plena que la llenaba se fue disipando a medida que desandaba el camino. El cielo, como si quisiera poner un telón adecuado a su estado de ánimo, estaba cada vez más oscuro y preñado de agua, igual que los acontecimientos de la noche previa oscurecían el ánimo resplandeciente de Casandra. El limpiaparabrisas marcaba con ritmo de metrónomo el camino que la acercaba a un lugar que no deseaba visitar, pero al que sabía que debía ir.

Se hallaba cada vez más cerca del cruce donde, tres meses atrás, casi se había dejado la vida en un accidente de tráfico.

Un accidente. Aunque Casandra empezaba a tener dudas al respecto.

Es una sensación extraña volver a un lugar donde tu vida ha sufrido un cambio de rumbo. El sitio donde creciste, aquel bar donde te diste los primeros besos furtivos, la calle por donde paseaste de la mano riendo despreocupado. Esos lugares que atesoras en la memoria como momentos especiales, cuyo significado desborda emociones y sentimientos. Aunque no siempre sean buenos, por supuesto.

Casandra percibía esa sensación fría a medida que se acercaba al cruce fatídico. Había pasado por allí en tantas ocasiones que no podía recordarlas todas. Pero sí que recordaba la última.

Aunque había algo más que tenía que comprobar.

Aparcó el deportivo al lado de una pequeña tienda de ultramarinos que sobrevivía a duras penas entre la jungla de tráfico del cruce. Cuando Casandra se apeó del coche, en lo primero que se fijó fue en el aspecto decadente de la tiendecita, cuyo toldo delantero era de un color gris indefinido. Pensó que estaba desvaído hasta que se dio cuenta de que el auténtico color quedaba oculto bajo una capa formada a partes iguales por un musgo famélico y el hollín de los tubos de escape. Parte del escaparate la ocupaban revistas amarilleadas por el sol, varias cajas de aperitivos y una máquina de refrescos incongruentemente moderna.

Casandra le dio la espalda a la tienda y se fijó en el cruce. Tras varios meses no quedaba ni una sola señal del accidente. Las marcas en el suelo habían sido limpiadas a fondo y semanas de tráfico constante habían eliminado cualquier posible rastro del impacto. Daniel le había mostrado en el hospital un recorte de prensa, donde se veía su coche volcado como un enorme escarabajo patas arriba y el otro vehículo, calcinado y humeante en una esquina del encuadre. Aunque el granulado de la foto del periódico no permitía distinguirlo bien, una mancha blanca situada en medio de los restos ennegrecidos marcaba el lugar donde la calavera sonriente del otro conductor se despedía del mundo.

Casandra miró atentamente a los lados antes de cruzar hacia el otro lado de la calzada. Justo en el lugar donde el Mondeo había ardido, el asfalto era de distinto color. Un gran parche sustituía al pedazo de carretera que se había deformado y agrietado a causa del intenso calor del fuego. Subida en la acera, Casandra se dio cuenta de que el bordillo no había sido sustituido y aún tenía un color negro profundo. Recordaba que allí había una vieja parada de autobús que llevaba años sin uso, el típico elemento del paisaje urbano que después de verlo tantas veces se vuelve invisible. Sin embargo, su ausencia sí que se notaba, de la misma forma que el diente que falta en una boca ocupa más espacio que cuando estaba en su lugar. Casandra supuso que el calor del incendio debía de haberla derretido de tal manera que por fin los servicios municipales habían encontrado una buena excusa para retirarla.

Y entonces levantó la vista y se arrepintió amargamente de haber hecho aquella parada.

Quizá hubiese sido mejor vivir en la ignorancia. Quién sabe.

La vieja marquesina del bus tapaba un pedazo de pared de hormigón que antes quedaba oculto a la vista. Mientras estuvo allí, había formado un estrecho corredor cubierto entre su parte trasera y la pared, lleno de basura y deshechos, que únicamente utilizaban algunos vagabundos para guarecerse por las noches.

Al desaparecer la marquesina, la pared cubierta de grafitis quedaba a la vista. En medio de la maraña de nombres, anagramas, dibujos abstractos y rayas sin sentido trazadas por generaciones de alcohólicos y sintecho, una marca oscura destacaba como una araña agazapada en medio de la red, esperando.

Una marca con forma de símbolo de infinito coronada por una cruz de dos brazos rematados en flechas. La marca de los seres oscuros.

Casandra jadeó conmocionada. Todo su cuerpo comenzó a temblar de forma incontrolable. Se mareaba. Todo daba vueltas a su alrededor.

Tranquila. Respira. Respira. Respirarespiraresp…

El dolor la golpeó como una ola traicionera. En menos de un segundo un intenso dolor paralizante le acuchilló el cerebro, obligándola a soltar un grito de malestar. Se llevó las manos a la cabeza mientras cerraba los ojos.

Y cuando los abrió de nuevo, el aire brillaba lleno de colores y el mundo volvía a ser especial.

El Fulgor había vuelto.

XIII

Aunque la impresión del Fulgor era tan intensa como siempre, en esta ocasión Casandra no se dejó arrastrar por el pánico. Sabía que aquella energía, fuera lo que fuese, acabaría por desaparecer. Cuanto más tranquila y relajada estuviese, más fácil sería que su cerebro se diese cuenta de que estaban subidos en el tornado, camino de Oz, donde nada se les había perdido, y decidiese dar la vuelta al puñetero mundo real. Mientras tanto, tan solo tenía que actuar con normalidad.

Era más fácil de decir que de hacer. La marca oscura, como en los casos anteriores, estaba vacía y sin color, en medio del festival pirotécnico que suponían todas las pintadas de la pared, que parecían tener vida propia y ejercían un efecto casi hipnótico, aunque iban siendo devoradas poco a poco por la oscuridad como un liquen en un árbol. Casandra se giró asqueada. Ya había visto suficiente. Era hora de regresar a casa.

Cruzó de vuelta hacia su coche, tratando de no distraerse con los haces de luz que despedían los semáforos y que trazaban complicados arabescos en el aire. Sería irónico sobrevivir a un accidente de tráfico en ese lugar para acabar arrollada por cruzar como una triste turista borracha apenas unos meses después.

Cuando estaba llegando al deportivo reparó en que había una figura envuelta en la penumbra de la puerta de la tienda. En circunstancias normales ni siquiera habría percibido su presencia, pero con el Fulgor (ni siquiera sabía por qué había empezado a llamarlo así, pero el nombre parecía encajarle a la perfección) era imposible no verla. Un halo chispeante de verde botella punteado de pequeñas luminarias azules rodeaba la figura de un anciano semioculto tras una montaña de revistas.

Llevada por un repentino impulso, Casandra subió el par de escalones gastados y entró en la tienda. Le dio la impresión de que el anciano del interior se sorprendía por el movimiento, porque reculó como un cangrejo hacia el interior del establecimiento hasta parapetarse detrás del mostrador.

Casandra miró a su alrededor, aún desorientada por el exceso de estímulos. Aquel lugar recordaba a una tiendecita de última hora, uno de esos sitios donde puedes comprar leche y unas salchichas a casi cualquier hora si no te preocupa demasiado el estado de limpieza del envoltorio. El hombre situado detrás del mostrador la miraba con ojos legañosos detrás de sus gafas. Cuando pareció darse cuenta de que Casandra no pensaba comprar nada, suspiró y se quitó las gafas para limpiarlas con el faldón de la camisa. Se las puso de nuevo y entonces observó a Casandra con curiosidad.

—¿No nos conocemos? —dijo—. Creo que su cara me suena de algo…

—No creo —replicó Casandra—. Es la primera vez que entro aquí.

Un silencio incómodo de unos segundos se hizo entre ambos. Finalmente, lo rompió ella.

—Hace cosa de tres meses sufrí un accidente en este cruce. —Señaló con el dedo por encima de su hombro—. Me preguntaba si usted podría…

—¡Eso es! —la interrumpió el anciano—. ¡Es usted la mujer del accidente! ¡Pero si está estupenda! ¡Cuando la sacaron de su coche parecía a punto de romperse en pedazos, lo recuerdo perfectamente…!

Casandra torció el gesto, asaltada de súbito por el recuerdo de un coche que se lanzaba contra su costado a toda velocidad. El hombre pareció advertir su incomodidad y se llevó las manos a la cara, de pronto avergonzado.

—¡Perdóneme usted! Hablo demasiado y solo digo tonterías. —Extendió las manos hacia Casandra y tomó las suyas entre sus palmas callosas. Ella observó fascinada cómo sus dos auras se mezclaban por un instante haciendo remolinos—. Me llamo Jorge Dean y paso demasiado tiempo a solas en este cruce. Lo lamento si mis palabras le han ofendido y, de verdad, me alegra ver que está usted sana y de una pieza.

—No se preocupe. —Casandra le dedicó una luminosa sonrisa para tranquilizar al anciano, pero al mismo tiempo liberó discretamente sus manos de la zarpa de hierro que la sujetaba. Los remolinos se deshicieron en el aire con suavidad—. Entiendo lo que quiere decir.

—¿Qué le trae por aquí? ¿Hay algo que le pueda ofrecer?

—En realidad, venía en busca de información —replicó Casandra—. Verá, no recuerdo demasiado del accidente y me preguntaba si usted había visto algo…

—Sí, sí, por supuesto, pude verlo todo —contestó Dean—. ¿Qué quiere saber?

—Me interesa saber qué pasó con aquella marquesina de autobús que estaba allí enfrente. —Casandra señaló con el dedo. Incluso desde allí la mancha oscura de la marca destacaba como una caries podrida—. ¿Acaso la arrollamos en el choque?

—No, no, qué va. Era de plástico y se derritió un poco con el calor del incendio —contestó el anciano—. Además, ya estaba en muy mal estado, así que supongo que por eso la retiraron. Ya puestos, podrían haber adecentado un poco esa pared y borrar esos garabatos, ¿no cree?

Casandra sintió que el pulso se le aceleraba.

—¿Sabe quién hizo ese grafiti de allí, el más negro? —preguntó, tratando de darle un tono de normalidad a su voz.

Jorge Dean miró con atención durante un momento y luego se encogió de hombros, con una expresión perpleja en el rostro.

—No tengo ni idea. Ahí detrás se metía todo tipo de gente: yonquis, vagabundos, borrachos que se meaban...; cualquiera de ellos. Para mí todos esos rayajos son igual de incomprensibles. ¿Por qué le interesa?

Porque ese símbolo está presente en escenas de crímenes, muertes violentas y accidentes y nadie parece darse cuenta. Porque veo luces de colores alrededor de tu cabeza. Porque creo que me estoy volviendo loca. Porque no entiendo nada, joder.

—Oh, por nada en especial —contestó sonriendo quizá más de la cuenta—. Simplemente trato de entender qué pasó, si hubo algo que me pudo distraer el día del accidente, ya sabe...

—No se me ocurre nada —contestó Dean después de meditar unos segundos. De repente sus ojos brillaron y se dio un tirón reflexivo a la barba—. Bueno, excepto lo de aquellas personas y el motorista...

—¿De qué habla?

Casandra sintió cómo su pulso se aceleraba. Con espanto comprobó cómo al excitarse el Fulgor parecía cobrar aún más fuerza. Por unos segundos le dio la impresión de que podía ver el chisporroteo azulado de la electricidad corriendo por el cable del enchufe de la máquina de refrescos. Apartó la mirada y se obligó a concentrarse únicamente en su interlocutor.

—Había un hombre y una mujer esperando en la parada. —Se diría que Dean estaba hablando para sí mismo—. Me llamó la atención porque lleva sin servicio desde hace años. Por eso cuando llegó el motorista y se puso a su lado me extrañó todavía más. Entonces entró usted en el cruce casi al mismo tiempo que el otro coche y todo fue un caos.

—Ah, eso no es nada especial —musitó Casandra súbitamente decepcionada.

—Eso no es lo raro —la contradijo el anciano—. Los perdí de vista durante un rato, al principio del accidente, pero después, cuando empezaron a llegar las ambulancias, seguían de pie casi en el mismo sitio. Y ahí es donde empieza lo extraño…

—¿A qué se refiere?

Dean miró hacia los lados, como tratando de encontrar las palabras exactas.

—Mire, no quiero sonar como un loco, pero había algo distinto en esa gente, ¿vale? No sé si era su forma de moverse, su expresión… Lo cierto es que parecían estar disfrutando un montón con todo ese jaleo.

Casandra tragó saliva. Ellos, otra vez.

—No, no era como si disfrutasen —se corrigió a sí mismo el anciano meneando la cabeza—. Era otra cosa.

—¿Otra cosa? —preguntó ella.

—Estoy aquí metido casi todo el día, ¿sabe? Así que tengo mucho tiempo para ver la televisión. —Señaló hacia la esquina donde una pequeña pantalla plana zumbaba en silencio retransmitiendo un viejo reportaje de la Segunda Guerra Mundial—. ¿Conoce ese programa de la tele donde un tipo recorre los Estados Unidos pegándose atracones de comida basura? ¿Sabe esa cara que pone cuando acaba de ponerse hasta arriba?

Casandra asintió, aun sin saber muy bien a lo que el anciano se refería.

—Pues bien, esas tres personas tenían exactamente esa misma cara de satisfacción. —El cuerpo de Dean se contrajo con un escalofrío—. Era como si…, como si se *alimentasen* y por fin estuviesen satisfechas.

XIV

Cuando Casandra salió de la pequeña tienda del señor Dean, su cabeza amenazaba con estallar. El anciano había sido incapaz de recordar cualquier otro detalle sobre las personas que habían estado en el cruce el día del accidente, pero lo poco que le había revelado había sido demoledor.

Por primera vez tenía la certeza de que no era la única que había visto a los Oscuros, aunque evidentemente el viejo tendero del cruce no se refería a ellos así, ni podía intuir el abismo que se escondía bajo su aparente disfraz de normalidad. Sin embargo, por fin estaba segura de que eran reales. Estaban allí, y de alguna manera se encontraban conectados con aquel símbolo que señalizaba el lugar donde se... ¿alimentaban? Esa era la palabra que había elegido el anciano tendero. Pero ¿cómo lo hacían? ¿Y por qué?

Esa era la única parte de toda aquella locura que Casandra no podía descifrar de momento. Eso y el hecho de que no sabía si las auras tenían alguna relación con la presencia de los Oscuros y ni mucho menos cuál era el motivo por el que ella podía verlas y el resto del mundo no. Demasiadas incógnitas abiertas y muy pocas respuestas.

Mientras tanto, el Fulgor parecía haberse amortiguado un poco, pero seguía presente de camino a casa. El dolor de cabeza que siempre lo acompañaba era esta vez mucho más suave y sutil, y al cabo de un rato casi ni lo percibía. Conducir de vuelta sometida a tal volumen de información requería de toda su concentración para no salirse de la carretera. Hasta el detalle más nimio, como el humo de escape del coche que circulaba delante, se transformaba en algo mágico y fascinante, lleno de destellos dorados y luces culebreantes. Estaba tan absorta en el espectáculo luminoso que la rodeaba que casi no la vio.

Era una furgoneta normal y corriente, aparcada a pocos metros de la puerta de su casa, decorada con los vistosos coloridos de una empresa de televisión por cable. Si Casandra no hubiese estado tan atrapada en su torbellino, se habría dado cuenta enseguida de que no tenía sentido que esa furgoneta estuviese allí, pero no fue de esa manera.

Aparcó el coche delante del garaje y se bajó mirando hacia el cielo, que amenazaba lluvia de nuevo. Entonces giró la cabeza hacia la furgoneta y frunció el ceño.

Allí había algo que no cuadraba, solo que no sabía qué era. Como un grano de arena en medio de la comida, algo molesto le daba vueltas en la cabeza sin ser capaz de descubrir qué era lo estaba fuera de lugar. Volvió a mirar la furgoneta con más atención. Estaba limpia, bien aparcada y, a simple vista, sin nada extraño.

¿Qué pasa aquí? ¿Qué diablos hace esa furgoneta en…?

De golpe, lo supo. Estaban a más de cinco kilómetros del núcleo urbano más cercano, en una urbanización de apenas veinte casas. Ninguna compañía se había tomado la molestia de tender cable hasta allí, pues la inversión superaba con mucho el posible beneficio. Aquella furgoneta allí aparcada estaba tan fuera de lugar en su calle como un rabino en un congreso del partido nazi.

Se rascó la cabeza extrañada, pero buscando explicaciones lógicas. Podría ser que el conductor estuviese de visita, o que alguno de sus vecinos hubiese empezado a trabajar para aquella compañía. U otras cincuenta causas razonables.

Te estás volviendo paranoica, Cas. El Fulgor te está haciendo perder el contacto con la realidad.

Comenzó a caminar hacia la puerta de su casa y entonces se detuvo en seco, sin poder respirar. El Fulgor se disparó, multiplicado por cien, como si reaccionase a su estado de ánimo en una especie de mecanismo de autodefensa. Todo se volvió más nítido, más brillante, más *real*. Pero el pánico lo ahogaba todo.

Al pie de su puerta, justo al lado de la bisagra inferior, una marca oscura en forma de cinta de Moebius, con una cruz de dos brazos sobre ella, absorbía el color de todo lo que la rodeaba, resaltando su negrura.

Casandra se tambaleó, conmocionada.

En la puerta de mi casa no. En mi casa no, por favor, no-nono…

Caminó hacia el porche en estado de trance, casi a tropezones. Al llegar al lado del símbolo se agachó y le pasó un dedo por encima. La tinta aún estaba fresca y se corrió ligeramente al presionarla.

Casandra se miró la mano y vio cómo se mezclaba el color oscuro de la tinta y la sombra negra que en un nivel paralelo se extendía como un charco de petróleo. Frenética, se levantó de un salto y entró en casa para meter las manos debajo del grifo. Mientras el agua corría se frotó con fuerza los dedos hasta que el más mínimo rastro oscuro desapareció de sus yemas. Se observó la palma de la mano con atención. Su aura malva aún brillaba, pero parecía algo más apagada en aquellos puntos en los que la tinta había entrado en contacto con su piel.

Por un instante miró a su alrededor, al borde de la histeria. Llevada por un rapto de urgencia irracional, se agachó debajo del fregadero y, tras arrojar objetos en todas direcciones, sacó una botella de lejía, un estropajo, un cubo y un par de guantes.

Llenó el cubo, respirando de forma agitada mientras el agua tardaba lo que parecía una eternidad en salir del grifo, y se acercó a la puerta a grandes zancadas. Por un segundo se vio reflejada en el espejo de cuerpo entero del zaguán de la entrada —despeinada, con la expresión convulsionada y derramando agua con lejía por todo el pasillo— y una risa nerviosa brotó incontrolable de entre sus labios.

Soy una pirada y me comporto como una pirada. Estoy fatal.

Se dejó caer de rodillas y fregoteó el símbolo con fijación maniaca durante un par de minutos. Los dedos le ardían por el contacto con la lejía, pero Casandra ni siquiera los sentía. El Fulgor, que estaba ardiendo con fuerza, le permitía ver cómo poco a poco el marco de la puerta recuperaba su tono normal, pero el cubo de agua se iba convirtiendo en algo similar a la boca de una mina, una charca densa y oscura que parecía tener atrapada alguna clase de antigua y profunda maldad en su interior.

Justo entonces oyó un crujido a su derecha. Fue un *crec* muy ligero, casi inaudible, pero ella lo reconoció sin necesidad de levantar la cabeza. La ventana de la cocina tenía un raíl ligeramente doblado por un golpe y cada vez que la hoja se deslizaba por encima soltaba aquel diminuto sonido. Daniel llevaba años diciendo que iba a arreglar la maldita ventana, pero jamás lo había hecho.

Y en aquel preciso instante, alguien estaba abriendo aquella ventana.

Se levantó con sigilo, intentando hacer el menor ruido posible. La sangre le retumbaba en los oídos con el rumor apagado de unos tambores de guerra. Empujó la puerta de entrada rezando para que los goznes no chirriasen.

El vestíbulo estaba vacío. Del perchero colgaba una gabardina de Daniel y su chaqueta: le confirmaban que aquello no era un sueño, que se estaba deslizando igual que una intrusa por su propia casa. A los pies de la escalera, de una forma extrañamente incongruente con su agitación, un pequeño coche de carreras de Martín yacía abandonado, con su conductor de plástico observándola con ojos fijos, como el espectador privilegiado de una película de terror. Sus enormes ojos sin párpados parecían seguirla a medida que avanzaba hacia la cocina, con una expresión sardónica de sabiduría dibujada en su sonrisa de tinta. *Vas a morir, Casandra, y solo yo voy a verlo. Es una pena que no pueda contárselo a nadie.*

Casandra caminó con cuidado por el pasillo, con los músculos agarrotados y el corazón latiendo a toda velocidad. De repente se dio cuenta de que todavía llevaba en la mano el estropajo y el cubo de agua sucia con lejía. Miró a su alrededor buscando algo que le pudiese servir de arma improvisada, pero el pasillo estaba totalmente vacío. Desde la cocina le llegó un leve golpeteo de cristales entrechocando, como si alguien (o algo) estuviese revolviendo en su vajilla.

Dio un paso más y en ese instante pisó una tablilla del parqué mal ajustada, que se combó con un chirrido quejumbroso al sentir su peso. Casandra se detuvo, congelada. El tintineo de la cocina cesó de golpe y por un segundo toda la casa pareció contener la respiración.

Casandra sentía el sudor deslizándose por su espalda. *Vete de aquí*, gritaba su cerebro, *sal corriendo y avisa a alguien, idiota.* Estaba haciendo exactamente lo que siempre se había prometido que no haría en una situación como aquella.

«Si hay un intruso en tu casa, no te enfrentes a él, sal disparada a la calle y avisa a la policía. Deja que la caballería acabe con los malos, y todo lo demás.» Eso lo sabía hasta la persona más obtusa.

Un reflujo ácido le subió desde el estómago hasta la boca. Se estaba comportando como la protagonista de una mala película de sobremesa, y lo peor de todo es que era consciente de ello.

Aun así, se diría que el sentido común había saltado por la borda en algún momento, porque Casandra no podía parar. Ya no. Necesitaba *saber*.

El momento de *impasse* se estiró de manera dolorosa durante diez eternos segundos. De repente, el tintineo de cristales se reanudó y Casandra exhaló por fin el aliento. Advirtió que durante todo aquel rato había contenido la respiración, con los nudillos blancos alrededor del asa del cubo, expectante. El Fulgor restallaba con fuerza, con la energía de un perro de caza que lleva encerrado demasiado tiempo en un remolque y al que por fin dejan salir a correr. Las paredes latían con luz propia y por un breve instante de pánico le dio la sensación de que los colores trataban de decirle algo.

A un metro de la cocina pudo adivinar, a través de la hoja de madera de roble, justo antes de abrir la puerta, la presencia de una figura inclinada ante su despensa. Era como una nube difusa de luz que se sacudía y que ella podía *ver*, pese a que la puerta estaba cerrada.

Casandra sintió la garganta súbitamente seca. Tener a un intruso merodeando por su casa ya era una experiencia lo bastante horrible, pero descubrir de golpe que no podía fiarse de sus sentidos superaba con creces los límites de su cordura. La urgencia de salir de allí corriendo se había vuelto casi incontrolable, pero una parte profunda de su cerebro parecía haber tomado el control y la impulsaba a seguir adelante.

La mano que sostenía el estropajo empujó la puerta, que giró silenciosa sobre sí misma, y por fin entró en su cocina.

El hombre estaba de espaldas, frente a su nevera, al parecer atareado en algo que ella no podía adivinar desde allí. Se hallaba tan concentrado en su actividad que no percibió la presencia de Casandra hasta unos segundos más tarde. Entonces levantó la cabeza y se giró con una expresión de sorpresa en el rostro.

A ella se le escapó un gemido de espanto. Era el hombre de las cejas prominentes que había visto en medio de la multitud justo antes de que la explosión de la cocina de Perla Mendoza generase el caos y lo perdiese de vista. Se había cambiado de ropa y ahora vestía el mono de trabajo de la compañía de cable y llevaba puesta una visera oscura que le ocultaba parte del rostro, pero se trataba del mismo hombre, estaba totalmente segura. La gran diferencia era que en aquel momento el Fulgor le permitía ver el aura que rodeaba su figura. Era una nube negra, densa y opaca, que se retorcía en lazos oscuros y pegajosos que parecían querer devorarlo todo.

—Bien, esto es una sorpresa. —El hombre le dedicó una deslumbrante sonrisa llena de dientes mientras se sacudía una mota de polvo imaginaria de las rodillas al levantarse. Si se sentía incómodo por haber sido sorprendido dentro de una casa ajena, lo disimulaba muy bien.

—¿Qué hace en mi cocina? —La voz le temblaba, muy a su pesar—. Mi marido es policía y llegará en cualquier momento.

—*Cállate ya* —susurró el hombre con un suave acento extranjero imposible de identificar.

Lo dijo en un tono suave, pero seco y cortante. En cuanto abrió la boca, el aire alrededor de ambos pareció volverse algo más denso y viscoso, creciendo como una burbuja alrededor del hombre. Sin embargo, cuando aquella burbuja tocó el aura violeta de Casandra, se deshinchó de repente como una rueda pinchada.

Casandra parpadeó un par de veces confundida. No sabía muy bien qué había pasado, pero le daba la sensación de que el hombre había intentado hacer algo con ella y no había funcionado. ¿Él se habría dado cuenta?

—No te importa que esté en tu casa —silabeó con voz acariciadora—. De hecho, estás tan a gusto conmigo aquí que te vas a desnudar ahora mismo. Te vas a desnudar... muy despacio.

Casandra le observó boquiabierta. Si no fuese por la marca de la puerta y el halo negro que le envolvía todo el cuerpo, habría tomado a aquel tipo por un perturbado. Estaba claro que había algo más.

—Empieza a desnudarte ahora —susurró el hombre—. Y después vas a...

—¿Quién eres? —le interrumpió con voz estrangulada—. ¿Qué es esa marca de la puerta? ¿Qué quieres de mí?

La expresión de suficiencia del hombre se desvaneció como por ensalmo. La mirada de desconcierto que asomó en sus ojos era tan enorme y genuina que Casandra se habría echado a reír de no haber sido por la gravedad del momento.

—¡Tú! —gruñó él levantando el labio superior y dejando a la vista una fila de dientes blancos y cuidados. La sonrisa deslumbrante que lucía segundos atrás se había vuelto una mueca agresiva y amenazadora—. Pero... ¿Cómo? ¡Eso no es posible!

El aire crepitó a su alrededor y, antes de que ella pudiese hacer un solo movimiento, una sombra oscura salió proyectada del aura del hombre hacia la suya. Sin embargo, nada más tocar el halo de Casandra, se disolvió en un remolino negruzco parecido a la tinta de un calamar. Todos los electrodomésticos de la cocina se encendieron a la vez y la alarma de incendios comenzó a lanzar aullidos histéricos, pese a que no había una sola llama. Las luces parpadeaban mientras el hombre lanzaba oleada tras oleada oscura sobre Casandra de forma furiosa, solo para comprobar cómo cada una de ellas se deshacía en torno a la joven con la facilidad de un azucarillo.

—¡Déjeme en paz! —gimió ella conmocionada. No estaba segura de si todo aquello era real o estaba sufriendo una alucinación, y su capacidad de reacción estaba totalmente anulada—. ¡Váyase de mi casa! ¡Márchese! ¡Fuera! ¡Fuera!

El hombre la miró durante un buen rato con una expresión incrédula en el rostro. De golpe, una risa cavernosa brotó de su garganta.

—No sabes nada. —Meneó la cabeza como si acabase de descubrir algo extraordinario—. ¡Nada!

Nada más hablar, se movió con la velocidad de un rayo hacia el aparador. Casandra pudo adivinar cuáles eran sus intenciones un segundo antes de que extendiese las manos hacia los cuchillos de cocina que estaban ordenadamente colocados en el tajo.

El hombre sacó uno de los cuchillos de acero y se giró hacia Casandra siseando como una cobra, mientras lanzaba al aire un tajo de prueba que no acertó en el pecho de la joven por pocos centímetros. Casandra dio un salto hacia atrás mientras el Oscuro se abalanzaba de nuevo sobre ella descargando una segunda cuchillada en el aire. Su mirada reflejaba una determinación asesina, pero iba acompañada de una sonrisa torva que hacía pensar que estaba disfrutando con la situación.

Con el siguiente tajo, obligó a Casandra a dar un nuevo salto de espaldas. En un acto reflejo ella le arrojó el estropajo que aún tenía en la mano, pero el hombre lo esquivó con un gesto del cuello casi desdeñoso. Casandra tropezó con la pared, acorralada, mientras los colores de la cocina saltaban en una variedad explosiva que apenas le dejaba distinguir lo que sucedía a su alrededor.

El intruso se acercó, haciendo crujir su cuello, mientras se pasaba el cuchillo de una mano a otra. En ese instante Casandra fue consciente del peso del cubo que aún tenía sujeto con la otra mano. En un acto apenas meditado, balanceó el caldero de estaño y arrojó el agua con lejía sobre la cara sorprendida del Oscuro cuando estaba a pocos centímetros.

El efecto fue casi inmediato. El hombre se llevó las manos a la cara y dejó escapar un aullido de dolor cuando sus ojos comenzaron a arder en contacto con la lejía. Casandra aprovechó el momento para balancear por segunda vez el cubo sobre su cabeza y descargarlo con todas sus fuerzas contra la sien del individuo. El cubo impactó con un sonido apagado y el hombre trastabilló y cayó de rodillas aturdido, pero sin soltar el cuchillo. Ella se lanzó entonces sobre las piernas del intruso, que intentaba ponerse de nuevo de pie de manera torpe, resbalando en el charco de agua que se extendía por el suelo de mármol de la cocina.

Casandra pasaba sobre el cuerpo caído cuando sintió cómo una mano de hierro la sujetaba por un tobillo y la hacía caer de bruces. El impacto contra el suelo hizo que saliese todo el aire de sus pulmones. Zafó su pie de una patada, justo a tiempo, pues el hombre descargó una cuchillada feroz sobre el lugar exacto donde ella había estado apenas una décima de segundo antes. Casandra gateó de espaldas, como un cangrejo, hasta tropezar de nuevo contra el aparador.

Presa del pánico, extendió la mano a ciegas hacia la parte superior, hasta que sus dedos tropezaron con un cable grueso. Tiró de él y sintió un golpe sordo en el hombro cuando la tostadora que estaba al final del cable la golpeó. La contempló con desesperación mientras el intruso se levantaba por fin con un rugido de furia. El hombre sujetaba un cuchillo con una hoja de veinte centímetros, y ella tan solo tenía un pequeño tostador de pan en las manos. Las posibilidades no estaban precisamente de su lado.

—Te va a doler, te lo prometo. —La voz del desconocido de cejas oscuras había bajado a un murmullo, sus ojos, reducidos a dos rendijas de odio reconcentrado—. Y cuando acabe contigo, iré a por tu hijo. Haré que sea muy largo para él, desde luego que sí. Ya lo verás.

El intruso fintó en una dirección, y luego en un visto y no visto se abalanzó sobre Casandra, dispuesto a clavar el cuchillo con el peso de su cuerpo. Ella solo tuvo una oportunidad de reaccionar, así que sujetó el cable con fuerza y volteó el tostador sobre su cabeza antes de lanzarlo contra el individuo.

El electrodoméstico impactó en la frente del hombre con un golpe escalofriante. Él puso los ojos en blanco y se derrumbó sobre Casandra como un buey en el matadero. La joven sintió el filo de acero del cuchillo sobre la piel de su vientre, peligrosamente cerca de ella, aunque aprisionado entre los dos cuerpos. El hombre, aturdido pero aún consciente, balbuceó algo mientras sacudía la cabeza. Sujetó con una zarpa de acero el hombro de Casandra, fijándola contra el suelo de forma que no pudiera moverse, mientras trataba de liberar con gestos torpes su brazo aprisionado entre los dos cuerpos.

Casandra comprendió que, en cuanto el hombre recuperase un poco el control, ella iba a morir. Un regusto amargo se extendió por su boca al entender que iba a dejar de nuevo solo a Martín, esta vez para siempre. La sombra oscura que rodeaba la figura de su rival parecía mucho más negra vista desde tan cerca y sus zarcillos la rodeaban como tentáculos, asfixiándola.

Jugó su última carta. Mientras el hombre se recuperaba del impacto, agarró con fuerza el cable de la tostadora y lo pasó con su brazo libre alrededor del cuello de su sorprendido rival. A continuación, tiró con todas las fuerzas que tenía, apretando el cable alrededor de su garganta en una lazada mortal.

El hombre oscuro boqueó mientras trataba de liberarse de forma histérica. Lanzó su brazo libre hacia el cable tratando de aflojar la presión, pero Casandra redobló sus esfuerzos en una tentativa desesperada. Al tirar del cable, su cuerpo se apretó contra el del intruso, de forma que la mano que sujetaba el cuchillo quedó aún más apresada entre ambos.

Casandra sentía el filo del cuchillo rozando su piel mientras los segundos transcurrían muy lentamente. Ambos estaban tirados en el suelo de la cocina, él encima de ella, sujetos en un abrazo mortal de enamorados, con las caras a muy poca distancia la una de la otra. Casandra mantenía los ojos fijos en la pupilas del hombre, y podía oler su aliento, caliente y espeso, directamente en su boca. Las manos del hombre arañaban el cable que lo sujetaba en un cepo letal hasta que poco a poco su piel comenzó a cambiar de color. Primero fue subiendo de tono granate hasta casi enrojecer por completo, y justo cuando Casandra pensaba que ya no podía hacer más fuerza y que tendría que soltar el cable, el intruso bizqueó y se derrumbó sobre ella exangüe.

El silencio se apoderó por fin de la casa. Las manos de Casandra aflojaron por fin el cable y la tostadora golpeó el suelo con un chasquido apagado. Se quedó tumbada boca arriba durante unos interminables segundos, con el cuerpo inerte del hombre encima de ella, al tiempo que trataba de recuperar el resuello. Finalmente, lo empujó a un lado y rodó sobre sí misma, mientras un gemido de terror contenido en su pecho hasta ese momento se abría paso y se desataba, fuera de control.

Más tarde no sería capaz de precisar cuánto tiempo estuvo en una esquina de la cocina, aovillada y llorando, en una catarsis de miedo, alivio, tensión y adrenalina. Solo recordaba que no fue capaz de ponerse de pie hasta pasado un buen rato, pues los temblores que recorrían su cuerpo eran tan violentos que sus piernas parecían haberse transformado en un pudín de gelatina.

Cuando por fin recuperó el control, se levantó con esfuerzo y se acercó de nuevo al fregadero. Por segunda vez en horas metió las manos debajo del grifo y dejó que el agua corriese sobre ellas. Sus palmas estaban laceradas por el cable y dos profundos surcos rojos las recorrían de un lado a otro. Aún no dolían, pero Casandra sospechaba que en unos cuantos minutos el dolor sería insoportable. Solo entonces se dio cuenta de que el bajo de su blusa estaba rasgado y manchado de sangre. Asustada, se quitó la prenda de ropa de un golpe para palparse todo el abdomen.

Era apenas un corte superficial, una larga y delgada incisión que coincidía con el lugar donde había estado apoyado el cuchillo durante su abrazo mortal. Si el hombre hubiese tenido tan solo un par de centímetros más de espacio, habría podido girar la hoja lo suficiente como para clavársela en las entrañas y allí habría acabado todo.

Has estado a punto de morir, Casandra. Otra vez. Estás haciendo de esto una mala costumbre.

Cerró los ojos con fuerza, intentando acallar la voz que resonaba en su cabeza. Su boca estaba reseca como un trozo de esparto y se sentía mareada. Su mirada se detuvo en el cuerpo inerte que yacía en una esquina de su cocina y de pronto fue consciente de la enormidad de la situación. Sin poder controlarse, se inclinó sobre el fregadero y vomitó en medio de potentes arcadas.

Cuando se incorporó, echó un vistazo por la ventana. Ya hacía un buen rato que había pasado el mediodía y la lluvia caía con suavidad sobre la calle desierta. Nadie podría adivinar desde fuera que dentro de aquella cocina se acababa de disputar una batalla a vida o muerte.

Cuando por fin consiguió controlar la respiración, Casandra alargó la mano para coger el teléfono. Tenía que llamar a Daniel cuanto antes. Él sabría lo que había que hacer.

Sus dedos se detuvieron cuando ya había marcado la mitad del número de su marido. Apoyó de nuevo el teléfono en su base y se dejó caer en una silla, pensativa.

El sentido común le pedía a gritos que llamara a la policía. Acababa de asesinar a un hombre y su cuerpo estaba tendido en el suelo de su cocina. *Has estrangulado a un intruso que ha intentado matarte, Cas, por el amor de Dios. ¿A qué coño esperas?* Tendría que haber hecho aquella llamada hacía un buen rato, pero en vez de eso estaba mirando por la ventana, como una estatua.

Había motivos más que suficientes como para que toda la caballería se plantase allí en cuestión de minutos. Todo había sido en defensa propia, de eso no cabía la menor duda, así que nadie podría reprocharle nada al respecto. Pero empezaba a advertir que había demasiadas lagunas. Necesitaba pensar un momento. Un momento largo, además.

En primer lugar, ¿qué estaba haciendo allí aquel individuo? ¿Qué buscaba en su cocina?

La nevera seguía abierta, justo como la había dejado el hombre. Volcado a los pies del refrigerador, Casandra divisó un pequeño bote de cristal con un cierre de goma. En medio de la refriega había ido a parar de una patada debajo del electrodoméstico y era casi invisible.

Se acercó hasta él y lo recogió del suelo. Aún tenía una jeringuilla hipodérmica clavada en el sello de goma y el bote estaba mediado con un líquido incoloro de aspecto anodino. Tenía una etiqueta escrita con caracteres cirílicos, totalmente incomprensible para ella, pero las letras rojas de advertencia que la encabezaban le decían bastante sobre la auténtica naturaleza de su contenido.

Horrorizada, miró el interior de la nevera mientras, de golpe, el pequeño vial pasaba a pesar una tonelada en su mano. Su mirada saltaba de un estante a otro, tratando de decidir dónde podría haber clavado la aguja el hombre antes de que ella llegase. Desconfiada, levantó un cartón de zumo y le pareció ver un diminuto agujero en su parte superior, aunque no podía estar segura. Una sensación desagradable se apoderó de ella cuando algo tan anodino como su frigorífico se convirtió de pronto en algo amenazador y potencialmente mortal.

La angustia que anidaba dentro de ella se acrecentó cuando comenzó a atisbar la verdadera magnitud de su problema. El hombre era un Oscuro, de eso estaba segura. La cuestión era que eso solo lo sabía ella y nadie más. Y era una historia tan increíble que parecía el desvarío de un enfermo mental.

Podía imaginarse cómo la mirarían si empezaba a contar una historia extraña sobre auras y marcas misteriosas como motivo probable para explicar la presencia del intruso muerto en su cocina. Ni siquiera el hecho de ser la mujer de un inspector de policía la salvaría de miradas piadosas y comentarios hirientes a sus espaldas. «Oye, la mujer de Daniel ha perdido la cabeza, ¿te has enterado? Ha matado al técnico del cable porque, según ella, tenía luces negras sobre la cabeza. Parece que la psiquiatra va a volar sobre su propio nido del cuco. Se veía venir, amigo. Pobre Daniel y pobre crío.»

Comprendió que, si contaba aquella historia, empezaría a sonar sospechosamente igual que alguno de los pacientes psicóticos que ella misma trataba en el Centro de Enfermedades Mentales. Algunos achacarían sus alucinaciones al accidente; otros, a que había pasado demasiado tiempo tratando a trastornados antisociales; y la mayoría no le buscaría explicación, pero todos estarían de acuerdo en que era una chiflada que mataba gente porque «un halo negro los envolvía». Antes de que se diese cuenta estaría sentada en una habitación acolchada, rodeada de un montón de antiguos pacientes y tomando suficientes pastillas como para transformar su cabeza en una vasija llena de algodón.

Y si algo tenía claro Casandra era que no quería transformarse en una idiota babeante sentada al lado de una ventana. No mientras esos seres oscuros continuasen rondando por ahí y su hijo estuviese en peligro.

Recordaba perfectamente las últimas palabras del intruso antes de morir: «Cuando acabe contigo, iré a por tu hijo. Haré que sea muy largo para él».

No podía permitir que Martín quedase indefenso, y nadie lo protegería de una amenaza que solo ella sabía real.

Piensa, Casandra —se dijo—, *analiza la situación de forma fría, como si fuese un diagnóstico clínico. ¿Cuál es la magnitud del problema?*

Al pensarlo con calma reparó en que la marca que había borrado en la puerta aún estaba fresca. Eso significaba que no debía de llevar allí más que unos minutos, así que muy probablemente el propio muerto fuese quien la había dibujado antes de colarse dentro de su casa por la ventana. Así que nadie la había visto, excepto el hombre que yacía muerto a sus pies y ella.

Con un estremecimiento, se imaginó la escena que se habría producido al día siguiente de no haberle sorprendido en plena faena. Toda una familia envenenada mientras tomaba el desayuno. Algún producto en mal estado, sería la conclusión más probable de la autopsia. «Menuda desgracia, qué horror.» Los murmullos angustiados de la gente en la calle mientras el forense sacaba los cadáveres. Y al fondo, oculto entre el gentío, un grupo de personas de aura negra disfrutando del momento, atraídos por la marca de la muerte que alguien había dejado en su dintel.

Había estado cerca. Muy cerca.

Entonces cayó en la cuenta de que estaba en un callejón sin salida. Si llamaba a la policía y estos se hacían cargo del crimen, la muerte de aquel hombre aparecería en todas las noticias. El resto de seres oscuros —Casandra sabía que había más, estaba convencida— descubrirían que uno de los suyos había sido asesinado y enseguida sospecharían el motivo. Solo sería cuestión de tiempo que comenzasen a merodear por allí, para descubrir qué había sucedido, y todo volvería a empezar. Ella y su familia estarían de nuevo en peligro.

Era una amenaza real e inminente, pero tan solo ella podía vislumbrarla. Para el resto del mundo no sería más que el delirio de una psicópata. Sus opciones se reducían rápidamente.

Miró de nuevo el cadáver y tomó una decisión. Tenía que alejar aquella amenaza de su hogar cuanto antes. Tenía que deshacerse de aquel cadáver lejos de su casa, para separar el rastro lo máximo posible y evitar que el resto de Oscuros la encontrase.

Con un súbito destello de comprensión entendió por fin que estaba sola en aquello.

Nadie podía ayudarla…, excepto ella misma.

XV

—

Una vez que tomó la decisión, se sintió liberada de toda la ansiedad que la había estado ahogando hasta aquel momento. Su zozobra se vio sustituida por una sensación de serenidad sorprendente hasta para ella misma, teniendo en cuenta que apenas media hora antes estaba peleando por su vida en el suelo empapado de su cocina.

Conteniendo las náuseas, sacó un par de guantes de látex de su botiquín y le dio la vuelta al cadáver para contemplarlo con calma por primera vez. Era un hombre de unos cuarenta años, bajo y grueso y prematuramente calvo, como lo recordaba de la última vez que lo había visto contemplando las llamas de la casa de Perla Mendoza, pero con unas prominentes cejas negras, gruesas como orugas, que destacaban en su rostro. Su piel era suave, y su boca, abierta en el rictus final de la agonía, mostraba unos dientes blancos y bien cuidados. Casandra metió las manos en sus bolsillos, buscando alguna cartera o identificación que le diese alguna pista sobre aquel hombre, pero no encontró nada, excepto las llaves de un coche (con toda probabilidad, la furgoneta aparcada en la calle), un juego de ganzúas y una tarjeta de plástico negro sin distintivos.

—¿Quién coño eres? —musitó entre dientes mientras acababa de cachearlo.

Haciendo un esfuerzo, le quitó el mono para examinar la piel de sus brazos, piernas y pecho. No había tatuajes, marcas, símbolos, nada. Aquel cuerpo era como una página en blanco. Desechó todo lo que había encontrado excepto la extraña tarjeta negra, que se guardó en un bolsillo. Ya volvería más tarde sobre ella.

Miró el reloj y se dio cuenta de que el tiempo empezaba a jugar en su contra. Faltaban menos de dos horas para que Daniel volviese a casa a comer. Se suponía que más tarde tenían que ir juntos a recoger al niño al colegio. *Es increíble lo que un asesinato imprevisto en la cocina de tu casa puede alterar el horario,* se dijo.

Se levantó de un salto y subió a su cuarto para ponerse un apósito sobre el pequeño corte del vientre y una camisa limpia. Luego volvió a bajar las escaleras y entró en el garaje en busca de una de las grandes bolsas de plástico negro que Daniel usaba para deshacerse de la hierba y las hojas muertas cuando cortaba el césped.

Lo primero que metió en la bolsa fue el mono del cadáver y su camisa rota. A continuación, se volvió hacia la nevera y empezó a arrojar todo su contenido dentro de la bolsa de manera sistemática, balda tras balda, hasta que quedó completamente vacía. Tendría que buscar una explicación razonable a aquello cuando Daniel regresase a casa, pero ese era un problema que tendría que esperar. Mientras tanto, la aguardaban asuntos más urgentes.

Tenía un cadáver en su casa y debía deshacerse de él a plena luz del día. No se lo pensó demasiado. Sería muy difícil meter aquel cuerpo dentro del maletero del deportivo de Daniel, si es que cabía. Solo le quedaba la opción de la furgoneta.

Era la parte más arriesgada de su plan. Si algún vecino la veía entrando en un vehículo de una empresa de cable, sin duda alguna le llamaría la atención, y eso era algo que no le convenía. Armándose de valor y encomendándose a su suerte salió a la calle, después de asegurarse de dejar la puerta bien cerrada y las cortinas de la cocina echadas. No sería nada bueno que una visita indiscreta tirase todo por tierra.

Para su inmenso alivio, la furgoneta se abrió a la primera. No sabía qué habría hecho si las llaves no fuesen de aquel vehículo. Encendió el motor y rodó lo más discretamente posible los cien metros que la separaban de su casa hasta dejar el vehículo dentro de su propio garaje, con el portón de carga apuntado hacia el interior.

El tiempo se escurría como arena entre los dedos. Casandra se secó el sudor de la frente y sujetó el cadáver por los tobillos. Tiró de él y se le escapó un gruñido a causa del esfuerzo. Era increíble lo que pesaba aquel cuerpo. Lo fue arrastrando lentamente por el pasillo, haciendo un descanso cada poco para recuperar el aliento. Le llevó cinco minutos de jadeos y empujones subir el cadáver a la cabina trasera de la furgoneta, y cuando lo consiguió se dio cuenta de que apenas le quedaba una hora.

Volvió apresurada a la cocina y, tras secar los restos de agua del suelo, eliminó hasta el último rastro de la pelea que había habido allí. El tostador tenía un par de feas abolladuras, pero eso era algo que no podía solucionar. Antes de salir, abrió un mueble y cogió un par de cosas que pensaba que le podrían hacer falta más tarde. Se miró en el espejo para colocarse el pelo y la ropa e intentó poner una expresión de normalidad. No estaba segura de si lo había conseguido, pero al menos no tenía aspecto de haber asesinado a una persona un rato antes. Solo entonces reparó en que las auras habían desaparecido, una vez más. En algún momento, a lo largo de los últimos minutos, el Fulgor se había desvanecido de forma discreta. Tan solo le quedaba un ligero dolor de cabeza residual y esa sensación que empezaba a conocer y que recordaba ligeramente a una resaca.

Y un cadáver en una furgoneta, cuando aún no son las dos de la tarde. No está nada mal para ser mi primer día de vuelta a la normalidad.

Volvió al furgón arrastrando con ella la bolsa negra llena de restos, y tras cerrar la puerta a conciencia, arrancó el motor y se alejó conduciendo con prudencia. Lo último que necesitaba era que un agente la detuviese por exceso de velocidad en una furgoneta robada y con un cadáver en el maletero.

No tenía demasiado claro qué era lo siguiente, aunque un plan muy general se había formado en su mente y lo iba completando a medida que avanzaba por la carretera. Tenía que alejar el foco de ella lo máximo posible, así que no solo necesitaba deshacerse del cadáver, sino que debía crear además una distracción. Y para eso le vendría genial lo que llevaba guardado en el bolso.

Condujo durante veinte minutos hasta que las últimas casas de la ciudad fueron sustituidas por fincas y vegetación. Había conducido al azar hasta encontrar una carretera rural lo bastante vacía como para que su plan tuviese éxito. Necesitaba un lugar desértico, pero no demasiado, por el que pasase alguien al menos un par de veces al día. Aquella pequeña carretera de montaña de asfalto agrietado y cunetas repletas de maleza sería perfecta.

Cuando llegó a una curva en medio de una zona boscosa divisó un camino de tierra que se internaba entre los árboles. Justo lo que estaba buscando. Desvió la furgoneta mientras procuraba que los neumáticos no abandonasen la maleza, para evitar dejar huellas en tierra, y apagó el motor. Casandra estaba sorprendida consigo misma por la frialdad con la que estaba gestionando la peor crisis de su vida. Aunque el Fulgor no se hallaba presente, sentía que de alguna manera seguía brillando en su interior y le permitía ver todos los acontecimientos con una nitidez y claridad inesperadas.

El suelo se encontraba húmedo a causa de la lluvia, pero todavía lo suficientemente duro como para no hundirse en él. Abrió el portón y se puso un par de guantes de látex nuevos como precaución adicional. Que ella recordase, tan solo había tocado el mono de trabajo del intruso, y esa prenda ya estaba en el fondo de la bolsa junto con su camisa rasgada, pero no quería correr riesgos innecesarios o dejar huellas comprometedoras. Arrastró el cadáver del hombre al exterior hasta depositarlo en un costado de la pista de tierra. Separó sus piernas y sus brazos, de forma que el cuerpo quedase formando una estrella. A continuación, rebuscó en su bolso hasta encontrar un mazo de naipes sin estrenar y retiró el celofán protector que lo recubría. Sacó una carta al azar, que resultó ser el tres de tréboles, y la colocó entre los dientes del cadáver.

Acto seguido sacó un paquete de velas sin abrir y las desprecintó. Las había comprado hacía una eternidad para cuando se producían los molestos cortes de luz en las tormentas de invierno y siempre tenía varios paquetes en casa. Colocó un círculo de velas alrededor de la cabeza del cuerpo, como los rayos de un sol infantil. En un repentino impulso rebuscó en el bolsillo de su gabardina hasta encontrar uno de sus mecheros (siempre tenía alguno escondido, las viejas costumbres tardan en morir) y encendió una de las velas, dejó que se consumiese un poco y después la apagó.

Dio un paso atrás y contempló el escenario que había creado con ojo crítico. Por último, asintió para sí satisfecha. Años de bregar con la psicología retorcida de psicópatas y criminales peligrosos le habían permitido atisbar algunos de los senderos más tenebrosos del alma humana y los sorprendentes recovecos que se ocultaban en ellos.

Acababa de recrear la puesta en escena de un asesino en serie alemán de los años veinte, incluyendo algunos de los elementos rituales más disparatados que había podido encontrar en su casa y que no la pudiesen incriminar. Era algo improvisado y chapucero, pero la mente de los asesinos en serie, aunque inteligentes, no actuaba siempre con criterios estrictamente racionales.

Nadie podrá relacionar esto conmigo, pensó mientras volvía hacia la furgoneta con las manos en los bolsillos y el viento le revolvía el cabello alrededor de la cara. *A kilómetros de mi casa, con todo el aspecto de ser obra de un enfermo mental que ha sentido la llamada de la sangre... Cuando los otros Oscuros descubran lo que ha pasado, ni se les ocurrirá mirar en mi dirección. Estaremos a salvo.*

Encendió el motor y echó una última mirada al reloj. Le quedaban quince minutos. Condujo a toda velocidad camino de un poblado chabolista situado a las afueras. Era una zona lóbrega e insalubre, donde se habían acabado amontonando todos aquellos restos del naufragio de la sociedad moderna. Inmigrantes sin papeles, toxicómanos y gente que no tenía donde meterse se habían ido agrupando en aquella zona cercana a los vertederos de la ciudad.

Cuando estaba llegando aminoró la velocidad un momento y se desvió hacia una de las enormes pilas de basura que se acumulaban en el extremo de una vaguada. Cientos de gaviotas revoloteaban a su alrededor lanzando molestos graznidos, inquietas por la interrupción de su comida. Al fondo, un par de operarios con *bulldozers,* demasiado ocupados en mover toneladas de residuos como para mirar en su dirección, trabajaban de forma infatigable.

Casandra se dirigió hacia un montón humeante que ardía y arrojó el saco de plástico con los restos de ropa y de comida. Una vez que estuvo segura de que el fuego había prendido, volvió sobre sus pasos hacia el furgón y recorrió los pocos metros que la separaban de las primeras chabolas del arrabal. Justo antes de estar demasiado cerca como para que la viesen bien, detuvo el vehículo y se bajó, dejando las puertas abiertas y las llaves en el contacto.

O mucho se equivocaba, o en apenas un par de horas no quedaría nada reconocible de aquella furgoneta. Todo el maletero estaba lleno de cable, material electrónico y herramientas caras, y el vehículo en sí sería un caramelo difícil de resistir para las docenas de toxicómanos que merodeaban por aquella zona en busca de algo con lo que ganarse una dosis de caballo.

Miró su reloj por última vez. Ya era casi la hora. A pocos metros de allí había una parada de autobús en la que, con suerte, no tendría que esperar demasiado. Seguramente parte del viaje sería con gente no muy recomendable, pero eso no lo podía evitar. Además, le convenía ir hasta el centro con personas a las que no les interesaba demasiado fijarse en los demás. Sacó su teléfono y marcó el número de su marido.

—Hola —sonrió aliviada cuando Daniel contestó al segundo tono—. Había pensado que podría ir a buscarte a comisaría.

—¿En serio? —La voz de Daniel era una mezcla de sorpresa y placer—. ¿Vienes en mi coche?

—No, ya sabes que no me gusta demasiado —contestó Casandra—. Iré en taxi. Además, así podremos comer por ahí antes de ir a por Martín. ¿Te parece bien?

—Claro que sí, Cas. —Ella casi podía sentir cómo Daniel se estiraba de gozo al otro lado de la línea. Les resultaba tan fácil hablar cuando no estaban uno frente al otro, y era tan difícil en persona. De locos—. Te espero.

Casandra se despidió y colgó justo antes de llegar a la parada. No le parecía prudente caminar por allí enseñando un teléfono caro. Y justo antes de que el autobús apareciese doblando una curva y la alejase para siempre de aquel lugar y de todos sus problemas, una última idea inquietante cruzó por su mente, estropeándole aún más un día que ya era en sí un infierno.

¿Y si el Oscuro no había actuado solo? ¿Y si se había plantado en su casa como parte de un plan más amplio, en el que estuviesen involucrados otros como él?

Casandra se dio cuenta de que podía estar en medio de un gravísimo problema… y de que no podía confiárselo a nadie.

XVI

El día siguiente empezó con normalidad. Cuando Casandra se levantó y bajó a la cocina a prepararse su café matutino, con la noche todavía extendiendo su manto sobre la ciudad, casi le resultaba increíble pensar que en aquel mismo lugar, apenas unas horas antes, había librado una lucha a vida o muerte con un completo desconocido.

No quedaba ni el menor rastro de la pelea, excepto por las feas abolladuras en el tostador, una marca insignificante en una baldosa y una nevera vacía que necesitó de una excusa peregrina y mucha imaginación por su parte (en una extraña historia que combinaba cortes de luz y atrevidos gatos callejeros) para explicarse.

Lo único que le garantizaba a Casandra que todo aquello no había sido una mala pesadilla eran el frasco con el líquido transparente y una tarjeta de plástico negro sin distintivos ni marcas que descansaban bien ocultos en su bote de las colillas, debajo del fregadero.

La ansiedad la había consumido durante toda la tarde del día anterior mientras jugaba, aparentemente feliz, con Martín. Cada vez que sonaba el teléfono de Daniel, le miraba envarada, deseando y temiendo a la vez que fuese una llamada que alertarse sobre la aparición de un cuerpo tirado en una pista de tierra. Tantas miradas consecutivas habían acabado por mosquear a su esposo, que al final se había ido bufando al garaje a terminar de arreglar el cortacésped. Sin embargo, la tarde pasó sin noticias, y aquella mañana, mientras se lavaba los dientes, la radio no decía nada al respecto.

Era como si al cadáver se lo hubiese tragado la tierra.

O, peor aún, como si alguien lo hubiese hecho desaparecer.

Esa segunda posibilidad la ponía especialmente enferma. Implicaría que otra u otras personas estaban al corriente de lo que había sucedido. Alguien sabría que era una asesina, aunque fuese en legítima defensa. Aunque, por otra parte, Casandra dudaba que, después de todo el esfuerzo que se había tomado para deshacerse del cadáver, nadie tuviese demasiado en cuenta esa circunstancia.

El timbre de la puerta sonó de golpe. Daniel lo miró extrañado, porque no era normal recibir visitas inesperadas tan temprano. Casandra se envaró, en estado de alerta, al tiempo que su mirada volaba de forma involuntaria hasta el tajo de los cuchillos. Hizo un rápido cálculo de fuerzas. Daniel estaba en casa, y tenía su arma reglamentaria, pero si llegaban demasiados Oscuros y le cogían desprevenido, podrían con él muy fácilmente y después irían a por ella y a por Martín. De manera instintiva colocó al niño a su espalda mientras su marido abría la puerta.

Estás paranoica, Cas. Y sabes lo que le pasa a la gente que tiene trastornos paranoides, ¿verdad? Ven cosas que no existen. Piensan que alguien los persigue y que hay una conspiración contra ellos. Oyen a Dios hablando en su oído. Se suben en el tren de la bruja para siempre y no vuelven a tomar tierra jamás. Como tú.

—Basta —se musitó a sí misma entre furiosa y angustiada.

—¿Mamá? —Martín se giró hacia ella extrañado. Casandra le apretó el hombro y le dedicó una sonrisa tierna que no tenía nada que ver con el tornado de su cabeza.

—No pasa nada, cielo. —La voz le temblaba un poco, a su pesar—. ¿Quién es, Dani?

—Será mejor que vengas a verlo. —Daniel se giró con una sonrisa mientras firmaba algo sobre una carpeta.

Casandra se acercó hasta la puerta, aún desconfiada, y cuando llegó se le escapó un grito de sorpresa. Un camión estaba descargando un flamante Land Rover Discovery de color verde delante de su casa. Daniel le tendió las llaves.

—Esperaba darte la sorpresa más tarde, con un precioso lazo rojo envolviéndolo, pero se han adelantado. —Se encogió de hombros medio avergonzado—. Es tuyo, Cas.

—Pero… ¡Es precioso! —Casandra salió a la calle para dar una vuelta alrededor del todoterreno mientras Martín se colaba dentro como un demonio y se colocaba detrás del volante, feliz como solo pueden estar los niños con ese tipo de cosas.

—¿Te gusta?

—Daniel, me encanta, pero… ¡tiene que haber sido carísimo! ¿Podemos permitírnoslo?

—El seguro pagó un buen pico después de tu accidente. —A Daniel se le escapó una sonrisa divertida—. Y por otra parte, los dos necesitamos un coche para ir a trabajar, ¿verdad? No puedo permitir que sigas maltratando el mío de esa manera. Cada vez que lo usas creo que medio embrague se transforma en arenilla.

—¡Oh, Daniel!

Le dio un abrazo feliz y espontáneo que los pilló por sorpresa a ambos. Al principio Daniel se envaró, pero después se relajó y le correspondió feliz. Casandra cerró los ojos y respiró contenta el aroma del *after shave* de su marido mientras se apretaba contra su pecho. Las manos de Daniel, grandes y huesudas, le acariciaban la base de la espalda en busca del hueco familiar y cálido de su columna, y por un instante fueron ellos dos solos, felices.

El todoterreno le daba igual, en el fondo. Lo importante para ella había sido el gesto. No podía recordar la última vez que él se había tomado la molestia de sorprenderla, de hacer que su vida no fuese una mera acumulación de jornadas rutinarias de compañeros de piso. Había estado preparando el momento para emocionarla y hacerla sentir especial. Lo cual significaba que, para él, ella seguía siendo especial. De alguna manera, el accidente parecía haber roto una dinámica gastada y cambiado las cosas entre ellos, para bien.

Por lo menos hay algo bueno en todo esto. Hace que el maldito Fulgor casi merezca la pena. Casi.

—Tengo que irme. —Daniel casi se disculpó cuando deshizo el largo abrazo—. O llegaré tarde. Y tú también vas a llegar tarde. No querrás haber sobrevivido a un coma para que te despidan en tu primer día de vuelta al trabajo, ¿no?

Casandra miró su reloj y soltó una maldición. Había perdido la noción del tiempo.

—Llevaré yo al niño al colegio. —Daniel se giró en busca de Martín, que culebreaba feliz por el nuevo vehículo de su madre—. Si soy capaz de cazarlo. Te veo más tarde, y…

—Y yo también. —Casandra se inclinó hacia él y le besó fugazmente. Sin duda, las cosas iban mejor. Pero aún había mucho hielo en el camino.

Cinco minutos más tarde, conducía bajo la lluvia hacia el Centro de Internamiento Permanente de Pacientes de Tratamiento Especial, o CIPPTE, aunque ninguna de las personas que trabajaba allí se refería al centro con ese nombre, sino que utilizaban el apelativo más familiar de El Trastero.

Nadie sabía exactamente quién lo había bautizado con ese mote. La leyenda decía que había sido uno de los primeros celadores que trabajaban en el centro, un tipo con un espíritu poético y cierta mala baba, aunque el apelativo había hecho fortuna por razones evidentes. El centro, como los trasteros de una vivienda, quedaba en una zona de difícil acceso y era bastante feo, frío y funcional. Además, solo tenía una puerta de entrada y no contaba con ventanas hacia el exterior, sino que todas ellas daban hacia un gran patio interior cubierto, rodeado por las cuatro alas del centro, al que en invierno apenas se colaban unos rayos débiles de sol.

Y sobre todo, como los trasteros, servía para guardar aquellas cosas que a nadie le apetecía tener que tropezarse a diario. Solo que en vez de sillas viejas, cajas de ropa y un tocadiscos averiado, en El Trastero se acumulaban los enfermos mentales más peligrosos y molestos del país, aquellos que no tenían cabida en ningún otro centro de salud mental por su extrema peligrosidad o rareza.

Aquel era El Trastero. El fondo del cajón del sistema de salud mental. El sitio adonde iban a parar aquellos a los que nadie quería, podía o sabía tratar. Una cárcel en todos los aspectos, menos en el nombre.

Y allí era donde trabajaba Casandra desde hacía dos años, coincidiendo con el último traslado de Daniel. Para una psiquiatra como ella, de las primeras de su promoción, no era precisamente un destino apetecible, pero después de tantos saltos profesionales a lo largo de los años, su capacidad de elección se había visto bastante mermada.

Cuando llegó a la explanada del aparcamiento, el nudo de ansiedad que llevaba en el estómago se apretó un poco más fuerte. Era su primer día de trabajo después de tres meses, ella ya no era la misma y se preguntaba si eso podría influir en su capacidad profesional. Aparcó el coche en el estacionamiento exterior y caminó hacia la enorme puerta con el abrigo subido hasta las orejas para protegerse del intenso viento cortante que soplaba en aquel altozano.

No había vallas ni alambradas alrededor del centro, ni hacían falta. Tan solo había un sitio por donde entrar o salir, y el tejado era absolutamente inaccesible. Nadie podía escapar de aquella enorme caja de hormigón y acero sin el permiso del director del centro. Nadie salía de El Trastero sin permiso. Por lo que Casandra sabía, jamás se le había dado el alta a ninguno de los pacientes que habían ingresado en él. Allí se iba para desaparecer. Como los viejos cachivaches que no acaban en la basura, sino devorados por un trastero. La analogía del mote era aterradoramente correcta.

Apenas había árboles en los alrededores de la inmensa mole, solo una extensa zona de monte bajo cubierto de matorrales y algún tronco raquítico que se recortaba en el horizonte. De vez en cuando se adivinaba la silueta solitaria de algún caballo de montaña que pastaba en libertad, pero ni siquiera ellos solían subir hasta tan arriba. En invierno, cuando llegaba el frío, aquel altozano era una de las primeras zonas que quedaban cubiertas por la nieve y muchas veces Casandra había tenido que esperar pacientemente a que el quitanieves abriese un camino para poder volver a casa.

Llegó ante la puerta y apretó el timbre. Esperó sin prisa mientras las luces LED de la cámara se encendían. Al otro lado, uno de los guardias de seguridad la estaría observando en aquel momento. Casandra echó un vistazo a su alrededor. Era un día demasiado desapacible como para que alguien estuviese fuera apurando un cigarrillo o bebiendo un café, pegado contra el muro de hormigón pintado de blanco, tratando de cazar un tímido rayo de sol. Allí de pie, con todo el monte abierto desierto a su espalda, se sentía tremendamente expuesta y vulnerable.

—Hola, Cas. —La voz de Amedo, el guardia de seguridad, sonó amable por el intercomunicador—. Me alegro de verte de vuelta.

—Y yo estoy deseando verte —tiritó Casandra—. Abre de una vez. ¡Me muero de frío!

—Introduce la tarjeta —contestó el otro con sorna. Eran buenos amigos y aquel intercambio diario formaba parte de su rutina—. Ya conoces el procedimiento.

Casandra gruñó, pero obedeció e introdujo su tarjeta de identificación en una ranura situada al lado de la puerta. Acto seguido introdujo los dígitos de seguridad, y cuando el guardia del interior comprobó que eran correctos, por fin abrió la puerta. Si alguien hubiese estado en el exterior coaccionando a Casandra para entrar por la fuerza, ella habría tenido que introducir un código inválido. La puerta se habría abierto igual, pero solo para dejarlos atrapados en un pasillo cerrado y rodeado de guardias. La seguridad era un tema que se tomaban muy en serio en El Trastero.

Casandra entró y agradeció casi de inmediato la agradable temperatura del interior. Pese al aspecto inhóspito y desagradable que tenía el exterior del centro, el interior estaba muy lejos de ser un manicomio victoriano destartalado y tétrico. Era un sitio moderno, luminoso y confortable, dotado de los mayores avances para tratar de hacer la vida de los internos lo más cómoda posible. Y eso era un reto complicado cuando la mayoría de ellos eran esquizofrénicos y psicópatas potencialmente letales, casi todos con más de una muerte a su espalda. No se podía organizar una tranquila tarde haciendo ceniceros de cerámica sin el riesgo de que alguien acabase con el cuello abierto hasta la tráquea. El Trastero era un sitio para andarse con pies de plomo.

Casandra llegó hasta la garita de acceso y se encontró con la sorpresa de ver allí congregados a casi la totalidad de las veinte personas que estaban en aquella guardia. No le dio tiempo ni de quitarse el abrigo cuando se vio rodeada de un mar de abrazos, besos, saludos alborotados y bromas de gusto dudoso. Sonrió abrumada pero feliz por reincorporarse a aquella rutina. En cierta forma, toda aquella gente era una extensión de su propia familia.

Una figura compacta y silenciosa destacaba en el grupo. Se trataba de un hombre de espesa barba negra, alto, corpulento sin ser gordo y con el pelo cuidadosamente peinado hacia atrás. Muchos de los internos pensaban que su estampa encajaba mejor en un campamento minero que en un psiquiátrico, pero el doctor Beltrán era el médico jefe de El Trastero desde hacía muchos años, el hombre que tomaba todas las decisiones en el centro, y en aquel instante observaba a Casandra con expresión seria y ojos chispeantes de furia.

—¡Menos mal! —rezongó en cuanto Casandra estuvo delante de él—. ¿Cuándo pensabas dignarte a aparecer por aquí? ¡Vamos a mi despacho de inmediato!

—Pero… —La sonrisa de Casandra se fue desdibujando. No se esperaba una reacción tan furibunda.

—Tenemos que tramitar los papeles de tu despido ahora mismo. Una ausencia injustificada de más de tres meses no tiene ningún tipo de excusa, y menos en mi servicio. Maldita sea, ¿quién te has creído que eres? —El doctor Beltrán se inclinó hacia ella y le susurró en el oído—. Estás fuera, Casandra. Despedida.

La expresión de Casandra pasó rápidamente de la perplejidad a la confusión y de ahí a la indignación. La joven sintió que enrojecía, mientras un familiar hormigueo en los dedos junto con un incipiente dolor de cabeza la avisaba de que algo que empezaba a ser familiar se acercaba. Los colores comenzaron a temblar…

… Y en ese momento el doctor Beltrán cambió su expresión seria por una enorme sonrisa, acompañada de una carcajada. Al mismo tiempo que lanzaba sus brazos de oso alrededor del cuello de la joven y le plantaba un par de sonoros besos en las mejillas, Casandra sentía cómo el Fulgor se replegaba sobre sí mismo, de pronto calmado y sustituido por una sensación de alivio.

—Bienvenida a casa, Cas —le gruñó afectuosamente Beltrán al oído mientras la estrujaba con alegría genuina—. Menos mal que estás de vuelta. Esto era un caos sin ti.

—¡Serás idiota! —contestó Casandra dándole un puñetazo amistoso en el pecho—. ¡Casi me matas del susto, joder! Pero contaba que a estas alturas ya le habrían dado el alta a todos los internos, incluidos mis pacientes. Se ve que el nivel aquí es bastante bajo cuando no estoy yo.

El doctor Beltrán respondió con otra carcajada.

—Ese es el espíritu —sonrió—. ¿Estás lista para enfrentarte de nuevo a la rutina?

Por toda respuesta, Casandra le dio una palmada en el brazo y se dirigió al cuarto de médicos, de donde salió cinco minutos más tarde con el pijama y la bata blanca que constituían su uniforme diario. El resto de la mañana transcurrió en un completo torbellino de actividad, tan intenso que ni siquiera le dio tiempo a acordarse del cadáver abandonado en una cuneta. Debía ponerse al día con un montón de papeleo atrasado, recuperar el hilo con los pacientes que tenía asignados y coger de nuevo las riendas de su trabajo. Nunca podría haberse imaginado que retomar su rutina diaria la podría hacer tan feliz.

A última hora de la mañana se tomó el primer respiro y aprovechó para llamar a Daniel. Estaba sentado en su mesa de comisaría, enterrado en papeleo, y no parecía haber noticias de ningún nuevo cadáver descubierto por casualidad.

Aquello empezaba a ser preocupante. Quizá debería acercarse hasta el camino de tierra más tarde, cuando acabase su turno, aunque la posibilidad de llegar allí y no encontrarse el cadáver solo le parecía ligeramente más aterradora que conducir hasta allí sola, en medio de la noche y bajo la lluvia, para tropezarse con el cuerpo tirado en el mismo lugar. Mientras tanto tenía algo más urgente que hacer.

El Trastero disponía de uno de los fondos bibliográficos más importantes del país en lo relativo a los desórdenes mentales. Todos los estudios, trabajos, informes y conclusiones de los médicos especialistas más reputados del planeta tenían en su biblioteca una copia, o estaban digitalizados en su base documental. Además, la mayor parte de las instituciones de salud mental del mundo civilizado estaban interconectadas en una inmensa base de datos que facilitaba el estudio de patologías clínicas. Era una herramienta indispensable para poder cruzar datos y así tratar a pacientes tan potencialmente volátiles como los que allí tenían.

Y Casandra estaba convencida de que, si en alguna parte existía información sobre algún trastorno parecido al Fulgor, tenía que ser allí.

Se pasó los siguientes cuarenta minutos sentada delante de un ordenador, acotando referencias y apuntando toda la bibliografía que pudiese guardar relación con síntomas similares a los que ella estaba sufriendo. No era una tarea fácil. Existían muchos casos de alucinaciones visuales, incluyendo auras, colores que parecían latir con vida propia y sentidos en apariencia exacerbados, pero no fue capaz de encontrar ningún caso clínico donde se hablase de seres oscuros que se dedicaran a asesinar gente.

Se echó hacia atrás en la silla mientras se estiraba desalentada. Fuera lo que fuese lo que le estaba pasando, parecía hallarse más allá del radar médico. Y eso, en un campo como el suyo, no presagiaba nada bueno. Casandra empezaba a temer lo peor, cuando tuvo una idea repentina.

En el campo de «diagnóstico» tecleó «esquizofrenias paranoides», y a continuación en «detalles clínicos», tras pensar un buen rato y corregir varias veces, escribió «signos cabalísticos marcados en la escena del crimen».

Varias docenas de resultados llenaron la pantalla. Aquello ya era más esperanzador, pero enseguida descubrió que la mayor parte de los expedientes hacían referencia a esquizofrénicos que grababan marcas rituales en los cuerpos de sus víctimas. No podía rastrear aquellas pistas una por una. Volvió al campo de búsqueda y corrigió, tecleando esta vez «signos cabalísticos marcados *con anterioridad* en la escena del crimen».

La pantalla del ordenador permaneció en blanco durante unos segundos, mientras el pequeño cerebro de silicio de la máquina rebuscaba entre millones de documentos indexados a lo largo y ancho de cientos de instituciones psiquiátricas de todo el mundo. La búsqueda se le hizo interminable a Casandra hasta que, de repente, la pantalla se iluminó de nuevo con una solitaria línea escrita en medio.

Casandra sintió que su pulso se aceleraba conforme se inclinaba hacia delante. Lo primero que leyó fue el nombre del paciente: Logan Dawson, de Brownfield, Virginia. Quedaba lejos, pero no necesitaba hablar con aquel hombre. Tan solo tenía que averiguar quién era el médico que le trataba y ponerse en contacto con él y pedirle ayuda en un caso similar. La cortesía médica muchas veces ayudaba a superar trabas legales.

Entonces se quedó paralizada mientras sentía que se ponía blanca. Se tuvo que sujetar al borde de la mesa para no caerse, y la cabeza le daba vueltas. Leyó varias veces para asegurarse de que su mente no le estaba jugando una mala pasada.

Conocía de sobra el nombre del médico que atendía al pobre señor Dawson, así como el centro donde estaba internado el paciente.

El Centro de Internamiento Permanente de Pacientes de Tratamiento Especial.

Logan Dawson llevaba tres meses internado en El Trastero.

XVII

—

Lo revisó varias veces para ver si se trataba de un error, pero todo estaba correcto. El señor Logan Dawson, paciente diagnosticado de esquizofrenia paranoide y manía persecutoria, era un interno de El Trastero desde justo el mismo día que ella había sufrido su accidente, por eso no sabía nada de su presencia allí. La coincidencia era tan improbable y atroz que Casandra sentía cómo la sangre le latía dentro de los oídos.

Era casi inevitable pensar que tenía que haber una relación causa-efecto entre la presencia de aquel hombre en la ciudad y todas las cosas que le habían sucedido a ella en los últimos meses, pero ¿cuál era esa relación?

De repente, una carcajada amarga y espasmódica se escapó de su garganta. Sabía de sobra que esa línea de razonamiento, ese intento de buscar relaciones alambicadas e imposibles entre dos hechos inconexos para tratar de justificar su existencia, era precisamente el modo de pensar de los paranoides. Con toda probabilidad el señor Dawson estaría de acuerdo con ella. Quizá él incluso encontrase más conexiones para explicar su presencia en El Trastero, incluyendo un plan oculto del presidente Obama, los reptilianos, una conjura templaria en el tiempo o los mensajes ocultos en los dibujos animados de Chip y Chop. Para un paranoide todo es posible y razonable.

Leyó otra vez el nombre del médico y maldijo para sí. De todos los posibles facultativos que podían haber atendido al misterioso señor Logan Dawson, tenía que ser él. El doctor José Tapia, el único médico de El Trastero que la odiaba profundamente.

Salió de la biblioteca pensando en cómo podría abordarle y justo en ese instante el doctor Beltrán se le acercó con un vaso de plástico en cada mano y su sempiterna expresión jovial en el rostro.

—A falta de tabaco, el café es lo que mantiene activas y alerta las mentes de este centro, Cas. —Le tendió un vaso y ella no pudo decirle que no—. ¿Cómo llevas tu primer día?

—Sin demasiados problemas, jefe. —Casandra dio un sorbo a su café y arrugó la nariz. Tenía suficiente azúcar como para volver diabético a un regimiento—. Me estaba poniendo al día con las nuevas altas y me he encontrado con este nombre, Dawson. ¿Cómo llegó aquí?

Beltrán cogió el papel que le tendía y le echó un vistazo por encima del borde de su taza de café. Al cabo de un rato meneó la cabeza.

—Es un caso perdido —contestó—. Lo derivaron directamente de un centro abierto de salud mental hasta aquí. El simpático y alegre señor Dawson degolló a una enfermera que al parecer, y según él, quería devorar su alma, o algo por el estilo. Y no es la única muesca de su cinturón.

Casandra tragó saliva. Su gran pista parecía un espécimen algo desequilibrado.

—Llegó a Europa huyendo de los Estados Unidos, después de dejar un rastro de nueve muertes a través de varios estados —continuó Beltrán—, y en el año que llevaba aquí ya había matado a tres personas, sin contar la enfermera.

—¿Cuál es el diagnóstico?

—Es un esquizofrénico paranoide —musitó el doctor Beltrán con cara apenada—. Tiene delirios recurrentes acerca de una serie de seres oscuros ocultos entre nosotros que se alimentan del dolor humano, o de sus almas, o de nuestras desgracias, según el día que le preguntes. Y dice que dejan signos antes de actuar, para marcar el lugar donde sacrificarán a su siguiente víctima, aunque solo él los ve.

—Parece interesante. —Casandra sentía que la emoción le aceleraba el pulso—. Me gustaría hablar con el paciente, si es posible.

—Ese hombre es un enfermo sin posibilidad de cura, además de peligroso, muy peligroso. —El director negó con la cabeza—. Violó, mató y despedazó a su mujer y a sus hijas pequeñas, Cas. Si quieres mi opinión, el mejor tratamiento posible para ese cabrón sería encerrarlo en una habitación acolchada y tirar la llave al mar. ¿Por qué quieres verlo?

—Su caso podría ayudarme para el artículo que empecé a escribir antes del accidente para *The American Journal of Psychiatry*. —La mentira surgió fluida de la boca de Casandra—. Encaja muy bien con el perfil que le estaba dando al *paper*. Necesito ampliar mis publicaciones científicas, jefe.

—No sabía que estabas escribiendo algo para el *Journal*. —El doctor Beltrán la miró sorprendido—. Me parece una idea formidable. Puede ser un empujón para tu carrera, pero deberías hablar con el doctor que le atiende para que te dé acceso al historial médico, por supuesto.

—Es el doctor Tapia —fue la escueta respuesta de Casandra.

—Ah, ya veo —contestó el director del centro—. Eso lo pone más difícil.

La pelea entre Casandra y Tapia había sido sonada. Todo había surgido por la mejor manera de tratar a los

García, un extraño caso de dos hermanos que habían drogado y posteriormente asesinado a toda su pandilla de amigos. Cuando los detuvieron, Iban, el mayor de los dos, estaba haciendo conservas con restos humanos mientras el pequeño dibujaba cuadros con una mezcla de pintura y sangre. Un caso tan extraño había generado roces entre Casandra y el otro médico cuando cada uno de los hermanos les fue asignado por separado. Fue la típica pugna de departamentos que al final ganó Casandra, pero desde entonces el doctor Tapia se la tenía jurada. Era complicado que se mostrase colaborador con ella y le dejase acceder a uno de sus «pajarillos», como llamaba a sus pacientes.

—Hablaré con él —le dijo su jefe—. Pero es todo lo que te puedo prometer.

—Es todo lo que necesito, de momento —replicó Casandra con una sonrisa. Era fantástico que por fin alguien tratase de ayudarla, para variar, aunque no estuviese al tanto de la magnitud del problema que tenía entre manos.

Tras despedirse del doctor Beltrán, se dejó caer en una silla del despacho, con la mente funcionando a toda velocidad. Sabía que la respuesta del doctor Tapia sería negativa, y aunque finalmente aceptase, haría que acceder al expediente fuese un proceso lento, trabajoso y humillante. No disponía de tiempo si sus sospechas sobre los Oscuros eran correctas.

Habría de adoptar una táctica más arriesgada para conseguir las respuestas que intuía que podía tener el americano. Trazaba planes y los descartaba en el acto, con una concentración mecánica en su objetivo. Sin que ella se diese cuenta, los colores a su alrededor habían empezado a tremolar ligeramente, como si el Fulgor sintiese su excitación y como si un perro de presa tirase de la traílla inquieto.

De repente se levantó. Solo tenía una idea intuitiva de lo que debía hacer, pero era mejor que nada. Se acercó de nuevo hasta la garita de control de la entrada. Sabía que Amedo, el guardia de aquel turno, era fumador, porque habían compartido en más de una ocasión un cigarrillo furtivo en el exterior. En aquel instante el vigilante estaba de espaldas, muy concentrado hablando por teléfono en lo que parecía una discusión doméstica con su mujer. Casandra aprovechó el momento para pasar el brazo por encima del mostrador y quitarle el mechero que estaba apoyado sobre la cajetilla de tabaco. Era un encendedor blanco, común y corriente y sin distintivos, que no podría ser asociado a nadie. Justo lo que necesitaba.

Con él en el bolsillo se dirigió hacia la sala común donde estaban aquellos internos con mejor comportamiento. En El Trastero los internos de «buen comportamiento» eran aquellos que podían convivir en el mismo espacio con otros seres humanos tan trastornados como ellos sin tratar de arrancarse los ojos a los cinco minutos. Si bien las peleas ocasionales y los ataques eran relativamente frecuentes, había bastantes celadores en la sala para mantenerlo todo controlado. Pero en aquel instante Casandra necesitaba algo de caos y descontrol.

Se detuvo en la puerta durante unos segundos mientras evaluaba de un vistazo a los internos que estaban en la sala, ocupados en sus quehaceres. Unos cuantos veían dibujos animados en la televisión mientras otro grupo hacía lo que parecían esculturas de pasta de papel de formas retorcidas bajo la supervisión de una monitora. Aquellos no le valían. Sus ojos saltaron a las figuras solitarias hasta detenerse en un hombre grueso y de mediana edad, sentado a solas en una mesa, que leía con parsimonia una vieja revista.

Casandra avanzó hacia él mientras intentaba recordar el nombre de aquel interno de aspecto engañosamente apacible. David. David Taracido, eso era. Un antiguo comercial que había desarrollado una obsesión enfermiza por el fuego, hasta el extremo de provocar una docena de incendios, el último de ellos con tres personas fallecidas. Además, era un paciente del doctor Tapia. Sintió una leve satisfacción malvada al pensarlo. No podía ser mejor candidato para lo que tenía en mente.

—Hola, David —le saludó al sentarse mientras echaba un vistazo prudente a su alrededor. Nadie los estaba observando.

Taracido levantó la mirada de la revista hacia ella y la contempló con unos sorprendentes y cristalinos ojos verdes durante unos segundos, sin que su expresión se alterase ni lo más mínimo. Un pequeño hilillo de baba se le descolgaba por la comisura de la boca. Casandra supuso que llevaba encima medicación suficiente como para organizar una fiesta de drogas de media docena de personas.

—Me he fijado en que estabas leyendo esa revista. —Apuntó hacia el magazine manoseado y arrugado que el paciente sostenía en las manos—. ¿Te gusta?

Taracido bajó la mirada de nuevo hacia la revista y la observó como si fuese la primera vez que se tropezaba con una igual en la vida. Levantó los ojos y murmuró algo ininteligible.

Casandra se sintió mal durante un instante por lo que iba a hacer. Violaba el juramento hipocrático y todo lo que ella había defendido siempre, además de ser una manipulación cruel de una mente enferma. Pero la vida de su hijo estaba en peligro. No le quedaba más remedio que cruzar aquella línea roja.

—¿Sabes lo que más me gusta a mí de estas revistas? —murmuró en un tono conspirador mientras se la arrebataba de las manos al sorprendido interno—. Esa mezcla de olores del papel y la tinta. Es fuerte, metálico…, intenso. Es casi animal, ¿verdad?

Olfateó la revista (que más bien olía a sudor viejo y páginas manoseadas) y la apoyó sobre la mesa de nuevo. Y entonces disparó la bala.

—Estoy segura de que es una mezcla que debe de arder con muchísima fuerza. Imagínate qué llamas más hermosas y qué colores más intensos deben de salir de esa mezcla. ¡Ah, y el olor!

—Llamas...

Taracido abrió la boca por primera vez, con una expresión salvaje asomando del fondo de sus pupilas. Casandra se quedó fascinada por un segundo ante la transformación. Era como ver a una gárgola de piedra cobrando vida. Ni la medicación más potente del mundo podía inhibir las pulsiones humanas profundas.

—No le des más vueltas, David. —Le dio una palmadita amistosa en la mano mientras se levantaba atormentada por la culpa, pero segura de que no le quedaba otra alternativa—. Es tan solo una idea. Que tengas un buen día.

Se alejó de la mesa, asegurándose de que ninguno de los médicos y celadores se había apercibido de su pequeña charla. Todos ellos estaban demasiado ocupados en sus quehaceres como para fijarse en una pareja de personas que charlaba sin hacer ruido en una esquina.

David Taracido la siguió con la mirada mientras abandonaba la sala. Sus manos sujetaron de nuevo la revista y, de pronto, escondido en el corazón de las páginas centrales, sus dedos tropezaron con un objeto duro. Los ojos del interno se abrieron en una mezcla explosiva y salvaje de asombro, excitación y algo mucho más profundo y oscuro que nadie podría explicar, mientras escamoteaba en uno de sus bolsillos el encendedor de plástico blanco que Casandra había dejado oculto dentro de la revista.

XVIII

Daniel se bajó del coche y casi al instante se arrepintió de no haber llevado consigo un abrigo más grueso. En aquel tramo desolado de carretera de montaña las nubes bajas se mezclaban con la niebla pegajosa que se arrastraba por el suelo y hacían que girase a su alrededor una miríada de pequeñas gotas de agua que empapaban todo y atrapaban hasta la última fracción de calor. Al cabo de dos minutos de estar allí se sentía empapado, aterido y miserable, como la docena y media de personas, entre policías y forenses, que se movían con cautela por aquel apartado camino de tierra.

—Bueno, ¿qué es lo que tenemos aquí, exactamente? —murmuró mientras se soplaba las manos enrojecidas.

—El cuerpo está allí, a veinte metros. —El agente de uniforme que le contestaba llevaba un chubasquero que ya chorreaba agua pese a que no estaba lloviendo. Debía de haber sido uno de los primeros en llegar al lugar y por su expresión se adivinaba que estaba deseando largarse de allí cuanto antes—. Ahora le llevo.

Daniel se fijó en que Roberto Millón, su compañero, observaba todo con expresión de halcón. Pese a su aspecto desgarbado y su forma de vestir algo discutible, Roberto era un policía de primera. Daniel se sentía feliz de tenerlo a su lado.

—Si llega a aparecer solo un kilómetro carretera arriba, estaría fuera de nuestra jurisdicción y ya sería cosa de la guardia civil —rezongó el policía del chubasquero—. Ya es mala suerte.

Daniel no contestó nada y se limitó a mirar a su alrededor. La niebla era cada vez más cerrada y los contornos se desdibujaban con rapidez a apenas unos metros. Desde donde estaban aún no se veía el cuerpo, pese a hallarse a tan poca distancia, y la carretera era casi invisible. Solo los destellos de las luces de los coches patrulla atravesaban la masa algodonosa de forma fantasmagórica.

—¿Quién encontró el cuerpo? —preguntó—. Es imposible verlo desde la carretera con esta maldita niebla.

—Y esta pista de tierra no es precisamente la calle mayor —apuntó Roberto.

—Lo encontró un veterinario que iba camino de una granja —respondió el agente—. Le entraron ganas de mear y se echó a un lado en este camino. Por lo visto, el tipo pasa por aquí a menudo en quad y conoce bien la zona. Casi se caga del susto cuando encontró el cuerpo, y no es para menos. Es por aquí, inspector.

Por fin llegaron al lado del cadáver. Era un hombre grueso y de espesas cejas negras, de unos cuarenta años, en ropa interior y tumbado boca arriba, con los brazos y las piernas abiertos de par en par. El rígor mortis le había contraído la boca en un rictus demacrado y parecía que se estaba riendo con una expresión enloquecida. En el cuello presentaba un grueso verdugón oscuro que desvelaba a las claras que había sido estrangulado.

—¿Qué coño tiene en la boca? —preguntó Roberto. Era la primera vez que hablaba desde que habían llegado junto al cadáver—. ¿Es una tarjeta de visita?

—Creo que es una carta —replicó Daniel.

—¿Una carta? —preguntó incrédulo—. ¿Cómo, una carta de una baraja?

—Sí —musitó Daniel pensativo—. El tres de tréboles.

—No es una buena mano. El as mata al tres. A lo mejor deberíamos buscar algún as por ahí —cacareó el agente del chubasquero, feliz de su propia ocurrencia—. ¿Lo pillan? ¡El as mata al tres!

Su risa se extinguió lentamente al ver que nadie le seguía la broma. Al cabo de un momento, llegó a la conclusión de que era muy importante que fuese a rebuscar pistas entre los matorrales del otro lado del camino y se alejó sonrojado y farfullando una excusa ante la indiferencia de los dos detectives.

—¿Crees que puede ser un ajuste de cuentas? —Roberto se acuclilló al lado del cadáver—. ¿Algo relacionado con el juego?

—Puede ser —contestó Daniel—. Quizá le debía pasta a alguien o jugó en la mesa de póquer equivocada y por eso le apretaron la corbata un poco más de lo recomendable, pero no tiene mucho sentido.

—¿Por qué?

—Porque, si tienes deudas de juego, lo normal es que un matón te dé un susto o, en el peor de los casos, te parta las rodillas, pero no es lógico que te maten. Los muertos no pueden pagar sus deudas, Rober.

—A lo mejor las cosas se le fueron de las manos...

—No veo señales de lucha y el tipo no tiene moratones, excepto esta marca en la frente. —Daniel señaló un feo moratón en la sien que destacaba como una mancha de fruta sobre la palidez cadavérica de su piel—. Tendremos que esperar a la autopsia para que nos dé más datos.

Un fotógrafo forense se acercó y sacó un par de fotos. El fogonazo del flash se reflejó en la niebla que los rodeaba y por un segundo todo quedó bañado en una gélida y espectral luz azulada. Daniel se estremeció. Bajo el fogonazo del flash, las facciones del muerto parecían haber cobrado vida, como si quisiera contarle cómo había llegado hasta allí.

Aquella situación le molestaba mucho. Se sentía terriblemente mal cada vez que se encontraba con el cuerpo de una persona que había muerto por causas violentas. Le resultaba ofensivo que una existencia humana llena y vibrante se apagase de golpe, cualquiera que fuese el motivo, por la mano de otro hombre. Era una forma muy peculiar de pensar para un policía, pero no podía verlo de otra manera.

—Y además, está eso. —Señaló hacia las velas que rodeaban la cabeza del cadáver creando una especie de corona—. Me cago en la puta.

—¿Sabes qué significa? —preguntó Roberto, aventurando al mismo tiempo una respuesta—: A lo mejor es el sello de una banda, o algo así.

Daniel meneó la cabeza con expresión fastidiada.

—No, es demasiado elaborado. Quienquiera que lo haya dejado se tomó su tiempo para ver el efecto estético que creaba. Fíjate que las velas están situadas a la misma distancia una de otra y que además solo una de ellas ha sido encendida. Es una puesta en escena. ¡Mierda!

—¿Una puesta en escena? —La voz de Roberto sonaba confundida.

—Es algo sobre lo que oí hablar una vez a Casandra en una conferencia. Es como una especie de firma de autor.

—¿Firma de autor? ¿De qué puñetas estás hablando?

—Si no me equivoco, creo que aquí tenemos un problema mucho más serio de lo que aparenta. —Daniel levantó la cabeza por primera vez y miró fijamente a su compañero—. Creo que es la *mise en scène* de un asesino en serie, Roberto. Y si esa vela chamuscada significa lo que yo sospecho, puede que entonces estemos ante el primero de una serie. ¡Mierda!

—¿Qué sugieres que hagamos? El jefe del operativo eres tú.

—Para empezar, vamos a barrer el puñetero camino de tierra de aquí a la carretera hasta el último centímetro. Si hay aunque sea una brizna de tela o un cabello, quiero que lo encontremos. Que saquen fotos hasta de los helechos de las cunetas y después que se lleven el cadáver para la autopsia. Mientras tanto, vamos a hacer unas cuantas llamadas.

—¿A quién vamos a llamar?

—A todos los psiquiatras criminales que podamos localizar y que estén disponibles. Y a Casandra, por supuesto. Si estamos ante la obra de un pirado, vamos a necesitar ayuda de profesionales médicos que nos permitan anticiparnos a su siguiente movimiento. Ella sabrá recomendarnos a la persona más indicada.

XIX

En cuanto salió al pasillo, Casandra sintió que su corazón se desbocaba. Se apoyó contra una pared mientras sentía temblar sus extremidades. Pocas veces en su vida se había sentido tan agitada.

¿Qué demonios he hecho? Le acabo de dar un mechero a un pirómano. He destrozado un año entero de terapia de ese hombre. Puede que incluso...

No le dio tiempo a acabar su razonamiento porque en ese mismo instante un aullido de dolor salió de la sala común, y a continuación se desató la locura más absoluta.

Casandra se asomó de nuevo a la puerta y lo que vio la dejó estupefacta. El, hasta unos momentos antes, apacible David Taracido sujetaba en alto una antorcha humeante hecha con un par de revistas enrolladas y la parte de arriba del pijama. Las llamas se elevaban sobre su cabeza mientras perseguía a otros internos con la sana intención de prender fuego a sus ropas. En una esquina, un hombre gemía aovillado en el suelo mientras se palpaba los restos chamuscados de la cabellera. Sobre su piel enrojecida asomaban las primeras ronchas que le hacían retorcerse de dolor.

El aire estaba lleno de un olor penetrante a pelo quemado, cenizas y papel y tela ardiendo. Se diría que todos los internos de la sala habían caído en un trance de demencia destructiva absoluta.

Una alarma empezó a sonar con un sonido ululante que subía y bajaba cada pocos segundos, pero alguien la apagó rápidamente. La experiencia había demostrado que aquel sonido conseguía excitar a algunos internos a niveles a duras penas controlables. En su lugar, el teléfono y el busca de Casandra empezaron a vibrar de forma casi simultánea, al mismo tiempo que lo hacía el de todo el personal de El Trastero. No le hacía falta mirar la pequeña pantalla de cristal líquido para saber cuál era el mensaje. Todo el que no estuviese ocupado en cosas importantes, como salvar el mundo o algo por el estilo, tenía que acudir a aquella sala dejando cualquier cosa que tuviese entre manos. Cada segundo contaba.

Casandra entró en la sala donde el barullo había alcanzado un grado nuevo de conmoción. Una bandeja con restos de comida sobrevoló su cabeza, dejando un reguero de yogur y galletas machacadas a su paso. La bandeja de plástico se estrelló contra la pared que estaba a su espalda con un sonido sordo y dejó dibujada una curiosa composición de comida chorreante sobre la pintura mientras se deslizaba hasta el suelo.

Una anciana de pelo blanco y mirada desquiciada lanzaba gritos desafinados mientras caminaba dando tumbos por la sala. Casandra dio un paso hacia ella, pero se detuvo en seco al observar que la mujer sostenía un pedazo de plástico puntiagudo en la mano. En medio del alboroto, había roto un vaso y sujetaba el pedazo irregular de plástico con tanta fuerza que los bordes mellados de la pieza se habían clavado profundamente en su carne, y su mano goteaba sangre cada vez que hacía oscilar su improvisada arma en amplios trazos.

Como cuchillo no era gran cosa, pero por experiencias previas Casandra sabía que aquel pedazo de plástico bastaba para sacar un ojo, como quien vacía una manzana, o para trazar una cicatriz en la cara lo suficientemente espantosa como para que mirarse en el espejo fuese complicado el resto de su vida, así que consideró juicioso mantenerse fuera de su alcance.

En ese instante un par de celadores se acercaron a la mujer, uno por delante y otro a su espalda. Cada uno de ellos debía de pesar al menos el doble que aquella pobre criatura, así que la interna no tenía demasiadas posibilidades. Cuando el celador más cercano se aproximó a ella, la mujer lanzó un débil golpe hacia arriba, que el sanitario apartó con un gesto de suficiencia mientras le sujetaba la muñeca. En ese instante el otro celador lanzó un grito de advertencia, pero fue demasiado tarde.

La mujer mostró la otra mano que había mantenido oculta hasta aquel instante, en la que sujetaba un trozo de plástico irregular e igual de cortante que el primero, y lanzó una certera cuchillada hacia el abdomen del celador que la sujetaba mientras hacía rechinar los dientes y una expresión demente bailaba en su cara. Si el sanitario no hubiese estado rápido, le habría abierto la tripa como a un pez, pero dio un ágil salto hacia atrás y se libró del ataque con un feo costurón en el pijama y una delgada línea roja de sangre trazada sobre una de sus tetillas.

—¡Aaaaarrgh, joder! —gritó mientras retorcía la muñeca de la mujer en un apretón salvaje que tuvo que romperle algún huesecillo, porque soltó el improvisado cuchillo con un gemido de dolor.

Ese momento de confusión lo aprovechó el otro enfermero para agarrar a la mujer con un abrazo de oso que le inmovilizó los brazos.

—¡Doctora, ayúdenos! —gritó el hombre mirando hacia Casandra, al tiempo que la mujer aullaba con un sonido desgarrador y pugnaba por liberarse.

Ella se movió con celeridad y sujetó uno de los calmantes inyectables que asomaban del bolsillo superior del pijama del celador, y se lo clavó en una nalga a la anciana. El efecto del anestésico fue casi inmediato y Casandra observó con la fascinación de siempre cómo los músculos de la paciente se aflojaban y la expresión aterradora de su cara se transformaba en algo mucho más confuso y blando, como una bolla de pan poco cocida que se desparrama sobre la mesa.

—¡Esta hija de puta me ha cortado! —se quejaba el otro enfermero incrédulo—. ¡Casi me ensarta como a un pollo!

—¡Más tarde tendremos tiempo para eso! —le cortó Casandra mientras señalaba el otro extremo de la sala, donde el grupo que un rato antes hacía manualidades con pasta de papel se había transformado en una turba salvaje que se peleaba entre sí a base de mordiscos y arañazos—. ¡Hay que separarlos!

Los dos celadores se giraron hacia el tumulto con el aplomo que da la experiencia del profesional curtido que se las ha visto en peores, aunque el enfermero arañado se pasaba la mano sobre el pecho lanzando maldiciones mientras caminaba. Casandra aprovechó aquel instante para dar un paso atrás y escurrirse entre el tumulto. En la mano sujetaba la tarjeta identificativa de uno de los dos hombres, que había escamoteado al sacarle del bolsillo el inyectable. Si iba a acceder a la celda de aislamiento de Logan Dawson, no quería dejar un rastro que apuntase hacia ella, ni siquiera en el sistema informático. Casandra sabía que ahora nadie estaría mirando las cámaras de seguridad y mucho menos se fijaría en su figura deslizándose en dirección contraria, en medio de la batalla campal que se había desatado en la sala común de los internos.

Justo al salir de la sala, se cruzó con la figura imponente del doctor Tapia, que entraba a la carrera. Alto, fibroso, de mirada profunda y con el pelo rapado al uno, Casandra pudo sentir la electricidad y la rabia que emanaban del cuerpo de aquel hombre mientras trataba de imponer el control en la sala ladrando órdenes secas y precisas a medida que llegaban más y más celadores y doctores.

Por un segundo se preguntó, curiosa, qué podría ver bajo el influjo del Fulgor alrededor de las personas que estaban en la sala. Probablemente un arcoíris de colores saltando de un lado a otro sin control, una cascada de emociones en tecnicolor. O puede que algo mucho más siniestro y oscuro, se corrigió al instante. En todo caso, algo que no le apetecía adivinar en aquel momento.

Tenía otros problemas mucho más acuciantes. Para llegar a la sala de aislamiento de Dawson, debía cruzar por delante de dos controles vigilados.

El primero era el de acceso general, donde un atareado enfermero hablaba por dos teléfonos a la vez. Cuando Casandra pasó a su lado, el hombre ni siquiera le dedicó una mirada, pero la joven sospechaba que, aunque hubiese cruzado desnuda, agitando un par de pompones y con un sombrero de *majorette* en la cabeza, el enfermero ni se habría fijado en ella. El celador gritaba congestionado mientras a su alrededor se desataba un infierno de chillidos y golpes. Casandra se deslizó como un fantasma sin que el hombre la mirase.

Los celadores de la sala parecían haber sido desbordados y ya se oían los primeros gritos y aullidos corriendo por el pasillo en su dirección. El caos se extendía como el fuego por todo El Trastero y los golpes y ruidos se multiplicaban por doquier. Por un instante, Casandra se preguntó si, mientras jugaba a aprendiz de bruja regalándole un mechero a Taracido, no habría liberado fuerzas que nadie podría controlar. No tuvo demasiado tiempo para pensar en ello porque al fondo del corredor llegó a la segunda dificultad que tendría que superar.

El segundo control daba acceso a la zona de internos aislados, el reino hermético del doctor Tapia dentro de El Trastero. En aquel instante no había nadie al otro lado del mostrador y la puerta estaba herméticamente cerrada. Casandra pasó por el lector la banda magnética de la tarjeta robada y la puerta se abrió con un zumbido eléctrico y un chasquido. El sistema recogería que el propietario de la tarjeta había accedido al sector, pero, con el follón que había montado, dudaba mucho que nadie fuese a revisar los listados de acceso de aquella parte de El Trastero.

Al cerrar la puerta a su espalda, tuvo la sensación de entrar en otro plano de realidad. El aislamiento acústico amortiguó el sonido de la refriega y solo se oía el zumbido de los fluorescentes del techo y el suspiro pesado del sistema de aire. Aquel aislamiento estaba pensado para que los demás internos no pudiesen escuchar la habitual colección de gritos, insultos y chillidos que los pacientes de aquella zona lanzaban cuando no estaban bajo los efectos de la medicación, pero en aquel instante jugaba un efecto contrario a favor de Casandra. De todas maneras, la joven se sintió inmediatamente sobrecogida por la anormal calma que reinaba en aquella zona. No se oía ni un murmullo, ni un monólogo obsesivo al otro lado de ninguna de las puertas del pasillo… Nada.

Como si me estuviesen esperando. Me he metido yo sola en una encerrona.

La increíble paranoia que encerraba aquella idea hizo que se estremeciese de temor. Aunque sabía que no hacía falta, se inclinó sobre una de las mirillas al azar para observar el interior de una de las celdas acolchadas. El hombre que la ocupaba dormía de espaldas, girado hacia la pared. No dormía, se corrigió de inmediato. Por el movimiento de su cuerpo parecía masturbarse de forma furiosa, ajeno al hecho de estar siendo observado.

Casandra se echó hacia atrás, ruborizada, con una mezcla extraña de sensaciones en su mente. Por una parte se sentía incómoda por haber invadido la intimidad de aquel hombre de una manera tan violenta e inesperada, y por otra se sentía profundamente aliviada. No era probable que hubiese una trampa esperando por ella en un lugar donde un tipo se masturbaba tan alegremente. La sensación de paranoia remitió un poco.

Caminó por el pasillo tratando de hacer el menor ruido posible. A medida que avanzaba, oyó algún ruido al otro lado de las puertas cerradas, pero nada muy alto. Con toda seguridad, la ronda que preparaba el turno ya había pasado por allí y habían suministrado la dosis habitual de fármacos a los internos.

Con una punzada de angustia, se dio cuenta de que era probable que cuando llegase al señor Dawson se lo encontrase transformado en un idiota babeante y medio dormido a base de Haloperidol. Se maldijo a sí misma por no haber sido más cuidadosa. Tan solo tendría que haber consultado el horario de la ronda médica en el control de enfermería y habría sabido cuál era el mejor momento para acceder a aquel lugar. Sin embargo, había actuado con tanta precipitación que ya era demasiado tarde.

Solo disponía de aquella oportunidad, porque organizar otro caos controlado como el que había desatado quedaba fuera de discusión. Las próximas semanas serían muy complicadas en El Trastero para muchos pacientes del régimen abierto, y seguramente la sala común quedaría sin uso durante un tiempo.

Con una sensación amarga de fracaso, recorrió los últimos metros hasta llegar a la habitación de Dawson, temiendo lo que podría encontrar. El procedimiento y la precaución la obligaron a mirar por la mirilla antes de abrir la puerta. La luz dentro de la celda estaba apagada y solo pudo distinguir un bulto inmóvil por completo sobre el camastro del fondo. Al cabo de un rato, pudo distinguir el leve movimiento de los costados de Logan Dawson al respirar de forma tranquila.

Está dormido. Tiene que llevar medicación encima como para tumbar a un bisonte. Estúpida, estúpida, estúpida, se regañó furiosa.

De repente, como si obedeciese a una señal invisible, el hombre se revolvió en la cama y se irguió. Giró la cabeza despacio, como un murciélago orientándose, escuchando algo inaudible para el resto del mundo. Al final miró directamente hacia al puerta y Casandra sintió un escalofrío.

Porque, aunque no podía saberlo, habría jurado que aquel hombre estaba sonriendo.

Mirando hacia ella.

Viéndola.

Era imposible. Sintió cómo las piernas le flaqueaban. Todo aquello era una locura. Tenía que salir de allí lo más deprisa posible, antes de que alguien apareciese por aquel corredor y se preguntase qué coño hacía ella en un área de El Trastero donde no debería estar, cuando todo el mundo andaba sofocando el motín que se había molestado en provocar.

Dio un paso atrás y entonces el hombre levantó un brazo, como saludando a un viejo amigo, pero solo hasta media altura porque algún tipo de sujeción le impedía moverlo por completo. Casandra se quedó congelada, con la fascinación del conejo sorprendido por los faros de un coche en medio de la carretera, incapaz de moverse.

—¿Por qué no entra de una vez? —Era una voz varonil y profunda, educada, llena de matices suaves, que le llegaba de forma apagada—. Sé que está ahí. Y será muy complicado que hablemos a menos que abra esa maldita puerta.

Con horror Casandra vio cómo su mano bajaba hasta el pomo magnético y pasaba la tarjeta del celador con un gesto lento y delicado por la banda magnética. La puerta emitió un zumbido seguido de un chasquido y se entreabrió unos centímetros, invitadora y al mismo tiempo amenazante. Al otro lado una oscuridad densa parecía aguardarla expectante.

Respiró hondo y se armó de valor. Las respuestas estaban cerca, pero tenía que atreverse a formular las preguntas. Después de echar un rápido vistazo a ambos lados, tiró del pomo y abrió la puerta de par en par. Mientras tragaba saliva, entró en aquel cuarto oscuro, preguntándose en qué clase de remolino de mierda se había transformado su vida.

XX

Al principio no podía ver nada. El interior de la habitación olía a una curiosa mezcla de material aislante, limpiador hospitalario, un tenue aroma de sudor humano y algo más difícil de identificar.

Mientras olisqueaba el aire, la figura situada al fondo de la habitación se movió ligeramente y Casandra se detuvo alarmada. Entre las sombras solo podía adivinar su silueta y, de pronto, la joven se dio cuenta de que estaba a solas con un esquizofrénico peligroso que tenía más de una docena de muertes a su espalda. En una habitación acolchada e insonorizada.

Y nadie sabía que estaba allí.

—No se preocupe por mí. —La voz parecía haber adivinado sus pensamientos—. Estoy sujeto a esta pared por los tobillos y los brazos y apenas puedo levantarme del catre. No puedo hacerle daño y, además, no tengo la menor intención de hacer algo así, si quiere saberlo.

Casandra carraspeó, nerviosa, sin saber qué contestar. En vez de eso palpó la pared al lado de la puerta hasta encontrar una ranura por donde introdujo la tarjeta del celador. Una diminuta portezuela se abrió en un lateral dejando a la vista una serie de interruptores. Casandra apretó el principal y la habitación se llenó de golpe de una luz cálida y suave que emanaba de unos halógenos ocultos en el techo tras una capa de plástico ultrarresistente.

—Mucho mejor. —La voz de Logan Dawson, acariciadora, sonó a su espalda—. Al fin nos vemos.

Casandra se giró para contemplar por primera vez al norteamericano y se sorprendió a sí misma cuando su primer pensamiento fue que era condenadamente guapo. Se trataba de un hombre alto y fornido, de una edad indeterminada entre los cuarenta y los cincuenta años. Tenía una mandíbula cuadrada, cubierta por una fina barba rubia de pocos días, debajo de una nariz poderosa. La boca era carnosa y en las comisuras tenía las ligeras arrugas de las personas que acostumbran a sonreír. El pelo, rubio y lacio, le caía a los lados de la cara en una melena poco cuidada que necesitaba un arreglo urgente. Pero lo más impactante de aquel rostro eran los dos ojos azules y penetrantes que brillaban con un destello de inteligencia y apreciación mientras la observaban.

—Buenas tardes, o noches. Es difícil precisarlo aquí metido y sin reloj. —Hablaba usando un inglés elegante, con giros cultos. Casandra pudo adivinar el acento del sur en su voz—. ¿Cómo va el motín, doctora?

Casandra se le quedó mirando estupefacta. Abrió la boca y la cerró a continuación, demasiado sorprendida. Por último, se dejó caer en una silla situada enfrente del camastro donde estaba sentado el hombre que la contemplaba con placidez.

—¿Cómo sabe lo del motín? —consiguió articular—. ¿Quién se lo ha dicho?

Dawson rio por lo bajo. Era una risa profunda, grave, llena de musicalidad.

—No me lo ha dicho nadie —contestó—, pero lo he supuesto y usted me lo acaba de confirmar.

—¿Cómo?

—La última ronda médica pasó hace una hora, así que no debería tener más visitas en mi humilde palacio hasta mañana por la mañana. —Dawson hizo un leve gesto con la mano, limitado por las correas, que abarcaba su celda—. Y sin embargo, está aquí, justo delante de mis ojos.

—Podría ser una ronda extraordinaria —repuso Casandra mordaz.

—Sé que no se trata de una cuestión médica porque usted no es mi doctora, y el doctor Tapia ha demostrado en varias ocasiones, desde que nos conocemos, que es muy celoso en lo que se refiere a sus pacientes. En caso de que usted fuese a sustituirlo, el protocolo establece que él la debería acompañar en su primera visita. También sé que no se trata de un traslado, ni de un examen que exija que salga de la celda, porque, de lo contrario, un par de esos gorilas con bata que aquí llaman «celadores» estarían detrás de usted dispuestos a sujetarme como si fuese una especie de perro rabioso.

Casandra sonrió a su pesar, subyugada por la implacable lógica del americano, que inclinó la cabeza de forma exagerada para poder apartarse un mechón de pelo de la cara.

—Ha venido usted sola, a una hora intempestiva y de una manera ciertamente irregular, así que he supuesto que algo inusual está sucediendo. Y como no suena la alarma de incendios, la única explicación posible es que o bien viene usted a acabar conmigo, cosa que dudo, o hay una revuelta en el centro y está todo el mundo demasiado ocupado golpeando cabezas como para acompañarla.

Casandra hizo una fugaz imitación de un aplauso mientras observaba con ojos divertidos a aquel hombre. De no ser por el pijama y las correas de sujeción en tobillos y muñecas que lo mantenían retenido cerca del camastro, aquel momento hubiese pasado por una perfecta y civilizada conversación en una cafetería.

—La única pregunta que me hago es... ¿por qué viene a verme? —Dawson frunció el ceño durante un instante mientras pensaba, y de golpe un torrente de comprensión inundó sus ojos azules—. Nadie sabe que usted está aquí..., ¿verdad?

Casandra se mordió el labio inferior antes de contestar. Aunque aquel hombre estuviese atado como un mastín peligroso a la pared y no fuese una amenaza para ella, se preguntaba cuánta información podría compartir con él. Al fin y al cabo, apenas sabía nada de Logan Dawson. Finalmente concluyó que no merecía la pena mentirle en aquello.

—Es cierto, señor Dawson —respondió—. Me he colado hasta aquí para verle sin que nadie sepa nada. ¿Es eso un problema para usted?

—En absoluto —rio Dawson, de nuevo, con aquella risa profunda y orgánica. Era un sonido que resonaba en el interior de Casandra de una manera agradable—. Le agradezco que haya sido sincera. Si me hubiese mentido, habría sido el final de esta conversación. No me gustan los mentirosos.

—No puede saber si le he mentido o no —replicó ella picada.

—Salvo que se llame Fermín Gómez, tenga bigote y pese aproximadamente treinta kilos más, creo que puedo afirmar sin duda que me ha dicho la verdad. O eso, o ahora en El Trastero reparten las tarjetas identificativas al azar.

Casandra siguió la mirada burlona del hombre, que observaba su mano. Se dio cuenta de que aún sostenía la tarjeta de acceso del celador, donde aparecía su foto y su nombre. Algo avergonzada la guardó en el bolsillo, ocultando la expresión de sus ojos con el pelo. Estaba claro que Logan Dawson era un tipo extremadamente inteligente y observador, y que ella había sorteado con éxito su pregunta trampa. Una mente así encerrada en un sitio como aquel tendía a embotarse o a afilarse hasta extremos inimaginables, y Dawson parecía del segundo tipo. Tenía que ser mucho más cuidadosa.

—Es evidente que sabe cómo me llamo. —Dawson la miró de manera apreciativa, de arriba abajo, aunque no de forma obscena ni incómoda—. Pero yo aún no sé su nombre, y eso me coloca en una situación de desventaja un tanto clara, ¿no cree?

—Me llamo Casandra Arlaz, señor Dawson.

El hombre elevó la mirada hacia el techo mientras masticaba despacio el nombre de la doctora en su cabeza. Algo debió de gustarle, porque relajó el cuerpo un tanto y adoptó una posición ligeramente más cómoda sobre el catre. Casandra observó con fascinación cómo, pese a las limitaciones de movimiento, Dawson era capaz de mantener una postura elegante. Si vestido con el espantoso pijama rosa chillón que llevaban los pacientes de El Trastero parecía señorial e imponente, no podía ni imaginárselo en la calle, con un traje.

—Llámame Logan, por favor —contestó Dawson con una sonrisa deslumbrante—. Y yo me permitiré tutearte también, ¿de acuerdo?

Casandra asintió mientras se echaba hacia delante en la silla. Resultaba desconcertante mantener una conversación tan civilizada cuando la persona sentada enfrente apenas podía mover unos centímetros los brazos y las piernas por culpa de las correas de seguridad. Tenía suficiente ángulo para sentarse o acostarse, pero nada más. Casandra supuso que llevar aquellas sujeciones demasiado tiempo sería una tortura.

—¿Por qué llevas las reducciones, Logan? ¿Te has portado mal?

El americano se encogió de hombros con una sonrisa traviesa en los labios.

—De vez en cuando hay que probar cosas, como saber hasta qué punto están despiertos los esbirros del doctor Tapia.

—Los celadores —corrigió Casandra.

Dawson asintió con un gesto de hastío que se podía traducir en un «como tú digas».

—Solo es incómodo si me pica la nariz y quiero rascarme, aparte de la indignidad de estar atado, por supuesto. —Logan sacudió la cabeza para apartarse un mechón de la cara—. Pero no has venido hasta aquí en medio de una refriega para interesarte por mi bienestar. ¿Qué quieres de mí, Casandra?

Allá vamos, Cas. Última oportunidad. Puedes levantarte y volver por donde has venido o sacar un billete para el Mundo de Fantasía del señor Dawson. Tú decides.

—¿Cómo son esas luces de colores que ves, Logan? ¿Qué sabes de los seres oscuros, los de auras negras? Háblame de todo eso. Me interesa mucho que me cuentes todo lo que sabes.

Dawson la contempló sin pestañear durante casi diez segundos y después espiró lentamente con la mirada fija en su regazo. Respiró hondo, y de lo más profundo de su pecho se escapó un sollozo apagado, el quejido profundo del caminante que lleva demasiado tiempo a solas en la senda oscura del bosque. En aquel instante, con los hombros caídos, era la viva imagen de un hombre que soporta sobre la espalda todo el peso del mundo. Cuando habló de nuevo, la voz sonó quebradiza.

—Es una pesadilla —murmuró mientras dos gruesas lágrimas se deslizaban por sus mejillas—. Las veo a todas horas, en todas partes. Luces fluctuantes alrededor de todas las personas, los animales, los objetos, de todos los seres vivos…, incluso de las malditas paredes. En ocasiones se estiran como enredaderas y se enganchan entre ellas. Y además, están ellos, los Oscuros. Aaahh, eso es lo peor, sin duda… Los Oscuros, los Oscuros, los Oscuros. Están por ahí, sí, lo sé, lo sé. Dejan su marca y se reúnen bajo ella. Son malvados, doctora. Malvados, malvados, malvados.

—Logan… —Casandra intentó interrumpirle, pero el hombre temblaba entre sollozos.

—No deje que se me acerquen. Por favor, doctora, no deje que vengan, no deje…

A Casandra le recorrió una sensación gélida por la espalda mientras Dawson continuaba balbuceando de forma cada vez más ininteligible. Había comenzado a llorar a moco tendido y se balanceaba hacia los lados como un pelele. Lo que contaba aquel hombre coincidía exactamente con su visión. ¿Significaba que ambos podían ver algo inalcanzable para el resto del mundo, o que ella estaba sufriendo la misma clase de derrumbe mental que Logan Dawson?

Mientras contemplaba al hombre sollozante y convulso del camastro, sospechó que lo más probable era lo segundo. Aquel guiñapo emocional no le podría servir de ninguna ayuda. Aquel tipo de transformaciones súbitas de personalidad eran típicas de los esquizofrénicos extremos como Dawson, un ejemplo palpable del caos increíble que habitaba en su mente, que transformaba en segundos al hombre culto y elegante en el ser tembloroso y con mocos colgando de la nariz que tenía justo delante. Estaría así durante horas, hasta que un nuevo golpe de viento en su cabeza le trajese de nuevo al mundo real. El doctor

Beltrán tenía razón. Aquello había sido una soberana pérdida de tiempo.

—¿Podrías darme un trago de agua, por favor? —gimoteó Dawson mientras señalaba hacia una botella de plástico con una pajita apoyada a poca distancia del catre—. Tengo mucha sed. Dame de beber, porfavorporfavorporfavor…

Casandra se levantó para agarrar la botella y acercó la pajita a la boca del tembloroso Dawson.

Y entonces todo sucedió muy rápido. Un segundo antes de que el brazo derecho de Logan saliese disparado hacia su cuello, Casandra pudo ver que la sujeción que lo tenía que mantener atado estaba cortada de forma irregular por su parte inferior. La cincha cayó sobre su regazo como la piel vieja de una serpiente al mismo tiempo que el mundo se ponía incomprensiblemente boca abajo. El cerebro de Casandra tardó un rato en procesar la información, hasta que se dio cuenta de que el americano le había pasado un brazo por debajo de las piernas mientras con el otro le sujetaba el cuello para hacerla girar sobre sí misma hasta que al fin había caído en su regazo. Era una llave increíble que exigía mucha fuerza.

—Muy bien, Casandra. —La voz de Dawson sonaba otra vez firme y controlada en su oído, sin el menor rastro del tipo tembloroso que inspiraba lástima un momento antes—. Ahora me vas a ayudar a salir de aquí, o de lo contrario me temo que tendré que rajarte la garganta. Y eso no te va a gustar, te lo aseguro.

En aquel instante, con la respiración agitada y caliente de Logan Dawson en una oreja y un objeto puntiagudo clavándosele sobre la yugular, Casandra se preguntó si podría estar viviendo los últimos segundos de su vida.

XXI

—Esto es una estupidez, Logan —consiguió pronunciar con voz trémula.

Cada vez que respiraba notaba el aguijón punzante del interno raspando su garganta. Algo cálido se deslizaba por su cuello y ella no tenía manera de saber si era su sudor o una gota de sangre.

—Entrar a solas en mi celda sí que ha sido una estupidez, querida. Creerse mi interpretación magistral del lunático solitario que lloriquea bajo la luna ha sido simplemente un error —gruñó Logan mientras daba un par de fuertes tirones a las cinchas que le mantenían sujetas las piernas hasta desprenderlas.

Casandra observó que aquellas sujeciones se hallaban tan solo sujetas por unas hebras en las esquinas y el resto del tejido de alta resistencia estaba desgarrado a tirones, como si lo hubiesen serrado con un instrumento burdo. Quizá el mismo trozo de metal que en aquel instante se apoyaba sobre la piel de su cuello.

—No hagas esto, por favor. No tienes la menor posibilidad de salir del centro. —Casandra sintió cómo el hombre la levantaba consigo al ponerse de pie—. Solo hay una puerta de entrada y salida, y está vigilada.

—Ya lo sé, pero tú vienes conmigo. —Logan metió la mano en el bolsillo de Casandra y rebuscó hasta sacar la tarjeta del celador para colocarla en la cinturilla elástica de su pijama de interno—. Sin duda nos abrirán la puerta cuando vean que la alternativa es que rebane tu precioso gaznate.

—¿Y luego qué? Estamos en medio de ninguna parte, Logan. No puedes salir de aquí por las buenas.

La mente de Casandra funcionaba a toda velocidad. A lo largo de su carrera se había visto en situaciones comprometidas con internos agresivos en más de una ocasión, pero jamás había estado a solas con ellos. Si aquel hombre decidía violarla en el suelo de aquella habitación y luego asesinarla o hacer lo mismo en el orden inverso, nadie se enteraría hasta que fuese demasiado tarde.

Logan Dawson gruñó mientras giraba a Casandra y la ponía mirando directamente a sus ojos. Casandra se asustó al ver que en aquella mirada no había el menor rastro de locura, pero sí determinación y rabia contenida.

—Prefiero probar y morir en el intento a quedarme aquí esperando a que ellos vengan y me maten —resopló—. O quedarme sentado en este cuartucho durante años para que una médica bonita como tú venga a preguntarme cosas que no le importan en absoluto y así poder hacer su tesis doctoral sobre el chiflado de Logan Dawson, pensando que estoy como una cabra y rebuscando dobles sentidos en mis palabras mientras se ríe a mis espaldas. No, gracias. Peor ya no puedo estar.

—No quiero hacer una tesis —protestó—. De verdad me importas, Logan. Quiero entender qué te pasa.

Dawson se rio con una risa seca que sonaba gastada.

—No insultes mi inteligencia, Casandra, por favor. —De pronto, la mirada de sus ojos se había tornado mucho más dura—. Sé que no crees una mierda de nada de lo que cuento, como no lo ha hecho ni uno solo de los matasanos que me he cruzado en los últimos ocho años de mi vida. Y no te culpo, porque supongo que mi historia suena increíble. Pero no trates de congraciarte conmigo porque no te va a servir de nada. Voy a salir de aquí hoy y ahora, y si tengo que matarte para conseguirlo, lo haré sin pensarlo dos veces.

Dawson volvió a colocar su rudimentario cuchillo contra la garganta de Casandra de una manera tan brusca que por un segundo la joven pensó que el americano iba a cumplir su amenaza en aquel instante y la iba a degollar allí mismo. La adrenalina de su cuerpo se disparó mientras un zumbido familiar empezaba a borbotear en sus oídos. El *dum-dum* regular que anunciaba el dolor de cabeza latía en sus sienes perladas de sudor.

—¡Te creo! —gritó desesperada—. ¡Te creo, te creo! ¡Creo lo de las auras, creo lo de los seres oscuros, creo lo de la marca en forma de infinito, creo todas y cada una de tus palabras, joder!

—¡Es mentira! —rugió Dawson mientras la empujaba contra la puerta.

La cabeza de Casandra golpeó contra el marco de acero y por unos instantes todo se volvió borroso.

El dolor de cabeza que había estado temiendo y deseando llegó en ese preciso momento con la violencia de un herrero que golpea en la fragua. Casandra gimió mientras oleadas eléctricas hormigueaban debajo de su piel, en una extraña mezcla de placer y dolor que hubiese sido hasta excitante de no ser por lo extremo de la situación. El Fulgor resoplaba feliz, liberado una vez más de sus cadenas.

—Te creo, Logan —repitió Casandra con una voz tan calmada que atrajo la atención del americano. Este se detuvo durante un segundo y la miró fijamente.

—¿Por qué coño ibas a creerme?, ¿eh? Aparte de para querer salvar tu vida, quiero decir.

Casandra subió las manos hasta los dedos de Dawson intentando aflojar la presa que la asfixiaba. Sus ojos se detuvieron en los de él y sus miradas se entrelazaron durante un momento.

—Porque yo también las veo.

Por primera vez la expresión de Logan Dawson reflejó sorpresa. Una sombra de duda cruzó su cara, pero enseguida endureció el gesto.

—No te creo.

—Es cierto. —Casandra giró la cabeza mientras miraba con curiosidad las paredes de la celda como si acabase de llegar allí—. Lo estoy viendo ahora mismo.

Un brillo en su mirada debió de significar algo para el americano, porque la soltó y dio un paso atrás con gesto desconfiado. Casandra pudo ver por primera vez el arma, que no era sino un soporte de somier afilado como una hoja de afeitar a base de desgastarlo contra una superficie dura. Solo Dios sabía cuánto tiempo llevaba Logan preparando aquel instrumento y lo que habría tenido que hacer para conseguirlo y ocultarlo.

—No puede ser cierto. —Logan negó con la cabeza—. Mientes.

Casandra levantó un brazo hasta tener la mano delante de los ojos. La giró varias veces, contemplando arrobada el espectáculo de color que danzaba desde la punta de sus dedos.

—Mi aura es violeta, Logan. —Señaló hacia él, y una miríada de pequeños dardos violetas acompañaron el movimiento—. Sin embargo, tú eres azul cobalto. Y las luces de esta habitación están llenas de destellos anaranjados. Lo único que me pregunto es si tú también puedes verlo.

Y de la respuesta que me des depende que puedas ayudarme o no. Y mi vida, por supuesto.

Logan Dawson jadeó sorprendido mientras se tambaleaba. Parecía un hombre al que Mike Tyson le hubiese dado un puñetazo por sorpresa. Su mirada confusa se paseaba de la cara de Casandra a la puerta y de ahí a sus propias manos, como si fuese la primera vez que se las veía.

—Pero... pero... —Bajó la cuchilla. La desconfianza de su rostro, sustituida por perplejidad, y toda la tensión acumulada pugnando por desbordarse con la tensión—. ¿Cómo es posible?

—No lo sé. —Casandra negó con la cabeza—. Pero esperaba que pudieses ayudarme.

—¿Yo? —Logan levantó los brazos con una sonrisa amarga en el rostro, mostrando en un gesto las gruesas paredes que los rodeaban—. ¿En qué te puedo ayudar yo?

—Puedes ayudarme a entender qué demonios pasa. —A Casandra le tembló la voz y sonrió con nerviosismo—. Y a resolver un pequeño problema.

—¿Qué problema?

—Ellos. Los Oscuros. —Tragó saliva—. Van a por mi familia... y a por mí.

XXII

Si había una serie de televisión que Daniel odiaba profundamente esa era *CSI*. En cada capítulo, los escenarios del crimen estaban plagados de docenas de pequeñas pistas que el equipo de actores siempre localizaba con cierta facilidad y después era capaz de conectar entre sí por arte de magia gracias a la tecnología punta de la que disponían en sus ultramodernas oficinas.

Por culpa de series de televisión como aquella, la gente tenía una idea muy equivocada de cómo era el trabajo policial. Y lo que es peor, tenían cierta tendencia a sobreestimar la capacidad de las fuerzas del orden de obtener resultados inmediatos. Si la vida real fuese un capítulo de *CSI*, en aquel momento Daniel tendría una lista de sospechosos cada vez más pequeña, con docenas de evidencias físicas que los vincularían al escenario del crimen, y sin duda alguno de ellos ya estaría a punto de derrumbarse en un interrogatorio para ponerles en bandeja una confesión completa.

Pero era la vida real y, varias horas más tarde, no tenían ni la menor idea de quién podría haber cometido aquel homicidio.

El rastreo exhaustivo del camino de tierra donde había aparecido el cadáver por parte de un grupo de malhumorados agentes empapados y ateridos bajo la lluvia no había desvelado nada especial. Ni casquillos de bala, ni pisadas incriminatorias, ni rastros milagrosos. El único punto donde podrían haber quedado huellas, el arcén de la carretera cubierto de barro, lo había pisoteado a conciencia el veterinario que había descubierto el cadáver, y más tarde el primer coche patrulla que había llegado al lugar y había aparcado encima sin darse cuenta.

Ese tipo de cosas siempre sacaba de quicio a Daniel, pero no había nada que pudiese hacer al respecto. Cuando el juez por fin levantó el cadáver y se retiraron del camino, estaba de un humor de perros y con un montón de preguntas zumbando como abejas enfadadas en su cabeza.

—¿Quieres un café? —Roberto estaba de pie junto a la cafetera de su despacho y le miraba expectante.

A diferencia de Daniel, el joven policía no parecía especialmente molesto por haberse empapado. Al llegar al despacho se había sacudido el agua como un san bernardo después de caer a un río y había cambiado su camiseta húmeda por otra seca no muy diferente y bastante extraña, pero que sin duda estaba a la moda en alguna parte. Con el pelo mojado y brillante, bien peinado, y la taza de café en la mano, parecía tan lleno de energía y preparado que a Daniel se le escapó un suspiro. Empezaba a sentirse mayor para aquellas cosas.

—Sí, por favor. —Tendió la mano y agarró la taza que le ofrecía su compañero—. ¿Cuánto tardará la autopsia?

—Al menos un par de días, ya sabes —dijo—. El cadáver aún sigue en el depósito.

—¿Huellas en el cuerpo? ¿Algo?

—Únicamente una pequeña mancha de sangre en la camiseta interior del cadáver, a la altura del abdomen. No se corresponde con ningún corte ni herida del cuerpo, así que es probable que sea del asesino. También la tienen en el laboratorio, a la espera de análisis.

Daniel frunció el ceño mientras pensaba cómo se podía haber hecho una transferencia de sangre a un sitio tan improbable como la parte baja de una camiseta. Quizá aquello tenía algo que ver con alguna práctica sexual, aunque no lo parecía. Toda la parafernalia místico-religiosa alrededor del cadáver suponía un tremendo dolor de cabeza. En ese instante el teléfono sobre su mesa sonó.

—¿Sí? —contestó. Se irguió rápidamente mientras se volvía hacia su ordenador y pinchaba en varios puntos de la pantalla—. Sí, ya lo tengo aquí. Muchas gracias.

—¿Qué pasa? —preguntó Roberto.

—Ya sabemos quién es nuestro difunto —contestó Daniel mientras colgaba el teléfono—. Las huellas dactilares coinciden con las de Silas Barnes, cuarenta y dos años, soltero, vecino de Zúrich y agente de valores de profesión... Qué raro.

—¿Qué es lo raro?

Daniel silbó por lo bajo mientras leía los datos que aparecían en la pantalla.

—Esto es muy extraño —gruñó mientras señalaba a la pantalla—. Este tío trabajaba para una corporación suiza de gestión de capitales. La agencia tributaria y la UDEF lo investigaron hace doce años. Cogía el dinero de la gente y básicamente lo movía a paraísos fiscales de forma que no quedase rastro. Sus últimas residencias han sido Zúrich, Liechtenstein y Stuttgart, o por lo menos es lo que dicen los datos de su ficha. ¿Te suena ese nombre que aparece en la pantalla?

Roberto miró donde apuntaba su compañero y los ojos se le abrieron como platos.

—¿No es ese el banco de inversión que estaba implicado en esa operación de blanqueo de capitales?

—Sí, ese mismo —confirmó Daniel. El zumbido de abejas de su cabeza se estaba transformando en una orquesta furiosa de preguntas—. Y este tío trabajaba directamente para ellos. Así que explícame. ¿Qué cojones hace el cadáver estrangulado de un capo de las finanzas internacionales en un camino de tierra del culo del mundo? ¿Qué coño hacía aquí? ¿A quién había venido a ver?

—Puede que a algún cliente —aventuró Roberto.

—No lo creo. —Daniel negó con la cabeza—. En esta parte del mundo solo hay bosques, lluvia y prados. No es el entorno natural de alguien así. Además, los clientes de ese tipo de gente no quieren que nadie los vea con ellos y mucho menos los invitan a su casa.

Roberto abrió la boca para decir algo, pero la volvió a cerrar al instante. Ambos se quedaron callados durante un buen rato mientras meditaban sobre la extraña naturaleza de aquella situación. Aquel asunto se complicaba más y más a medida que pasaba el tiempo. Era preocupante.

Quizá se habrían sorprendido aún más si hubiesen sabido que, al mismo tiempo que el sistema central de identificación de huellas dactilares hacía saltar el nombre de Silas Barnes en el ordenador de Daniel, una alerta similar aparecía en la pantalla de un informático del servicio central de datos de Madrid, a más de seiscientos kilómetros de distancia.

Aquel informático era un hombre gris de mediana edad, un jugador de póquer bastante malo, siempre aquejado de una escasez crítica de dinero. Alguien se le había acercado años atrás, después de una partida especialmente mala, y le había facilitado una breve lista de nombres que debía vigilar, a cambio de condonar las deudas de aquella noche y de una considerable suma de dinero, cantidad que se renovaría si alguna vez sucedía «algo» e informaba de ello.

El informático tan solo había tenido que dedicar veinte minutos de su tiempo para crear una subrutina en el sistema que le avisaría en caso de que se hiciese alguna búsqueda sobre aquellos nombres. Nada que pudiese rastrearse o monitorizarse, básicamente porque el encargado de hacer ese rastreo tendría que ser él mismo. Y desde entonces, los años habían pasado y ya casi se había olvidado de aquel pequeño encargo irregular que le había hecho ganar un dinero fácil. Nunca había saltado la alarma. Jamás había sucedido ese «algo». Hasta aquel momento.

Porque que uno de los nombres de la lista apareciese como víctima desconocida de un homicidio sin duda entraba en la categoría de «algo». Así que el informático hizo una captura de pantalla de la búsqueda para enviarla a la dirección de correo que le habían facilitado en su día.

Aquel hombre podía ser un ludópata sin control, pero en su trabajo era un perfeccionista orgulloso de una tarea bien hecha. Llevado por un repentino impulso, realizó una pequeña búsqueda dentro del sistema de ficheros de la Policía Nacional (algo no muy complicado, porque él mismo era uno de los responsables del mantenimiento) y siete minutos después, con un mínimo esfuerzo, tenía una copia completa del atestado policial, incluyendo las fotos que había tomado el forense aquella misma mañana. Lo adjuntó todo al correo electrónico en una carpeta y lo envió a través del sistema TOR, de forma que nadie pudiese localizar de dónde había salido aquella información. Tras darle al botón de enviar, sonrió satisfecho. Sin duda, los desconocidos que le habían pagado la primera vez apreciarían aquel gesto extra y puede que le abonasen un incentivo.

Apenas treinta segundos más tarde, alguien en una ciudad del centro de Europa abrió el correo y lo revisó durante un minuto. A continuación, sacó una vieja libreta de papel del cajón de su escritorio hasta encontrar el número de teléfono que necesitaba. Después levantó el auricular y llamó.

La llamada viajó rebotando por satélites y repetidores hasta hacer sonar un móvil en el bolsillo de un hombre sentado en la biblioteca de una vieja casa señorial, al lado de una chimenea apagada y fría. Todos los muebles de aquella casa estaban cubiertos por sábanas, excepto la silla que ocupaba el hombre, que había entrado allí apenas media hora antes. La vivienda olía a cerrado y a humedad, y desde hacía un tiempo a algunos de los libros de las estanterías les había aparecido un verdín pegajoso en el lomo, a medida que se hinchaban sus hojas. Por la ventana de la biblioteca se veía caer la lluvia sobre los verdes bosques, con un río perezoso corriendo al fondo del estrecho valle.

Aunque aún no podía saberlo, estaba a apenas media hora en coche del camino de tierra donde Casandra había abandonado tan aparatosamente el cadáver de Silas Barnes. El hombre tenía a sus pies un enorme barreño de agua fría y una caja de cartón de donde salían unos débiles ruiditos. A su lado, en un trasportín, una gata se removía inquieta.

El hombre metió la mano en la caja y sacó un pequeño gatito de pocas semanas. El minino se removió inquieto al notar la diferencia de luz y temperatura, y lanzó un débil gemido que hizo que su madre encerrada respondiese con un largo maullido desesperado. Después de contemplar el gatito durante unos segundos con una mirada fría y desapasionada, el hombre lo sumergió de sopetón dentro del barreño de agua helada.

El gatito lanzó un maullido mudo que hizo que sus pequeños pulmones se llenasen de agua casi al instante. El pequeño se debatió con fuerza durante unos segundos, intentando liberarse y respirar, pero no tenía ninguna posibilidad. El hombre mantuvo su presa debajo del agua hasta que el cuerpecito dejó de moverse con un último espasmo y la boca abierta en busca de un sorbo de aire que nunca llegaría. Su madre, angustiada, lanzaba largos maullidos y empujaba la puerta del trasportín en un impulso visceral y de dolor, mientras veía cómo la pequeña bola de pelo flotaba inerte en el barreño.

El hombre volvió a meter la mano en la caja, con la parsimonia de alguien que se está comiendo una bolsa de patatas, y sujetó a otro gatito por el cuello. Justo entonces sonó el teléfono. Se detuvo, irritado por la interrupción, y por un segundo estuvo tentado de no responder. Finalmente, arrojó de nuevo al pequeño felino en la caja y descolgó la llamada. Escuchó con atención durante unos segundos mientras su expresión se ensombrecía poco a poco, como un cielo que se va cargando de nubes de tormenta.

—¿Estás seguro? —preguntó con voz queda—. Necesito que me confirmes eso.

La voz del otro lado replicó algo durante un rato. El hombre se llevó la mano a los ojos, como si no pudiese creer lo que estaba escuchando.

—Está bien —dijo al final—. Muchas gracias. Yo me encargo de todo.

El hombre colgó y a continuación hizo otra llamada. Al otro lado respondieron al segundo tono.

—Tenemos un problema —dijo nada más oír la otra voz—. Silas ha muerto. Sí… No.

Escuchó durante unos segundos lo que la otra voz decía. Era de mujer. Sonaba enfadada. Furiosa. Finalmente, la cortó con un tono seco y lleno de autoridad.

—Nos reuniremos en la casa en dos horas —dijo mientras miraba el reloj de su muñeca, un pesado Audemars Piguet de oro y diamantes—. Avisa a Escauro. Nos vamos de cacería.

Colgó el teléfono y se acercó hasta la ventana con el ceño fruncido y las manos a la espalda. Si alguien que tuviese el Fulgor hubiese estado allí cerca, habría podido ver cómo la habitación se llenaba progresivamente de una nube negra, densa y pegajosa, que se revolvía alrededor del aura de aquel hombre. Era un aura vieja, retorcida y malvada, que lamía las paredes como los dedos de un ciego.

La gata bufó aterrorizada y se refugió, hecha una bola, en el fondo del trasportín, buscando una salida inexistente. El hombre se giró, la expresión ceñuda sustituida por una mueca torva y anciana que podía secar el alma de quien la contemplase.

—Nos vamos de cacería —repitió para sí, deleitándose con cada palabra—. Sí, esto va a ser interesante.

Se inclinó de nuevo delante de la caja de cartón. Fuera, el primer trueno de la tormenta que se acercaba sonó como un portazo gigante en el mismo momento en el que el hombre, con la indiferencia de quien come una bolsa de aperitivos, metía al siguiente gatito en el barreño de agua.

XXIII

Logan Dawson se dejó caer sobre su camastro con una elegancia felina mientras le indicaba con un gesto florido a Casandra que se sentase de nuevo en la única silla de la habitación. Ella comprobó que el hombre se mantenía en un estado de forma envidiable. Mientras que la mayoría de los pacientes sufrían una lenta degradación física fruto de la falta de ejercicio y de estímulos, Logan Dawson tenía un cuerpo bien formado y musculoso. A través de la chaqueta entreabierta de su pijama, Casandra podía adivinar el vientre plano del americano, con unos abdominales bien marcados que se alineaban en ordenados paquetes de músculos uno encima de otro. Desde luego no era un obeso drogado de carne blanda y brazos fofos. La joven sospechó que Dawson debía de dedicar varias horas al día a ejercitarse en el interior de su celda de forma obsesiva, resistiéndose con tesón al decaimiento… o preparándose para algo.

Como una fuga. O un intento de asesinato. O sabe Dios qué. A fin de cuentas, es un esquizofrénico diagnosticado.

—Bien —dijo entonces Dawson, con su voz bien modulada, antes de dar un largo trago de agua—, ¿por qué no empiezas contándome todo desde el principio, Casandra? Sin dejarte ningún detalle de importancia, por favor.

—Soy yo la que ha venido a hacer preguntas aquí, Logan —protestó Casandra—. Es mi familia la que está en peligro, necesito respuestas y no tenemos demasiado tiempo, por si no te has dado cuenta de dónde estamos.

—Y yo todavía no he decidido si te creo o no, doctora —replicó Dawson—. Además, te recuerdo que en esta habitación hay un cuchillo, y yo estoy del lado del mango, así que creo que solo por eso tengo derecho a escoger quién de los dos cuenta su historia primero.

Casandra puso los ojos en blanco mientras resoplaba. Aquel hombre era imposible. Aunque había que reconocer que era educado y cordial incluso para dejar caer veladas amenazas de muerte y dolor, arrancarle cada palabra era una labor lenta y tortuosa.

—Está bien —concedió—. Pero después tendrás que responder a mis preguntas, ¿de acuerdo?

—Eso dependerá de lo interesante que sea tu historia, Casandra. —Logan se arrellanó en el camastro como un niño a punto de escuchar el cuento de antes de dormir—. Gánate mi confianza y yo la corresponderé.

Si no fuese por la tensión que destellaba en sus ojos y que traicionaban su aparente indiferencia, se diría que aquella conversación era algo banal para él. Pero Casandra podía adivinar que el americano tenía que estar tan excitado como ella, esperando conseguir nuevas piezas que añadir a su propio puzle.

Empezó a contarle su historia desde el momento en el que tuvo el accidente en el cruce, tres meses y medio antes. Logan tan solo la interrumpió un par de veces para hacer alguna pregunta pertinente o aclarar algún punto en la narración. Cuando llegó a la parte de la pelea en la cocina en la que había estrangulado a aquel hombre, la voz le tembló un poco, pero se sintió reconfortada al ver que Dawson la miraba con renovado respeto y una expresión de cierta sorpresa en la cara.

Cuando finalmente la joven acabó de contar su historia, el hombre se mantuvo en silencio durante un largo minuto antes de levantar la mirada del suelo y contemplar a Casandra con sus profundos ojos azules de un modo que hizo que se sintiese casi desnuda.

—Es increíble —se rio para sí mismo mientras meneaba la cabeza—. Creo que es la primera vez en años que uso esa frase para referirme a algo que no tenga que ver con mi vida, pero es que no se me ocurre otra manera mejor de explicarlo. Eres una Nacida en la Luz, Casandra.

—¿Qué significa eso?

—Significa que puedes verlos. Que eres capaz de distinguirlos entre la multitud, que su disfraz no vale de nada ante tus ojos. Pero eso significa también que ellos pueden verte a ti, así que es un arma de doble filo.

—Pero ¿quiénes o qué son ellos? ¿Las auras son reales? ¿Por qué las puedo ver? ¿Y por qué asesinan a personas inocentes? ¿Qué quieren de mí, Logan? —Casandra disparaba preguntas como una ametralladora, incapaz de contenerse durante más tiempo.

Logan Dawson levantó ambas manos, pidiéndole calma, un tanto sorprendido por aquel arrebato de vehemencia.

—Tranquila, doc. —Su tono de voz, suave y razonable, era el mismo que se emplea para pedirle a un borracho que deje las llaves del coche sobre la barra del bar—. Para algunas de tus preguntas tengo respuestas y para otras solo suposiciones, pero vamos a ir por partes.

—No tenemos demasiado tiempo. —Casandra miró preocupada hacia la puerta—. En pocos minutos estará controlado el revuelo de la sala de ahí fuera y volverán los celadores a sus puestos. Cuando eso ocurra no debo estar aquí, porque me será muy complicado explicar qué diablos hago dentro de tu celda y por qué estás suelto, por cierto.

Logan miró las sujeciones rotas tiradas en el suelo como si fuese la primera vez que las veía. Una sonrisa traviesa afloró en su cara.

—Esto va a ser difícil de explicar, sin duda —dijo—. Pero me temo que tu vida va a estar llena de cosas como estas de ahora en adelante, Casandra… Por cierto, ¿sabes el origen de tu nombre?

—¿Cómo dices? —contestó Casandra confundida por el súbito cambio de tema.

—Déjame contarte una divertida historia clásica, por favor.

—¡No tenemos tiempo! —casi gritó estas palabras. Habían pasado más de quince minutos desde que había entrado en el corredor de la celda de Logan Dawson. En aquel intervalo, los celadores y el personal médico ya debían de haber controlado de sobra el tumulto de la sala común.

Si ella conocía bien el funcionamiento interno de El Trastero, en aquel instante debían de estar llevando a sus habitaciones a los últimos internos revoltosos. Pronto, mientras los celadores levantaban sillas caídas y retiraban restos de pastel de manzana de las paredes, alguien se daría cuenta de que Casandra no estaba por ninguna parte. O peor aún, la encontrarían allí dentro, departiendo como si nada con un interno peligroso, suelto y armado.

Y entonces ni la intervención del doctor Beltrán podría librarla de la ira del doctor Tapia o de algo peor, como un despido fulminante por usar una tarjeta ajena y organizar una reyerta de pacientes en un psiquiátrico de alta seguridad. Su posición estaba sostenida por alfileres.

—¡Déjate de historias y contesta a mis preguntas! —silabeó furiosa.

—Contarte esto es el primer paso para que entiendas lo que sucede a tu alrededor —replicó Logan muy serio.

Casandra gimió impotente. Razonar con aquel hombre era como intentar mover un cerdo por una ciénaga.

—De acuerdo. ¡Cuéntame tu maldita historia, pero sé breve, por favor!

—Claro que sí. —Logan Dawson sonrió y su voz adoptó un tono didáctico mientras se levantaba y comenzaba a pasear por la celda—. En la mitología griega, Casandra era hija de los reyes de Troya. Un día se transformó en amante del dios Apolo, pero al cabo de un tiempo se aburrió de él y lo rechazó. Los dioses tenían la mala costumbre de encajar muy mal los desplantes de los humanos, así que, furioso, maldijo a Casandra dándole el don de la profecía, de forma que podría ver el futuro.

—No me parece una maldición muy terrible —contestó Casandra—. Le veo muchas ventajas, de hecho.

—Claro que las tiene. —El tono de Dawson era divertido—. Ver el futuro es sin duda una ventaja muy importante. Pero Apolo añadió un pequeño detalle sin importancia al don de la profecía de Casandra, un añadido bromista de última hora. Hizo que pudiese ver el futuro, es cierto, pero acompañado de la condición de que jamás nadie la creería. Todo el mundo la tomaría por loca cada vez que anunciase alguna predicción.

Casandra se llevó las manos a la boca.

—Eso cambia las cosas. ¡Es terrible!

—Efectivamente. Según la leyenda, Casandra anunciaba cosas que iban a suceder, incluso catástrofes y calamidades inminentes que les podían costar la vida a aquellos con los que hablaba, pero los demás siempre la despreciaban. Imagínate la sensación de impotencia: ser la única que puede ver la realidad que te rodea, las amenazas que acechan a los demás y no poder contársela a nadie, porque piensan que es una locura.

El gesto de Casandra se transformó en una mueca de desconcierto que poco a poco se fue mudando en lenta comprensión.

—Es algo parecido a lo que me sucede a mí, ¿verdad? Yo no veo el futuro, pero los puedo ver a ellos. Puedo ver a los Oscuros y la amenaza que suponen, pero nadie me va a creer nunca. Como a la Casandra de la mitología griega.

—Exactamente. —Logan dio un par de pasos hasta colocarse en cuclillas delante de ella y apoyar las manos sobre sus muslos. Casandra estaba temblando—. Como la Casandra mitológica, has sido bendecida con un don maldito. Puedes ver el peligro que acecha, pero no te sirve de nada porque nadie te va a creer.

—Pero tengo que contarlo —arguyó. Le costaba respirar.

—Si cuentas lo que ves, acabarás en un sitio como este, haciendo compañía a gente como yo.

—Yo no he pedido esto —protestó con voz débil.

—Tampoco yo, y creo que nadie. —Logan secó con su pulgar una solitaria lágrima que había empezado a rodar por la mejilla de Casandra—. De hecho, sospecho que ningún humano normal debería tener la capacidad que compartimos tú y yo.

—No entiendo a qué te refieres…

—Empecemos por el principio —dijo—. ¿Qué quieres saber antes de nada?

—¿Qué me pasa? ¿Por qué puedo ver el Fulgor? ¿Es real o me estoy volviendo loca?

—Es totalmente real, no te preocupes —contestó Logan con una media sonrisa—. El Fulgor, como lo llamas tú, o «los halos», como siempre los he llamado yo, están ahí. Todo el mundo tiene uno, como habrás podido comprobar. Y no solo las personas, sino también los animales, las plantas, incluso algunos objetos. Que tú lo puedas ver a simple vista es un don que está reservado a muy pocos y que tiene una explicación un tanto compleja…

—Pero jamás me había pasado esto hasta que tuve… —Casandra dudó por un segundo— mi accidente. Tiene más sentido que sea una alucinación a causa de una lesión cerebral que cualquier otra cosa que me cuentes.

—Ya sé que no tiene demasiado sentido. —Logan se encogió de hombros—. Pero muchas de las cosas que te voy a contar no tienen mucho sentido si no eres capaz de pensar de una manera más… amplia.

El americano separó los brazos al pronunciar esas últimas palabras y la miró expectante.

—Está bien —suspiró ella al fin—. Lo intentaré. Empieza.

—Lo cierto es que tú siempre has tenido la capacidad de ver el Fulgor, heredada de alguno de tus padres, y sin duda tu hijo debe tener esa misma capacidad también, salvo que el gen se salte una generación —dijo—. Lo más probable es que esa habilidad haya estado aletargada durante todos estos años, por el sencillo motivo de que nunca te había hecho falta. El accidente lo único que ha hecho ha sido desatascar ese tapón, por decirlo de alguna manera, que tenías en tu mente.

—¿Y ya está? —murmuró Casandra—. ¿Me doy un golpe en la cabeza y puedo ver el alma de la gente? ¿Eso es todo?

—Para nada —contestó Dawson circunspecto—. En primer lugar, lo que ves no es el «alma», al menos no en el sentido que tú has utilizado. Es algo más. El aura es una mezcla del espíritu vital de una persona, de su estado anímico y de su energía. La fuerza que reside en su interior, por así decirlo.

—¿Como la carga de su batería? —preguntó Casandra con sorna, sin poder evitar una sonrisa escéptica.

—Si lo quieres decir así, sí —replicó Logan impertérrito, ignorando el tono de burla de la joven—. Puedes pensar que lo que te estoy diciendo es una mierda *new age* sin sentido o la cháchara de un perturbado, pero lo que no puedes ignorar es la realidad que han visto tus ojos.

Casandra calló, momentáneamente enmudecida por aquel argumento. No podía negar que tenía su parte de razón.

—Hay un mundo mucho más allá de lo que podemos ver —continuó Dawson con tono tranquilo—. El hecho de que *aún* no podamos medirlo de forma científica no significa que no exista. Hace cien años, una tomografía del cerebro o una radiografía habrían sido consideradas casi magia negra y motivo de burla para quien se atreviese a formular la posibilidad de que tal cosa se pudiese hacer. No me cabe la menor duda de que alguien, en algún momento, encontrará la forma de que esos halos, el Fulgor, como lo llamas tú, puedan ser capturados y medidos de alguna manera, pero, mientras tanto, que alguien como tú pueda verlos y manipularlos por sus propios medios es un auténtico milagro.

—¿Qué quieres decir con «manipular»?

—Literalmente eso. Tú misma lo has visto cuando estabas ingresada en el hospital. Me lo has contado, ¿recuerdas?

A la mente de Casandra acudió de inmediato la imagen del enfermero del hospital vaciándose la cuenca de los ojos con una sonrisa en la boca, mientras aquellas tres personas le observaban anhelantes. Se estremeció con el recuerdo, y una sensación fría se le formó en la garganta mientras asentía.

—Esos seres, los Oscuros… ¿Qué son?

Logan se removió inquieto mientras pensaba. En su rostro se traslucía una gran concentración.

—Esa es una pregunta muy buena… y muy difícil de contestar. No sé muy bien qué es lo que son ni de dónde han salido. A lo largo de todo este tiempo he tenido muchas ocasiones para pensar sobre ello. Sé que no son seres extraterrestres ni ninguna de esas pamplinas de ciencia ficción. No son monstruos mutantes ni una raza exterior que haya venido a conquistarnos.

—Como en aquella película, *La invasión de los ultracuerpos* —aventuró Casandra.

—Por supuesto que no. Son seres humanos de carne y hueso, llenos de tripas, venas y músculos igual que tú y que yo, aunque eso es lo único que tenemos en común. Su aura, su Fulgor, es totalmente distinto. Y también sus necesidades, por supuesto. Además, si fuese una invasión alienígena, sería la invasión más cutre y chapucera de la historia, y desde luego no perderían el tiempo persiguiendo a un trastornado encerrado en un psiquiátrico. Intentarían llegar hasta el presidente de los Estados Unidos y hacerse con el control del maletín nuclear, ¿no crees?

—Tiene más sentido —replicó Casandra con una sonrisa seca. Aunque la explicación estaba siendo entretenida, sospechaba que el americano daba tantas vueltas porque había algo que no quería contarle.

—Después, durante un tiempo pensé que podían ser algo surgido del infierno…, demonios enviados por Belcebú para dominar la tierra, o algo así. En cierta medida, su manera de operar recuerda a las posesiones demoníacas, y su gusto por el dolor y el caos encajan de maravilla con la imagen de los demonios tradicionales, pero también lo he descartado. Si hubiesen surgido de los infiernos, habría habido algo más transcendente…, especial, si lo prefieres. Sus actos deberían ir encaminados al triunfo del diablo sobre la humanidad, pero su actuación es mucho más errática e impulsiva.

Casandra asintió pensativa. La muerte del enfermero en el hospital parecía totalmente improvisada, no algo que formase parte de un Gran Plan, así que aquello tenía sentido.

—Además —continuó Logan—, se supone que los demonios son seres todopoderosos con una colección de poderes sobrehumanos que los hacen casi invencibles, pero lo cierto es que a estos se los puede matar con bastante facilidad, como tú misma has sido capaz de comprobar. Estoy seguro de que a ningún ángel de Satán se le puede matar estrangulándole o clavándole un cuchillo en las entrañas. Así que esa opción también queda descartada.

—Entonces…, ¿quiénes son?

—Solo personas normales y corrientes, como tú y yo, que tienen acceso al Fulgor, pero de una manera totalmente distinta. Y por eso mismo, su empleo de esa aptitud los hace todavía más diferentes.

—Pero ¿por qué matan a gente? ¿Y qué es esa extraña marca que ponen en todas partes?

Esta vez, Logan Dawson se tomó más tiempo para contestar, como si estuviese valorando qué era lo que le podía contar o no. Por fin tomó una decisión y miró a Casandra con un brillo especial en los ojos, como si aquel momento fuese único.

—Lo que te voy a contar cambiará tu vida para siempre —dijo recalcando mucho las dos últimas palabras—. ¿Estás segura de que quieres oír lo que tengo que decir?

—Claro que sí —dijo Casandra, muy segura, mientras pensaba: *He matado a un hombre en mi casa y veo luces de colores. Si eso no ha «cambiado mi vida para siempre», no creo que un poco más vaya a afectarme demasiado.*

Logan asintió y se removió inquieto sobre el catre. A continuación, empezó a hablar.

—Todos los seres vivos tienen una cantidad concreta de energía vital dentro de sí mismos. Es algo con lo que nacemos, y en cada individuo es tan diferente y propio como el color de los ojos, la manera en la que dormimos o la altura que llegamos a alcanzar con una alimentación equilibrada. Está escrito en nuestros genes y es lo que nos acompañará toda la vida, hasta que se agote.

—La carga de nuestra batería, vuelves a decir.

—No bromees. —Logan estaba muy serio—. Lo que digo es totalmente cierto. El brillo del aura de una persona te permite saber, con la experiencia, cuánto le queda de vida o si tiene algún tipo de enfermedad. Supongo que en el fondo tiene alguna explicación totalmente racional. Somos un complejo juego de bioquímica, donde nuestras células cuentan con un almacenamiento limitado de energía. A medida que nos hacemos ancianos y perdemos capacidad para regenerar nuestras células, la cantidad de energía vital que podemos almacenar va disminuyendo de forma progresiva hasta el día que nos morimos.

—Eso tiene más sentido —concedió Casandra. Aquella explicación era más racional.

—Incluso la sabiduría popular es consciente de esto de una manera intuitiva —dijo Logan—. ¿Qué es lo que se dice cuando alguien se está muriendo? Se suele decir que «se está apagando». La gente común no puede verlo, Casandra, pero de algún modo son capaces de percibir inconscientemente lo que sucede justo delante de sus ojos, pueden sentir cómo alguien va perdiendo paso a paso la luz que sale de sus pupilas, el brillo de su vida. No es magia ni superstición, es un hecho físico. La única diferencia es que tú lo puedes ver al completo y casi nadie más tiene es don.

—Eso aún no me explica quiénes son esos Oscuros —replicó Casandra todavía renuente—. Ni por qué matan de esa manera tan espantosa.

—Supongo que ni ellos mismos lo deben de saber muy bien. Lo poco que he encontrado al respecto bebe de leyendas y tradiciones folclóricas tan antiguas que ni se conocen sus raíces. La hipótesis más probable es que sean alguna clase de mutación genética que se produjo hace muchos miles de años.

—¿Una mutación?

—Sí, no es tan raro. —Logan señaló uno de su propios ojos mientras hablaba—. Por ejemplo, yo tengo los ojos azules. Pues resulta que este color de ojos se debe a una única mutación genética sufrida por un solo individuo hace entre seis y diez mil años en el gen OCA2. Seis mil años, nada más. Ese puñado de milenios, en tiempo evolutivo, supone apenas un suspiro; y antes de que a algún olvidado pastor del mar Negro le mutase un puñetero gen en el vientre de su madre, nadie tenía este color de ojos que hoy tenemos ciento cincuenta millones de personas en todo el mundo. Las mutaciones son parte de la salsa evolutiva del ser humano, Casandra.

—¿Hay millones de Oscuros? —se irguió alarmada.

—No, ni mucho menos. Su mutación debe de ser bastante más antigua y todavía más rara. Por lo que he podido averiguar, no creo que haya habido más que unos pocos miles de individuos como ellos a lo largo de los siglos, y desde luego nunca más de unos pocos centenares viviendo a un mismo tiempo. Es un gen recesivo y muy difícil de transmitir, pero desde luego muy obvio cuando se manifiesta.

—¿Y en qué consiste esa mutación, exactamente?

—Bien, ellos, al igual que tú y que yo, tienen la habilidad de poder ver los halos que rodean a los seres vivos…

—El Fulgor —le interrumpió Casandra.

Logan asintió con paciencia. Comprendía el impacto que todo aquello tenía que suponer para la joven doctora.

—Eso es —continuó—. Pero a diferencia de nosotros, tienen una habilidad genética extraordinaria, una capacidad evolutiva, más bien. Al ser capaces de percibir la energía vital de quienes los rodeaban, incluidos ellos mismos, se dieron cuenta de que, a medida que esta fuerza vital se agotaba, la muerte era un hecho más cercano. Así que supongo que, en una secuencia lógica de pensamiento, algunos de estos Oscuros pensaron que, si su fuerza vital se agotaba, podrían intentar tomar la de otros. Una idea idiota y cruel, pero atractiva. Y resulta que el intento funcionó.

—¡Espera, espera! —Casandra levantó los brazos tratando de asimilar toda aquella información—. ¿Me estás diciendo que esa gente, estos Oscuros son realmente algún tipo de vampiro, o algo así?

—No son vampiros, ni mucho menos. —No había el menor rastro de humor en el tono de voz de Dawson—. Al menos no en el sentido tradicional. No se transforman en murciélagos, ni beben sangre, ni les espantan el ajo y las cruces, pero sí que se alimentan de la energía vital del resto de los humanos.

—¿Vampiros psíquicos?

—Podrías llamarlos así, o seguir pensando en ellos como los Oscuros, y ninguna de las dos definiciones se acercará ni siquiera a lo que son realmente. Y dicho sea de paso, no tengo ni la menor idea de cómo se refieren ellos a sí mismos. Lo que sí tengo claro es que en algún momento, hace miles de años, descubrieron la manera de evitar que su energía vital se agotara robando la de los demás.

—¿Y cómo?

—De la forma más evidente y lógica posible: matando a la persona a la que escogen como «alimento», de modo que su energía vital se vea desvinculada del cuerpo. Eliminando la batería para aprovechar la carga, si prefieres el símil que usaste hace un rato. Pero para conseguir esto deben crear antes un canal, una especie de vínculo para que esa energía no se disipe por las buenas. Esto solo funciona si esa persona o ese animal muere sufriendo un dolor terrible y un miedo cerval. Al parecer, el impacto emocional del dolor extremo y del pánico es lo único que les permite canalizar esa energía hacia ellos. Esa es su marca.

—Pero... ¿por qué lo hacen? —Casandra estaba totalmente desconcertada—. ¿Cuál es el objetivo?

Logan la miró sin parpadear durante unos segundos, esperando que la respuesta apareciese de forma espontánea dentro de Casandra. Esta abrió mucho los ojos mientras sacudía la cabeza, negando de forma repetida, con una expresión de espanto indescriptible en la cara. Por fin, el americano asintió.

—Eso es, Casandra —dijo—. Lo necesitan para poder vivir y escapar de la muerte. Algunos de ellos llevan viviendo entre nosotros tanto tiempo que ni siquiera pueden recordar en qué época nacieron. El paso de los años los ha vuelto poderosos, pero también muy inestables, y necesitan alimentarse con asiduidad.

—Es espantoso —musitó Casandra mientras negaba con la cabeza—. Espantoso.

—Es peor que eso —replicó Dawson—. Durante siglos, se han comportado como lobos cubiertos con piel de cordero, viviendo entre el rebaño y alimentándose de él, mientras el resto de la humanidad seguía con su vida, ajena al hecho de que estaban siendo diezmados de vez en cuando. Nadie se enfrenta a una amenaza cuya existencia desconoce. Es la tapadera perfecta.

—Pero ¿por qué van a por ti? ¿Y a por mí? ¿Y cómo sabes todo esto?

—Somos dos ovejas que han visto a los lobos, que han descubierto la verdadera naturaleza que se oculta debajo de su disfraz, Casandra. Y eso es precisamente lo que nos hace tan peligrosos. Y por eso nos quieren muertos cuanto antes. —Los ojos de Logan Dawson lanzaban llamaradas mientras se inclinaba hacia delante con pasión—. No se pueden permitir que demos la voz de alarma. No quieren que nos enfrentemos a ellos. Son los cazadores, y no tienen la menor intención de convertirse en presas.

—Pero tiene que haber alguna manera de defenderse. —Casandra sentía que las manos le sudaban y le costaba respirar dentro de aquella pequeña celda—. Tiene que haber algo para evitar que...

—Claro que lo hay —murmuró Dawson—. Y eso es lo que nos hace temibles.

—¿Qué es? —Casandra se acercó hasta casi tocar con la nariz la cara de Logan—. ¡Dímelo!

—Ya lo entenderás todo —replicó Logan con gesto ausente—. Tienes que conocer a qué te enfrentas para poder sobrevivir. A mí me costó bastante, y por no haberlo entendido antes, he acabado en un sitio como este.

Fuera se oyó un ruido de voces. Alguien caminaba hacia una de las celdas y la abría para comprobar algo. Al cabo de un segundo, cerraron de un portazo y se alejaron de allí. El tiempo se agotaba.

—Logan, necesito tu ayuda. —Casandra le miró directamente a los ojos, desafiante pero a la vez aturdida—. Necesito que me ayudes a entender a qué me enfrento.

—Haré mucho más que eso, Casandra —replicó Logan mientras se ponía de pie—. Te ayudaré a enfrentarte a ellos. Pero antes tienes que hacer una cosa.

—¿Qué? —preguntó Casandra, aunque estaba casi segura de adivinar lo que le iba a decir.

—Tienes que conseguir sacarme de aquí.

XXIV

—¿Sacarte de aquí? ¡Eso es imposible, Logan, y lo sabes!

—Si me dejas encerrado en esta celda, no podré ser de ninguna ayuda. —Era el turno de Logan de hablar a toda velocidad—. Además, no me queda demasiado tiempo aquí dentro. Ellos saben dónde estoy y van a venir a por mí.

—Te das cuenta de lo desquiciado que suena eso, ¿verdad? —preguntó Casandra dubitativa—. Paranoia en estado puro.

—¡Maldita sea, no me lo estoy inventando! —Logan arrojó el vaso de plástico contra la pared con un gesto frustrado—. ¿Crees que todo esto es una casualidad?, ¿eh? ¿Crees que es normal que después de décadas sin que uno de esos seres apareciese por esta parte del mundo, de repente, esta zona se convierta en un hervidero de Oscuros sin ningún motivo?

—Yo no sé si…

—¡Es por mí, joder! ¡Vienen siguiéndome desde los Estados Unidos por algo que descubrí allí! —Logan se dio un par de golpes en el pecho y a continuación clavó el dedo índice en el hombro de Casandra—. ¡Y de alguna manera tú estás implicada en todo esto, aunque aún no lo sepas!

—Logan, necesito respuestas.

—Y yo estaré encantado de dártelas, pero aquí y ahora ya no hay tiempo. —Señaló hacia la puerta con urgencia—.

En menos de cinco minutos alguien aparecerá por ahí para comprobar el efecto del motín en este lado del pasillo y si la medicación, que por cierto no he tomado, me ha hecho efecto. Cuando me vean despierto, con las sujeciones en el suelo y con un cuchillo casero en las manos, van a empezar a pasar cosas muy feas. Y aunque me haga el dormido y consiga hacer desaparecer este trasto de acero, no hay manera humana de que pueda volver a atar esas cintas entre sí. Sabrán que he intentado escaparme y ese hombre, Tapia, se va a subir por las paredes.

Casandra se dio cuenta de lo complicado de la situación. En cuanto descubriesen que Logan Dawson había estado a punto de fugarse, las medidas de seguridad en torno a él se volverían extremas. Sería absolutamente imposible colarse de nuevo en su celda para conversar. A todos los efectos, desaparecería de la faz de la tierra para todo el mundo, excepto para el doctor Tapia y un par de celadores de confianza. Y eso si, como decía él, no lo mataban antes.

—He despreciado mi única oportunidad de fuga para hablar contigo, Casandra, y a partir de ahora las cosas se van a poner muy difíciles para mí. Es la única alternativa que tenemos y lo sabes.

Logan cogió la cabeza de Casandra entre las manos con una sorprendente delicadeza y la levantó hasta que sus ojos quedaron frente a frente. Estaban tan cerca que ella podía sentir el aliento del hombre sobre los labios, como sentía el tacto sorprendentemente suave de sus manos en las sienes. Debería haber estado asustada, pero sin embargo se sentía cómoda, tranquila y, por primera vez en mucho tiempo, segura. Un calor agradable le subía desde el estómago hacia la cabeza, haciendo que pensar fuese mucho más difícil. En aquel instante las caras de Daniel y de Martín aparecieron en su mente con tanta claridad que por un segundo la mezcla de sensaciones la hizo enrojecer abochornada. Sacudió la cabeza, para liberarse del contacto de Logan y para hacer desaparecer aquellos pensamientos de su mente.

—Me lo debes, Cas —murmuró Logan casi en un susurro—. Sácame de aquí.

Casandra asintió con la mirada baja y sintiendo que toda su cara hervía.

—Te sacaré de aquí —murmuró, al fin, mientras señalaba hacia el cuchillo que Dawson aún sostenía en la cinturilla elástica de su pantalón—. Pero no hagas ninguna tontería mientras tanto, ¿de acuerdo?

—Está bien, doctora —accedió Logan, al tiempo que deslizaba el dorso de la mano sobre la mejilla de Casandra—. Pero no tardes demasiado. El tiempo juega en nuestra contra.

Nada resultó más perturbador para Casandra de toda aquella experiencia que el contacto de la mano de Logan Dawson sobre su piel. Fue como el contacto de antes, pero multiplicado por diez. En el momento en que las auras de ambos se entremezclaron sintió una sensación de exaltación poderosa, una marea profunda que surgía desde lo más hondo de sus entrañas. Era una sensación tan intensa y embriagadora que la dejó sin respiración por un segundo. Algo similar debía de haberle sucedido al americano, porque la miraba con una expresión perpleja en el rostro, entre confundida y anhelante. Cualquiera que los hubiese visto en aquel instante habría pensado que eran dos amantes despidiéndose después de un fugaz encuentro.

Casandra se dio la vuelta y salió de la celda, con las sensaciones a flor de piel y murmurando una despedida apresurada. Cuando cerró la puerta a su espalda tuvo que apoyarse un momento contra ella mientras intentaba recuperar el ritmo de su respiración. Antes de volver caminando por el pasillo echó un último vistazo al interior de la celda a través de la mirilla.

Logan Dawson seguía de pie, inmóvil en el mismo sitio donde lo había dejado. El americano levantó la mano y saludó hacia la puerta en un lento gesto de reconocimiento. Casandra se apartó de la mirilla como si quemase, avergonzada y sorprendida a la vez. ¿Cómo demonios había sabido que estaba mirándole?

Entonces recordó el momento en su casa en el que ella casi había podido intuir a través de la puerta la figura del hombre acuclillado en su cocina.

¿Y si...?

Se concentró. Cerró los ojos y los abrió de nuevo al cabo de un segundo, mientras miraba hacia la puerta de acero. La silueta de Logan Dawson se perfilaba a través de los dos centímetros de chapa de una forma difusa, pero perfectamente reconocible, en la manera peculiar que tenía el Fulgor de mostrar los objetos. No lo veía a él, se corrigió. Veía el aura que le rodeaba como una segunda piel, así como los cables eléctricos camuflados bajo la pared y las conducciones de agua. Incluso podía ver un pequeño hormiguero que bullía oculto en una grieta de la fachada. Resultaba tan avasallador como un chute de heroína, y Casandra tuvo que hacer un esfuerzo heroico para concentrar de nuevo la atención en los aspectos más reales del mundo que la rodeaba.

Se preguntó cuánto tiempo llevaría Logan bajo el influjo del Fulgor y cómo de intenso sería en él. Sospechaba que la sensación era adictiva y poderosa, y que cuando dos personas que estaban bajo su influencia se tropezaban, el efecto se multiplicaba como cuando dos frentes de fuego chocaban en un incendio. La tentación de, simplemente, sentarse a ver el mundo con aquella percepción ampliada era tan poderosa y devoradora que sin duda habría caído en ella de no sentir la urgencia que la apremiaba.

Se alejó de la celda mientras intentaba dominar la oleada de sensaciones que la envolvía. Estaba a unos pasos del control de acceso cuando el Fulgor la sacudió de frente con la potencia de un martillo. Un grupo de formas se materializaba al fondo del pasillo, en un punto indefinido que ella no podía ver. Por un breve e histérico momento le pareció oír unas voces que susurraban *Cuidado, Casandra* en sus oídos.

Asomó la cabeza por la portezuela de cristal del control vacío y la sangre se le heló en las venas. Por el corredor avanzaban el doctor Tapia y dos celadores, caminando con paso resuelto hacia aquella ala. La cara del médico era una máscara de furia que quedaba semioculta por el pañuelo relleno de hielo que sostenía contra la frente. Sin duda, en algún momento de la refriega se había llevado un buen coscorrón. Pero lo peor era que uno de los dos celadores que le acompañaban era el propietario de la tarjeta de acceso que Casandra aún sostenía en la mano y su expresión era aún más irritada. Estaba atrapada en una ratonera sin salida.

Tuvo el tiempo justo de colarse en el servicio que estaba al lado del control. Era poco más que un aseo, sin ventanas ni salida y con un pequeño armarito adjunto donde se guardaba material de limpieza. Un breve vistazo le bastó para darse cuenta de que ni retorciéndose como una contorsionista podría esconderse allí. Ya se oían las voces al otro lado de la puerta, una de ellas bastante enfadada. Sin duda, alguien estaba molesto por haber perdido su tarjeta de acceso.

La decisión la tomó tan deprisa que más tarde se preguntaría cómo lo había hecho. Casandra abrió los grifos del lavabo a todo chorro, mientras dejaba una toalla tapando el desagüe, y salió del baño agachada para que no la pudiesen ver desde el otro lado de la puerta. Le dio tiempo a esconderse de forma precaria debajo del mostrador del control de acceso justo en el momento en el que la puerta se abría con un chasquido metálico, que lanzó un arco de bonitos colores delante de la visión fulgurante de Casandra. Las voces se volvieron de golpe completamente nítidas.

—… importa un carajo dónde haya metido la tarjeta, Fermín —rugía el doctor Tapia—. Esto no es una taberna, ni un almacén de pinturas. Es un puto psiquiátrico de alta seguridad. ¡Encuéntrela ya, hombre!

—Sí, doctor.

—Puñetera refriega, joder. —Tapia se detuvo al lado de la mesa bajo la que se escondía Casandra. Estaba tan cerca que si estiraba un brazo podía tocarle la punta de los zapatos. El doctor se sirvió un vaso de agua y bebió ruidosamente—. Vamos a ver cómo están mis pajaril… ¿Qué cojones es eso?

Al grito de sorpresa de Tapia lo siguió el ruido de varios hombres corriendo hacia el baño. Lanzaban maldiciones mientras chapoteaban sobre el reguero de agua que salía por debajo de la puerta. Casandra aprovechó el breve instante en que la atención de los hombres estaba concentrada en el baño inundado para abrir la puerta y deslizarse hacia la zona común del otro lado.

Caminó de la forma más normal que pudo hasta llegar ante uno de los cuartos donde se guardaba la ropa de cama. Sin perder tiempo, entró y se encerró dentro con llave. Las piernas apenas la sostenían, la tensión nerviosa la estaba devorando y las ganas de llorar eran incontrolables.

En apenas una hora había provocado un motín, hecho añicos su juramento hipocrático, estado a punto de morir degollada y ahora conspiraba con un enfermo mental peligroso para organizar su fuga del centro. Y eso sin contar que llevaba una muerte a cuestas desde unas horas antes. La sensación de haber caído en un remolino era indescriptible y desoladora.

Se desplomó sobre un montón de sábanas dobladas y estuvo llorando durante diez minutos antes de poder serenarse. Cada una de sus lágrimas era una diminuta gota radiante de un color verde intenso que destellaba con la energía de una bombilla justo antes de caer de su cara. La angustia de Casandra se mezclaba con el arrobo casi infantil que le producía ver cómo sus lágrimas se transformaban en delicadas flores de colores al empapar la tela de las sábanas. Resultaba un espectáculo hermoso y aterrador al mismo tiempo.

Cuando por fin se serenó, se limpió la cara lo mejor que pudo y agradeció el hecho de no ir maquillada, lo cual le evitaba salir al pasillo con un aspecto parecido al de un mapache trastornado. Mientras caminaba de vuelta a su puesto, su mente no paraba de darle vueltas a la resolución de un problema imposible, con un nudo de angustia atenazando su estómago hasta un punto insoportable.

Nadie se había escapado de El Trastero en sus veinte años de existencia. Era imposible salir de aquel lugar blindado, con una sola puerta vigilada las veinticuatro horas y sin ventanas al exterior.

Y sin embargo, tenía que encontrar un plan que funcionase a la primera.

Porque, de lo contrario, le costaría la vida a Logan Dawson y posiblemente ella acabase detenida.

O algo peor.

XXV

La sala de reuniones parecía más llena que nunca. Posiblemente tenía algo que ver con las sillas apretadas alrededor de la mesa y los tablones con información que aún estaban cubiertos por cortinillas de tela. Aquello le daba un toque algo melodramático a la situación, pero era la mejor manera de compartir los datos de forma ordenada con los asistentes a la reunión.

Daniel contempló desde la puerta a las tres personas sentadas en la pequeña sala. Uno de ellos era Roberto: sentado en una esquina de la mesa, se roía las uñas descuidadamente, como si todo aquello no tuviese nada que ver con él. Los otros dos eran psiquiatras con experiencia en comportamientos violentos.

Detuvo por un instante la mirada en la espalda de Casandra. Estaba sentada muy recta en la silla, vestida con un elegante traje chaqueta azul marengo y prestaba toda su atención al expediente abierto sobre la mesa. Daniel se quedó impresionado una vez más por la serena belleza que desprendía su esposa mientras le daba la espalda al doctor Tapia, sentado en la silla de al lado, en un femenino y calculado gesto de hostilidad.

Sabía perfectamente que su mujer y Tapia mantenían una serie de diferencias de criterio que habían vuelto su colaboración profesional algo tirante, pero no había dudado ni un minuto en citarlos a los dos para aquella reunión. Sin ninguna duda, eran los dos psiquiatras más capacitados que podía reunir con tan poco tiempo y en los que, además, confiaba lo suficiente para evitar filtraciones. El asunto de su asesino en serie aún estaba controlado, pero cualquier pequeño detalle podía transformarlo en un circo mediático a la primera de cambio. Entonces habría un desembarco de medios llegados de fuera que les orillarían a él y a la gente de su comisaría por completo, y el acoso mediático sería atroz. Una manera como cualquier otra de enterrar de una vez por todas su carrera profesional…, a no ser que fuese capaz de cazar a aquel malnacido antes de que volviese a matar.

Respiró hondo un par de veces y entró en la sala dando un ligero portazo para llamar la atención de los presentes. Al pasar junto a Casandra percibió la mirada de ánimo que esta le lanzaba y se sintió fortalecido. Ella sabía perfectamente lo mucho que odiaba hablar en público, pero la situación no dejaba otra posibilidad. Tenía que coger el toro por los cuernos.

Casandra observaba a Daniel con atención, tratando de leer tras el rostro impenetrable de su marido. Cuando recibió la llamada de la comisaría, su primera reacción había sido de pánico. Se le habían pasado por la cabeza media docena de posibles errores que podía haber cometido con el cadáver abandonado, pero nadie parecía sospechar que ella guardase alguna relación con el crimen. Conocía demasiado bien a Daniel como para saber que él jamás le prepararía una encerrona de aquel estilo, y cuando lo vio entrar todas sus dudas se disiparon por completo.

Nadie sabía nada. Nadie sospechaba de ella. Y lo que era mejor, estaba allí en calidad de experta para cazar a un asesino que no existía. Pero aun así, tenía que ser muy cuidadosa.

—A ver si empezamos de una vez —murmuró el doctor Tapia, sin dirigirse a nadie en especial, mientras miraba su reloj—. Llevamos más de media hora de retraso.

Casandra le observó de reojo. Si había alguien que representaba una amenaza allí para ella, ese era Tapia. Puede que se llevasen fatal, pero lo que ella nunca negaría era la enorme capacidad profesional de su compañero. Si alguien podía detectar algo que no encajase sería él.

—Supongo que ya estamos todos —dijo Casandra—. Veamos qué nos cuentan.

Roberto se levantó y retiró la cubierta que tapaba la primera de las pizarras. Debajo había un cronograma con datos y una serie de fotos tomadas en distintos lugares.

—Gracias por venir —dijo Daniel mientras se sentaba—. Y por ofreceros a prestar ayuda al departamento. Lo cierto es que tenemos un problema potencial entre manos y me gustaría contar con vuestra opinión.

—Siempre es un placer colaborar con las Fuerzas y Cuerpos de Seguridad del Estado —dijo Tapia en tono untuoso. El subtexto de su frase, evidente para todos, era «Este es un favor que pretendo cobrarme de vosotros en cualquier otro momento, y va a ser caro».

—Como supongo que sabréis, los últimos tres meses han sido especialmente violentos en la ciudad. Este es un sitio tranquilo, no había habido un solo crimen de sangre en los últimos quince años. —Daniel suspiró mientras abría una carpeta—. Bien, eso ha cambiado.

—En tres meses hemos tenido una docena de muertes violentas en todo el entorno urbano y en los alrededores. No es que se trate de un pico en la gráfica, es que la ha hecho volar por los aires —intervino Roberto mientras deslizaba una copia de la carpeta en dirección a los psiquiatras—. Ocho de estas muertes son producto de accidentes fatales, como en el que estuvo involucrada Casandra.

Ella se estremeció al recordar la imagen del destartalado Mondeo abalanzándose contra el costado de su *jeep*. Aquello no había sido un accidente, estaba del todo segura, pero no era el momento ni el lugar para decirlo.

—Las otras cuatro muertes son las que nos traen de cabeza —continuó Daniel—. Sabemos que han sido homicidios, seguramente premeditados y planificados con mucha antelación, pero por sus características estamos algo… desorientados. Nos vendría bien vuestra experiencia profesional.

—Por lo que dice, deduzco que se trata de homicidios con algún elemento fuera de lo común. —Tapia chasqueó la lengua—. Algo que se aleja del simple crimen pasional o de un vulgar ajuste de cuentas y que tiene un componente de enfermedad psiquiátrica relevante.

—Algo así —asintió Daniel—. Vayamos por orden.

—Las dos primeras muertes violentas tuvieron lugar hace más de tres meses, justo el día en que la doctora Arlaz, aquí presente, tuvo su accidente de tráfico —comenzó Roberto—. Dos chicas locales, Eva Pazos y Laura Ojea, de veintidós y veinticinco años, aparecieron acuchilladas en una carretera rural a cinco kilómetros del núcleo urbano. No hubo agresión sexual ni robo, pero antes de morir estuvieron corriendo por el bosque en una ruta errática durante un buen rato.

—¿Eran prostitutas? —preguntó Casandra intrigada.

—No, ambas trabajaban en tiendas de ropa de la ciudad —replicó Daniel—. La noche de su muerte ambas estuvieron en Vintumperia, esa discoteca de moda de las afueras. Hay al menos una docena de testigos que las vieron en el local a las dos por última vez, pero nadie recuerda verlas salir de allí.

—Eso queda bastante lejos de donde aparecieron los cuerpos —musitó la doctora mientras comprobaba la pizarra y su copia del dossier—. ¿Cómo llegaron hasta allí?

—Esa es una de las preguntas —contestó Daniel—. Pero, sobre todo, la más importante es saber qué pasó allí. Todo apunta a que una de ellas acuchilló por la espalda a su amiga y después se suicidó.

—¿Un crimen pasional, tal vez? —Tapia meneó la cabeza—. No parece que eso sea especialmente…

—Si es un crimen pasional —le interrumpió Roberto—, es el más raro de la historia, doctor. Las heridas autoinfligidas que le provocaron la muerte a una de ellas tuvieron que ser dolorosísimas. Nadie en su sano juicio haría algo así, no de forma voluntaria, al menos.

—Ya veo —murmuró Tapia mientras se rascaba la cabeza—. ¿Análisis toxicológico?

—Eso fue lo primero que pensamos —contestó Daniel—. Tenían restos de alcohol, cocaína y MDMA, pero en bajas concentraciones y, desde luego, nada lo bastante fuerte como para hacer que sus nervios quedasen anestesiados.

—Además —apuntó Roberto removiéndose inquieto en la silla—, no pudimos encontrar el arma del crimen, lo que significa que alguien estuvo allí durante o después y se llevó el cuchillo que causó las heridas mortales de las dos víctimas.

—¿Alguna firma de autor? —preguntó Casandra ansiosa—. ¿Dejó el asesino alguna tarjeta de presentación? ¿Alguna señal o marca, tal vez?

El corazón le palpitaba a toda velocidad. En la foto de la carpeta no se veía nada más que los dos cuerpos caídos en la calzada, pero podría ser que en alguna parte alguien hubiese dejado el símbolo de los Oscuros.

—Nada especial. —Daniel meneó la cabeza—. Si había algo, la lluvia se encargó de borrarlo. Y han pasado meses y estamos casi como al principio. No sabemos cómo ni por qué llegaron hasta allí, qué las llevó a atravesar el bosque a la carrera y por qué motivo una de ellas acabó acuchillando a la otra. Nada tiene sentido.

—Doy por sentado que ninguna de ellas tenía historial de enfermedades mentales. —Tapia ojeaba el expediente con aspecto intrigado. Notaba que allí había «algo», pero no sabía de qué se trataba.

—Eran dos veinteañeras de fiesta —fue la sencilla respuesta de Roberto—. Los jóvenes hacen muchas cosas alocadas, pero rajarse hasta la muerte en un bosque no es una de ellas.

—El segundo caso es menos complicado, pero también estamos algo perdidos. —Pasó la página y exhibió la foto de un cadáver hinchado casi irreconocible—. Varón desconocido, de unos cuarenta años, corpulento y sin tatuajes ni marcas distintivas. Apareció flotando en el río, desnudo, hace unos días. La autopsia apunta como causa de la muerte un traumatismo intracraneal.

—Al pobre diablo le sacaron los ojos y después le clavaron algún objeto afilado en el cerebro a través de las cuencas vacías. —La voz de Roberto sonó ominosa mientras desgranaba los detalles.

Casandra tuvo ganas de gritar. Aquel «desconocido» tenía que ser el enfermero que los Oscuros habían asesinado a sangre fría en su habitación el día que los había visto por primera vez.

No te lo habías imaginado. Era real. Era real...

Sintió que se mareaba. El aire de la pequeña habitación apenas le llegaba a los pulmones. Todo el cuarto empezó a dar vueltas a su alrededor.

—Cas, ¿te encuentras bien? —La voz preocupada de Daniel le ayudó a anclarse de nuevo a la realidad.

—Pareces mareada —intervino Roberto mientras se levantaba—. Te traeré un vaso de agua.

—No es nada. —Sonrió nerviosa mientras improvisaba una excusa—. Creo que me ha impresionado un poco esa foto, eso es todo.

El doctor Tapia emitió un bufido desdeñoso y la miró con una expresión insondable. Casandra aprovechó que Roberto le tendía el vaso de agua para dar un largo sorbo y recomponerse. Sentía ganas de empezar a hablar sin parar, de contar todo lo que sabía y de gritar a los cuatro vientos la existencia de los Oscuros, pero se daba cuenta de que su historia sonaría a desvarío de chiflada, así que tragó con dificultad y volvió a sonreír a sus acompañantes.

—Ya estoy bien —dijo—. Podemos continuar, por favor.

—En mi opinión —murmuró Tapia mientras se colocaba las gafas—, esto tiene toda la pinta de ser un crimen pasional. La violencia excesiva, con la amputación de una parte tan simbólica del cuerpo como son los ojos, sugiere que el autor y la víctima se conocían entre sí. Tal grado de ensañamiento solo se da cuando existe una relación estrecha entre víctima y asesino. Además, probablemente eran pareja. Quizá este hombre miraba demasiado a otras mujeres, o a otros hombres, y su pareja decidió acabar con eso de manera alegórica… y real.

No tienes ni idea, Tapia. El único crimen de este pobre hombre fue aparecer en el lugar equivocado cuando no debía. Pero su muerte supuso que yo siga viva.

—¿Tú qué opinas, Casandra?

Un puñado de monstruos anularon su voluntad y le obligaron a suicidarse. Yo lo vi, estaba allí, recuperándome de una conmoción cerebral severa.

—Faltan muchos elementos para poder establecer un diagnóstico acertado —contestó con un ligero temblor de voz—. Pero la hipótesis del doctor Tapia encaja. Estoy de acuerdo.

—Es otro callejón sin salida. —El desánimo en la voz de Roberto era evidente—. El cuerpo llevaba tres días en el agua y los peces le mordisquearon los dedos hasta el hueso, así que no tenemos ni huellas.

—¿Nadie ha denunciado una desaparición? —preguntó Casandra mientras el corazón se le volvía a acelerar. Si alguien había denunciado la ausencia de un enfermero del ala del hospital donde ella había estado internada, eso pondría aquel crimen peligrosamente cerca de ella.

—No de momento, pero no debe de llevar muerto más de una semana —dijo Daniel—. No es tiempo suficiente como para que se active el protocolo de adultos desaparecidos.

—Háganme caso —intervino Tapia con cierta suficiencia—. En cuanto identifiquen al cadáver, busquen a su pareja sentimental. Ese será su asesino, seguro.

Se hizo un momento de silencio espeso mientras ambos agentes tomaban notas en sus libretas.

—El tercer y último caso es el más peculiar —dijo Daniel al fin—. Varón de unos cuarenta años. Identificado como Silas Barnes. Su cuerpo apareció desnudo, abandonado cerca del poblado chabolista del otro lado del río, estrangulado. Análisis toxicológico negativo.

—Pero lo más curioso de este —comenzó Roberto— es toda la parafernalia que había a su alrededor. Quienquiera que hizo esto nos dejó un mensaje, pero no sabemos interpretarlo.

—Una puesta en escena completa.

Daniel puso una fotografía de gran formato sobre la mesa. En ella se veía el cuerpo del Oscuro, tal y como lo había dejado Casandra, con las velas alrededor y el naipe de la baraja entre los labios.

Tapia contemplaba la foto con concentración, absorbiendo cada detalle. Casandra, por su parte, a duras penas conseguía mantener una expresión neutra mientras sus ojos repasaban una y otra vez la imagen, reviviendo aquel día de pesadilla.

Me pregunto qué pasaría si supiesen que tienen a la responsable de esa muerte sentada a esta mesa, con ellos. Probablemente se quedarían boquiabiertos de la impresión.

—Es curioso, sí —murmuraba el doctor Tapia mientras se acariciaba la cabeza rapada, en un gesto de concentración—. Muy curioso. Estoy seguro de que ya he visto esto antes, pero… ¿dónde?

—¿Y tú, Casandra? —preguntó Daniel—. ¿Qué opinas de esto? ¿Sabes qué puede significar toda esa simbología? Si alguien puede adivinarlo sois vosotros.

—Bueno —balbuceó Casandra mientras armaba la respuesta que llevaba preparada—, por la disposición de los objetos, se aprecia una clara finalidad ritual.

—¿Ritual? ¿Como algo religioso?

—Puede ser —contestó ella con aplomo—. Si es así, seguramente el autor sea una persona muy creyente, pero con una percepción distorsionada de la fe. El hecho de que haya usado velas y cartas me lleva a pensar que es alguien de extracción social media baja, posiblemente sin estudios, dada la escasa elaboración simbólica de la *mise en scène*. Si me pides que me aventure, lo más probable es que se trate de un hombre, de entre veinte y cincuenta años, sociable pero solitario, y que intenta pasar desapercibido en su entorno cotidiano.

Casandra se sintió mortificada al soltar toda aquella parrafada, pero no tenía otra opción. Lo que acababa de decir no era una especulación excesivamente arriesgada, y además acababa de dar el perfil medio de un asesino en serie típico, tan amplia que podía ser cierta, pero que no la comprometía en absoluto. En todo caso, alejaría la investigación de ella. Eso era lo importante.

Daniel asintió meditabundo mientras tomaba notas. Roberto asentía, como si de pronto todo cobrase sentido. Casandra se permitió un segundo de relajación, al ver que la estrategia surtía efecto, y por primera vez desde que había entrado en la comisaría respiró sin sentir ahogos.

—¿Y qué opina usted, doctor Tapia? —preguntó Daniel dirigiéndose al otro médico—. ¿Está de acuerdo con lo que dice Casandra…, la doctora Arlaz?

El psiquiatra no apartaba la mirada de la fotografía, concentrado en atrapar hasta el más minúsculo detalle.

—¿Doctor Tapia? —repitió Daniel.

—Tonterías —masculló este de repente.

—¿Cómo dice?

—Tonterías y gilipolleces. —Levantó la vista de la foto y miró directamente a Casandra, como si se diese cuenta por primera vez de que estaba allí—. No es nada de lo que ha dicho la doctora Arlaz.

—Oye, Tapia, creo que al menos deberías… —comenzó a protestar Casandra, con una bola de hielo en el estómago. Tapia era demasiado bueno como para aceptar aquel dictamen vago que había dado. Debería haberlo sospechado.

—Son tonterías, Casandra, y lo sabes —la interrumpió—. Es un imitador.

—¿Un imitador? —preguntó Daniel—. ¿De quién?

—Le he dicho que esta puesta en escena me sonaba y es porque ya la había visto antes.

—¿Algún paciente suyo?

—Nada de eso. —Tapia meneó la cabeza—. Es la puesta en escena que utilizaba Alfred Lent en Hannover en los años veinte del siglo pasado. La misma, hasta el último detalle. Lo sé porque aparece en manuales sobre trastornos esquizoides y asesinos en serie que he consultado en alguna ocasión. El Asesino del As de Picas, le llamaban. Mató a diecisiete personas entre 1921 y 1929. ¿Cómo has podido no verlo, Casandra?

Ella balbuceó, incapaz de dar una respuesta. Se sentía estúpida y furiosa consigo misma. No debía de haber más de una docena de psiquiatras en todo el país que supiesen de la existencia de un caso tan remoto en el tiempo como el de Alfred Lent, aparte de ella, y resulta que uno de ellos tenía que ser el maldito doctor Tapia.

—No tenía ni idea —murmuró con aspecto cohibido.

—Pensaba que dominabas más la historiografía de nuestra profesión —replicó Tapia con una sonrisa presuntuosa—. Solo conociendo bien los casos del pasado, se pueden diagnosticar a largo plazo los del futuro. Eso es lo que diferencia un buen profesional de uno mediocre, querida.

Casandra abrió la boca para replicar, pero la cerró sin decir ni una palabra. De nada valdría demostrar que sabía mucho más que Tapia en aquella materia sin poner en entredicho su posición. Era preferible aparentar que la habían pillado en un renuncio y esquivar la bala que sentía zumbando hacia ella.

—¿Qué significa eso, doctor? —preguntaba Daniel excitado—. ¿Hay un imitador de Lent actuando por la zona?

—Pueden apostar que sí —replicó Tapia—. Y eso implica que es alguien con la suficiente formación y conocimientos como para haber ahondado en los tratados médicos antiguos y encontrar este caso. Por qué imita a este individuo, en particular, de hace casi cien años y no a otro, eso no lo sé, pero será fácil de averiguar una vez que acoten el rastro.

—Eso no será complicado con lo que me está diciendo. ¿Qué perfil debemos buscar, doctor?

Tapia se rascó un momento la cabeza, pensativo, mientras Casandra contenía la respiración.

—Joven o mediana edad, con formación universitaria, probablemente. En buena forma, sin duda, para poder estrangular a alguien de esa complexión. Siendo un imitador, puede ser un hombre o una mujer, ya que el sexo en este caso tiene la misma incidencia estadística, incluso con un ligero sesgo superior a favor de las féminas. Con conocimientos de psiquiatría, probablemente haya estado en contacto con algún centro de salud mental con asiduidad.

—¿Un antiguo paciente, quizá?

—Podría ser —convino Tapia—. Tal vez debería cruzar los datos del padrón municipal con sus registros de personas condenadas que hayan alegado algún tipo de trastorno mental en algún momento. Sería un buen principio.

—Ya es un principio, que no es poco —convino Daniel—. ¿Estás de acuerdo, Casandra?

—Oh, sí, por supuesto. Un antiguo paciente de una institución mental podría ser perfectamente vuestro hombre —replicó ella con voz débil, recalcando lo de «hombre». Las balas volaban cerca, pero todavía no en su dirección. Por poco.

—Debería tener en cuenta una cosa, inspector —musitó Tapia juntando los dedos delante de la cara—. No creo que sus cuatro muertos tengan ningún nexo en común. Cada uno de los escenarios es distinto, con motivaciones y despliegues muy diferentes. No son fruto de la misma mano ni hay la más remota relación entre ellos, me juego lo que quiera.

—Entiendo, doctor Tapia. —Daniel asintió excitado. Por fin, después de días dando palos de ciego, tenían una pista, aunque débil.

—Pero debe saber una cosa. Estos pacientes gozan viendo las consecuencias de sus actos —murmuró Tapia casi para sí mismo—. Si ese asesino imitador suyo ha matado, lo volverá a hacer.

—Bien, entonces no me queda más remedio que adelantarme a él, doctor —replicó Daniel con una expresión de fría determinación en la cara—. Pero le garantizo que acabaré cazando a ese hijo de puta tarde o temprano, no le quepa la menor duda.

Y el tono decidido en su voz hizo que las piernas de Casandra comenzasen a temblar de manera involuntaria. Porque acababa de descubrir que, al igual que un zorro acosado en una cacería, ya no la perseguía un solo grupo de cazadores.

Ahora eran dos, y uno de ellos lo encabezaba su propio marido.

Acosada como un zorro, pensó una vez más.

Y el zorro, en casi todas las ocasiones, acababa en las fauces de algún mastín.

XXVI

El bosquecillo era un lugar frío, húmedo y desagradable. Aquel espacio había sido un solar donde se iba a construir un bloque de viviendas, hasta que el estallido de la burbuja inmobiliaria se había llevado por delante el proyecto, a su promotor y los ahorros de dos docenas de incautas familias que habían confiado en que allí se levantaría su hogar. De aquella promesa solo quedaban unos postes de hormigón rematados por hierros oxidados, que apuntaban hacia el cielo como los muñones recortados y acusadores de un pedazo de tierra violada.

Aquellas ruinas modernas estaban salpicadas aquí y allá de restos de obra demasiado poco valiosos como para que alguien se hubiese molestado en saquearlos. Después de cinco años de abandono, la naturaleza había comenzado a reclamar de nuevo para sí aquel lugar, y entre las grietas del cemento y en todo el entorno de tierra revuelta, un denso bosque de eucaliptos jóvenes alzaba sus ramas hacia el cielo en una formación apretada.

Silvano levantó la vista y observó las copas de los árboles que se mecían en una cadencia rítmica al compás del viento. Echó un nuevo vistazo a su Audemars Piguet y su humor se volvió más sombrío. Los otros se estaban retrasando. Alto y bronceado, parecía una versión veinte años más joven de

Jon Voight, aunque su pelo rubio le volvía especialmente llamativo en los países mediterráneos.

Llevaba puesta una parka militar y cubría su cabeza con una visera desgastada. A sus pies tenía un rifle de caza descargado y abierto. Si por casualidad se tropezaba con alguien, podría decir que estaba cazando, aunque en aquel rincón desolado, al borde de la ciudad y en medio de aquellas ruinas de cemento y acero, no hubiese podido matar ni a un jilguero. Por otra parte, no estaba hambriento, pues se había alimentado poco antes.

Además, la caza al uso era una forma tremendamente inefectiva de obtener su sustento. Resultaba demasiado ruidosa, demasiado imprecisa y, sobre todo, demasiado rápida. La conciencia de la víctima no tenía tiempo para percibir el hecho desolador y angustioso de que se moría, el pavor de ser arrojado al infinito oscuro. En definitiva, se perdía la esencia que la motivaba.

Un poco de agua salpicó su rostro. A cada sacudida del aire, un diminuto ejército de gotas de agua se desprendía de las hojas, haciendo que estar debajo de las ramas fuese una auténtica tortura para la mayoría de la gente, pero él estaba a gusto. Además, desde allí tenía una estupenda panorámica de la mayor parte del cementerio.

Un roce entre los arbustos le hizo darse la vuelta. Era Escauro, que avanzaba entre los helechos con paso pesado y la discreción de un panzer al asalto. El hombre, de unos sesenta y cinco o setenta años, era alto y delgado como un sarmiento, y las arrugas de la edad se marcaban en su frente y su cabeza completamente pelada. Solo las cejas inquietas y finas sobre sus ojos apagados rompían la sensación de encontrarse frente a una estatua de mármol. Vestía un chándal cómodo y barato, pero sus zapatillas deportivas eran uno de los modelos más caros que se podían encontrar en el mercado.

Aquella pequeña manía ponía al resto del grupo de los nervios y, según Freya, hacía parecer a Escauro «un pederasta de parque infantil buscando culitos tiernos que romper», pero el hombre se mantenía en sus trece. Justo en aquel instante resbaló en un plástico oculto entre la maleza y su pie acabó en un charco de agua sucia. Lanzó un reniego obsceno y pasado de moda en un idioma que no se hablaba en aquella parte del mundo desde hacía mucho tiempo, ante la impaciente mirada de Silvano, y por fin llegó a su lado.

—¿No había un sitio más incómodo? —rezongó por todo saludo.

Silvano se encogió de hombros, en un gesto de delicado reconocimiento al hecho que apuntaba el hombre mayor, y se limitó a señalar hacia el cementerio.

—Desde aquí se ve bien. —Le tendió un par de binoculares a Escauro, que sujetó con renuencia antes de llevárselos a los ojos—. Y además, estamos ocultos entre la maleza. Nos conviene ser prudentes.

—Prudentes, ¿por qué? —protestó el otro—. Silas está muerto y no se va a levantar a contarnos qué le ha pasado. Deberíamos estar allí abajo, cerca del entierro, y no aquí, como jabalíes salvajes.

—Los jabalíes tienen mucho más pelo que tú —musitó Silvano, sin ningún sentido del humor, mientras levantaba otro par de prismáticos—. Y además, aquellos policías que están junto al coche fúnebre se preguntarían quiénes somos y por qué estamos allí.

—Podría matarlos simplemente al pestañear desde aquí —replicó Escauro con tranquilidad mientras miraba en la dirección que le indicaba Silvano—. O mejor aún, hacer que se matasen el uno al otro después de tirotear a los enterradores. Sería un espectáculo soberbio.

Silvano asintió con un gruñido. Muy a su pesar, tan solo con imaginar el dolor y la confusión que podría crear Escauro sintió el aguijón urgente del hambre rugiendo en su interior. El anciano a su lado podría parecer un viejo patoso y gruñón, pero era posiblemente uno de los seres más poderosos que jamás había caminado por aquel lugar, en todos los sentidos.

—Es poco prudente —contestó haciendo gala de un autocontrol admirable. El aire alrededor de los dos agentes de policía vibraba lleno de notas de color plenas de vida, como un par de piezas de fruta tentadoras sobre el mostrador de una tienda. La necesidad de devorarlos era un suplicio.

—Es cierto —concedió el otro—. Más tarde, quizá. ¿Ha aparecido alguien? ¿Alguna pista?

Silvano negó con la cabeza. El cuerpo de Silas, bajo la identidad ficticia de Silas Barnes (aquel solo era uno de sus nombres), había pasado los últimos días en una morgue del hospital de la ciudad mientras se le practicaba la autopsia.

Dos días antes, un abogado de Zúrich había llegado hasta la ciudad portando el testamento del señor Barnes. En él se establecía la voluntad inequívoca de este de ser enterrado tan pronto como fuese posible allá donde le sorprendiese la muerte. Dado que nadie más había reclamado el cuerpo, el juez accedió de inmediato a la petición.

Comprar un nicho y organizar un lujoso funeral había sido su siguiente tarea. En aquel instante, el abogado, ignorante de que estaba siendo observado desde la altura, cumplía escrupulosamente las instrucciones que le habían dado sus jefes y se mantenía de pie, impertérrito, al lado del coche fúnebre, resguardado de la lluvia por un gran paraguas y mirando con cierta ansiedad el reloj.

Con toda probabilidad, el pobre diablo estaba deseando que aquel espectáculo acabase para poder tomar un avión y volver cuanto antes a su casa, lejos de aquella maldita tierra de bruma y lluvia.

Había sido una manera muy sencilla de lanzar un anzuelo para ver qué asomaba a la superficie. Si realmente un psicópata había acabado con Silas, algo difícil de creer, por otro lado, podría ser que se dejase caer por allí, llevado por el morbo o la fascinación fetichista. Pero aparte de los dos enterradores, el abogado y el par de aburridos policías que parecían haber llegado a la misma conclusión, no había ni un alma en el cementerio. Aquel iba a ser uno de los entierros más solitarios que se podían imaginar.

—¿Dónde está Freya?

—Llegará enseguida. La puedo sentir.

Como si los hubiese oído, la mujer apareció entre los helechos en aquel preciso instante. A diferencia de Escauro, caminaba por el terreno irregular con el porte regio de una emperatriz. De edad indeterminada, estaba en ese punto en el que una mujer ya no es joven pero todavía no es mayor, aunque eso en su caso no significaba nada. Guapa, de facciones delicadas y nariz de corte perfecto, solo la mirada cruel y descarnada de sus ojos verdes arruinaba la fachada de belleza absoluta de su rostro. Cubría su cabello con un elegante pañuelo de Hermès que seguramente valía más que el entierro que se celebraba a apenas unos metros. Al llegar junto a los otros dos, acarició ligeramente el dorso de sus manos con la punta de los dedos, en un gesto viejo y cómplice de quien lleva mucho tiempo compartiendo experiencias.

—No va a aparecer —murmuró—. Lo cual era de esperar.

—Había que cubrir esa posibilidad —replicó Silvano.

—Lo sé, querido —contestó ella con una sonrisa afectada—. No era una crítica. Solo observaba lo evidente.

—Lo que no entiendo es por qué tenemos que hacer esto en persona en vez de enviar a unas Sombras. —Escauro resopló mientras un nuevo roción de lluvia le mojaba—. No es digno de nosotros.

—Es digno despedir a un amigo después de tanto tiempo, Escauro —contestó Freya mientras señalaba hacia el funeral.

Los enterradores habían trasladado el féretro hasta un nicho y lo estaban introduciendo en él. No había sacerdote ni ceremonia ninguna, de ningún credo o religión. La escena era tan desangelada y deprimente que ni la docena de coronas de flores sin cinta que adornaban la tumba conseguía aligerar un ápice lo tenebroso del momento.

Los tres seres de lo alto de la colina contemplaron la escena en silencio, recogidos en sus propios pensamientos. Sus emociones, si es que aún poseían algo parecido a eso, estaban ocultas a cal y canto bajo una coraza que mantenían bien ceñida en torno a sí. Eran ancianos, peligrosos, y el paso del tiempo los había vuelto tremendamente inestables, aunque ellos ni siquiera eran conscientes de serlo. Si hubiesen querido, toda la ciudad que yacía a sus pies podría haber estado muerta en cuestión de horas, pero sus designios eran otros. En aquel instante, lo único que les ocupaba era la venganza.

—Adiós, Silas —murmuró por fin Silvano cuando colocaron la tapa de piedra sobre el nicho. Por primera vez, algo parecido a la emoción afloraba en su voz—. Que te sea leve la tierra.

Los otros dos murmuraron en asentimiento. Finalmente, las personas que estaban en el cementerio se dieron la vuelta y caminaron hacia sus coches, huyendo de la lluvia.

El más rápido de todos era el abogado, que una vez cumplido su trabajo corría con muy poco decoro hacia el taxi que le esperaba aparcado en la puerta.

—Hablé con Silas por última vez hace cinco días —dijo Freya al fin—. Estaba muy agitado.

—Eso fue el día de la anciana, ¿no? —preguntó Silvano mientras sus labios se curvaban en un gesto cruel—. La que ardió viva durante catorce minutos en el incendio de su casa. Una agonía intensa y deliciosa.

—Al día siguiente —le corrigió ella—. Dijo que había visto algo en el vecindario que le había llamado la atención. Algo que era especial. No le hice mucho caso, porque ya sabéis que Silas tendía a divagar durante los últimos años, pero ahora supongo que volvió por allí a ver qué encontraba.

—¿Crees que pudieron matarlo allí? —gruñó Escauro mientras meneaba la cabeza—. ¡Aún me parece increíble que se dejara atrapar! ¡Es uno de los nuestros, por favor!

—*Era* uno de los nuestros —le corrigió ella con suavidad. Todavía les costaba asimilar que Silas estuviese muerto. Se trataba de un concepto tan enorme que apenas podían entenderlo—. Y sí, creo que pudo ser allí. Así que reuní un grupo de Sombras y las mandé de nuevo al barrio para que indagasen.

—¿Y qué has averiguado?

—De momento, poca cosa. Hice que cada una de ellas siguiese a un vecino distinto, incluidos los niños. Si hay algún Hijo de la Luz, está bien oculto.

—Los Hijos de la Luz no existen —volvió a gruñir Escauro—. Los exterminamos a todos hace mucho tiempo. Solo queda ese maldito idiota americano.

—¡Eso no puedes saberlo! —replicó Silvano cortante. Demasiado cortante; se dio cuenta al instante.

Escauro le miró, airado por el tono de voz, y una leve ondulación sacudió el aire a su alrededor. De forma casi inmediata, la vegetación que los rodeaba empezó a tornar su color verde intenso a un verde apagado, al principio, para pasar a un color marrón mustio en apenas un par de segundos. Las ramas de los árboles crujían al contraerse sobre sí mismas, resecas, mientras una bola de muerte se extendía a su alrededor.

—Escauro, detente —dijo Silvano, levantando las manos, conciliador—. Disculpa mi tono. Estoy tan preocupado como tú, eso es todo.

El anciano sacudió la cabeza y bufó irritado, pero el fenómeno que los rodeaba se detuvo en seco. Una amplia zona a su alrededor había quedado arrasada como si la hubiesen rociado con una tonelada de herbicida.

—Es curioso —murmuró entonces Freya—. Muy curioso.

—¿Qué es curioso?

—Ahí abajo.

Señaló hacia una esquina del cementerio, por el lado exterior de la tapia. Una mujer de mediana edad, rechoncha y vestida de manera sencilla y pasada de moda, se apoyaba en un viejo Citroën que parecía estar unido por parches de óxido en vez de por listones de acero. La lluvia chorreaba sobre ella y le empapaba las gafas, pero no parecía darse cuenta. Su mirada estaba concentrada en uno de los dos policías que salían del cementerio, un hombre alto, moreno y fibroso.

—Esa mujer es una de mis Sombras —dijo quedamente—. Está siguiendo a ese hombre.

—¿Al policía? —Silvano lo contempló pensativo, a través de los prismáticos, para memorizar sus rasgos—. ¿Crees que vive en el mismo barrio donde vivía la anciana a la que quemamos viva?

—Sin duda, o la Sombra no tendría ningún motivo para estar aquí.

—¿Puede ser él nuestro hombre? —preguntó Escauro. El tono de su voz era violento y agresivo—. ¿O podría tener algo que ver con el yanqui?

—No creo —musitó Silvano tras observarle durante un buen rato—. Se le ve bastante normal. Saludable, joven, preocupado quizá…, pero no parece en absoluto un Hijo de la Luz, ni un psicópata. Ni la Sombra de nadie, ya que lo mencionas.

—Yo no creo que Dawson pueda crear Sombras —terció Freya.

—Que tus Sombras no lo pierdan de vista —musitó Escauro en voz queda a Freya, ignorando el último comentario—. Ni a nadie de esa calle. Algo me dice que allí encontraremos lo que estamos buscando.

Freya asintió suavemente. Allá abajo, la mujer del pelo empapado subió a su coche cuando los dos policías pasaron conduciendo a su lado. Al cabo de un instante, dejando una estela de humo negro, su viejo Citroën arrancó en la misma dirección.

Dos minutos más tarde no quedaba nadie en el cementerio, excepto una tumba reciente cubierta de flores empapadas, con un nombre en la lápida que no hacía justicia al cuerpo que yacía en su interior. Si hubiesen sabido quién yacía allí dentro realmente, sin duda habrían sacado el cadáver y después de quemarlo habrían esparcido sus cenizas en el lugar más alejado posible.

Y sobre la colina, batida por el viento y la lluvia, no quedaba el menor rastro de las tres personas que habían estado allí, excepto un círculo de vegetación muerta y agostada. Cualquiera que subiese a las ruinas de aquel edificio, enterrado en la maleza, durante los siguientes días habría notado enseguida una sensación desasosegante y fría que le habría hecho salir de allí corriendo. Porque quien se detuviese en aquel punto sentiría cómo, de alguna manera, hasta la misma tierra conspiraba para robarle el alma en medio de un tormento de dolor insufrible.

Era parte de su naturaleza.

XXVII

—¡Martín, tómate el desayuno, por favor!

—¡No quiero! —replicó el pequeño—. No me gustan estos cereales, mamá. ¿Podemos cambiarlos por otros? Por favoooor…

Casandra tuvo que hacer un esfuerzo hercúleo para controlar su irritación. La tensión nerviosa de los últimos días le estaba pasando factura y las pequeñas batallas del día a día podían bastar para que explotase sin motivo. El pobre Martín se había encontrado un par de veces, sin previo aviso, con una madre nerviosa y colérica, mientras que Daniel había optado por enrocarse en sí mismo y aislarse todavía más de Casandra.

Contemplar con amargura cómo se derrumbaba su matrimonio no mejoraba las cosas. Casandra sabía que estaba actuando como una dinamitera, liquidando de forma sistemática los puentes que todavía la mantenían unida a Daniel, pero no veía la forma de compartir con él sus problemas. Eran dos naves que se alejaban y ninguna encontraba el modo de invertir el rumbo.

—Cas, déjalo —intervino Daniel conciliador—. Si no quiere los puñeteros cereales, ya tomará algo más tarde.

—Ah, claro. Más tarde. Tienes razón —replicó Casandra desabrida—. Puede acercarse hasta el bar a comerse algo de bollería, o si no, irse de tapas con sus amigos. Daniel, el niño solo tiene cinco años, por Dios. ¿Pretendes que no le dé de comer?

Casi en el mismo instante de haberlo pronunciado, se arrepintió del latigazo verbal. Casi pudo ver cómo Daniel se encogía bajo sus palabras. Estaba siendo tremendamente cruel e injusta, pero no lo podía evitar.

—Yo no he dicho eso —murmuró él dolido.

—Ya sé lo que has dicho.

—Y yo lo que has querido entender. —Daniel apoyó su café sobre la mesa y se levantó—. No sé por qué discutimos. Al final vamos a hacer lo que tú quieras.

—¿De veras? ¿Lo que yo quiera? —La voz de Casandra hervía de furia—. ¿Lo que yo quiera? ¿No será lo que tú quieras?

Daniel giró la cabeza mientras chasqueaba la lengua claramente irritado.

Allí estaba. El gran elefante blanco en medio de la sala del que ninguno de los dos quería hablar. La palanca que había abierto la grieta profunda y oscura que cada vez los separaba más.

—Nunca te he obligado a nada, Cas. —Había auténtico dolor en la voz de Daniel—. Jamás te he pedido un sacrificio sin ver antes las alternativas.

—Pero jamás te has planteado que a lo mejor yo necesitaba otra cosa. —Casandra levantó la voz. Sus sienes empezaban a palpitar.

—Ya lo hemos hablado…

—Jamás te has planteado si tu hijo necesitaba otra cosa. ¡Nuestro hijo! —le interrumpió—. Solo pensabas en tu futuro, nada más.

—¡Me rompo la espalda todos los días para garantizar vuestro futuro!

—¿Y yo qué? —La respuesta llegó cargada de veneno—. Martín saltando de un colegio a otro y yo encadenando trabajo de mierda tras trabajo de mierda porque no eres capaz de encontrar tu maldito sitio en ninguna parte.

Ya estaba dicho. El silencio que se estableció entre ambos era espeso y teñido de amargura, como el humo de un incendio. El problema de su matrimonio, que los estaba convirtiendo en extraños, bailaba desnudo entre ambos mientras repartía dardos hirvientes de rencor e ira.

La cuestión de fondo era que Casandra había renunciado por amor a iniciar una exitosa carrera. Cuando llegó Martín a sus vidas, la decisión se había hecho algo más fácil, pero a medida que el niño crecía, ella se veía cada vez más encajonada en un mundo labrado a base de decisiones previas que la llevaban hacia un callejón sin salida. Eran decisiones que parecían correctas en su momento, pero ya no sabía qué pensar.

Daniel la contemplaba con el rostro enrojecido por la furia. Casandra vio cómo su marido respiraba hondo tres o cuatro veces mientras apretaba los puños. Al final se giró hacia la ventana, contemplando sin ver el bosque empapado por la lluvia.

—¿Qué te pasa, Casandra? ¿Por qué nos hacemos esto?

Porque estoy llena de resentimiento estúpido contra el mundo y te culpo a ti. Porque tengo miedo y tú no puedes ayudarme. Porque me da pánico quedarme sola y haber perdido el tren de mi vida.

En vez de contestar, Casandra se volvió hacia el fregadero y empezó a lavar furiosamente las tazas del desayuno mientras sentía cómo las lágrimas se agolpaban en sus ojos. En el fondo de su corazón sabía que se estaba comportando de una manera egoísta y estúpida, pero la confusión emocional de su vida no le permitía actuar con objetividad.

Ambos habían tomado la decisión de apostar por la carrera de Daniel en vez de por la suya. Ambos, adultos y responsables, henchidos de amor, se habían mirado a los ojos y habían pactado aquello. Ahora, ocho años después, estaba arrepentida. Quizá era demasiado tarde.

Oyó cómo Daniel se despedía de Martín y un poco después el ruido de la puerta al cerrarse. Por la ventana, Casandra vio cómo Daniel entraba en su coche para marcharse a la comisaría. Por enésima vez se preguntó qué sentía por él. Le quería, sin duda, de una forma profunda e intensa que sobrepasaba todos los diques mentales que pudiera tener. Sabía que estaba tan enamorada de su marido como el primer día, pese a todo.

Sin embargo, ese amor que sentía estaba sepultado bajo una sensación de frustración tan profunda que quedaba casi enterrado. Sin que ella se diese cuenta, Casandra había optado por volcarse en su hijo y le había retirado a su pareja todo el cariño que le correspondía. El jardín de su vida en común estaba atravesando un invierno nuclear, frío y radioactivo, que amenazaba convertirlo en un erial.

Lo que hacía más duro todo es que ella podía ver el amor incondicional en los ojos de Daniel. Casandra sospechaba que su marido se sentía profundamente culpable por haberlos obligado a vivir aquella vida. Pero la guerra de reproches y silencios era tan densa que nada de aquello podía salir. El simple «lo siento» y el sencillo «te quiero» que podrían haber disipado todas las nubes estaban atrapados por un desprendimiento de rocas pesado como una losa de cementerio.

Y después, por si eso no fuera suficiente, estaba Logan Dawson.

Desde que los dos se encontraron, Casandra no era capaz de sacarse al americano de la cabeza. Su mirada sardónica, la expresión divertida e inteligente de su rostro cada vez que ella decía algo ingenioso, su manera suave y felina de moverse, sus profundos ojos azules… Todo volvía una y otra vez a su cabeza.

Pero lo más perturbador era el recuerdo del roce de su piel cuando ambos estaban bajo el influjo del Fulgor. Había sido algo íntimo e inesperado, una comunión tan intensa entre los dos, en un nivel tan profundo, que solo con pensarlo a Casandra se le cortaba la respiración. Era algo que jamás había sentido, no solo con Daniel, sino con ningún otro hombre con el que hubiese estado en su vida. Era como compartir una línea de alta tensión entre ambos. Se dio cuenta de que deseaba que la fuga de aquel hombre tuviese éxito no solo por las respuestas que le había prometido, sino porque quería verlo de nuevo, fuera de las cuatro paredes de El Trastero. Reconocer esa idea hacía que se sonrojase y se sintiese doblemente culpable de cómo estaba conduciendo su vida sentimental.

—¿Estás enfadada, mami? —Martín la miraba inquieto mientras sujetaba una de sus manos.

Casandra observó a Martín. El hecho de que su vida se hubiese convertido en un episodio desquiciante de *La dimensión desconocida,* con seres oscuros, asesinatos, dementes y fugas, no eliminaba el hecho de que seguía siendo la madre de un niño pequeño, con sus necesidades y urgencias. Y no podía permitirse el lujo de hacérselo pagar a él. Ya era suficiente con que estuviese arruinando su vida y la de su pareja.

—Nada de eso, mi cielo —contestó mientras se secaba un par de lágrimas con un gesto rápido—. Ve a lavarte los dientes. Tenemos que salir a hacer esas compras. ¿Estás listo?

Martín lanzó un alarido de alegría infantil tan puro e intenso que Casandra se sintió inmediatamente liberada del peso que oprimía su corazón. Solo una madre es capaz de entender lo que una sonrisa de un hijo puede suponer en un día gris. En ese sentido, Martín era un niño tan vital y risueño que podía despejar hasta el horizonte más negro.

Media hora más tarde, ambos salían de casa, camino de un centro comercial, entre risas y bromas. Los planes de fuga y los Oscuros tendrían que esperar un buen rato.

Ninguno de los dos era consciente de que un coche los seguía a pocos metros, rodeado de una espesa e invisible nube de color grisáceo.

XXVIII

Las aureolas de neblina se habían ido disipando alrededor de las farolas a medida que la lluvia de la mañana se había ido haciendo más densa. Casandra observaba el ritmo regular del limpiaparabrisas mientras conducía entre el tráfico pesado de primera hora hacia el centro comercial. La experiencia le había demostrado que cuando el tiempo empeoraba la gente tenía tendencia a conducir de una manera más torpe.

Después de tantos días consecutivos de lluvia, la humedad se colaba en todas partes, de forma que hasta la moqueta de los coches desprendía una leve sensación pegajosa. En los automóviles más antiguos la humedad y el aire caliente de la calefacción luchaban una batalla a brazo partido dentro del habitáculo, que solía acabar con un montón de parabrisas empañados por un espeso vaho blanco y conductores conduciendo poco menos que a ciegas entre el tráfico zigzagueante. Por lo general, estos eran los más peligrosos y a los que había que estar atentos. Casandra debería haber tenido toda su atención puesta en la carretera, pero su mente divagaba en muchos carriles a la vez. Como la calzada por la que circulaba, había un tráfico denso en su cabeza mientras trataba de poner en orden sus ideas.

No era solo su propia neblina sentimental, sino el problema acuciante que la venía torturando desde hacía tres días. Los distintos planes que trazaba para liberar a Logan Dawson se desmoronaban en su propia cabeza cuando los examinaba a fondo. Había docenas de cosas que podían salir mal en todas las aproximaciones que hacía, y la mayoría de ellas se atascaban en el mismo punto: ¿cómo atravesar la única puerta del centro sin que saltasen todas las alarmas?

Por más que se esforzase, era una ecuación insoluble. El diseño de El Trastero buscaba evitar precisamente eso. Varios de sus inquilinos más ilustres a lo largo de los años habían sido desequilibrados, psicópatas asesinos y manipuladores, pero con un poder de convicción y deslumbramiento tan intenso que disponían de sus propias legiones de seguidores en el exterior. Charles Manson no era el único que recibía cientos de cartas de fans cada mes. El mal y la locura ejercen una atracción magnética para algunas personas. Personas que se podían sentir tentadas en algún momento a cometer alguna estupidez con tal de liberar y darle una satisfacción al objeto de su adoración. Algo que el diseño de El Trastero eliminaba casi por completo.

Su teléfono sonó en aquel preciso instante, sobresaltándola. Conectó el manos libres y al ver el número que llamaba echó un rápido vistazo al asiento posterior. Martín iba profundamente ensimismado en su consola portátil, de la que salían pequeñas explosiones y sonidos mientras el protagonista del juego saltaba de un lado a otro dirigido por los dedos del niño. El mundo podría desmoronarse a su alrededor que el pequeño ni se enteraría.

—¿Hola? —dijo al descolgar.

—Sí, ehhh… Buenos días. Le llamo del laboratorio clínico. Querría hablar con la señora Taracido, por favor.

—Sí, soy yo —respondió Casandra con soltura, espiando de nuevo al distraído Martín por el retrovisor.

Había dado un nombre falso cuando entró en aquel centro un par de días antes, y el apellido del paciente que había iniciado el incendio en El Trastero había acudido a su boca con naturalidad. Un poco más de barro no la enterraría, se dijo a sí misma.

—Ya tenemos los resultados del análisis que nos pidió —continuó la voz del técnico de laboratorio. Por su tono se notaba que estaba ligeramente desconcertado.

Una de las cosas que más obsesionaba a Casandra era la auténtica identidad del hombre al que había matado en su cocina. Sabía que despejar aquella incógnita era un paso indispensable para entender todo lo que estaba sucediendo a su alrededor. El problema era que las dos únicas pistas que poseía eran una tarjeta sin distintivos y un bote de un líquido incoloro. No era demasiado, la verdad.

Desde hacía tres noches, se escabullía de la cama, en medio de la madrugada, y bajaba las escaleras para sentarse en el garaje, con un cigarrillo encendido, mientras miraba una y otra vez los objetos ocultos bajo el fregadero. Dos noches antes había tomado la decisión de llevar a analizar el líquido del bote a un laboratorio clínico. Era el primer paso en la dirección correcta.

Sería mucho más difícil que alguien relacionase aquel análisis con la doctora Casandra Arlaz de El Trastero si lo llevaba a un centro anónimo de otro lugar, en vez de hacerlo en algún establecimiento similar de su ciudad, así que había conducido más de una hora hasta llegar a un laboratorio discreto, eficiente y que hiciese pocas preguntas.

Suponía que el producto sería alguna clase de tóxico, aunque esperaba que su origen o naturaleza le diese algún tipo de pista que la acercase a la identidad del Oscuro de su cocina. Se trataba de una posibilidad ridículamente débil, pero no tenía nada más a lo que aferrarse hasta que encontrase la manera de sacar a Logan Dawson del centro. Así que había tomado una pequeña muestra del líquido, la había volcado en un vial y lo había llevado a analizar. Y ahora, la voz del técnico de laboratorio le indicaba fuera de toda duda que aquella había sido una buena idea.

—Tenemos su análisis —repitió el hombre—. ¿Tiene usted un acuario, o algo así?

—¿Cómo dice? —La pregunta sorprendió a Casandra por completo.

—Quiero decir… —continuó el hombre—, porque, si es así, supongo que necesita de un permiso de Sanidad o algo por el estilo para criar estos peces. ¿O es que acaba de llegar de Asia, por casualidad?

—No tengo ni idea de qué me está hablando —contestó Casandra. Aquel fue el turno para que el técnico de laboratorio guardase silencio durante un segundo, sorprendido.

—¿De veras que no lo sabe? —dijo al cabo—. Vale, bueno, el análisis del líquido que nos trajo es muy raro. Es tetrodotoxina diluida, pero con una concentración aún tóxica.

—¿Tetrodotoxina? —Casandra frunció el ceño, tratando de recordar sus clases de química de la carrera. No recordaba ninguna toxina habitual ni medicamento que tuviese ese nombre.

—Si, tetrodotoxina o TTX —continuó el hombre—. No es habitual tropezarse con ella en esta parte del mundo. Es una neurotoxina que se forma de manera natural en el hígado de algunos peces, pero no de los que viven por esta zona. ¿Le suena el pez globo?

—No mucho, la verdad.

—Mi mujer es una fanática del sushi —continuó el hombre con soltura—. Hace dos años viajamos a Japón y comimos un poco de pez globo. Es una auténtica delicia, se lo aseguro, pero potencialmente peligroso. Pasé un miedo de muerte. Pues bien, la tetrodotoxina sale del hígado de ese pez.

—O sea, que me quiere decir que…

—Lo que usted nos ha traído a analizar es básicamente jarabe de hígado de pez globo —le interrumpió el hombre—. No sé de dónde lo ha sacado y, la verdad, no es de mi incumbencia, pero tengo que avisarle de que debe tener mucho cuidado. Con medio gramo podría provocarle una parada cardiorrespiratoria y moriría sin remedio.

Casandra apretó las manos alrededor del volante hasta que sus nudillos se pusieron blancos. Se sentía mareada, asqueada y con ganas de vomitar.

—Muchas gracias —consiguió decir—. Pasaré a recoger el análisis un día de estos.

Colgó el teléfono sin dar oportunidad al técnico de despedirse. Martín seguía concentrado en su juego y Casandra sintió la necesidad de abrir la ventanilla del coche para poder respirar.

Una ráfaga de aire cargado de lluvia le golpeó la cara y al instante se sintió un poco mejor. No esperaba que el líquido del bote fuese simple agua destilada, pero la constatación de que se trataba de un poderoso veneno no la hizo sentirse mejor. Al contrario, le demostraba fuera de toda duda que alguien iba tras ella. Tras ellos. Se estremeció mientras observaba el rostro concentrado de su hijo en el asiento posterior. La partida parecía haber entrado en una fase complicada porque Martín apretaba los labios mientras golpeaba las teclas a toda velocidad.

Tetrodotoxina. Algo que no estaba al alcance de cualquiera. Caro, difícil de obtener y casi imposible de detectar por el sencillo motivo de que a nadie se le ocurriría buscarlo en un análisis. Y ella tenía debajo de su fregadero una cantidad suficiente como para envenenar a varios cientos de personas. Con un escalofrío reparó en que aquel frasco de aspecto inofensivo podía valer una fortuna.

Entonces pegó un frenazo repentino que hizo que Martín lanzase un grito de queja desde el asiento trasero. Casandra se giró para ofrecerle una sonrisa de disculpa. A su alrededor, una docena de conductores enfurecidos le dedicaban palabras gruesas y algún gesto obsceno mientras la rodeaban haciendo sonar el claxon.

Casandra puso de nuevo su todoterreno en marcha y se reincorporó al tráfico, pero en esta ocasión lo hizo con una sonrisa en la boca.

En su mente se estaba formando un plan que podría sacar a Logan Dawson del psiquiátrico. Era difícil, arriesgado, y mucha gente podía salir malherida si las cosas se descontrolaban, pero cuanto más lo repasaba, más cuenta se daba de que aquella era la única posibilidad.

Acababa de descubrir cómo romper el candado de El Trastero. Se permitió una risa traviesa de excitación mientras aceleraba. Dos coches detrás de ella, un conductor observaba cómo adelantaba a un camión, e inmediatamente seguía su estela.

XXIX

Casandra puso el limpiaparabrisas al máximo, pero ni siquiera así era capaz de apartar las cortinas de agua que se desplomaban sobre el cristal delantero de su Land Rover. No era la única que tenía dificultades para conducir. El tráfico se había ralentizado a paso de tortuga y se volvía más pesado a medida que se acercaban a la rotonda de acceso. Apenas podía distinguir el brillo borroso de las luces de freno del vehículo de delante, y el ruido de la lluvia retumbaba contra la chapa del coche como perdigonazos.

Se incorporó con cuidado a la rotonda y, justo cuando se acercaba a su salida, vio con el rabillo del ojo cómo un monovolumen gris, con una descolorida pegatina de un tomate aplastado en el capó, se acercaba a demasiada velocidad. En un día normal aquel coche habría podido frenar sin ningún problema, pero el suelo de la rotonda era una enorme balsa de agua a causa del chaparrón. El conductor quiso rectificar en el último momento y pisó el freno, sin embargo, iba muy deprisa y cuando se quiso dar cuenta ya era demasiado tarde.

Las ruedas del monovolumen patinaron en el agua y el pesado vehículo perdió tracción. Sin apenas disminuir la velocidad, comenzó a rotar lentamente sobre sí mismo, como una gigantesca peonza de acero y plástico lanzada al aire por un niño violento. Medio segundo más tarde iba casi de lado hacia el todoterreno de Casandra como una bala de cañón y fuera de todo control.

Casandra abrió mucho los ojos cuando vio que el costado del vehículo se les echaba encima. Un recuerdo de su propio accidente, breve como un destello, la alcanzó con fuerza, mientras que en una fracción de segundo sus glándulas suprarrenales reaccionaban lanzando un chorro de adrenalina al torrente sanguíneo de forma desesperada para aumentar su velocidad de respuesta.

El instinto primario de supervivencia le salvó la vida. Casandra pisó el acelerador y el todoterreno salió despedido hacia delante. En el salpicadero todas las luces de ayuda a la conducción se encendieron de golpe como un árbol de Navidad enloquecido, mientras cientos de diminutos sensores electrónicos del Land Rover se disparaban para controlar la tensión de los frenos, la tracción y docenas de pequeñas cosas, lo cual sin duda contribuyó a evitar que saliesen despedidos. Casandra pudo controlar el coche sin estamparse contra el raíl de acero que marcaba el centro de la mediana, mientras el monovolumen pasaba a apenas medio metro de su faldón trasero trazando un círculo completo.

El conductor del otro vehículo pudo recuperar el control del volante cuando las ruedas mordieron de nuevo un pedazo de asfalto que no estaba sumergido. En un parpadeo de angustia enderezó la dirección, de forma que lo que parecía un choque inminente se transformó en un feo rasponazo contra el muro de cemento que delimitaba la salida, con un ruido áspero y desagradable. El monovolumen avanzó soltando chispas y dejando a su paso un reguero de diminutos trozos de cemento y plástico hasta detenerse por completo. Casandra vio la cara pálida de la mujer que conducía el otro coche cuando finalmente consiguió detener el vehículo.

A su alrededor, una brillante aureola anaranjada ardía con la furia de un incendio forestal.

Casandra respiró hondo. El Fulgor había vuelto.

Ya estás aquí. Pero esta vez ni siquiera te he visto venir.

Se había ocultado tres largos días, pero allí estaba otra vez, liberado por la tensión del incidente. Jadeó durante unos segundos, sintiendo la ya familiar sensación de sobrecogimiento que la inundaba cuando su percepción se ampliaba, mientras trataba de controlar su pulso. En esta ocasión había llegado de una manera tan sutil que ni se había dado cuenta. Por primera vez no sentía dolor de cabeza, ni palpitaciones o mareos. De hecho, se sentía… formidable.

—¿Ya hemos llegado, mami? —Martín levantó la cabeza de su videojuego, extrañado por el hecho de que el vehículo estuviese detenido. Ni siquiera se había enterado de que habían estado a punto de tener un accidente.

Casandra lo observó y por unos infinitos segundos se quedó embelesada por la inmaculada belleza del nimbo azulado que envolvía a su hijo. Sus manos temblaban al mismo ritmo que su corazón. Jamás permitiría que nada le pasase a aquel niño. Por encima de ella.

—Casi estamos, tesoro —contestó mientras avanzaba de nuevo entre el tráfico más fluido.

A su espalda, el otro coche había quedado atravesado en la calzada, organizando un enorme atasco en el que permanecían atrapados docenas de vehículos. Por encima del ruido de la lluvia, Casandra ya podía oír el concierto desafinado de docenas de cláxones sonando sin descanso.

Algunos conductores se habían apeado de sus vehículos para ver qué sucedía. Casandra, demasiado concentrada en salir de allí cuanto antes, no se fijó en todos ellos, cada uno destellando en el particular color de su aura. Si lo hubiese hecho, sin duda se habría detenido en el hombre joven envuelto en una esfera de oscuridad grisácea que los venía siguiendo desde que habían salido de su casa y que observaba con expresión sombría en su dirección. Probablemente le habría extrañado saber que aquel hombre estaba tan preocupado por lo que veía que apenas podía sostenerse en pie.

Pero lo que no le habría gustado nada hubiese sido ver cómo sacaba su teléfono del bolsillo y marcaba un número al que solo debía llamar si ocurría algo muy concreto y especial. Algo que acababa de ver en aquella rotonda.

Sin embargo, doscientas personas llamando irritadas de forma simultánea para explicar que estaban atrapadas en un atasco era más de lo que la red de telefonía móvil de aquel lugar apartado podía soportar. Un tono plano seguido de un mensaje automático avisó al hombre de que las líneas estaban saturadas y le pedía que volviese a intentarlo un poco más tarde. Él miró el teléfono con furia, irritado por la alegre voz de la grabación, incongruente con la ansiedad que sentía. Por un segundo tuvo la tentación de estamparlo contra el suelo, pero se contuvo en el último instante. Si destrozaba el teléfono, eliminaría la única vía de comunicación con los Señores. Y eso no sería bueno para nadie, especialmente para él.

Observó cómo el coche de Casandra se alejaba despacio entre la lluvia, mientras él seguía atrapado en el formidable atasco que se había organizado. Tras valorar sus opciones, soltó una maldición y dejó su propio vehículo atravesado en mitad de la calzada. Aquello bloquearía el tráfico durante horas, pero a él le daba igual. La silueta del centro comercial se dibujaba a apenas unos cientos de metros y había visto cómo Casandra tomaba el desvío que llevaba hasta allí.

Lo importante era no perderlos de vista. Su maldito coche era secundario.

El hombre echó a andar bajo la lluvia, con el agua empapando su ropa y pegando su pelo rizado en chorretones pastosos sobre su cráneo. Mientras el agua se deslizaba por su espalda, metió la mano en el bolsillo y casi al instante se tranquilizó al sentir el tacto seco y caliente de la culata del revólver. No sabía qué le había llevado a guardarlo allí aquella mañana, pero de repente se dio cuenta de que era una idea estupenda. Por si acaso.

XXX

Apenas medio kilómetro más adelante, en ese preciso momento Casandra y Martín bajaban del todoterreno y entraban en el centro comercial. El pequeño tironeaba alegremente de la mano de su madre, llevado por el entusiasmo infantil que sienten los niños excitados ante lo que consideran un día de aventura. Mientras subían las escaleras mecánicas, Martín desgranaba en una letanía la cantidad casi infinita de cosas que era imprescindible que hiciesen una vez que estuviesen allí dentro.

Casandra apenas le escuchaba. Nada le había preparado para una experiencia como aquella. Hasta entonces, cada vez que el Fulgor se había desatado en ella, había sido en situaciones más bien solitarias, con poca gente a su alrededor, y casi nunca había tenido tiempo como para recrearse en lo que la rodeaba.

En esta ocasión era diferente. Mirase hacia donde mirase había docenas de personas yendo y viniendo, ocupadas en sus quehaceres, y cada una de ellas estaba envuelta en su propio nimbo de color. Era como contemplar una pecera llena de bolas de colores, solo que aquellas bolas se movían al ritmo de sus dueños, retorciéndose, saltando y parpadeando cada vez que se entrecruzaban. Nadie parecía ser consciente de que arrastraba una fulgurante estela de color tras de sí, y mucho menos de que estas ondas se entremezclaban con una energía imprevisible.

Casandra abrió la boca emocionada. Por primera vez desde que su vida se había transformado en un carrusel de locura, estaba disfrutando de sus nuevas capacidades. Observó con curiosidad que la mayor parte de los hombres tendían a tener auras de colores más intensos y flamígeros, mientras que los halos de las mujeres solían virar hacia colores más suaves y vaporosos, aunque no era una norma estricta. Las mujeres que tenían auras intensas solían ser de un color tan brillante que casi apagaban el halo que rodeaba a quien se les acercaba, cosa que no pasaba con los hombres, cuyos nimbos tendían a retorcerse con lluvias chispeantes cada vez que reían en voz alta.

Observó divertida a una pareja de adolescentes que se besaba en un banco al lado de una de las fuentes interiores del centro comercial. Sus auras se entretejían sobre ellos en una espiral perezosa que se habría asemejado al humo de un incendio de no ser por los vivos colores que se mezclaban: rosa intenso la de él, amarillo pálido la de ella. Era un espectáculo tan precioso que se quedó mirando más tiempo del políticamente correcto y se ganó una mirada de desconfianza por parte de los dos adolescentes, que se alejaron cuchicheando y cogidos de la mano. En su camino dejaron una estela de retazos de niebla de colores que se deshacían como humo ligero.

Los siguientes cinco minutos fueron los más espectaculares que jamás había vivido. Las auras eran un espectáculo maravilloso, concluyó. Pero de vez en cuando se tropezaba con personas cuyas auras no tenían buen aspecto. Eran aureolas apagadas, débiles, desvaídas, que chisporroteaban como un fluorescente que no tiene suficiente tensión eléctrica. Se cruzaron con una anciana que caminaba con dificultad, ayudada por una joven que la acompañaba con gesto paciente. El halo de la mujer mayor era tan débil que al principio Casandra pensó que no tenía. Tuvo que fijarse bien para adivinar una línea mortecina que apenas sobresalía un par de milímetros alrededor de su figura. Recordaba a la llama de una cerilla cuando está a punto de apagarse.

Fue una imagen tan gráfica que se sobrecogió de dolor y pena. De alguna manera intuyó que a aquella mujer le quedaban tan solo semanas o días de vida. Toda su energía vital estaba casi consumida y su aura se apagaba con ella. Se preguntó cuál sería la relación física que existía entre ambas cosas. Preguntas y más preguntas que se acumulaban sin cesar.

Pero lo más descorazonador fue un momento más tarde, cuando se cruzó con un grupo de jóvenes veinteañeras que reían alborozadas en torno a una mesa, mientras tomaban un café rodeadas por una montaña de bolsas con logos de tiendas de ropa.

Era un grupo de amigas reunidas después de una mañana de compras, disfrutando de la vida y de su mutua compañía mientras se contaban cosas. Una imagen tan relajada y normal que Casandra sintió una punzada de envidia y nostalgia. Una vida sin Oscuros, muertes ni ansiedad. Una vida sin capacidades asombrosas que las diferenciaran del resto de los mortales sin saber muy bien el motivo. Una vida normal. Se dio cuenta de que ella ya no sería así nunca más.

Una de ellas parecía estar describiendo de manera muy gráfica la noche compartida con alguien llamado Bruno, y arrancaba carcajadas sofocadas del resto del grupo. Al parecer, cierta parte de la anatomía del feliz Bruno era bastante aparatosa y la noche anterior había ocurrido algo especialmente divertido con ella como para merecer una historia picante. Mientras la joven hablaba, el resto la contemplaba con expresiones risueñas. Todas sus auras brillaban y chisporroteaban casi al mismo tiempo, excepto una de ellas. A primera vista era como las demás, una joven de aspecto saludable, divertida y vital, que sorbía en ese momento un trago de agua, pero su aura era de un tono marrón sucio que perdía color conforme se acercaba a su piel. Casandra se fijó en que a la altura de su abdomen, en el lugar donde tendrían que estar sus ovarios, el aura había adoptado un tono gris apagado que resultaba repulsivo.

La joven se rio en aquel instante y toda su aura vibró, menos el punto grisáceo, que permanecía apagado e inmóvil. Con una mezcla de asco y miedo, Casandra vio cómo la chica pasaba una mano distraída por encima para alisar su falda y la mancha oscura se extendía durante un segundo antes de retorcerse de nuevo sobre su origen.

A aquella chica le quedaba poco tiempo de vida, comprendió de golpe. Algo la estaba devorando por dentro, posiblemente un diminuto puñado de células todavía del tamaño de la cabeza de un alfiler, pero ella no tenía ni la menor idea. Un día, dentro de unos meses, sentiría alguna molestia e iría a una revisión rutinaria de su ginecólogo, que le daría una noticia espantosa. Se sometería a todo el arsenal de la ciencia médica, tratando de luchar contra aquella cosa gris, pero ya sería demasiado tarde.

La novia de Bruno (o lo que fuese) explicó algo especialmente divertido, que arrancó una explosión de carcajadas de sus amigas. Las auras se elevaron como olas en una tormenta casi al mismo tiempo, empujadas por la alegría, incluida la de la joven del aura grisácea y marrón.

Casandra se sintió enfermar. Dio un paso hacia delante, pero de repente se detuvo, paralizada por la indecisión.

Su primera reacción había sido acercarse y avisarla, pero… ¿cómo?

Angustiada, comprendió que tendría que decir algo como: «Hola, no me conoces de nada y sé que te sientes fenomenal, pero, verás, hay una cosa a lo que yo llamo Fulgor (que no sé explicar muy bien ni sé de dónde ha salido), que me ha permitido ver que estás enferma. Deberías ir urgentemente a un médico, ahora que aún estás a tiempo. Puedes ignorarme, por supuesto, pero dentro de unos meses estarás perdiendo el pelo a causa de la radioterapia. Y entonces, querida, todas estas amigas tuyas que ahora ríen contigo tendrán miedo de ir a visitarte porque leerán la muerte en tus ojos. Así que acaba tu café, despídete de ellas y sal pitando ahora mismo hacia un hospital. De nada».

Se dio cuenta de lo que parecería: una desconocida, con unas ojeras de cansancio y estrés considerables y con un niño asustado sujeto de su mano, anunciándole que tenía cáncer en medio de un centro comercial. Y hablando de algo llamado Fulgor, que le permitía ver a la gente como si fuesen árboles de Navidad en Nochebuena. La loca agorera de turno. Tendría suerte si solo la tomaban por una chiflada y no avisaban a los guardias de seguridad para que la sacasen de allí.

Con un rictus de amargura, recordó la conversación que había mantenido con Logan Dawson sobre su nombre. *La maldición de Casandra. Joder.*

Como ella, disponía de un don asombroso que podía evitar dolor y sufrimiento, pero al terrible precio de resultar totalmente increíble. Estaba atrapada por la propia enormidad de su poder. Podía utilizarlo en su beneficio, pero nadie más podía compartir aquella maravilla. La constatación de la realidad hizo que los ojos se le llenasen de lágrimas.

Se repuso rápidamente para evitar que Martín la viese llorar de nuevo. Le dedicó una última mirada al grupo de felices muchachas enfrascadas en su vida normal antes de seguir andando. Aquella fue la primera vez que entendió el peso enorme que suponía tener un don. Continuaron su camino, pero de pronto Casandra se detuvo en seco delante de un quiosco.

—¡Vamos, mamá! —Martín tiró de su mano impaciente—. ¡Me prometiste que iríamos a la tienda de juguetes!

—Claro que sí, cariño —repuso Casandra con una sonrisa—. Solo déjame ver una cosa, ¿de acuerdo?

Martín arrugó el ceño, pero asintió al final. Era un niño adorable, con un sentido de la paciencia impropio de su edad. Casandra lo sentó en un banco y se acercó hasta el quiosco.

La parte delantera estaba virtualmente forrada de revistas, periódicos y coleccionables envueltos en cartones aparatosos de colores chillones. En las portadas de las revistas, modelos de rostros sonrientes o famosos de medio pelo saludaban a los lectores y los miraban expectantes, invitándolos a comprar aquel número.

Cada uno de ellos tenía a su alrededor una diminuta aureola de color, inmóvil pero perfectamente visible, como una araña atrapada dentro de una gota de ámbar.

Casandra rio maravillada. Incluso en las fotografías quedaba plasmada el aura de cada persona, por lo menos para los ojos dotados de Fulgor como los suyos. Era una posibilidad tan increíble y sorprendente que se sintió sobrecogida. ¿Cuántas cosas había sobre el Fulgor que desconocía? ¿Cuáles eran sus límites? Necesitaba respuestas cuanto antes, y el único que se las podía facilitar estaba encerrado en uno de los centros más seguros del país.

Su mirada se detuvo en la sección de periódicos y de repente la expresión de su cara se deformó en un rictus agrio.

—No puede ser —murmuró.

Echó mano a aquel periódico color salmón y se acercó al quiosquero mientras rebuscaba unas monedas dentro del bolso. Al sacar la cartera se dio cuenta de que aún llevaba con ella las velas y la baraja de cartas que había usado hacía unos días con un fin tan especial. Se estremeció al pensarlo.

Volvió junto a Martín mientras contemplaba con ojos asombrados la foto de la portada del periódico. Era una reunión de un grupo de políticos, banqueros y empresarios. El titular, con enormes letras, anunciaba algún tipo de acuerdo macroeconómico relacionado con la crisis, pero no era eso lo que le interesaba a Casandra.

Lo que le había llamado la atención era que, de la docena larga de sonrientes figuras que posaban en la foto de primera página, la mayor parte estaban envueltas en una densa, oscura y ponzoñosa nube negra.

Pasó varias hojas y su asombro se transformó en algo cercano al pavor. En la mayoría de las fotos figuraban seres normales y corrientes, pero el porcentaje de individuos envueltos en un aura negra era anormalmente alto. En el tiempo que llevaba en el centro comercial no había visto a ninguna y, sin embargo, en aquel periódico había localizado al menos a una docena. No tenía ningún sentido.

Leyó los pies de foto para ver los nombres. Algunos de ellos no le sonaban de nada, pero otros tantos eran personajes bastante conocidos de los que había oído hablar en más de una ocasión. Había banqueros, personas del mundo de las finanzas, altos empresarios, pero también cargos medios y tecnócratas de segunda fila sin demasiado poder aparente. Lo único que tenían en común era que estaban relacionados con el mundo del poder, el dinero y las finanzas. Eso y el aura oscura que los rodeaba.

Una mirada más atenta le hizo percibir otra cosa. Las auras negras que envolvían a aquellas personas no eran del tono profundamente oscuro de los intrusos que se habían metido en su habitación del hospital el día en que asesinaron a la mujer y al camillero. Tampoco era el pavoroso negro sin luz del hombre al que había asesinado en su cocina. Estaba bastante segura porque los había tenido lo suficientemente cerca como para captar hasta el último detalle. Y si algo recordaba era la sensación angustiosa de estar contemplando la nada más absoluta cuando estaba delante de aquellos seres. Esa sensación no era tan intensa con los hombres y mujeres de las fotografías.

En su caso era un color oscuro que no llegaba a negro, una especie de nube de tormenta grisácea que se extendía en forma de tentáculos pegajosos y que se entrelazaban entre sí cuando esas figuras se acercaban unas a otras. La primera comparación que se le ocurrió era que los Oscuros con los que ella se había tropezado estaban envueltos en la negrura más absoluta, la oscuridad plena de un cielo que hubiese devorado a un millón de estrellas para eliminar cualquier rastro de luz, mientras que estos, los Grises, estaban envueltos en algún tipo de sucedáneo. Las nubes negras que envolvían a las figuras de las fotografías eran densas, pero aún tenían vida.

De pronto, una sospecha terrible pasó por su mente. Miró a su alrededor, oteando en busca de una tienda en concreto. Cuando la vio, se acercó hasta Martín con una sonrisa.

—Cariño, ¿te gustaría que comprásemos un cuento?

La cara de Martín se iluminó. Como a su padre, le encantaba leer desde pequeño.

—Un cuento estaría genial, mamá, pero ya soy mayor. —Dudó un momento antes de responder con gesto animado—. Prefiero un libro. ¿Puedo escogerlo yo?

—Por supuesto que puedes, tesoro —contestó Casandra mientras señalaba hacia el establecimiento que había visto un segundo antes—. Vamos a aquella librería.

Entraron en la librería, que lucía el sugerente nombre de Cronopios, y Martín salió disparado hacia la sección infantil, donde comenzó a revolver ejemplares como un hurón enfurecido, descartando portadas con alegría a medida que saltaba al montón siguiente. Casandra le observó un instante para comprobar que estaba bien y dio un par de pasos hasta acercarse a la sección de libros históricos.

—¿Puedo ayudarle en algo? —La dependienta, una joven morena de pelo rizado y sonrisa deslumbrante, se le acercó por la espalda.

—Oh, gracias... Nuria —contestó Casandra tras leer el nombre escrito en la placa de su pecho—. Me gustaría saber si tenéis algún anuario del siglo XX. Ya sabes, una especie de recopilatorio de los eventos más importantes año por año o algo así.

La dependienta se acercó hasta un terminal que estaba libre y tecleó algo en la pantalla de búsqueda. Luego se volvió hacia Casandra con una expresión satisfecha.

—Hay uno. —Caminó hasta una estantería y sacó un pesado tomo rojo y dorado con el título de *Crónica del siglo XX* en la cubierta—. Creo que esto es muy parecido a lo que está buscando.

Casandra le dio las gracias y esperó a que la vendedora se alejase para abrir el volumen. A medida que pasaba páginas, su expresión se iba ensombreciendo mientras una sensación heladora subía desde sus pies a través de su espalda.

Sus sospechas no solo se confirmaban. Eran mucho peores de lo que se podía haber imaginado. A lo largo de las páginas se sucedían fotografías de distintos eventos históricos que habían marcado un antes y un después en la historia de la humanidad.

Casi no había una página, sobre todo en los eventos luctuosos, que no estuviese ensombrecida por la presencia de un ser oscuro.

Estaban presentes los dos tipos, los auténticos Oscuros y los otros, a los que Casandra había empezado a catalogar en su cabeza como Grises. Los Grises, como los que había visto en la portada del periódico, eran mucho más numerosos y ubicuos. No siempre se correspondían con los personajes principales de los eventos, pero a menudo se les podía ver asomando la cabeza entre la multitud del fondo, como espectadores privilegiados.

Los ejemplos se amontonaban a medida que pasaba las páginas. Estaban en todas partes, en las trincheras de la Primera Guerra Mundial, entre los jefes de la Mafia de los años veinte, en los primeros congresos del Partido Nazi, en las fotos de Bin Laden y su grupo más cercano… La lista era interminable. Curiosamente, Hitler no era un Oscuro, como había supuesto Casandra, sino un simple Gris, como casi todos los jerarcas nazis. Tan solo uno de ellos, un tal Martin Bormann, era un genuino Oscuro. A Casandra no le sorprendió demasiado leer que Bormann había desaparecido durante los últimos días de la guerra y que nadie había podido seguirle el rastro. Los Oscuros parecían muchísimo menos numerosos, pero de alguna manera no le cabía la menor duda de que eran más poderosos que los Grises.

Cuando llegó a las fotos de los campos de concentración, se le escapó un inaudible «joder» a causa de la impresión.

Todos los comandantes de los campos eran Grises, sin excepción, pero el porcentaje de Oscuros entre los simples guardias y oficiales era, simplemente, aterrador, muchísimo más concentrados que en ningún otro momento. La mayor parte de las fotos eran de una calidad terrible, reproducciones granuladas y ajadas por el tiempo que no permitían reconocer rasgos ni facciones, pero una foto llamó su atención.

El pie de foto decía que se correspondía a una visita de Heinrich Himmler al campo de concentración de Dachau en 1941. En la foto aparecía el jefe de las SS rodeado de un numeroso grupo de oficiales mientras observaban con atención una maqueta del campo. Todos ellos miraban fijamente el diseño, envueltos en una amplia nube grisácea, menos uno de ellos, que observaba a la cámara con expresión molesta, casi agresiva, como si se sintiese incómodo por salir en aquella foto.

El oficial de las SS que miraba a la cámara era el único Oscuro auténtico de todo el grupo.

Y si Casandra no se había vuelto loca por completo, podría jurar que aquel hombre de gruesas cejas y el Oscuro que ella había estrangulado en el suelo de su cocina eran la misma persona.

XXXI

—

Casandra miró la foto varias veces para cerciorarse de que sus ojos no la traicionaban. Sacó el móvil de su bolso y, tras asegurarse de que nadie la observaba, hizo una foto de aquella página, de forma que la imagen de la vieja fotografía se viese claramente. Después guardó de nuevo el teléfono mientras la cabeza le daba vueltas.

No tenía sentido que siguiese perdiendo el tiempo allí. Era consciente de que debía guardar las apariencias y actuar con normalidad para evitar sospechas, pero la ansiedad la carcomía. Tenía que sacar a Dawson de El Trastero cuanto antes.

—¿Ya has escogido, Martín? Tenemos que irnos.

—Creo que me gustan todos estos, mamá.

Su hijo señaló una pila de libros imposiblemente grande que había ido ordenando en una esquina de la mesa mientras le dedicaba a su madre la sonrisa que guardaba para los momentos especiales en los que intentaba convencerla.

Casandra no se dejó seducir por aquella artimaña y cogió los dos que estaban en lo alto del montón.

—Nos llevaremos estos. Por hoy es suficiente.

—¡Mamá!

Casandra pagó los libros y salieron de la librería. Nada más cruzar la puerta, se detuvo en seco.

En el piso inmediatamente inferior, un hombre subía por una de las escaleras mecánicas que conectaban con el aparcamiento. Casandra no se habría fijado jamás en él, entre la multitud de cientos de personas que hormigueaban por el centro comercial, si no fuese porque aquel hombre era un Gris. Su aura apagada y sombría destacaba en medio de la muchedumbre como una mosca paseándose por un pastel de nata.

El hombre vestía un enorme abrigo, demasiado grueso para un día como aquel y totalmente fuera de lugar dentro del caldeado ambiente del centro comercial. Había estado bajo la lluvia, porque su ropa estaba empapada y su espeso pelo rizado goteaba con regularidad mientras subía por las escaleras. Parecía que estaba buscando algo, pues su cabeza se movía de manera ansiosa de un lado a otro barriendo todo el centro.

De pronto, su mirada subió hasta el piso superior y tropezó directamente con Casandra, que estaba apoyada en la barandilla. Hubo un brillo de reconocimiento cuando vio a la joven. La nube gris se inflamó como el buche de un pelícano y largos zarcillos oscuros se sacudieron a su alrededor en un gesto casi animal que a Casandra le recordó las patas de una araña.

Sus miradas se cruzaron durante cuatro o cinco interminables segundos. Horrorizada, Casandra leyó en los ojos del hombre el reconocimiento. Sabía que ella le había visto a él, que había visto su naturaleza auténtica. El Gris apretó los labios y comenzó a subir la escalera más deprisa, apartando a la gente a empujones, con una mano hundida en uno de sus bolsillos. Un coro de protestas le acompañaba, pero no le hizo el menor caso mientras aceleraba el ritmo.

Casandra salió finalmente de su aturdimiento. Se apartó de la barandilla y miró hacia los lados aterrorizada. No recordaba muy bien cuántos accesos tenía aquella planta del centro comercial, pero estaba segura de que había más de uno. Sin embargo, no conocía otra manera de llegar hasta el aparcamiento y su todoterreno que las escaleras mecánicas por donde estaba subiendo aquel tipo.

Maldijo por lo bajo furiosa. Tenían que salir de allí cuanto antes, o encontrar un guardia de seguridad que retuviese a aquel individuo el tiempo suficiente como para permitirles escapar. Cualquiera de las dos opciones exigía que se moviese rápido. Miró a Martín, con sus libros recién comprados debajo del brazo, y tomó una rápida decisión.

—Cariño, ¿por qué no compramos unos cuantos libros más? Ya que estamos aquí…

Martín frunció el ceño sorprendido.

—Pero ¿no habías dicho que…? —Se interrumpió de golpe, consciente de la oportunidad que se le ofrecía—. ¡Claro que sí, mamá!

—Pues vamos allá, tesoro.

Casandra le empujó dentro de la tienda y Martín salió disparado hacia la sección infantil sin mirar hacia atrás. Casandra buscó de nuevo a la dependienta con la mirada, hasta que la encontró junto a la sección de los más vendidos. La llamó con un gesto y ella se acercó con la misma sonrisa amable de antes.

—Nuria, ¿podría pedirte un favor? —La miró con una expresión cómplice mientras jugaba la carta de madre histérica—. Tengo que ir al baño un momento, y me da miedo dejar a mi hijo solo mientras estoy dentro. Ya sabes, con todas esas noticias de secuestros y robos, podría pasarle cualquier cosa. ¿Te importaría si…?

Nuria hizo un gesto ambiguo con la mano mientras parpadeaba rápidamente.

—No hay ningún problema. —Señaló hacia Martín—. Le echaré un ojo mientras está aquí. Vaya tranquila. El baño más cercano está a cincuenta metros, según sale a la derecha.

—Muchas gracias, de verdad —contestó Casandra.

Giró sobre los talones y se encaminó a la salida con prisa, como si realmente la naturaleza la estuviese sometiendo a una urgencia. Justo cuando llegaba a la puerta oyó cómo la dependienta la llamaba.

—¡Oiga!

Casandra se giró. En el halo rojizo de la librera destellaban chispeantes motas verdes.

—No pretenderá abandonarlo y desaparecer, ¿verdad? —En el tono de la joven había una sombra de duda—. Solo llevo trabajando aquí tres meses y no quiero tener ningún problema que…

—No voy a abandonar a mi hijo, ¿por quién me ha tomado? —replicó Casandra con fiereza.

Entonces sucedió algo curioso. Sintió cómo de su propio halo saltaba un latigazo violáceo hacia Nuria. En cuanto el haz de su aura tocó el de la dependienta, las chispas verdes que fluctuaban alrededor de esta desaparecieron casi al instante. Una amplia y franca sonrisa de confianza reemplazó a la anterior expresión de duda de la joven.

—Por supuesto que no —rio—. Era una tontería. Corra hacia el baño. Su hijo y yo estaremos bien aquí.

Casandra se quedó ligeramente sorprendida. No entendía qué había pasado, pero algo le decía que la sonrisa tranquila y confiada de la joven tenía que ver con el contacto de sus auras. Desconocía lo que había hecho o cómo, pero era evidente que de algún modo había calmado la suspicacia de la dependienta a través de aquel toque sutil e invisible. Aun así, no disponía de demasiado tiempo para analizar el súbito cambio de la muchacha. El Gris ya debía de estar en su misma planta y sin duda se aproximaba hacia la zona de la librería.

Tenía que salir de allí cuanto antes para poner la mayor distancia posible entre ellos y Martín. Estaba segura de que el Gris no había visto al niño, pero, de todas formas, cada metro que pusiese entre ellos dos sería mucho más seguro.

Salió al corredor y se detuvo, oteando entre las auras, hasta que sintió el halo oscuro del hombre a su izquierda. Avanzaba con seguridad entre la multitud, con la mirada puesta en ella. Casandra le dio la espalda y comenzó a correr esquivando a la gente.

No tenía muy claro cuál era el plan, aparte de llamar la atención del hombre para alejarlo de su hijo y perderlo entre la multitud. La idea parecía mucho mejor antes de echar a correr. En aquel momento, con el Gris acercándose cada vez más a su espalda, se daba cuenta de lo poco práctico de la situación. En menos de un minuto lo tendría encima. De todas formas, pensó con escaso consuelo, si hubiese tenido que hacer lo mismo llevando al pequeño Martín a remolque, el hombre los habría alcanzado sin ninguna duda.

De repente vio unos enormes carteles rojos con letras blancas en la fachada de una tienda de ropa. Era una de esas enormes boutiques del grupo Zara donde se podían comprar desde abrigos a lencería y estaba atestado de chicas jóvenes que se paseaban entre los distintos colgadores revolviendo docenas de piezas. Las dependientas peleaban agobiadas, tratando de poner algo de orden en medio de aquel caos, pero todos sus esfuerzos eran inútiles y las pilas de ropa arrugada iban creciendo a medida que una nueva horda de adolescentes cruzaba cada pasillo.

Casandra se internó en la tienda y enseguida se vio envuelta en un ruido machacón y sorprendentemente alto de música electrónica. No habían escatimado gastos en el esfuerzo de hacer que la tienda se pareciese a un club nocturno, y por un segundo tuvo la sensación de haberse equivocado de puerta y haber entrado en una discoteca. La música alta, las luces destellantes en las esquinas y la penumbra generalizada se convirtieron al instante en un gran aliado para ella. Cogió un par de prendas al azar de un perchero mientras miraba nerviosa por encima del hombro.

La figura del Gris se recortó en la puerta: miraba nervioso hacia el interior de la tienda, dudando. Sin duda era consciente de que allí no pasaría desapercibido. Un hombre cuarentón, algo pasado de peso y con la ropa empapada sin duda llamaría bastante la atención en una plaza como aquella.

Casandra se agachó por instinto cuando el Gris miró en su dirección. Enseguida pensó que era una reacción estúpida, pues si ella podía distinguir el aura del hombre, tal vez él podía distinguir la suya. Lo cierto es que no tuvo demasiado tiempo para preguntárselo, porque una dependienta se le acercaba con aire desconfiado. Allí agachada, en uno de los rincones más oscuros de la tienda, sin duda debía de tener un aire sospechoso.

Se levantó de un salto y salió caminando a toda velocidad hacia otra sala dentro del local. Esperaba pasar desapercibida, pero el hombre la divisó y le inundó una sensación de alivio tan evidente que le cambió la expresión. Sin embargo, pronto endureció el gesto y se internó en la tienda con aire decidido.

Casandra estaba acorralada. Para llegar a la única puerta tendría que cruzarse con el Gris, que, consciente de su situación estratégicamente ventajosa, había aminorado el paso y se limitaba a esperar, expectante, al lado de la línea de cajas. Allí apoyado, con aspecto casual, podría pasar sin el menor problema por un padre cansado que aguardaba cargado de paciencia a que su hija adolescente terminase sus compras antes de pagarlas.

Aun así, Casandra no disponía de mucho tiempo. La dependienta de antes la seguía observando con suspicacia y además Martín estaba solo en la librería. Había contado con despistar al Gris en pocos minutos entre la muchedumbre, pero el tiempo pasaba y lo seguía teniendo pegado a los talones. Cuando su hijo levantase la cabeza y no la viese, se llevaría un susto de muerte y empezaría a buscarla. Justo lo que menos necesitaba.

En ese instante su mirada se detuvo en la placa que indicaba la salida de emergencia. El Gris siguió la dirección de sus ojos y adivinó su movimiento. Casandra y él se observaron de manera retadora durante un par de segundos de tensión antes de empezar a moverse a la vez. Ella salió disparada hacia la puerta de emergencia y la abrió de un empujón que hizo que casi al instante comenzase a sonar una señal de alarma ululante. El guardia de seguridad de la tienda se abalanzó hacia ella en un vano intento de sujetarla, pero sus brazos se cerraron en el aire.

Casandra se encontró un amplio pasillo iluminado al otro lado de la puerta, con el suelo pintado de verde y las paredes de cemento al aire. Una serie de señales luminosas indicaban la ruta de evacuación, pero otras puertas se abrían a los lados a intervalos regulares. Supuso que estaba entrando en las tripas del sistema de servicio del centro comercial, las vías utilizadas para reponer mercancía y hacer la limpieza de los distintos establecimientos.

A su espalda oyó un forcejeo. El guardia de seguridad y el Gris habían tropezado en la entrada del túnel y el sorprendido agente se había vuelto hacia el hombre intentando retenerlo. Seguramente no entendía nada de lo que estaba pasando, pero actuaba llevado por su entrenamiento.

—Oiga, usted no puede estar… —comenzó a decir mientras sujetaba al Gris por el cuello de la chaqueta.

Este se giró y trató de zafarse con un golpe bastante torpe, pero no consiguió evitar que el agente de seguridad le metiese la zancadilla y le hiciese caer al suelo. Estaba claro que el guardia era más fuerte y tenía más experiencia en el cuerpo a cuerpo que aquel hombre. Casandra sonrió aliviada al ver que casi tenía reducido al Gris. Quizá si apuraba podría pasar a su lado sin que les diese tiempo a detenerla y salir de allí cuanto antes, para evitar preguntas engorrosas.

Entonces todo empezó a ir horriblemente mal. El Gris metió la mano en su bolsillo en un gesto forzado y sacó algo pesado de color negro mate. El de seguridad no lo vio hasta que era demasiado tarde y entonces abrió mucho los ojos al contemplar el feo revólver de cañón chato apuntando hacia su cabeza. Intentó apartarlo de un manotazo, pero no pudo evitar que el Gris apretase el gatillo antes.

El disparo resonó como un cañonazo en el estrecho pasillo y por un segundo Casandra quedó absolutamente ensordecida. El guardia trastabilló de espaldas, con un enorme clavel rojo brotando de su pecho y una mirada de incredulidad pintada en la cara, hasta tropezar con la pared y deslizarse lentamente por ella hasta el suelo. El aura de un tono pajizo que le rodeaba comenzó a diluirse de inmediato, aunque una parte considerable se deslizó hacia el entorno del Gris, como el agua sucia devorada por un sumidero, en un movimiento elástico que a Casandra le recordó a algo orgánico.

Pudo sentir la conmoción que llegaba hasta ella como ondas de choque. A través del pitido que atronaba en sus oídos escuchaba los chillidos de pánico dentro de la tienda a medida que las clientas veían el cuerpo caído del agente sobre el suelo del pasillo abierto. El Gris parecía conmocionado, pero no aturdido. De alguna manera su aura había empezado a girar en remolinos perezosos que se aceleraban a medida que él se incorporaba del suelo. En un primer momento miró hacia el interior de la tienda con expresión confusa, como si no entendiese a qué venía todo aquel jaleo. Cuando vio a una multitud de crías que corrían y se agolpaban cerca de la salida, sonrió con expresión sádica y levantó el cañón de la pistola en su dirección. Los chillidos de angustia se multiplicaron y el Gris pareció esponjarse como un sapo al oírlos.

En ese preciso momento recordó el motivo por el que estaba allí, o eso le pareció a Casandra. Con un movimiento reluctante, dio la espalda al grupo de aterrorizadas jovencitas y se volvió hacia su presa, pero ella no se quedó a contemplarlo. Sin dudar un segundo, salió corriendo por el pasillo, a toda la velocidad que le permitían las piernas, mientras el corazón amenazaba con salirse por la boca.

Otro disparo atronó a su espalda y Casandra sintió cómo un pesado avispón zumbaba cerca de su oído para ir a estrellarse con estrépito en el techo, a apenas diez metros por delante, levantando una nube de polvo y pintura pulverizada.

Se dio cuenta de que, si seguía corriendo en línea recta por el pasillo de emergencia, sería un blanco tan fácil como una diana en una galería de tiro. Sin dejar de correr, comenzó a golpear con el hombro las puertas que se cruzaban en su camino, pero todas ellas estaban cerradas. Entonces, en la última, su brazo se hundió en la palanca de apertura, la puerta cedió y Casandra casi se cae al perder el equilibrio.

Era otro corredor, con diversos ángulos, iluminado solo a intervalos con mortecinas luces amarillas de emergencia. Sin saber adónde conducía aquel pasadizo o si tenía salida siquiera, Casandra se zambulló en él con la desesperación del zorro perseguido por la jauría. Detrás de ella oía los pasos pesados del Gris que la perseguía y su respiración trabajosa.

Llegó a un tramo de escaleras, oculto a medias entre las sombras. Cuando lo vio, ya lo tenía encima, y llevada por el instinto lo cruzó de un salto sin tocar ni uno solo de los escalones. Voló lo que le pareció una eternidad hasta caer en el rellano, donde tropezó y rodó por el suelo desgarrándose la pernera del pantalón. Lanzó un grito de dolor y entonces su bolso le golpeó en el pecho, y por un instante se quedó aturdida y sin respiración.

Tuvo que gatear un par de metros boqueando como un pez hasta que consiguió ponerse de nuevo en pie, mientras su mente aterrorizada no dejaba de preguntarse cómo se las había apañado para meterse en semejante situación. Apenas quince minutos antes estaba disfrutando de una agradable mañana de compras con su hijo, y en aquel instante se hallaba con las rodillas despellejadas en un pasillo de servicio y con un Gris armado pisándole los talones.

Justo en ese instante su perseguidor llegaba a lo alto de las escaleras. Sin duda había oído el golpe de Casandra, porque se lo tomó con más calma y comenzó a descender a paso lento los peldaños. Por su manera confiada de bajar los escalones, Casandra sospechaba que el hombre se sentía lo bastante seguro como para no necesitar apuntarle con el arma. Creía que ya la tenía.

Con el regusto salobre de la sangre en la boca, ella se arrastró hasta el portalón metálico, sabiéndose derrotada. El aire fresco del exterior le golpeó en la cara, con las gotas débiles de la lluvia repicando sobre los charcos. La luz del día era oscura, devorada por unas nubes aún hinchadas de agua que iba a desplomarse sobre aquel rincón en pocos minutos.

Estaba en uno de los muelles de carga de la parte trasera del centro comercial. Ordenados como los dientes de un tiburón, las distintas dársenas se alineaban una al lado de la otra, esperando a unos camiones que no tenían prevista su llegada hasta la noche, cuando fuese la hora de reponer mercancía. En aquel momento las dársenas estaban desiertas, mientras ella trastabillaba hasta el borde.

Miró hacia abajo y se estremeció. Había poco más de dos metros de altura, pero después de la caída por las escaleras sentía uno de los tobillos tan maltrecho que sabía que, si saltaba, quedaría hecha un ovillo en el fondo de aquel foso, a merced del Gris. Miró en todas direcciones desesperada, pero no había otra salida. Por fin, estaba atrapada. La carrera había terminado.

Oyó la respiración del hombre y lo miró. El Gris seguía llevando su abrigo empapado, pero el sofoco de la carrera le había obligado a abrirlo. Sujetaba el revólver corto en una mano y la miraba expectante, como si estuviese valorando si todo aquel jaleo había valido la pena. Sin dejar de apuntar a Casandra, se desembarazó de su abrigo, que cayó al suelo como un enorme trapo empapado.

—No te muevas —fue todo lo que dijo mientras metía la mano en el bolsillo buscando algo.

Sacó un teléfono móvil y su cara se transformó por la sorpresa al comprobar que la pantalla se había partido por la mitad y el aparato no funcionaba. Su mueca de estupor era tan genuina que Casandra no pudo evitar sentir un momento de malvado regocijo al mirarlo. Sin duda, durante el forcejeo con el guardia de seguridad había caído sobre el móvil y lo había reventado, dejándolo completamente inservible.

El hombre se quedó mirando el terminal inutilizado durante un buen rato, como si aquello le plantease un dilema irresoluble. Finalmente, tomó una decisión.

—Te vienes conmigo —dijo mientras señalaba hacia el exterior. La parte trasera del centro comercial era un enorme descampado cubierto de maleza por donde sería fácil desaparecer—. Salta.

—No puedo —contestó Casandra—. Creo que me he torcido un tobillo.

—¡Me da igual! —rugió el hombre con urgencia mientras echaba una mirada furtiva sobre su hombro—. Tenemos que ir a ver a los Señores. Ellos decidirán qué hacer contigo.

—No voy a ir —repitió Casandra despacio.

Acababa de adivinar una grieta en el Gris. El hombre estaba improvisando y se veía que eso no iba demasiado bien con su naturaleza. Seguramente sus órdenes eran localizarla y retenerla hasta que llegasen los «Señores», fueran quienes fuesen. Sin posibilidad de comunicarse, estaba perdido, y eso no jugaba a su favor.

—Claro que vas a venir —gruñó el hombre irritado por el desafío.

Sin mediar palabra, dio un par de pasos hasta situarse al lado de Casandra y descargó un fuerte puñetazo contra su estómago. Fue tan rápido, inesperado y brutal que la cogió desprevenida por completo. La joven se retorció de dolor mientras boqueaba, incapaz de introducir un átomo de aire en los pulmones.

—¡Vamos! ¡Salta!

El Gris sujetó a Casandra por el brazo para acercarla hasta el borde de la dársena de carga. La tela de la blusa se desgarró por el tirón del hombre, dejando a la vista su piel y parte de su ropa interior, pero no se dio ni cuenta en aquel momento. Observaba asqueada cómo los zarcillos grises del aura de aquel tipo comenzaban a reptar sobre su propio brazo, como las patas inquietas de un ciempiés. Aquello fue suficiente como para estimular su voluntad.

—¡No! —gritó mientras se zafaba del gancho del hombre con un manotazo.

Sentía la rabia burbujeando en su interior. Rabia por lo absurdo de la situación, por el dolor que sentía, por el miedo que la atenazaba, pero sobre todo por el pánico que mordía su corazón al pensar en su pobre hijo, que en aquel mismo instante seguramente vagaba a solas por un enorme centro comercial llamando a gritos a su madre.

La rabia empezó a desbordarse y enseguida se transformó en ira. Casandra se sintió arrebatada por una sensación arrolladora de odio hacia aquel individuo que trataba de hacerle daño. Una vez más, se sentía empujada por una ola que no podía dominar.

—¡No! —repitió, esta vez con más fuerza.

El Gris la miró con una expresión asombrada en el rostro, que de inmediato se transformó en espanto. El aura de Casandra zumbaba alrededor de los dos en un violento violeta oscuro, que parecía cargado de la misma energía que la de la tormenta que se removía sobre sus cabezas.

El hombre intentó levantar la pistola de nuevo, pero algo parecía haberse apoderado de él, porque sus manos se sacudían aquejadas de temblores incontrolables. Soltó la pistola, que cayó al suelo con un sonido sordo, para llevarse ambas manos a la cabeza, mientras de su garganta salía un aullido discordante.

—¡Aaaaarrrgghh! ¡Para! ¡Para! ¡PARA, JODER!

—¡No… voy… a ir… a ninguna parte! —Casandra aullaba, con los ojos llenos de lágrimas. Estaba al borde mismo de la ruptura, furiosa y aterrada a la vez.

El Gris se sujetaba los ojos como si de alguna manera tuviese miedo de que se saliesen de sus órbitas. El dolor que sentía debía de ser intenso, porque trastabillaba en círculos como una gallina a la que le hubiesen cortado la cabeza.

Todo fue muy rápido. El hombre se tambaleaba sacudido por descargas de dolor cada vez más intensas. Casandra apenas era consciente, a través de sus ojos arrasados por el llanto, de cómo pequeñas ondas de su aura impactaban contra la nube grisácea del hombre disolviéndola en pequeñas bolas de niebla sucia. Entonces, él tropezó cerca del borde y por un instante un grito instintivo de advertencia asomó por la garganta de Casandra, pero fue demasiado tarde. El Gris cayó por el extremo de la dársena de carga sin dejar de gritar, hasta impactar contra el fondo del foso con un sonido apagado. El silencio que siguió a continuación fue para Casandra mucho más estruendoso que todo lo que había oído con anterioridad.

Se acercó hasta la esquina, temiendo y adivinando a la vez lo que se iba a encontrar. El Gris yacía sobre el cemento de la terminal de carga, apenas dos metros más abajo, con el cuello torcido en una posición antinatural y completamente inmóvil. Unos rieles de carga situados en vertical le habían atravesado el pecho con la misma eficacia que los dientes de un tenedor y el hombre había quedado empalado en el acto. De sus oídos y de su nariz manaban unos diminutos regueros de sangre y los ojos estaban abiertos en una expresión eterna de espanto y dolor insufrible.

Casandra se dejó caer sobre el suelo de la dársena exhausta, sin ser consciente de los remolinos nerviosos que daba su aura a su alrededor, recuperando su forma habitual. Se habría quedado allí, catatónica y emocionalmente agotada, de no haber sido por el pinchazo de dolor que lanzó su tobillo dañado. Eso tuvo la virtud de ponerla otra vez en marcha.

A lo lejos se oía un concierto de sirenas que se acercaban hacia el centro comercial. Era cuestión de minutos, si no menos, que alguien apareciera corriendo por aquel pasillo en busca del tirador y la morena de ojos profundos que había hecho saltar la alarma. Casandra cojeó hasta la puerta y por el camino recogió el revólver del suelo y lo metió en su bolso. Al abrirlo, vio el paquete de velas y la baraja, y una idea, caliente y viscosa como un chorro de lava, comenzó a trepar por su pecho.

Era la segunda vez en una semana que iban a por ella. Estaba harta. Harta de huir, harta de no tener respuestas, harta de andar a ciegas, pero sobre todo harta de tener miedo. No sabía quién diablos eran aquellos Oscuros, pero no pensaba permitir que siguiesen enviando secuaces a por ella o por su familia.

Casandra los podía ver y eso la convertía en especial, como Logan Dawson le había dicho. Estaba claro que los Oscuros también lo sabían, así que quizá fuese buena idea dejarles claro que les iba a plantar cara. Como una loba acorralada defendiendo a su cachorro, no se dejaría arrugar.

Se acercó hasta el borde de la dársena de carga y miró con odio reconcentrado al cadáver del Gris. Era hora de dejar un mensaje claro. Se agachó un momento y, con la ayuda de un pañuelo de papel para no dejar huellas, colocó dos velas, una al lado de la otra en el borde del muelle, y a continuación las encendió hasta que la mecha se chamuscó. Las apagó de un soplido y antes de irse sacó una carta de la baraja y la dejó caer sobre el cuerpo que yacía allí abajo. El naipe revoloteó impulsado por el aire hasta caer sobre el pecho del Gris, boca abajo.

Casandra se fue de allí sin dedicarle ni una mirada, pero con una sensación reconfortante en el alma. Por primera vez desde que toda aquella pesadilla había comenzado, se sentía bien, y a los mandos. Sabía que volverían a por ella, sin duda.

Pero Casandra los esperaría preparada.

XXXII

El jardín llevaba tantos años sin cuidados que la naturaleza había empezado a reclamar de nuevo lo que consideraba suyo. Mucho tiempo antes, sus diseñadores habían creado un precioso damero de setos separados por senderos de gravilla, para que los dueños de la casa pudiesen pasear buscando la sombra de los árboles. Era el encargo de un emigrante enriquecido que más de un siglo atrás había retornado a su tierra natal para mostrar su éxito de forma arrogante a sus antiguos vecinos.

En aquel diseño francés precioso y formal no habían tenido demasiado en cuenta el clima de lluvia casi perpetua, y las estatuas de mármol blanco habían adquirido con el paso del tiempo una pátina verdosa de musgo que ahora, tantas décadas después, ya se había transformado en una especie de piel de sapo que cubría hasta el último pedazo de piedra, dándoles un aspecto enfermizo y algo tétrico.

Hacía mucho que unas tijeras no trataban de dominar los setos, y como consecuencia se habían convertido en enormes árboles leñosos que se levantaban varios metros del suelo, transformando los alegres parterres en zonas sombrías y los caminos de gravilla en túneles angostos por donde era imposible caminar sin tocar con los hombros en ambos lados. La mayor parte de las plantas ornamentales había muerto tanto tiempo atrás que no quedaba el menor rastro de ellas, pero los árboles habían sobrevivido y eran ahora grandes colosos que daban sombra incluso a la casa situada al fondo.

Nadie había pisado aquella casa desde hacía décadas. Unos cuantos meses atrás, alguien la adquirió a través de una sociedad situada en un paraíso fiscal, a nombre de una anciana británica que llevaba quince años interna con demencia senil en un asilo de su país y que no tenía ni la menor idea de que era la propietaria. Ni falta que le hacía.

Silvano contemplaba las nubes que corrían a toda velocidad por el cielo. Era la primera vez en varias semanas que no estaba lloviendo y la tierra parecía tomarse un necesario respiro antes de que el Atlántico escupiese el siguiente frente borrascoso sobre aquel rincón del mundo. Echó un vistazo a su Audemars Piguet. Era casi la hora.

Suspiró, mientras pasaba un dedo por el cristal de la ventana. En otro tiempo y en otra vida le habría encantado vivir en aquella tierra. Su aire melancólico, su verde exuberante y la lluvia encajaban de maravilla con su carácter. O mejor dicho, habrían encajado a la perfección muchos años atrás.

Pero de aquel hombre apenas quedaba nada, se dijo a sí mismo mientras se daba la vuelta.

Su gente había acondicionado la vieja biblioteca y la había transformado en un lugar más o menos habitable. Habían retirado los libros hinchados por la humedad, que seguramente habrían arrojado sin contemplaciones en algún sótano de la mansión como leña podrida, y también habían cambiado todos los viejos muebles por elementos más modernos y confortables. El papel de las paredes lucía grandes manchas oscuras de moho y se retorcía despegado en las esquinas, acumulando décadas de polvo, mientras un grupo de radiadores eléctricos situados al fondo del salón luchaban una batalla perdida de antemano contra el frío y la humedad. La soledad había reinado demasiado tiempo entre aquellas cuatro paredes como para que su huella pudiese eliminarse a las primeras de cambio.

A Silvano tampoco le importaba demasiado. Todo el entorno era muy espartano, sin distracciones. Podría haberse alojado sin ningún problema en el hotel más lujoso de la ciudad. Podría haberlo comprado a tocateja, si se lo hubiese propuesto, pero no le interesaba llamar la atención. De hecho, incluso había prohibido de forma expresa que encendiesen el cavernoso hogar de piedra decorado que presidía la sala, y en su lugar habían colocado aquella ristra de radiadores de aceite. Lo último que quería era que una vieja chimenea echando humo llamase la atención sobre aquella casa. La prudencia le había salvado en situaciones comprometidas varias veces a lo largo de la vida y formaba parte de su manera de hacer las cosas.

Se suponía que los otros también deberían ser discretos, pero dudaba que llevasen las precauciones hasta el extremo que él lo hacía. El único que había compartido su paranoia por la seguridad era Silas, y de alguna manera incomprensible se había dejado estrangular. Por lo menos Silvano estaba seguro de que no había dejado ni un solo cabo suelto que pudiese conducir a nadie hasta ellos.

Silas muerto, después de tantos siglos. Era algo a lo que Silvano no dejaba de darle vueltas. Silas era viejo, poderoso y tremendamente desconfiado. Se preguntaba cómo habrían acabado con él, y la única respuesta que se le ocurría le llenaba de zozobra.

Alguien llamó a la puerta. Una de sus Sombras apareció brevemente y le franqueó el paso a dos figuras con una inclinación respetuosa.

Escauro y Freya.

Ambos venían comentando algo entre ellos con pasión.

Silvano los observó con detenimiento. Escauro tenía la pinta desangelada de las últimas semanas, con aquella ropa barata y el aspecto descuidado que le hacía parecer un anciano británico jubilado de vacaciones, pero no se dejó engañar. Aquella treta no podía ocultar la mirada calculadora y el porte magnético del hombre. Silvano sabía que, por lo general, Escauro no vestía así. Muchos de sus habituales se habrían sorprendido al verlo de aquella guisa, en vez de con sus carísimos trajes a medida de Savile Row con los que se movía entre Londres, Dubái y Nueva York. Si a Silvano le hubiesen dicho que Escauro se estaba hospedando en una pensión de mala muerte, en vez de en un lujoso hotel de cinco estrellas, no le habría sorprendido lo más mínimo. No se llegaba a tener la edad y el poder de aquel hombre si no se aprendía a pasar desapercibido en los momentos de urgencia como aquel.

Freya, sin embargo, estaba radiante. Llevaba otro par de impresionantes zapatos de tacón (caros, le dio la sensación, aunque no estaba muy puesto en moda femenina) que conjuntaban a la perfección con su vestido de alta costura. Peinado y maquillaje también eran impecables y podría pasar sin esfuerzo por una presentadora de televisión a punto de entrar en antena. Daba la imagen de una mujer madura, rica y poderosa, cosa que realmente era y no se molestaba en ocultar.

Silvano sintió una leve oleada de irritación al comprobar que Freya no hacía el menor esfuerzo por pasar desapercibida, pero se controló enseguida. Quizá en el fondo no era tan mala idea. Freya y sus modales glaciales y exquisitos jamás pasarían desapercibidos, sobre todo si trataba de aparentar lo que no era. En cualquier otro entorno sonaría extraña y afectada, y eso sería mucho más llamativo. Silvano sabía que algunas mujeres habían nacido para sostener delicadas copas de champán, pisar alfombras caras y contemplar el mundo como un territorio conquistado, y Freya era una de ellas por derecho propio.

Quizá era mejor dejarla en su entorno natural de forma que nadie se fijase en las cosas que no encajaban. En ocasiones, la mejor manera de ocultar algo es dejarlo a la vista de todo el mundo. No sabía si esa idea era correcta del todo, pero al parecer a Freya le funcionaba.

Se acercó a ella, tomó una de sus manos y se la llevó a los labios para besarla mientras la obsequiaba con una sonrisa. Ella se dejó besar, pero apartó enseguida la mano algo disgustada mientras resoplaba impaciente. Con Freya casi siempre funcionaba la aproximación galante, pero aquel día no iba a ser así.

—¿Qué demonios está sucediendo, Silvano? —Su voz sonaba irritada.

—¡Esto se está complicando demasiado! —gruñó Escauro. Era evidente que venían hablando de aquel tema por el camino—. ¡No podemos perder más tiempo! ¡Hemos de tomar una vía más directa!

—Hola, querida —replicó Silvano con calma—. Hola, Escauro.

—Sí, sí, hola. —Escauro hizo un aspaviento con la mano hacia la mesa—. Silvano, eso es un problema.

Silvano miró en la dirección que señalaba Escauro, sabiendo de antemano a qué se refería. Sobre la mesa había esparcidos varios periódicos locales y nacionales. Uno de ellos gritaba en enormes tipos de letra «Doble homicidio en el centro comercial», con el subtítulo «Un director de banca dispara a un guardia de seguridad y después es víctima de un asesino en serie». El resto llevaba titulares parecidos en la portada y todos compartían la misma foto borrosa, que alguien había sacado con un móvil desde bastante distancia. En la foto se veía a un grupo de policías y forenses alrededor de un cuerpo tapado con una sábana en lo que parecía un muelle de carga de un centro comercial. Por debajo de la sábana asomaba la bota de un hombre retorcida en un ángulo imposible, tras haber caído por el desnivel de la rampa. A dos metros sobre el cuerpo, en el borde de la dársena, dos velas solitarias, y al lado de cada una de ellas las fichas identificativas de la policía científica para las fotografías.

—Primero Silas y ahora esa Sombra —escupió Escauro—. La misma persona, en menos de cinco días. Nos está retando, Silvano.

—La prensa dice que es un asesino en serie —terció Freya—. Como de costumbre, no tienen la menor idea.

—Puede que tengan razón —contestó Silvano—. Puede que haya sido una coincidencia.

—¿Una coincidencia? —bufó Escauro—. ¡No es una coincidencia! Han matado a Silas y a una sombra de Freya. Sabes qué significa esto.

—Lo hemos hablado —dijo Freya—. Escauro y yo. Creemos que esto tiene que ser cosa del americano.

—No es obra de Dawson —replicó Silvano con calma—. Está encerrado dentro de ese psiquiátrico. Para el caso es como si estuviese enterrado.

—¡Pues entonces tiene que ser alguien actuando por él! —explotó Escauro—. ¡No hay otra explicación!

—Hemos hablado, te decía —le interrumpió Freya mirando a Silvano—, Escauro y yo mientras veníamos hacia aquí. Vamos a acabar de una vez este asunto de Dawson. No tiene sentido esperar más.

Silvano se enderezó irritado.

—¡Tened paciencia! ¡No podemos entrar a sangre y fuego en El Trastero sin más! Dejaremos un reguero de muertos y una pista enorme detrás de nosotros. Acordamos que lo haríamos de una forma que no llamase la atención.

—¿Que no llamase la atención? —Escauro dio un puñetazo sobre los periódicos de la mesa tan fuerte que hizo tintinear el vaso de la esquina—. ¡Maldita sea, sale en la puta prensa! ¡Ya no puede llamar más la atención!

—Precisamente por eso —replicó Silvano intentando mantener la calma—. Ahora mismo hay demasiados focos sobre este asunto. Debemos ser sutiles.

—Estamos cansados de ser sutiles —contestó Freya—. Llevamos atascados cuatro meses en esta ciudad asquerosa, viviendo vidas falsas, esperando el momento oportuno para alcanzar a Dawson.

—Momento que no ha llegado —apuntó Escauro con acritud.

—Mientras tanto, el mundo sigue girando y algunos empezarán a preguntarse dónde nos hemos metido —siguió Freya mientras señalaba a su alrededor—. Tenemos más cosas que atender, Silvano. Además, estoy harta de esta maldita lluvia y de este sitio tan inhóspito. ¡Mira dónde estás viviendo, por favor! ¿Qué hacemos aquí?

—Vamos a por Dawson. —Escauro hizo crujir los dedos de las manos—. Y larguémonos de este agujero húmedo e infecto de una vez. Mi avión privado está en el aeropuerto. En treinta minutos podemos estar a bordo y en un par de horas de vuelta en Londres y la civilización.

—No nos vamos a ir. Escuchándoos, cualquiera diría que estamos en lo más profundo de Asia —replicó Silvano con calma—. Además, no podemos dejar el asunto de Dawson en manos de unas simples Sombras. Es algo que tenemos que hacer nosotros mismos, cueste lo que cueste.

Freya y Escauro arrugaron el ceño, pero no dijeron nada. Sabían que tenía razón.

—Vamos a resolver lo de Dawson esta misma semana. —Silvano les indicó una puerta acristalada que daba al jardín y los invitó a que le acompañasen—. Ya tenemos gente dentro de El Trastero. Ha costado tiempo hacerlo con discreción, pero ha merecido la pena. Mañana mismo nos lo entregarán.

La cara de sus dos acompañantes se alegró un poco, pero no demasiado. Ambos estaban al límite de su paciencia, comprendió Silvano, y cuando se encontraban en ese estado era mejor no agitarlos demasiado. Por experiencias anteriores sabía lo que podía suceder.

Al salir al exterior un viento frío y cargado de humedad les revolvió el cabello y jugueteó peligrosamente con la falda de Freya. Estaban en un balcón que daba a una zona despejada del jardín. *Despejada* era un eufemismo para definir un área del tamaño de un ring que había sido burdamente desbrozada para abrir un hueco entre una selva de zarzas y maleza, que se elevaba a casi tres metros y formaba un muro infranqueable. Un único acceso daba paso a aquella zona abierta. En el centro había una mesa sobre la que estaban apoyados tres machetes afilados de aspecto peligroso.

—¿Qué es esto, Silvano? —Había un tono untuoso y profundo en la pregunta de Freya, casi sexual.

Solo le falta relamerse, pensó Silvano mientras sonreía. Escauro se había apoyado en la barandilla y miraba hacia abajo con mucho interés y expresión concentrada. Era muy difícil sorprenderlos, desde luego, pero terriblemente fácil complacerlos. En el fondo, eran como niños. Niños peligrosos y dementes, por supuesto, que podían arrancarte la vida con un parpadeo.

—He preparado un tentempié para celebrar el final de nuestro pequeño viaje y el éxito, por partida doble, que vamos a obtener, queridos amigos —dijo Silvano con tono teatral mientras se servía una copa de vino de una bandeja sostenida por un camarero de expresión inescrutable.

—¿Por partida doble? —Escauro se incorporó y parpadeó lentamente un par de veces. Silvano no pudo evitar que le recordase a una vieja tortuga. Freya también le miraba con atención, distraída por el momento del espectáculo que estaba a punto de empezar.

—No solo vamos a tener a Dawson en pocas horas. —Silvano se permitió que una sonrisa feroz asomase a su rostro mientras mantenía el suspense.

El camarero de la bandeja la observó de reojo y a punto estuvo de perder el control de su vejiga. Solo el aura gris que le rodeaba le permitía mantenerse de pie y no echar a correr aterrorizado.

—¡Dilo ya! ¿A qué te refieres?

—Hay otra más. Otra Hija de la Luz. Y también será nuestra.

—¿Otra Hija de la Luz? —Escauro prácticamente escupió el vino que tenía en la boca—. ¡Eso es imposible!

—Es perfectamente posible —contestó Silvano con tranquilidad—. Y la explicación de todas las cosas extrañas que han estado ocurriendo en los últimos tiempos.

—¿Quién es? —La voz de Freya había bajado a un tono tan gutural que sonaba como el gruñido de un perro—. Pensaba que Dawson era el último.

—Por lo visto hay más de los que creíamos —replicó Silvano, mientras sacaba con cierto artificio un sobre de papel manila de una cartera de cuero y lo apoyaba en el borde del balcón—. Son como la mala hierba. Cuando crees que has acabado con el último, aparece otra media docena en la otra punta del jardín.

—Hacía muchos años que no sabíamos de más de un Hijo de la Luz al mismo tiempo —murmuró Escauro mientras abría el sobre y sacaba un puñado de fotos—. ¿Es esta?

—Esa es —asintió Silvano tras dar un sorbo de su copa—. Casandra Arlaz. Es psiquiatra, tiene treinta y dos años, un hijo pequeño, y no os vais a creer dónde trabaja...

—¿En el psiquiátrico donde está Dawson? —Los ojos de Freya se abrieron por la sorpresa al leer rápidamente el informe que tenía delante—. ¿Qué relación hay entre ambos?

—Eso es lo que tenemos que averiguar —murmuró Escauro pensativo mientras pasaba las fotos—. Aunque esto explica lo que le sucedió a Silas.

—No debió intentar ir a por una Hija de la Luz él solo —comentó Freya—. Fue imprudente por su parte.

—Y lo pagó de la manera más cara posible —atajó Escauro conforme levantaba las fotos a pocos centímetros de la cara de Silvano—. ¿Quién más sabe esto?

—Nadie —contestó Silvano—. Esas fotografías están sacadas del vídeo que grabó el sistema de seguridad del centro comercial. Me lo consiguió la Sombra que tengo infiltrada. Por supuesto, se preocupó de que la única copia disponible del vídeo sea la nuestra. También lo tengo, si lo queréis ver, pero no es demasiado interesante. Se ve cómo la Sombra de Freya persigue a Casandra y cómo ella reaparece al cabo de un rato con su abrigo.

—¿Su abrigo? —Freya frunció el ceño—. ¿Para qué querría su abrigo?

—No tengo ni la menor idea —replicó Silvano—. Pero gracias a su estúpido desafío de las velas, ahora sabemos que ella es la que terminó con Silas. Y también sabemos que es demasiado peligrosa como para que unas simples Sombras la derroten. Tendremos que ser nosotros.

—Es curioso —murmuró Escauro—. Su cara me suena. Juraría que la he visto en alguna parte, hace poco, pero no soy capaz de recordar dónde…

—Has visto a tantas personas a lo largo de tu vida que lo curioso es que no creas que ya has visto a todo el mundo. —Silvano desechó las palabras del otro con un gesto—. Lo importante es que sabemos quién es y dónde ir a por ella.

—Y ella no tiene ni la menor idea de lo que está sucediendo, por lo que veo. —Escauro se estremeció de placer—. Me voy a divertir horrores con esta, Silvano.

—Dos Hijos a la vez. —Freya se estiró, voluptuosa como una gata—. Un macho y una hembra. Será divertido.

—En cuanto hayamos terminado con ellos, le prenderemos fuego a este sitio ruinoso y nos subiremos en ese avión, Escauro, os lo prometo —dijo Silvano—. Piensa en todo lo que puedes obtener de dos Hijos de la Luz…

Escauro asintió pensativo. De pronto, una extraña sonrisa quebrada le iluminó su rostro ajado.

—Dijiste que esta tal… Casandra tenía un hijo, ¿verdad?

—Sí, pero… —Los ojos de Silvano se abrieron de par en par al comprender el mensaje implícito del otro—. ¿Crees que…?

—Es algo que tendremos que comprobar. —Escauro emitió una risita que sonó como un jadeo asmático—. De repente, quedarme aquí un par de días más no me parece tan mala idea.

—Eso suponía, viejo amigo. —Silvano le dedicó su sonrisa más radiante, con un destello travieso acompañando sus ojos glaucos.

—Necesitamos profesionales —intervino Freya—. No podemos dejar cabos sueltos. Los siervos civiles resultan más discretos que los mercenarios, pero la situación los supera.

Ambos hombres asintieron. No solían utilizar mercenarios salvo en circunstancias muy concretas, pero aquella lo merecía.

—Y ahora, si me lo permitís, tengo una pequeña *delicatessen* preparada para vosotros. —Silvano sonrió regodeándose en un secreto privado—. Poneos cómodos, por favor.

El hombre rubio dio un par de palmadas y un rumor apagado llegó del camino abierto entre la maleza que conducía al rectángulo despejado. Al cabo de un momento, tres figuras tambaleantes entraron tropezando en el claro. Eran tres hombres jóvenes, sucios y mal vestidos, con toda la pinta de ser vagabundos. Vivir en la calle durante algún tiempo les había pasado factura y los tres presentaban un aspecto físico deplorable. Todos tiritaban y sudaban a la vez, y su piel tenía un color pálido que no se correspondía con su constitución. Estaban en pleno síndrome de abstinencia y se sentían desorientados. Uno de ellos levantó la cabeza y vio en el balcón las figuras que los observaban.

—¡Eh, tío! —gritó uno de ellos. Era el más alto de los tres, con el pelo ensortijado y un tatuaje de un dragón asomando por su cuello sucio. Se sujetaba los brazos para controlar la tiritona mientras hablaba—. Nos prometiste un *buco* de caballo, colega. Llevamos aquí desde ayer y ya estamos hasta los huevos. Nos vamos a largar si no…

Algo reluciente bajó desde el balcón hasta caer con un sonido suave sobre la hierba segada. Los tres drogadictos miraron el objeto con expresión hipnotizada. Era una jeringuilla hipodérmica que llevaba atada con una goma una cucharilla y un pequeño paquete lleno de una sustancia terrosa marrón.

—Es heroína de primera calidad —dijo la voz desde el balcón. Era una voz suave, que entraba de forma sinuosa por los oídos, casi acariciadora—. Recién llegada de Afganistán a través de Turquía. No os habéis pinchado algo así en vuestra vida.

Los tres yonquis dieron un paso hacia el paquete, que había caído cerca de la mesa con los machetes. Si alguno se había fijado en las hojas afiladas, no había dicho nada hasta aquel momento.

—Solo hay un problema —continuó Silvano—. No se puede compartir, así que solo uno de vosotros podrá probar esa delicia. El resto tendrá que volver caminando varios kilómetros hasta la ciudad, por el arcén de esa carretera de mierda que trae hasta aquí, y dudo mucho que nadie se apiade de vosotros y pare para llevaros. Así que el que gane se lo lleva todo. Es así de sencillo, señores.

Los tres vagabundos se miraron de reojo entre ellos. Eran tres desconocidos seducidos al azar en medio de la noche, y cualquier tipo de extraño sentido de la lealtad que hubiesen podido forjar entre ellos en las horas que habían pasado juntos se estaba deshaciendo como una barra de hielo bajo el sol del desierto. Además, sin que fuesen conscientes, tres largos brazos de niebla más oscura que la noche más negra habían descendido desde el balcón y envolvía a cada uno de ellos, inflamando su ira.

El primero en reaccionar fue el tipo del tatuaje. Dio un salto hacia el paquete de heroína mientras descargaba un puñetazo contra el hombre de su derecha, pero el otro le hizo tropezar contra la mesa de los machetes, que derrumbó con estrépito. Cuando consiguió incorporarse, vio cómo los otros dos luchaban en el suelo con furia, a mordiscos y puñetazos, como dos fieras salvajes.

El hombre del tatuaje cogió un machete, sin saber que una voz oscura le estaba susurrando al oído que acuchillar a aquellos dos pobres diablos era la opción más correcta.

Avanzó hacia ellos, devorado por dos pasiones incontrolables e igual de profundas.

Al cabo de un rato, el ruido de la pelea y los lamentos de dolor se elevaban por encima de los muros cubiertos de musgo de la vieja finca, ocultando bajo ellos los gemidos de satisfacción que tres voces terriblemente viejas emitían desde un balcón mientras la sangre y el dolor se derramaban.

XXXIII

A Casandra le costó un esfuerzo heroico levantarse aquella mañana antes de que lo hiciese Daniel, pero se obligó a ello reuniendo toda su fuerza de voluntad. Se apartó del cuerpo caliente de su marido, que no le había dirigido la palabra durante toda la cena del día anterior, y se metió en el baño, cerrando la puerta con llave detrás de ella.

Solo entonces se atrevió a quitarse el pantalón del pijama, frente al espejo, y contempló la fea herida que tenía en la rodilla. El rasponazo que se había provocado dos días antes al caer por las escaleras cuando escapaba del Gris se había infectado y le dolía horrores al caminar. Había evitado hasta aquel momento que Daniel lo viese, para no tener que responder a un montón de preguntas incómodas que no podía ni quería responder, pero todas las evasivas y movimientos extraños que había tenido que hacer para evitar el contacto con él no habían hecho sino empeorar una situación que se degradaba por momentos.

Mientras se limpiaba la herida con agua oxigenada no podía dejar de pensar en el caos que se había desatado en el centro comercial. Había caminado de vuelta hacia el interior a través de un sistema de túneles paralelos al que habían seguido el Gris y ella hasta el muelle de carga. Eso había sido una maravillosa coincidencia, porque, de lo contrario, se habría cruzado de frente con un montón de guardias de seguridad del centro comercial y las primeras patrullas de policía que habían llegado a la escena del tiroteo. Encontrárselos cuando llevaba en su mano la pistola con la que habían matado a un hombre y el abrigo de otro cadáver, puesto por encima para ocultar su pantalón cubierto de sangre y aceite y su blusa desgarrada, no habría ayudado demasiado a mejorar su situación.

Finalmente, después de dar vueltas por las tripas del centro comercial durante unos desasosegantes minutos, había asomado en la parte trasera de una ferretería. El dueño y los pocos clientes estaban fuera del local, contemplando el panorama de docenas de jovencitas que sollozaban histéricas y un montón de personas que corrían de aquí para allá, así que Casandra había podido salir de forma discreta sin que nadie se diese cuenta.

Encontrar a Martín en medio del caos en el que se había transformado el centro comercial fue mucho más fácil de lo que podía haberse imaginado. La idea acudió a su mente de manera instintiva. Tan solo tuvo que cerrar los ojos un segundo, respirar hondo y dejar que su mirada vagase sobre la muchedumbre hasta encontrar el aura destellante de su hijo a menos de cien metros. Se había dado cuenta antes de que cada aura era como un sello único y distintivo, pero fue todo un descubrimiento para ella advertir que podía distinguir la de su hijo en medio de cientos de haces de colores con la misma facilidad con la que podría encontrar un cisne blanco en medio de una granja de pollos.

Tuvo que abrirse paso a empellones entre la multitud para llegar hasta Martín. Cuando por fin lo alcanzó, una risa histérica y aliviada peleó por escaparse de su garganta. Martín estaba sentado en el mismo lugar en que lo había dejado, con la cabeza enterrada en un cómic de Batman y en apariencia ajeno a todo el escándalo que se había organizado a su alrededor. Al final el chico maduro no había podido resistirse al encanto de un tebeo.

Casandra le dio un abrazo salvaje y liberador. Martín la miró extrañado mientras pugnaba por liberarse del cepo de los brazos de su madre.

—¡Mamááá, suéltame, por favor! —se quejó, con la fingida indiferencia de los niños hacia sus padres al llegar a cierta edad—. ¿De dónde has sacado ese abrigo?

—Me lo he comprado. —Casandra apretó el abrigo empapado alrededor de su cuerpo para evitar que su ropa desgarrada quedase a la vista—. ¿Te gusta?

—Te queda muy grande. —Martín arrugó la nariz—. Y parece viejo y huele mal. No es tu estilo, mami.

La risa histérica burbujeó de nuevo, dispuesta a escaparse. Casandra empezaba a notar cómo el bajón de adrenalina sacudía su cuerpo. Incluso el Fulgor se estaba debilitando y las auras se veían cada vez más pálidas y desdibujadas.

—Pues me han dicho que está muy de moda.

—Si tú lo dices... —contestó Martín con una sombra de duda en la voz. Finalmente, se encogió de hombros. Bruce Wayne le estaba pegando una paliza al Joker en su tebeo y era mucho más interesante que el feo abrigo de mamá.

Casandra cogió al crío de la mano y ambos se sumaron al río de gente que abandonaba de forma un tanto anárquica el centro comercial. Ocultos entre la multitud, se cruzaron con los servicios de emergencia que llegaban en aquel momento por todas partes. Dos muertos en una misma mañana en un centro comercial eran motivo suficiente como para que el avispero estuviese muy agitado. Nadie les salió al paso durante el resto del camino y pudieron llegar con tranquilidad a casa.

Y durante dos días, no había sucedido nada más. Hasta la lluvia parecía haber parado, como si las nubes contuviesen la respiración, esperando algo.

Cuando Casandra salió de la ducha, la cama estaba vacía y no había el menor rastro de Daniel. Supuso que se habría llevado una muda de ropa para ducharse en la comisaría y que también desayunaría allí. Era algo que solo había hecho contadas veces en su matrimonio, cuando las cosas se ponían especialmente difíciles entre ambos. *Está enfadado de verdad,* pensó al darse cuenta de que la grieta entre ambos era en esta ocasión de unas dimensiones devoradoras. Sin embargo, aunque se moría de ganas de recomponer las conexiones rotas, no tenía tiempo ni fuerzas para arreglar aquel frente. Estaba emocionalmente exhausta y al borde del colapso.

Además, temía la reacción de Daniel si le confesaba que llevaba dos muertes en su cuenta desde hacía menos de una semana. Ni siquiera tenía la menor idea de cómo abordar aquel secreto con él.

Por más vueltas que le daba, no encontraba el modo de solucionar el descarrilamiento a cámara lenta de su matrimonio. Si las líneas de comunicación entre ellos se cortaban, entonces solo era cuestión de tiempo que ambos fuesen dos cuerpos aislados. El vértigo que le suponía pensar en aquella situación bastaba para que sus sienes empezasen a latir con fuerza.

Acabó de vestirse, agradecida por el hecho de que su vecina se hubiese ofrecido a llevar a Martín al colegio aquella mañana. Su hijo y Martín compartían clase y no era la primera vez que se quedaban a dormir juntos en una u otra casa. El ambiente doméstico de los dos últimos días había sido tan espeso y cortante que Casandra había optado por apartar a Martín de una atmósfera tan cargada, pues sabía que un niño tan sensitivo como el suyo se veía afectado sobremanera por todas aquellas vibraciones profundas.

Eso le llevaba a su otro problema. Cada vez le resultaba más difícil controlar el Fulgor. Ya no necesitaba de una situación de estrés para instalarse en su mente, sino que ahora aparecía con más frecuencia, en pequeñas y potentes explosiones que duraban horas, hasta que de golpe empezaba a desvanecerse y desaparecía en cuestión de minutos.

A Casandra le recordaba el motor de su cortacésped. Cuando Daniel se peleaba con él los domingos por la mañana, sudando y maldiciendo mientras tiraba de la cuerda del arranque, el motor se obstinaba al principio, negándose a arrancar con largas y potentes explosiones ahogadas, hasta que se encendía por fin con un hipido y comenzaba a ronronear de manera continuada. Se preguntaba si a su mente le estaría sucediendo algo parecido con el Fulgor y si eso implicaba que entonces, en algún momento, este se iba a instalar en adelante en su vida. No podía imaginarse lo que podría suponer vivir día y noche bajo el influjo de aquella fuerza. Por una parte, resultaba tentador, pero, por otra, le aterraba la mera posibilidad de estar siempre envuelta en aquella fuerza abrumadora.

Se miró en el espejo y quedó acongojada con lo que vio. Estaba pálida, algo demacrada, con bolsas negras debajo de los párpados y con aspecto de haber corrido una maratón tras otra sin descanso durante una semana, pero sus ojos brillaban llenos de energía y determinación. Y le iban a hacer falta, tanto una cosa como la otra.

Porque aquella mañana sacaría a Logan Dawson de El Trastero o acabaría detenida.

O muerta, si las cosas iban realmente mal.

Se peinó con calma hasta quedar satisfecha y después bajó hasta el escondite de debajo del fregadero para sacar varios objetos. Uno era el vial de tetrodotoxina con una aguja. Después, envuelta en un trapo, retiró la pistola que le había arrebatado al Gris. El tambor aún tenía cinco balas, aunque Casandra esperaba no verse obligada a usar ninguna de ellas si su plan salía como tenía previsto. Para terminar sacó el último objeto, algo que había encontrado en uno de los bolsillos del abrigo del Gris y que se había guardado consciente de su potencial utilidad.

Al salir por la puerta echó un vistazo melancólico a su casa. Si las cosas se torcían, podría pasar mucho tiempo antes de que la volviese a ver de nuevo. Sintió un ramalazo de dolor en el corazón al comprender que a quien realmente echaría de menos sería a Martín. Y a Daniel.

A Daniel también.

La pelea entre su corazón y su cabeza continuaba sin claro vencedor. Y por encima de todo planeaba la sombra de Logan Dawson, una oscura promesa de deseo que se negaba a mirar demasiado tiempo, por miedo a caer en ella.

La cabeza le zumbó como un nido de avispas durante todo el trayecto en coche, con todas esas ideas revoloteando y chocando en su mente. Por lo menos, había parado de llover. Miró el reloj para comprobar que estaba dentro del horario que había planeado. Tenía una hora y cuarenta minutos desde que entrase en el centro.

Al llegar a El Trastero la asaltó un último momento de duda. Dejó la pistola en la guantera del coche, pues sabía que era imposible atravesar el arco de seguridad con ella. El bolso, que le pesaba como la bola de un preso, se resbaló de su hombro y con los pies clavados en el asfalto del aparcamiento era incapaz de dar un solo paso al frente. El Fulgor parpadeó varias veces consecutivas, en una rápida explosión, para recordarle que estaba allí, pero al final se mantuvo apáticamente inactivo, como si aquel lugar desolado, en medio de una explanada lluviosa de aparcamiento, no fuese lo bastante interesante como para incendiar el mundo en una espiral de colores.

Por fin Casandra se armó de valor y caminó hacia la puerta. La había cruzado cientos de veces antes de aquel día, aunque en aquella ocasión sabía que era distinto. Apretó el timbre y después de la pausa de rigor oyó la voz amable del guardia de turno.

—Buenos días. —Sonaba metálica y extraña mientras ella seguía sus instrucciones—. Introduzca código de acceso y lectura de pase, por favor.

La puerta se abrió con un largo zumbido eléctrico y Casandra franqueó la primera barrera. Esperó pacientemente de pie a que la puerta se cerrase con estruendo a su espalda antes de que se abriese el siguiente portón. Se sentía observada por las cámaras colocadas a lo largo de las diversas esclusas de aquel corredor, consciente de que el equipo de seguridad le estaría echando una mirada desganada a medida que cruzaba puerta tras puerta.

Al final, llegó al control de acceso interior y de inmediato notó cómo la temperatura subía seis o siete grados. El interior cálido y confortable de El Trastero contrastaba con los gélidos corredores de entrada.

—Buenos días, doctora Arlaz. —El vigilante la saludó con una sonrisa—. ¿Qué tal está hoy?

—Oh, muy bien.

Casandra intentó un remedo de sonrisa mientras firmaba el registro de acceso diario. Enseguida tuvo la sensación de que su sonrisa era tan falsa que el hombre se daría cuenta de inmediato, así que ocultó su rostro con el pelo al inclinarse sobre el papel. Se alejó de allí lo más rápido que pudo, evitando mirar a nadie fijamente durante el camino. Se sentía como si llevase un enorme cartel luminoso sobre la cabeza con neones destellando «¡Cuidado con ella!».

Al llegar al vestuario suspiró aliviada al comprobar que estaba vacío y con rapidez se puso el pijama y la bata. Miró con cautela hacia los lados antes de sacar del bolso la jeringuilla hipodérmica cargada con una dosis de tetrodotoxina bastante diluida, y tras asegurarse de que estaba bien cerrado, salió al pasillo con toda la normalidad del mundo.

Dedicó la primera media hora a realizar su rutina diaria como si aquel fuese otro día más en el trabajo, para lo que tuvo que emplear una enorme dosis de fuerza de voluntad. Comprobó el parte del turno anterior, ajustó la medicación de un par de pacientes y atendió una crisis histérica de una interna que gritaba que unos dragones que hablaban en italiano intentaban devorarla. Cada poco rato echaba un vistazo nervioso al reloj, esperando a que llegase la hora, pero, a medida que los dígitos se acercaban a las diez en punto, sus manos temblaban de una forma más evidente.

Vamos, dónde puñetas estás, se gruñó Casandra a sí misma. Había supuesto que con el nerviosismo de la intentona el Fulgor se manifestaría con la fuerza de una avalancha, pero hasta el momento no había dado el menor indicio de querer aparecer.

Sonó la alarma de su reloj en un tono suave, pero Casandra se sobresaltó como si el mismísimo Big Ben estuviese retumbando en su bolsillo. La desconectó con discreción y se levantó del escritorio donde había estado rellenando historiales médicos hasta ese momento. Al salir se encontró de frente con el doctor Beltrán. El director de El Trastero había mejorado aún más su peculiar semblante añadiendo a su espesa barba de leñador un extravagante corte de pelo muy apurado por las sienes y muy largo por el centro, que le daba un inenarrable aspecto, del cual sin duda estaba muy orgulloso. Más de uno se preguntaba si era alguno de sus pacientes el que le cortaba el pelo.

—Hola, Cas. —Le dedicó una sonrisa esplendorosa—. ¿Adónde demonios vas tan disparada?

—Oh, hola —balbuceó Casandra sintiendo que se ponía colorada—. Voy a... por un café hasta la cocina.

—¿A la cocina? —Beltrán la miró con extrañeza—. ¿Qué le pasa a la cafetera del cuarto de médicos?

—No le pasa nada —contestó ella mientras su mente pensaba una excusa a toda velocidad—. Es que solo queda café descafeinado y, la verdad, necesitaría una buena dosis de cafeína ahora mismo, Bel.

—¿Descafeinado? —El director del centro frunció el ceño—. ¿Quién es el idiota que compra café descafeinado para un cuarto de guardia?

—¿Un loco? —Casandra se encogió de hombros mientras con un gesto señalaba su entorno.

Beltrán la observó durante un momento antes de prorrumpir en una carcajada. Casandra aprovechó aquel instante para alejarse hacia la puerta de acceso a las escaleras que llevaban a la parte donde estaban los servicios comunes del centro. Mientras se alejaba, trataba de controlar la respiración. Justo cuando ponía el pie en el primer escalón, oyó el vozarrón del doctor Beltrán a su espalda.

—¡Oye! —gritó.

Casandra se quedó paralizada mientras se volvía hacia él con una sonrisa trémula en los labios. El corazón le palpitaba al galope.

—¿Sí?

—Tráeme otro café a mí también, por favor. Doble, sin leche y bien cargado de azúcar, ya sabes. —Y tras pedirle esto, se dio la vuelta y se alejó pasillo abajo silbando una melodía.

Suspiró aliviada, con las rodillas hechas gelatina. Comenzó a bajar las escaleras que llevaban hasta las cocinas y cuando llegaba al último rellano de pronto fue consciente de que, sin avisar, el Fulgor había regresado como un perro amistoso que se coloca en su sitio delante de la chimenea sin hacer ruido. En silencio, le dio las gracias al doctor Beltrán por el sobresalto que le había abierto la puerta.

El mundo ardía en colores delante de ella otra vez. Casandra se sintió súbitamente reconfortada, asaltada por el incomprensible y extraño pensamiento de que ya no estaba sola. Se detuvo durante un segundo para serenarse y cerró los ojos. Pensó en Logan Dawson, en el interior de su celda, quizá con unas ligaduras nuevas y los nervios a flor de piel. Se imaginó el camino hasta allí, a través de las paredes, y trató de concentrar el Fulgor para lanzar un mensaje.

Voy para ahí. Hoy es el día. Estate preparado.

Apretó los ojos y frunció el ceño, retorcida por el esfuerzo. Estuvo un buen rato intentando emitir la imagen hacia Dawson, pero por fin abrió los ojos de nuevo con una mirada perpleja. No había sentido nada. O bien el Fulgor no funcionaba de esa manera…, o bien Logan Dawson ya no estaba en El Trastero porque los Oscuros se habían adelantado a ella.

Pensar en esa posibilidad le puso los pelos de punta. Un regusto ácido le trepó por la garganta, atenazada ante la posibilidad de haber perdido la única oportunidad que tenía. Con la respiración agitada corrió, más que caminó, hasta la cocina. Cuando llegó a las puertas dobles del final del pasillo, iba prácticamente a la carrera, jadeante por el esfuerzo y la tensión.

Las cocinas de El Trastero eran como las de cualquier otro centro sanitario del mundo. Media docena de pinches y cocineros preparaban menús variados para el enorme grupo, con la salvedad de que la naturaleza un tanto peculiar de los comensales obligaba a algunas medidas un poco extrañas. Por ejemplo, la mayor parte de la comida era blanda, y aquellos menús que tenían que ser despedazados o cortados ya venían partidos de la cocina, de forma que los cuchillos y tenedores fuesen innecesarios. Todo lo que salía de los fogones de El Trastero podía consumirse usando una simple cuchara blanda de plástico, algo muy prudente si se tenía en cuenta la personalidad volátil de sus pacientes.

La hora de la comida ya se acercaba y los cocineros y su personal estaban envueltos en el frenesí previo al servicio. De un par de grandes cacerolas salían enormes vaharadas de vapor que llenaban las cocinas de algo semejante a una niebla matutina, entre la que sonaban los golpes apagados de los peroles y las sartenes. Casandra observó que encima de unas largas mesas estaban dispuestas las distintas bandejas de los pacientes, cada una de ellas con una nota adosada que indicaba si el menú debía incluir alguna «especialidad».

Aquello formaba parte del argot propio de El Trastero. En ocasiones, había pacientes que se negaban a tomar la medicación y la única manera de conseguir que la consumiesen era disimulándola en el menú. Algunos pacientes llevaban consumiendo «especialidades» casi desde su fecha de ingreso, y el médico que se encargaba de las mezclas había conseguido una auténtica maestría a la hora de camuflar los olores y sabores de los medicamentos. No había el menor rastro de él en aquel momento, pero pronto llegaría. Casandra debía darse prisa.

Fue siguiendo la hilera de bandejas hasta que un enorme suspiro de alivio escapó de sus pulmones al tropezar con la que llevaba la tarjeta de Logan Dawson. Debajo del nombre del americano figuraba un pequeño cóctel de fármacos. Casandra los leyó a toda prisa y llegó a la conclusión de que el doctor Tapia, escarmentado tras encontrar a su paciente libre y con un arma, había decidido que era mejor que estuviese convenientemente sedado durante una temporada. Parecía más un castigo que una terapia, pensó enfadada.

Casandra levantó la vista para cerciorarse de que nadie la estaba observando y con un gesto rápido quitó la nota de Logan Dawson de encima de su bandeja y la sustituyó por otra en blanco y que solo llevaba el nombre del paciente. Había tenido tiempo de prepararla en el cuarto de médicos un rato antes, sospechando que se podría encontrar con aquella necesidad. Era imprescindible que Dawson estuviese limpio de sedantes cuando su plan se iniciase.

A continuación, sacó la jeringuilla hipodérmica llena de tetrodotoxina y por un momento le tembló la mano. Había pasado todo el día anterior leyendo tratados de toxicología y buscando todo lo que pudo encontrar referido a aquella toxina. Sabía que una dosis excesiva sería mortal de necesidad, pero una dosis reducida y diluida, lo bastante corta y concentrada, podría tener un resultado diferente, aunque desconocía su efecto en el organismo de alguien que llevaba días empapado de sedantes.

Había numerosa literatura médica acerca de intoxicaciones por tetrodotoxina entre gente que había comido las partes incorrectas del pez globo. La mayoría morían entre horribles dolores, pero aquellos que solo se intoxicaban levemente sufrían otros síntomas. Su ritmo cardíaco se ralentizaba, su respiración disminuía hasta volverse inapreciable y sentían cómo una parálisis total afectaba a sus extremidades mientras su temperatura corporal se desplomaba. Poco a poco, todo su organismo se iba deteniendo hasta entrar en una suerte de hibernación forzada que podía confundirse con la muerte, con la salvedad de que el afectado no perdía en ningún momento la conciencia. Quienes lo habían padecido describían la experiencia como una de las más horribles y angustiosas que podía padecer un ser humano, pero Casandra aventuraba que Logan Dawson daría por bien empleado el mal rato si con eso conseguía crear una alerta médica lo bastante importante como para que lo tuviesen que evacuar a toda velocidad.

El Trastero era un psiquiátrico, así que no tenía los medios para atender a un paciente si este sufría algo como un infarto o un síndrome de muerte súbita. El protocolo establecía que, en un caso así, el paciente debía ser evacuado en ambulancia a su hospital de referencia, a pocos kilómetros. Casandra esperaba que todo saliese según lo establecido en las normas, y que una vez en el hospital, cuando Dawson se recuperase del efecto de la tetrodotoxina, sería mucho más fácil escapar.

Tras elevar una plegaria silenciosa, Casandra vació la jeringuilla de tetrodotoxina en un vaso de zumo de naranja. Removió con el dedo para homogeneizar la mezcla y después se apartó deprisa, sin que nadie hubiese visto la maniobra.

Satisfecha, se dio la vuelta para subir las escaleras cuando de golpe se acordó de algo. Volvió sobre sus pasos y se dirigió hacia la esquina de la cocina donde sonaban las voces. El jefe de cocina, con el aura de un explosivo rojo sangre, parecía estar aclarando algún extremo con uno de sus pinches, que brillaba en un delicado color crema, mientras sostenía una espumadera de forma amenazante debajo de sus narices.

—¿Me podríais decir dónde está la cafetera, por favor? —preguntó Casandra con toda la naturalidad del mundo.

—La tiene allí, señora —contestó el pinche mientras señalaba una mesa a su izquierda, pero sin apartar los ojos del cocinero, que le observaba como una cobra a punto de devorar un ratón.

Contenta de que apenas le prestasen atención, se acercó hasta la cafetera, no sin antes lavarse las manos a conciencia. Se suponía que la tetrodotoxina solo afectaba tras ingerirla, pero no merecía la pena correr riesgos. Sirvió dos generosas tazas de café, una de ellas sin leche y colmada de azúcar para el doctor Beltrán, y subió de nuevo las escaleras sintiendo una sensación de euforia que la invadía por completo. La primera parte de su plan estaba en marcha.

La euforia se templó un tanto cuando se dio cuenta de que había un alto porcentaje de posibilidades de matar a Logan Dawson en el intento, pero desechó la idea. Sin saber el motivo, estaba envuelta en un halo de confianza y positividad. Todos esos pensamientos pasaron a un segundo plano cuando llegó a lo alto de la escalera y se encontró al doctor Tapia, que avanzaba a paso de carga hacia ella lanzando chispas por los ojos y seguido de un par de celadores.

—¡Ahí está! —gruñó mientras la señalaba—. ¡Que no se escape!

Por un alocado momento, Casandra pensó que de alguna manera el doctor Tapia había averiguado su plan y la iban a detener allí mismo, delante de media plantilla asombrada. Pero al cabo de un instante comprendió que aquello era imposible y que el enfado del médico debía de obedecer a otra causa. Se recompuso a toda prisa y ofreció su cara más hermética al recién llegado.

—¡Tú! —Tapia casi arrojaba espumarajos por la boca al hablar—. ¿Le diste un mechero a uno de mis internos, doctora Arlaz?

Casandra puso la expresión más sorprendida que pudo.

—¿Por qué iba a hacer eso, doctor Tapia? ¡Claro que no!

—David Taracido, el paciente que inició el revuelo del otro día. —Tapia le hablaba tan cerca que apenas dejaba espacio entre los dos, en un intento de intimidarla—. Ha dicho que *tú* le diste el mechero con el que casi provoca un maldito incendio. ¿Me lo puedes explicar?

—David Taracido es un fabulador con distorsión de la realidad y alucinaciones visuales y auditivas recurrentes, Tapia.

Casandra hablaba con tranquilidad, como si aquella discusión no tuviese nada que ver con ella. Con el rabillo del ojo vio cómo del montacargas salía el primer carrito cargado de bandejas de comida. El celador que lo empujaba les echó una mirada curiosa, pero siguió su camino, en dirección al ala donde estaban los pacientes de Tapia.

—Lo más probable es que se lo haya inventado todo —continuó Casandra mientras apartaba con un gesto elegante al otro médico, que la miraba ya más calmado y con una expresión de duda en los ojos—. Pero también podría haber acusado a Gengis Kan, a Danny DeVito o al Pato Donald. Es responsabilidad tuya lo que sucede dentro de esa cabeza, doctor Tapia, no mía. Si tu paciente cree que los médicos de este centro conspiran con él para incendiar el edificio hasta los cimientos, es mala señal, pero si *tú* lo crees es todavía peor. ¿No te parece?

Uno de los celadores que acompañaban a Tapia no pudo contener una risa apagada. El médico refunfuñó algo mientras empezaba a ponerse de color escarlata. Finalmente, tras dedicarle a Casandra una mirada de odio reconcentrado, salió en pos del carro de comidas que iba hacia su zona.

Casandra permaneció en pie, viendo cómo se alejaba, y no se permitió relajarse hasta que lo perdió de vista. Exhaló aire mientras jugueteaba con la idea de decirle a Tapia que sería recomendable que se extirpase el apéndice con cierta urgencia, hasta que recordó que entonces tendría que explicarle cómo había averiguado que estaba a punto de sufrir una apendicitis. Suspiró desalentada. Tenía el mejor don que podía soñar un médico y no podía utilizarlo.

Beltrán la sacó de esos pensamientos cuando se acercó para recoger su vaso de café.

—No se lo tengas en cuenta. Es muy volcánico y pasional, pero no es mal tipo. Iba a intervenir para evitar que te acosase, pero ya he visto que lo manejabas muy bien —le dijo mientras le daba un afectuoso apretón en el hombro—. ¿Sabes una cosa? Desde el accidente estás... distinta. Más segura de ti misma, con más aplomo... No sé, es como si tuvieses otra energía en tu interior. Hace cinco meses te habrías arrugado delante de él, pero hoy le has plantado cara como una leona. Me gusta la nueva Casandra. Sí, señor. Me gusta.

Se alejó de allí con calma y Casandra tuvo que pellizcarse los brazos con disimulo para no estallar en carcajadas. Mil ideas alocadas acudían a su boca y tenía que contenerse para evitar que se escapasen. Si su jefe supiese que la segura y juiciosa Nueva Casandra era una asesina en serie, sin duda se llevaría tal sorpresa que le haría caer la barba.

Los siguientes veinte minutos fueron una completa tortura para ella. El reparto de comida, una tarea a la que habitualmente no le prestaba demasiada atención, se convirtió en una obsesión. Buscó todas las excusas posibles para permanecer en el distribuidor central, cerca del montacargas que llevaba a la cocina, hasta que su paciencia se vio recompensada cuando un rato después vio cómo el mismo celador avanzaba con el carrito vacío hacia el ala donde estaba ingresado Dawson. De momento no se había producido ningún revuelo, así que supuso que la toxina aún no había hecho efecto… Si es que a Logan no le daba por usar el zumo como proyectil contra alguien o cualquier otra idea alocada que se le pasase por la cabeza.

El celador volvió un rato después con las bandejas vacías. Casandra no podía saber cuál era la de Dawson, pero comprobó que los vasos de zumo de naranja de todas ellas volvían sin líquido en su interior. Su pulso se aceleró al comprender que Logan ya debía de estar a punto de sentir los primeros síntomas de envenenamiento. No podía tardar demasiado.

El reloj comenzó a arrastrarse con lamentable lentitud. Cinco minutos. Diez. Aún nada. Doce minutos. Según los tratados de toxicología, los primeros síntomas tendrían que producirse en un lapso de veinte minutos desde la ingesta de la toxina, aunque todos los estudios se referían a gente que había comido pez globo, no a alguien que se bebía un vaso de tetrodotoxina mezclado con zumo de naranja.

Casandra sintió que las dudas renacían en su interior. Quizá había calculado mal la dosis. Quizá era demasiado floja o, peor aún, demasiado potente y en aquel momento Logan Dawson estaba agonizando en el suelo de su celda sin entender qué diablos le sucedía a su cuerpo ni por qué su mente seguía viva mientras el resto de su organismo se moría entre espantosos calambres musculares. Se le aceleró el pulso al imaginarlo.

¿Y si nadie se daba cuenta de que estaba sufriendo un ataque? No había pensado en la posibilidad de que la toxina tardase tanto en hacer efecto. Podría ser que nadie echase un vistazo dentro de la celda de Logan Dawson hasta un montón de horas después, y entonces tal vez fuera demasiado tarde…

Un enorme revuelo la sacó de esas cavilaciones. Una luz roja con una alarma insistente se había encendido en el control de enfermería y alguien hablaba por teléfono con la enfermera que estaba sentada en el puesto. Casandra vio cómo la cara de la enfermera cambiaba de color, tras lo cual casi dejó caer el teléfono.

—¡Carro de paradas! ¡Carro de paradas! —gritó mientras se acercaba a un carrito lleno de material de reanimación—. Habitación ciento dieciséis. ¡Vamos, rápido, joder!

La reacción del personal fue admirable y profesional. El equipo corrió por el pasillo hacia la puerta de acceso que ya estaba abierta, encabezado por un demudado doctor Tapia que seguramente se preguntaba qué diablos más podía torcerse aquel día.

Casandra se levantó y caminó a paso rápido hasta el vestuario. Se quitó el pijama a toda velocidad mientras contaba para sí los segundos, deseando haber podido hacerlo antes sin levantar sospechas. Se vistió tan deprisa como pudo y sacó el bolso de la taquilla. Salió a toda prisa del vestuario y se dirigió a la sala de médicos, donde estaba el director del centro discutiendo algo por teléfono con cara de urgencia.

—¡Os lo mandamos para allá ahora mismo! —decía con voz preocupada—. Parada cardiorrespiratoria y sin reacción a estímulos.

Casandra le hizo un gesto para llamar su atención. El doctor Beltrán la miró con extrañeza al verla vestida con ropa de calle y se apartó el teléfono del oído durante un momento.

—Tenemos un problema con un interno, Casandra —musitó—. ¿Qué sucede?

—Me han llamado del colegio de mi hijo. —Contó la historia que tenía preparada—: No se encuentra bien. Por lo visto tiene fiebre y no para de vomitar. Daniel está en una investigación y no puede ir a por él, así que…

El doctor Beltrán soltó un resoplido que hizo temblar su barba.

—Maldita sea, menudo día de mierda —gruñó—. Está bien, vete, pero me debes una.

—Te debo más de una. —Se puso de puntillas para darle un amistoso beso en la mejilla y se alejó hacia la puerta antes de que cambiase de opinión.

Tenía que llegar al hospital antes que la ambulancia y buscar la manera de colarse en Urgencias cuando Dawson llegase allí. Los médicos tardarían horas en dar con el diagnóstico de algo tan extraño (sobre todo, sin que Logan hubiese comido algo tan exótico como el pez globo) y corría el riesgo de que falleciese en el intervalo, así que ella tendría que hacerse cargo de su recuperación.

Sacó su tarjeta del bolso para pasar el control de salida cuando, de repente, notó cómo toda la sangre de su cuerpo se escapaba hasta sus tobillos. Por un instante se sintió tan mareada que pensó que se iba a caer al suelo.

No, joder, no.

Por el pasillo de acceso a El Trastero se acercaban el médico y el enfermero de la ambulancia que tenía que llevar a Logan Dawson al hospital empujando una camilla. Casandra jamás los había visto, pero el aura gris oscura que rodeaba sus figuras resultaba inconfundible.

Con una sensación de horror infinito comprendió que, tratando de liberar a Logan Dawson, se lo acababa de ofrecer a los Oscuros en bandeja.

XXXIV

Casandra estaba tan horrorizada que tardó un rato en reaccionar. Llevada por un impulso instintivo, se apartó de un salto, se refugió dentro de la cabina del guardia de seguridad y cerró la puerta detrás de ella. Los Grises pasaron al otro lado al cabo de un momento, en apariencia sin haber visto a Casandra ni su aura incendiada.

El guardia de seguridad se dio la vuelta y la contempló con una mirada curiosa. Seguramente se preguntaba qué hacía allí dentro, vestida de calle y con cara de haber visto a un fantasma.

—Hola —murmuró Casandra nerviosa y con la cabeza convertida en un huracán, pensando algo rápido que decir—. ¿Tienes un cigarrillo?

—No, lo siento, doctora Arlaz —musitó con una expresión de enfado en el rostro—. Desde la semana pasada está prohibido traer al centro cualquier clase de encendedor, cerillas o cualquier otra cosa por el estilo, por culpa del incidente de la sala común. Desde luego, no tiene sentido traer tabaco si uno no se puede encender un maldito... ¡Eh! ¿Adónde va?

Casandra salió de nuevo al pasillo sin esperar a que el guardia acabase de hablar y pasó su tarjeta por el lector con tanta precipitación que necesitó intentarlo varias veces. De repente su prisa se había transformado en una urgencia mortal.

La mascarada que acababa de presenciar no le había engañado ni por un segundo. Si aquellos dos Grises que se había cruzado eran de verdad personal de una ambulancia, entonces ella era domadora de circo. Estaba totalmente convencida de que, en cuanto saliesen de El Trastero, aquellos falsos enfermeros irían a cualquier sitio menos a un hospital. Estaba claro que los Grises tenían intervenidas las comunicaciones de El Trastero. Cuando habían oído que iban a evacuar a Dawson, vieron cómo se les brindaba una oportunidad en bandeja para capturarlo. El hecho de que hubiesen podido reaccionar tan rápido indicaba que ya tenían su propio plan en marcha (Casandra no podía ni imaginarse cuál era) y que habían decidido improvisar.

Dawson estaría en manos de los Oscuros, inmovilizado e inconsciente por completo de lo que sucedía a su alrededor, incapaz de defenderse y listo para sufrir cualquier clase de cosa que tuviesen preparada para él.

Y todo por obra y gracia de Casandra Arlaz. Un gran aplauso a su fabuloso plan, por favor. Se sentía tan estúpida que le daban ganas de pegarse cabezazos contra el hormigón de aquel pasillo.

En vez de eso caminó a toda velocidad, cruzando puerta tras puerta hasta llegar al exterior, donde un viento frío la asaltó sin piedad nada más pisar la acera que rodeaba El Trastero. Había una ambulancia aparcada cerca, con la puerta trasera abierta y las luces encendidas girando en el techo. El conductor, que también era un Gris, esperaba de pie, apoyado en la puerta del lado del volante, con las manos profundamente enterradas en los bolsillos de su chaqueta, y de vez en cuando daba pequeños saltos para entrar en calor.

Casandra se escabulló entre los coches aparcados intentando que el hombre no la viese. Por suerte para ella, el viento soplaba con fuerza en la dirección en la que caminaba, así que el conductor se resguardaba del otro lado del vehículo, tratando de evitar la corriente heladora. De no ser por eso, sin duda la habría sorprendido nada más salir por la puerta.

Llegó hasta su todoterreno con una enorme tiritona no solo por el viento gélido, sino también por el impacto emocional. Todo su plan cuidadosamente trazado se estaba derrumbando sin que ella tuviese la menor posibilidad de impedirlo. Entró en el coche, y al lanzar el bolso al asiento del copiloto, este golpeó la guantera, que se abrió y dejó ver parte de la culata de madera del revólver.

Una idea salvaje, alocada y sin sentido prendió en la mente de Casandra. No tenía ni pies ni cabeza, pero era la mejor oportunidad de la que disponía. Sin pensárselo dos veces, arrancó el motor del todoterreno y salió disparada del aparcamiento de El Trastero, levantando pellas de barro húmedo al pasar sobre el arcén de salida. El Gris de la ambulancia se dio la vuelta al oír el ruido del motor, pero cuando quiso identificar el origen, el vehículo de Casandra ya había desaparecido por detrás de la siguiente loma. El tipo se encogió de hombros y se volvió de nuevo hacia la puerta, aguardando a que saliese de una vez la camilla.

No tuvo que esperar demasiado. Apenas cuatro minutos después, las puertas dobles se abrían con estrépito y aparecían sus dos compañeros empujando la camilla a toda velocidad. Alrededor de ellos venían una nube de enfermeras y un par de doctoras con expresión preocupada. Una de las enfermeras no dejaba de insuflar aire en los pulmones de Logan Dawson con una bomba manual.

—Gracias. A partir de aquí nos encargamos nosotros —dijo el Gris mientras la camilla se encajaba en los rieles de carga y subía a la parte trasera de la ambulancia con un golpe seco.

—Id a toda leche, que se os queda por el camino —murmuró una de las doctoras con expresión lúgubre—. No había visto nada así en la vida. Estaba tan tranquilo y de repente cayó desplomado.

—Cuanto antes salgamos, mejor. —El Gris cerró de un portazo y apartó con un gesto brusco, casi violento, a la doctora para poder subirse a la ambulancia.

El vehículo arrancó con un rugido del motor y salió de allí pisando sin el menor cuidado los charcos que la lluvia había formado en el aparcamiento. El surtidor de agua que levantó la ambulancia empapó a varias de las enfermeras que estaban tiritando allí fuera, antes de perderse de vista con el sonido ululante de la sirena.

—Vaya panda de gilipollas —murmuró la doctora mientras todos corrían a refugiarse de nuevo en el interior cálido de El Trastero.

Al cabo de un instante, el aparcamiento estaba de nuevo vacío y silencioso, solo ocupado por el viento frío y las hojas muertas que arrastraba.

En la ambulancia esperaron un tiempo prudencial antes de bajar la velocidad. Solo cuando dejaron de ver la mole del psiquiátrico se sintieron lo bastante relajados como para soltar algún suspiro de alivio.

—Apaga esa puta sirena —ordenó el que llevaba la voz cantante al conductor—. Me pone de los nervios.

El otro obedeció al momento, al tiempo que su acompañante se giraba hacia atrás y observaba la parte trasera del vehículo. El tercer Gris seguía inclinado sobre Dawson mientras conectaba el respirador artificial y un montón de monitores sobre el pecho del americano. Al cabo de un segundo, un débil latido certificó que Dawson continuaba vivo, pero apenas lo justo para estar por encima del colapso total.

—Este tío está muy jodido —dijo el que iba a su lado. Tenía una expresión preocupada en el rostro—. No creo que aguante mucho.

—Tú encárgate de mantenerlo con vida —gruñó el jefe del grupo—. Solo hasta que lo entreguemos. Después ya no será nuestro problema.

—¿Y cómo se supone que lo voy a hacer? ¡No soy médico, por el amor de Dios!

—Arréglate como puedas —le ordenó el otro mientras sacaba un móvil del bolsillo—. No tardaremos demasiado en llegar. Voy a llamarles ahora mismo y… ¡Joder!

La ambulancia pegó un frenazo brutal que hizo culebrear el vehículo durante unos metros. El conductor se las veía y se las deseaba para controlar el volante mientras derrapaban sobre la carretera mojada y cubierta de hojas que se habían ido transformando con el paso de los días en una masa viscosa y resbaladiza. Finalmente se detuvo con una última sacudida, con el motor calado y un penetrante aroma a goma quemada saliendo de las ruedas. Solo se oía el tenue rumor del limpiaparabrisas, que se había vuelto a conectar de forma automática con las primeras gotas de lluvia.

—Pero ¿qué cojones…?

En medio de la calzada, un todoterreno atravesado ocupaba parte de los dos carriles, en uno de los puntos más estrechos de la revirada carretera que llevaba hasta El Trastero. Era un Land Rover que parecía vacío. No había ni el menor rastro de su propietario.

—Esto no me gusta nada —murmuró el conductor—. Parece una emboscada.

—No seas gallina. Seguramente es un borracho al volante y está durmiendo la mona en el asiento. Baja conmigo y vamos a despertarlo para que aparte su puto coche de una vez.

Abrieron las dos puertas delanteras simultáneamente y cada uno bajó por su lado rezongando y maldiciendo. Al conductor de la ambulancia no le dio tiempo a girarse sobre sí mismo cuando vio una mancha oscura que se movía deprisa a su izquierda. La culata de un revólver le golpeó con fuerza en la sien y el hombre se desplomó en el suelo como un fardo de ropa sucia.

Casandra le observó durante un segundo jadeando y con la adrenalina rugiéndole por las venas a toda velocidad. Sujetaba el revólver por el cañón y lo había utilizado como una maza contra la cabeza de aquel Gris, aunque el sonido a hueso roto que había oído cuando dio el golpe la había dejado conmocionada. En las películas parecía mucho más sencillo dejar inconsciente a alguien, pero por lo visto era mucho más fácil matarlo de un golpe así.

No tuvo tiempo de preocuparse demasiado por aquello porque el otro Gris había oído el ruido y se acercaba a ella con una expresión homicida en el rostro, que cambió de pronto cuando percibió el aura que brillaba alrededor de Casandra. Su gesto fue casi cómico: pasó del enfado y la arrogancia al desconcierto y, poco a poco, a una sombra de perplejidad. Parecía que lo que estaba viendo no encajaba con nada para lo que estuviese preparado. Sin embargo, la resolución no abandonó ni un momento su mirada. O era muy valiente o era mucho mayor el temor de lo que le pudiese suceder si fallaba en su misión que el temor que le inspiraba Casandra.

—Eres… distinta. Tu luz es como si… No lo entiendo… —masculló entre dientes, pero sin dejar de acercarse. Su ritmo se había vuelto más cauteloso, como el de alguien que de repente se da cuenta de que lo que había tomado

338

por una simple culebra es una cobra peligrosa. Sacó una navaja automática del bolsillo y la abrió con un chasquido audible—. Tira esa pistola. Ahora.

—No —contestó Casandra temblando como una hoja.

Sujetó bien el revólver con las dos manos y apuntó con él hacia el Gris que se acercaba, pero era incapaz de mantener la mira alineada. Tragó saliva al comprender que no sería capaz de apretar el gatillo. Una cosa es imaginarse usando un arma y otra muy distinta apuntar con una a alguien con la intención de dispararle.

El Gris leyó la incertidumbre en los ojos de Casandra y sonrió de manera torva. Confiado, dio un par de pasos más hasta llegar a la altura de ella y extendió la mano para apartar el cañón del arma de un manotazo. La pistola salió despedida de las manos de Casandra, pero en el último segundo su dedo quedó enganchado en el gatillo y el arma se disparó con estruendo. Casandra vio el fogonazo que salía del cañón y sintió los gases calientes en el dorso de su mano mientras el revólver brincaba como si tuviese vida propia y la bala se perdía en el aire.

—¡Zorra estúpida! —gruño el Gris—. ¡Te dije que la soltases!

El hombre se abalanzó sobre ella con la muerte dibujada en la mirada. Casandra trastabilló y cayó al suelo de espaldas mientras el Gris levantaba la navaja automática sobre su cabeza.

Un poco tarde, se dio cuenta de que su idea había sido totalmente absurda. O peor que absurda, totalmente suicida. Una mujer maltrecha contra tres hombres corpulentos, en una carretera solitaria y sin ningún tipo de ayuda era el plan más imbécil que se le podía haber pasado por la cabeza.

La has jodido, Cas. Fin de trayecto.

El desánimo prendió en su corazón, al mismo tiempo que sentía cómo su capacidad de resistencia llegaba al límite. La tensión de las últimas semanas se cobraba por fin su precio y Casandra se rompía por dentro, hebra a hebra.

Le dio tiempo a sentir lástima de sí misma, una pena horrible por Logan Dawson, pero sobre todo un dolor inabarcable en el corazón por su hijo y su marido. Les había fallado a todos, empezando por ella misma. Cerró los ojos, empapados de lágrimas, mientras cruzaba los brazos sobre la cara en un último y fútil intento de defensa. El rugido de la sangre en sus oídos alcanzó un estruendo asombroso, como si fuese el rugido de despedida del Fulgor a aquella vida…

…, pero, de repente, en una milésima de segundo, se vio envuelta en una burbuja de realidad atemporal que parecía hacer reverberar el aire a su alrededor mientras el Fulgor la desbordaba destellante.

No vas a morir. No puedes morir.

La idea resonó en su mente con tanta fuerza que por un segundo se preguntó si en verdad no lo habría oído, pero le sirvió para salir de la apatía. No quería morir allí, en el arcén de una carretera rural llena de barro.

Hubo un momento de silencio absoluto en la mente de Casandra mientras algo se movía dentro de ella de una manera que le resultó casi sensual. Y de pronto, un chispazo de luz y de sonido anegó todos sus sentidos y la dejó temporalmente aturdida. El Fulgor se adueñó por completo de todo lo que la rodeaba e incluso de las reacciones de su propio cuerpo. Casandra se sentía espectadora de sí misma cuando vio cómo un potente haz de su aura salía disparado desde su pecho e impactaba contra la mano del Gris que sostenía la navaja. Este lanzó un aullido de dolor intenso y soltó la hoja, que cayó tintineante al suelo.

Casandra se incorporó (o más bien, sintió como si alguien la levantase en volandas) mientras todo el aire parecía ondular a su alrededor en pulsos largos y rítmicos que impactaban contra el cuerpo del Gris como olas contra una escollera. Cada vez que una de esas ondas le golpeaba, el hombre se sacudía como si sufriese una descarga eléctrica especialmente violenta y dolorosa.

El Gris abrió la boca, pero no pudo emitir más que un sonido estrangulado. Casandra observó espantada cómo de sus oídos empezaba a manar un tenue hilillo de sangre y un intenso olor a pelo quemado comenzaba a flotar entre los dos. Un poco de humo salía de la cabellera del Gris, que se convulsionaba contra el costado de la ambulancia, marcando con golpes cada vez más rápidos y fuertes de su cabeza un ritmo tétrico contra la chapa. Horrorizada, comprobó que a partir del quinto o sexto golpe, sobre la chapa blanca del coche empezaba a quedar una marca rojiza de sangre.

El Fulgor restallaba, liberado y sin traba. Era un animal salvaje que tras pasar toda una vida encerrado en los confines de la cabeza de Casandra podía al fin estirar los brazos y rugir con energía desatada. Casandra notaba cómo todo su cerebro vibraba como los tubos de un órgano, a medida que los colores se iban virando más intensos y salvajes a su alrededor. Era algo semejante a sentir el chute de alguna droga extremadamente potente y exótica.

Detente, Casandra. Trata de mantener el control o te devorará.

Una vez más, no supo si había sido ella misma la que hablaba o era otra voz la que sonaba dentro de su cabeza, pero lo cierto es que le dio la impresión de que el Fulgor se moderaba un poco. Se diría que unas riendas invisibles tiraban de su energía desbocada y Casandra sintió por primera vez el control de aquel poder en sus manos. El cuerpo del Gris se desplomó en el suelo con la cabeza transformada en una masa amoratada que chorreaba sangre, y ella retrocedió de un salto para evitar que le salpicase al caer.

Se apoyó en la furgoneta para recuperar el resuello. Entonces oyó un ruido a su espalda. Era el tercer Gris, que había permanecido hasta entonces dentro de la ambulancia atendiendo a Dawson, pero que, atraído por los golpes contra el costado del vehículo, se había armado de valor para salir y ver qué sucedía.

El tipo estaba de pie, delante de Casandra, con los ojos muy abiertos y una expresión horrorizada en la cara. Una mancha húmeda y oscura se extendía poco a poco en la entrepierna de su uniforme de enfermero y el color de su rostro era lívido. Casandra le miró fijamente mientras el aire a su alrededor comenzaba a fluctuar de nuevo. Aquello fue suficiente para el Gris, que se dio la vuelta y salió corriendo hacia el bosque, a toda la velocidad que daban sus piernas. Cayó en el arcén lleno de barro, pero se levantó con ligereza y se lanzó entre los helechos del linde del bosque en busca de refugio.

El hombre desapareció entre el follaje y Casandra permaneció de pie un par de segundos más hasta que el Fulgor, con la misma rapidez con que se había presentado un rato antes, se desvaneció por completo. Los colores en torno a Casandra se amortiguaron hasta recuperar el tono normal, que de golpe le parecía apagado y sin vida. Los olores y los sonidos que la rodeaban volvieron lentamente a la normalidad y ella se limitó a dejarse caer al suelo con la espalda apoyada contra la furgoneta, sin fuerzas para aguantar ni un segundo más.

Tenía ganas de llorar, de encogerse como una pelota y sollozar hasta quedarse seca, y dormir durante cuarenta días seguidos para borrar aquella pesadilla de su cabeza, pero no tenía tiempo. En cualquier momento podía aparecer un vehículo en cualquiera de los dos sentidos y entonces estarían perdidos.

Se incorporó a duras penas y rodeó la ambulancia hasta llegar a la parte trasera. Cada paso era una tortura, y se sentía vacía y exhausta. Hasta la última célula de su cuerpo gritaba pidiendo un descanso, pero se obligó a continuar hasta encaramarse al interior del vehículo.

Logan Dawson estaba tumbado en la camilla, con el aspecto plácido de quien se está tomando una larga siesta, excepto por la lividez cerúlea de su piel. Casandra sabía que ese era uno de los efectos secundarios de la toxina, que estaba ralentizando su flujo sanguíneo hasta niveles críticos. La única parte de Logan Dawson que no estaba afectada era su cerebro, pero a aquellas alturas todos sus sentidos tenían que haber dejado de funcionar, apagándose uno a uno a medida que la neurotoxina iba desconectando su sistema nervioso.

—Ya estoy aquí, Logan —jadeó mientras se dejaba caer al lado de la camilla—. Ya estoy aquí.

Se preguntó si podría oírle, o si sería siquiera consciente de dónde estaba. Con un escalofrío se planteó si Logan Dawson estaría en aquel momento en el mismo Sitio Oscuro donde ella había pasado tres largos meses después de su accidente. De ser así, se imaginó que Dawson tendría que estar aterrado al no saber qué era lo que le había arrastrado hasta aquel lugar de oscuridad y silencio eterno. Tenía que sacarlo de allí cuanto antes, o intentarlo al menos.

Metió una mano en su bolsillo y extrajo un par de ampollas de Prostigmina y Neostigmina que había conseguido del botiquín aquella misma mañana. Aquel medicamento era un antagónico de la neurotoxina que provocaba la parálisis muscular y justo lo que necesitaba Logan para recuperar su ritmo cardíaco y su respiración. El control sobre sus músculos volvería poco a poco y necesitaría un lavado gástrico completo para eliminar todos los restos de la neurotoxina de su estómago, pero lo esencial estaba en aquellas ampollas.

Casandra clavó la aguja en la vía que le habían practicado a Logan Dawson cuando salió de El Trastero y apretó el émbolo hasta vaciar todo el medicamento dentro del torrente sanguíneo del americano. Después, simplemente, se desplomó sobre él durante un segundo, extenuada por completo. El pecho del hombre estaba tibio gracias a las mantas térmicas, pero se movía con la suavidad de un jilguero.

—Espero no haber llegado tarde, Logan. —Aunque no sabía si la podía oír, ella le hablaba de todas formas—. Ahora tenemos que irnos. Vamos a…

No pudo acabar la frase porque en ese momento alguien se subió a la ambulancia de un salto. Casandra sintió cómo los ejes del vehículo se hundían con el peso del recién llegado, que rápidamente pasó un cable por su garganta y casi la levantó en vilo al pegar un tirón. Se echó las manos al cuello, desesperada, al tiempo que intentaba respirar en vano a través de su tráquea obstruida. Sus dedos se clavaron en un cable de goma que dos manos recias y cubiertas de vello sujetaban con fuerza. Podía sentir la respiración pesada del hombre junto a su oído mientras se esforzaba en mantener la tensión del cable alrededor de su cuello.

Casandra boqueó, se asfixiaba lentamente. Trató de invocar al Fulgor a la desesperada, empujar con su mente en la del hombre que la estaba estrangulando o hacer que aflojase la presa, pero era tan inútil como pretender volar. Su chistera de trucos se agotó con rapidez y del Fulgor no había ni rastro, oculto en algún lugar al que no podía llegar.

El aire empezó a agotarse y Casandra comenzó a ver pequeños destellos rojizos delante de los ojos, a medida que una sensación de pesada modorra la iba invadiendo. Sus dedos se volvieron torpes y sus intentos de liberarse se transformaron en una serie de patosos zarpazos inconexos hacia su cuello. Ya no podía oír la respiración del hombre y todo parecía estar envuelto en una espesa nube de algodones. Casandra vio una gigantesca ola de oscuridad que iba anegando poco a poco sus sentidos mientras ella se deslizaba plácidamente hacia…

… el suelo. Su cabeza impactó contra el borde anguloso de la camilla y el golpe hizo retumbar su cráneo como un diapasón, lanzando ondas de dolor desde las raíces del cabello hasta las puntas de los pies. Gimió, aturdida, mientras sus instintos primarios la obligaban a ponerse de nuevo en pie y darse la vuelta, pero la falta de oxígeno hacía que todo fuese mucho más complicado. De repente, la tensión en su cuello se aflojó lo bastante como para permitir que una bocanada de aire alcanzase sus pulmones.

Casandra inhaló, saboreando cada átomo de oxígeno que entraba en su cuerpo, ignorando el olor a gasoil, plástico y sangre que la rodeaba. Una vez más echó las manos al cuello para aflojar el dogal que la estaba estrangulando y comprobó que estaba totalmente flojo, como si su enemigo se hubiese desentendido de ella. Lo apartó de un tirón mientras se palpaba el cuello dolorido. La bufanda que llevaba enrollada la había salvado de que el cable se le clavase en la carne y le provocase una laceración, pero aun así estaba segura de que le quedaría un feo verdugón.

Un enorme peso se apoyaba sobre su espalda. Por un terrible instante tuvo la certeza de que su asaltante había cambiado de plan y que pretendía violarla antes de hacerla morir, pero entonces se dio cuenta de que sus brazos colgaban inermes a los lados, como un gigantesco gorila que se hubiese quedado dormido sobre una rama, con la salvedad de que la rama era ella.

Apartó al hombre con un esfuerzo hercúleo y lo hizo rodar a un lado. Solo entonces advirtió que algo húmedo, viscoso y caliente le había mojado la espalda y parte del cabello. Lo tocó con aprensión y cuando contempló su mano comprobó que estaba empapada en sangre.

Boqueó un par de veces mientras su cerebro trataba de comprender qué era lo que estaba sucediendo. Su mirada saltó al cuerpo del Gris que yacía a su lado y lo reconoció al momento. Era el tercer ocupante de la ambulancia, el que había salido corriendo tras contemplarla envuelta en la destellante aura del Fulgor. El tipo debía de habérselo pensado mejor, o al comprobar que su destello se había desvanecido, se había envalentonado, pues había vuelto para atacarla por la espalda y rematar el trabajo que no habían podido hacer sus compañeros.

Sin embargo, estaba tirado en el suelo de la ambulancia, a su lado, con la garganta abierta de parte a parte, en medio de un charco de sangre caliente cada vez más grande y con una expresión asombrada en el rostro, como si le sorprendiese estar muerto.

Casandra levantó la mirada. En la camilla, sentado a duras penas y sufriendo unos espasmos incontrolables, Logan Dawson la miraba con un gesto convulso en la cara y un bisturí quirúrgico sujeto débilmente entre los dedos agarrotados. El americano parecía a punto de desplomarse de un momento a otro.

—¡Logan!

Casandra se levantó sacando fuerzas de flaqueza y le dio un abrazo inconmensurable y largo al americano. Las lágrimas fluían de sus ojos como si jamás fuese a parar de llorar, pero eran lágrimas de alivio. Alivio por estar viva, alivio por ver que no lo había matado con su arriesgado plan, alivio por sentir que al fin no estaba sola.

—Me… vas… a ahogar a mí —jadeó Logan entre estertores. Su pecho aún silbaba como el fuelle de una fragua, con los músculos todavía débiles.

—¡Lo siento!

Casandra se apartó las lágrimas de los ojos con la mano todavía empapada en sangre y al hacerlo dejó un rastro sanguinolento sobre sus facciones, que cobraron el aspecto de una Némesis terrible y vengativa. Si Logan apreció esto, no hizo ninguna observación: se limitó a respirar lo más profundamente que pudo y a señalar fuera.

—¿Dónde estamos?

—En medio de ninguna parte —contestó con premura—. Tenemos que salir de aquí cuanto antes. Este sitio no es seguro. Además, estos hombres son…

—Son Grises, ya lo veo —replicó Dawson—. ¿Hay más?

Casandra bajó la cabeza, súbitamente enrojecida y confusa.

—Había otros dos, pero ya no son un problema.

Logan Dawson la miró durante un segundo y de golpe soltó un amago de risa ronca y entrecortada.

—«Ya no son un problema» —jadeó—. Una buena forma de definirlo. Veo que has estado ocupada.

—Vámonos de aquí de una vez —le cortó ella incómoda con aquella conversación—. Puede llegar alguien en cualquier momento.

Salieron de la ambulancia apoyándose el uno en el otro. Casandra estaba al límite de sus fuerzas y Logan aún no era capaz de controlar bien los espasmos que todavía le sacudían las piernas. Avanzaron por el costado de la ambulancia, centímetro a centímetro, cada paso una victoria. Cuando llegaron a la altura del Gris cuya cabeza estaba destrozada, Dawson le dedicó una mirada inexpresiva durante unos segundos, pero no dijo nada. Sin embargo, algo le llamó la atención del conductor, que seguía tendido en el sitio donde Casandra le había propinado un culatazo en la cabeza.

El hombre no estaba muerto y gemía de forma lastimera. Había intentado ponerse en pie un par de veces, pero aún estaba demasiado conmocionado como para coordinar sus movimientos. Un vómito fresco a su lado daba fe de que aquella no era su mejor mañana. Al llegar a su altura, Logan se desasió de Casandra.

—Espera un momento —murmuró.

—¿Qué sucede? —contestó Casandra, pero de inmediato se calló aterrorizada.

Logan Dawson se inclinó sobre el conductor semiinconsciente y le sujetó por el pelo para echar su cabeza hacia atrás, y a continuación lo degolló con un corte rápido y preciso del bisturí que todavía llevaba en la mano.

El conductor emitió un gorgoteo apagado y se desplomó en el suelo mientras sus piernas lanzaban patadas temblorosas y descoordinadas, boqueando como un pez recién sacado del agua. Logan Dawson, inclinado sobre él a pocos centímetros de la herida, lo contemplaba con una mano en el suelo mientras abría la boca, respirando profundamente.

—¿Por qué has hecho eso? —consiguió articular Casandra, por fin—. Estaba en el suelo, no era una amenaza. ¡Lo has matado a sangre fría!

—He rematado tu trabajo —replicó Logan con suavidad al tiempo que señalaba al otro cadáver—. Y de una manera bastante más humanitaria que la que tú has empleado con ese de ahí.

—¡Eso fue en defensa propia! —protestó Casandra—. ¡Esto es… asesinato!

—Eso son solo palabras, Cas, pero el hecho es básicamente el mismo. —Señaló a los dos cadáveres—. Ellos están muertos y nosotros vivos, que es lo que realmente importa.

—Pero…

—Este hombre era una escoria amoral y sin principios —señaló al conductor degollado—, que te habría matado de tener la menor oportunidad. Además, si lo dejásemos vivo, eso pondría a más como él en nuestro rastro, y por las circunstancias que nos rodean sospecho que el plan de fuga ha sufrido ya demasiadas modificaciones como para que podamos estar seguros, ¿verdad?

Casandra asintió aún conmocionada.

—Ayúdame a levantarme.

Ella le tendió un brazo y Dawson se incorporó con bastante menos esfuerzo que apenas un rato antes. Tenía mucho mejor color y parecía que iba recuperando rápidamente el control de su cuerpo. Sus ojos ardían de excitación.

—¿Tenemos cómo salir de aquí?

—Mi coche está allí. —Señaló el todoterreno—. Y tengo un sitio seguro adonde ir.

—Perfecto —contestó Logan mientras caminaba hacia el Land Rover apoyado en Casandra—. Has cumplido tu parte.

—¿Y eso qué significa?

—Significa que ya es hora de que tengas un montón de respuestas.

XXXV

Daniel se preguntaba hasta qué punto podía aumentar la pila de mierda sin que se derrumbase sobre él. O a lo mejor, pensó con amargura, ya estaba enterrado hasta el cuello en estiércol fresco y aún no se había dado cuenta. Probablemente era lo segundo.

Había llegado a la curva de la carretera apenas cinco minutos después de que se personasen allí las primeras patrullas. Las había alertado un repartidor de quesos que se había tropezado con aquella carnicería. El hombre, un tipo joven de gafas y con la cabeza afeitada, aún seguía al lado de su camión, pálido y temblando, después de haber vomitado varias veces el desayuno. Y no era para menos.

Una ambulancia cruzada en medio de la carretera y tres cadáveres, dos de ellos degollados de forma salvaje y el tercero con la cabeza aplastada como si fuera una pasa. El olor a sangre era tan intenso que algunos de los miembros de la policía forense se habían puesto mascarillas para atenuar la sensación de estar en un matadero. Quienquiera que hubiese hecho aquello se había empleado a fondo.

—Esto es un puto desastre —murmuró Roberto mientras se acuclillaba al lado de Daniel—. Tres muertos más. Si le sumamos los dos de la semana pasada, llevamos cinco en apenas diez días. Esto no es bueno.

Daniel frunció el ceño, pero no dijo nada. «Esto no es bueno» era un eufemismo muy suave para el tsunami de problemas que se les venía encima. En una ciudad tranquila y pequeña como aquella, con apenas ochenta mil habitantes, cinco muertos era probablemente un récord histórico que no se había alcanzado jamás. Posiblemente aquella noche fuesen la noticia de portada de los informativos de todas las cadenas de televisión. No le hacía falta ser adivino para suponer que en aquel momento los teléfonos de sus jefes en la comisaría tenían que estar echando humo ante el aluvión de llamadas desde la capital. Y Daniel llevaba suficiente tiempo en el cuerpo como para saber que la bola de nieve y mierda le acabaría cayendo encima a él, que era el jefe de la investigación.

Suspiró con fuerza. Su vida se estaba yendo al carajo, en lo personal y lo profesional, y no tenía manera de controlar la avalancha.

—¿Qué tenemos, entonces? —preguntó en voz alta.

Le gustaba hacer aquello con Roberto. Aunque ambos podían ver lo mismo, hacer un resumen en voz alta les ayudaba a fijarse en los pequeños detalles que podían haber pasado por alto.

—Un lío de mil pares de cojones —comenzó Roberto su resumen—. Tenemos a tres varones muertos, de entre veinticinco y cuarenta años, aproximadamente. Dos de ellos parecen haber sido degollados, y el tercero, o ha cabreado a Mike Tyson, o ha metido la cabeza debajo de las ruedas de un camión, porque juraría que tiene rotos todos los huesos de la cara.

—¿Sabemos quiénes eran o de dónde venían?

—Estamos comprobando la matrícula —respondió Roberto—. Me llamarán en un rato de la central para confirmarme todos esos datos.

—Vamos a echar un vistazo mientras tanto. —Daniel se incorporó y comenzó a caminar hacia el vehículo, al tiempo que se ponía un par de guantes de látex. Su compañero le imitó mientras seguía sus pasos.

Cuando llegaron junto a la ambulancia, Roberto se detuvo de golpe y se agachó para recoger algo del suelo. Era una navaja automática, con la hoja abierta, tirada al lado del cadáver de la cabeza aplastada.

—¿Crees que esto es lo que usaron para rajarle el cuello a los otros dos? —preguntó Roberto.

—Lo dudo mucho —contestó Daniel al cabo de un rato—. Es una hoja demasiado ancha y no tiene rastros de sangre. Seguramente sea de alguno de ellos. Eso significa que vieron a quien fuera que hizo esto y trataron de defenderse.

—¿Por qué aquí? ¿Por qué pararon en medio de ninguna parte?

Daniel miró con aire pensativo a su alrededor y de repente echó a andar hacia un punto situado quince metros más allá de donde ellos se encontraban. El cordón policial estaba aún más lejos, pero aquel punto concreto era la zona más estrecha de aquella carretera empinada.

—Seguramente les cortaron el paso por aquí. —Señaló hacia una zona embarrada del arcén. Allí se veían a la perfección las rodaduras de un vehículo—. Ruedas anchas, probablemente de un todoterreno —apuntó—. Aquí dieron la vuelta y se dirigieron carretera abajo.

—¿Hacia la ciudad?

—Vete a saber. He contado como quince cruces de camino desde la carretera general hasta aquí. —Le dio una patada a una piedra, con fastidio—. Desde esta montaña se puede llegar a casi toda la provincia por las carreteras secundarias y, si además tienen un todoterreno, las posibi-

lidades se multiplican con las pistas forestales y los corta-
fuegos.

—O sea, que no sabemos adónde se han ido.

—Haz que les saquen unas fotos y que las cotejen con la
base de datos. Al menos podremos saber cuál es el modelo
del vehículo.

Ambos volvieron caminando a paso lento hacia la ambulancia, observando cuidadosamente cada centímetro de
asfalto en busca del más mínimo detalle. Cuando llegaron
de nuevo junto al coche, Roberto frunció el ceño y señaló
un diminuto agujero en una de las aletas de la ambulancia.

—Eso es un agujero de bala —musitó mientras se arro-
dillaba y sacaba de su bolsillo unas pinzas con las que empezó a hurgar en el boquete. Al cabo de un segundo extrajo una bala aplastada de color oscuro.

—Parece un treinta y ocho, ¿no crees?

—El mismo calibre del tiroteo del centro comercial.
—Ambos se observaron con perspicacia—. ¿Un nexo común?

—Puede ser.

Daniel se puso de rodillas para mirar debajo de la ambulancia y enseguida soltó un gruñido de triunfo. Se levantó de nuevo sosteniendo en la mano un pequeño revólver
de cañón chato y opaco.

—Se dejaron la navaja y la pistola. —Sonrió como un
lobo—. Me juego lo que quieras a que aquí tenemos huellas dactilares.

—Puede que llevase guantes —respondió Roberto dudoso.

—No lo creo. —Daniel fue tajante—. Mira este escenario. Esto no es un crimen planificado, es algo improvisado y
bastante desastroso. Hay huellas de neumáticos, armas
abandonadas por doquier y a ese tipo le han reventado la
cabeza contra el lateral de la ambulancia. No, esto fue rápi-

do, sangriento y salvaje. No creo que quien disparó esa arma haya tenido tiempo ni ganas de ponerse unos guantes. Si está fichado, le tendremos en cuestión de horas.

—No se parece demasiado a los otros escenarios. No hay velas, hay un montón de sangre…, pero hay un revólver del mismo calibre. —Roberto bufó irritado—. Menudo lío.

En ese instante sonó el teléfono móvil del joven policía. Lo descolgó de inmediato y escuchó durante unos momentos, respondiendo con concisos «ajá» y «mmm-hum» hasta que de repente su tono de voz cambió por completo.

—¿Cómo dices? —Su expresión era de perplejidad mientras garrapateaba de forma furiosa en una pequeña libreta algo que le estaban dictando desde el otro lado de la línea—. ¿Estás seguro de eso? Bien, vale, ahora se lo digo.

—¿Qué sucede? —preguntó Daniel mientras el otro colgaba el teléfono.

—No te lo vas a creer. —La expresión de Roberto era un poema.

—¡Déjate de misterios, por Dios! —resopló Daniel irritado. Empezaban a caer las primeras gotas tímidas después de un par de horas de tregua mientras el cielo se preñaba de nubes cada vez más oscuras.

—Dos de los muertos están sin identificar, como era de esperar, pero este —señaló al hombre de la cabeza abierta del exterior de la ambulancia— se llamaba Nicolás Meyer. Exmilitar, pistolero a sueldo de la mafia rusa hasta hace un tiempo, luego desaparecido del radar. Fue condenado por homicidio imprudente hace cuatro años. Salió en libertad hace un año, por eso sus datos aparecen en el registro de penados.

—Roberto —Daniel se llevó una mano al tabique nasal mientras cerraba los ojos—, ¿por qué un pistolero a sueldo vestido de enfermero está muerto en esta carretera? ¿Me lo puedes explicar? No tiene sentido.

Roberto tragó saliva y le miró, inseguro, antes de continuar.

—La ambulancia consta como robada desde hace setenta y dos horas, pero eso no es lo más extraño. Por la dirección está claro que viene de la parte alta de la montaña. Bueno, resulta que ahí arriba tan solo está el centro psiquiátrico, así que…

—Casandra —murmuró Daniel, al tiempo que su corazón se detenía durante un segundo.

Una sensación pegajosa le recorrió la columna vertebral, esa sensación que solo aparecía en las malas ocasiones, como casi cuatro meses atrás. Debería haberse dado cuenta antes de que aquella carretera conducía a El Trastero, pero estaba tan concentrado en el escenario del crimen que ni siquiera se había fijado. Además, normalmente Casandra tomaba la carretera del otro lado de la montaña, mucho más fácil de transitar que aquel revirado descenso entre las laderas cubiertas de árboles.

—Han llamado desde comisaría y nos han confirmado que esta ambulancia salió de allí con un paciente del centro, un tal… —Roberto rebuscó en sus notas hasta encontrar el nombre— Logan Dawson, americano, cuarenta y cuatro años.

—¿Iba Casandra en la ambulancia? —Daniel trató de controlar la voz, pero lo dijo más alto de lo necesario.

Roberto le miró, y negó con la cabeza.

—Solo los tres miembros de la dotación —dijo—. Por lo visto, se acuerdan porque fueron bastante bordes con el personal de allí. Pero, Daniel…

—¿Sí?

—Ese tipo, Dawson, es peligroso. Es un esquizofrénico paranoide muy manipulador y que ha matado a trece personas, entre Europa y Estados Unidos.

Daniel miró a su alrededor mientras su cabeza funcionaba a toda velocidad. Finalmente, tomó una decisión.

—Vámonos a El Trastero.

—¿Adónde? —La confusión era evidente en la voz de Roberto.

—Al centro psiquiátrico que está ahí arriba. —Daniel ya corría hacia el coche—. Les avisaremos de que vamos hacia allí de camino. Tenemos que saber por qué estos tipos fueron a buscar a ese Dawson. Me temo que la cuenta de ese hijoputa ha pasado de trece a dieciséis víctimas. Y si está suelto, sin duda va a seguir subiendo.

XXXVI

Recorrieron los pocos kilómetros que separaban El Trastero del escenario de la matanza en pocos minutos. Durante el camino Daniel apenas habló, demasiado ocupado en tratar de establecer un patrón lógico a todos los datos que se iban acumulando sobre la mesa sin conexión aparente entre ellos. Estaba convencido de que había una pauta que conectaba todos los asesinatos que se sucedían en goteo lento, pero no era capaz de encontrar el extremo del hilo que le permitiría desenredar la madeja.

Cuando llegaron a la explanada del aparcamiento de El Trastero, un guardia de seguridad ya los estaba esperando, envuelto en una pesada parka que le daba el aspecto de un oso polar de color verde algo adormilado.

—El director del centro los espera dentro —dijo de forma amistosa mientras los saludaba—. Necesito ver sus identificaciones y tengo que pedirles que dejen las armas en el control de entrada, por favor. Las normas de seguridad de este centro son muy parecidas a las de una cárcel por el tipo de pacientes que tenemos.

—Mi mujer trabaja aquí —dijo Daniel—. Es la doctora Casandra Arlaz.

—¡Ah, la doctora Arlaz! —sonrió el guardia—. Es una mujer muy simpática. Compartimos algún cigarrillo de vez en cuando, ¿sabe? Siempre es muy amable con todo el personal. Nos dio un buen susto con su accidente.

Daniel miró al hombre durante un rato, tentado de decirle que Casandra no fumaba, pero se guardó el comentario para sí. Por lo visto, detrás del muro de silencio que se había ido tejiendo entre ambos, su mujer había ido acumulando unos cuantos secretillos. Por un momento Daniel se preguntó si aquellos secretos sin importancia no serían los heraldos de secretos mucho mayores. Solo de pensarlo sintió cómo el corazón se le encogía.

Cruzaron con celeridad la puerta de acceso, y a medida que se iban abriendo las esclusas, la temperatura fue subiendo. Cuando llegaron al control para dejar las armas, ambos policías colgaron también sus abrigos. Al otro lado del cristal de la última puerta, Daniel adivinó la cara conocida del doctor Beltrán. Había pasado varias veces por el hospital mientras Casandra estuvo en coma y ambos hombres habían fraguado una buena relación. Daniel levantó una mano cuando lo vio y esperó a que la última puerta se abriese para pasar al otro lado.

Se saludaron calurosamente y Daniel le presentó a Roberto. Sonrió cuando observó que el doctor Beltrán tenía una carpeta bajo el brazo. Un tipo previsor.

—Esta es una copia del informe de Logan Dawson, al menos aquella parte que podemos entregaros sin vulnerar la ley —dijo con voz queda—. Si ese hombre anda suelto, puede ser muy peligroso.

—No lo dudo —replicó Daniel—. Pero le cogeremos. Ahora cuéntame qué es lo que ha pasado aquí concretamente.

El director de El Trastero comenzó a narrar de forma detallada todos los hechos de la mañana que habían acabado con Logan Dawson subido en una camilla rumbo a un hospital. En cuanto terminó de hablar, fue su turno para preguntar qué era lo que había ocurrido ahí fuera. Daniel le hizo un breve resumen del escenario del crimen y observó cómo el rostro del doctor Beltrán se volvía lívido.

—No ha podido ser Dawson —afirmó con rotundidad—. Cuando salió de aquí tenía sus constantes vitales en niveles mínimos. Apenas era capaz de respirar y mucho menos podría acabar con tres sanitarios en perfecto estado. Tiene que haber sido otra persona, pero quién y por qué es algo que se me escapa por completo.

Daniel asintió meditabundo. Si la perspectiva de tener a Logan Dawson suelto por la zona ya le parecía aterradora, el hecho de que pudiese estar en alguna parte rodeado de cómplices que no le hacían ascos a la sangre lo volvía aún más oscuro y siniestro.

—Muchas gracias por todo, doc —dijo por fin—. Te mantendremos informado.

Y justo cuando iba a preguntar por Casandra, el doctor Beltrán le observó con expresión preocupada.

—Por cierto, ¿cómo está tu hijo? ¿Es algo serio?

—¿Martín? —Daniel le miró con cara de perplejidad—. ¿Por qué lo preguntas?

Fue la ocasión para que el doctor Beltrán pusiera cara de no entender nada.

—Hace cosa de dos horas Casandra me pidió permiso para salir del centro —dijo—. Tenía que ir a buscar a vuestro hijo al colegio. Por lo visto tenía un dolor de barriga tan fuerte que se asustaron y os llamaron para que fueseis a recogerlo.

—A mí no me ha llamado nadie —musitó Daniel, con la sensación pegajosa de su espalda volviéndose cada vez más intensa y desagradable.

—Oh, habré entendido mal. —El médico vaciló, tratando de forma evidente de quitarle hierro al asunto, mientras se preguntaba si habría metido la pata—. Cuando Cas se fue, yo estaba al teléfono hablando con el hospital. Aquel momento era una pequeña locura en El Trastero, como comprenderás, y no le hice demasiado caso.

Pero Daniel ya no le estaba prestando atención. Había sacado su teléfono móvil del bolsillo y estaba llamando al número de Casandra. Después de unos segundos de chasquidos y silencio, una voz grabada le informó con amabilidad que el número no estaba disponible. Daniel frunció el ceño y a continuación buscó en la agenda el número del colegio de Martín. Sonaron tres tonos antes de que por fin contestasen.

—Colegio Los Robles. —Una voz de mujer cantarina sonó al otro lado—. ¿En qué puedo ayudarle?

—Quisiera hablar con la directora, por favor.

Daniel se apoyó contra la pared mientras notaba cómo un incipiente dolor de cabeza comenzaba a palpitar detrás de sus ojos. La sensación de que algo andaba mal se había vuelto intensa y casi física.

Solo tuvo que esperar un par de minutos hasta que le pasaron con la directora. Era una mujer de mediana edad, gruesa y de aspecto despistado, pero con un carácter tan fuerte y combativo que haría palidecer a un sargento de la Legión. A Daniel siempre le había caído muy bien esa mujer, que era capaz de tratar a los críos con cariño, pero a la vez les inspiraba un respeto atroz.

—Hola, Daniel, ¿en qué puedo ayudarte?

—Hola, señora Barros. Sé que lo que le voy a preguntar le puede sonar raro, pero… ¿ha ido mi mujer a recoger al niño hoy por la mañana?

Se hizo un segundo de silencio.

—Eeeeehhh… no, Casandra no se ha pasado por aquí.

Daniel casi podía ver la cara de perplejidad de la directora al otro lado del teléfono, pero la sensación de alivio que sintió fue abrumadora.

—Quienes han venido a buscar a Martín han sido sus tíos, a eso del mediodía —continuó de repente la directora—. Unos señores encantadores y elegantes. ¡Qué gente tan maja!

Daniel sintió que la sangre se le helaba en las venas. Su mano se agarrotó alrededor del teléfono hasta que los nudillos se le pusieron blancos. Que él supiese, Casandra no tenía familia viva, excepto una única hermana que vivía en Barcelona y seguía soltera. No existía ningún «tío».

—¿Cómo que sus tíos? —Su voz sonaba estrangulada y un reflujo ácido le subía por la garganta. Sentía ganas de vomitar.

—Sí, sus tíos. —La directora parecía sorprendida—. Me explicaron que hoy teníais una reunión familiar especial, que era una sorpresa para Casandra, para celebrar su recuperación. ¿No sabías nada?

—¿Y lo dejó usted ir, así como así? —La ira empezaba a borbotear en el estómago de Daniel, como un caldero de brujo con demasiados ingredientes.

—No, claro que no. —La señora Barros sonó esta vez a todas luces perpleja—. Traían una nota firmada que los autorizaba a recoger al niño.

—¿Quién firmaba esa nota?

Hubo un largo momento de silencio, en una pausa que a Daniel le pareció interminable.

—Tú —dijo por fin—. La firmabas tú, Daniel.

—Eso es imposible —consiguió articular por fin—. Yo no he firmado nada.

—Daniel, la tengo aquí, justo delante de mí —replicó la directora—. Es tu letra, estoy segura. La comparé con la ficha que cubriste al matricular al niño. ¿Me puedes explicar de qué va todo esto?

Daniel calló, por un segundo, demasiado conmocionado. Todo aquello no podía ser real. Tenía que ser una pesadilla. Respiró hondo tratando de controlar su pulso.

—Escúcheme bien, señora Barros —dijo hablando muy despacio y en un tono que no admitía réplica—. Voy hacia ahí ahora mismo. No se mueva de su despacho, no pierda de vista esa nota y ni se le ocurra salir de ahí. Nos vemos en quince minutos, ¿de acuerdo?

Su tono era tan feroz que la directora enmudeció por un segundo, súbitamente intimidada. No estaba acostumbrada a que nadie le hablase así, pero algo en la voz de Daniel le hizo comprender que no sería una buena idea llevarle la contraria en aquel momento.

—De acuerdo —asintió por fin—. Pero ¿me puedes explicar qué ocurre, por favor?

Daniel no se molestó en contestar y colgó el teléfono de golpe. Se dio la vuelta y se dirigió hasta Roberto, que había aprovechado la llamada de Daniel para seguir interrogando al director de El Trastero y tomaba notas de forma concienzuda. Al pasar al lado de su joven compañero lo cogió de la manga y comenzó a arrastrarlo hacia la puerta con urgencia.

—Doc, tenemos que irnos —dijo a modo de despedida mientras tiraba de su sorprendido colega—. Tenemos una emergencia. Muchas gracias por atendernos. Estaremos en contacto.

El doctor Beltrán levantó la mano algo aturdido ante la repentina despedida, pero Daniel ya no le miraba. Ambos policías apuraban el paso hacia el control de salida.

Roberto tuvo el suficiente sentido común como para percibir el estado de ánimo tormentoso de su compañero, pues no le preguntó nada hasta que cruzaron la puerta exterior de El Trastero y volvieron a meterse en su coche de policía sin distintivos. Solo cuando Daniel encendió el motor y salieron quemando rueda del aparcamiento, se giró para preguntar.

—¿Me puedes decir cuál es esa urgencia que nos obliga a salir disparados de un interrogatorio relacionado con un caso?

Daniel guardó silencio durante un rato mientras valoraba cuánta información podía compartir con su compañero. Finalmente, cuando Roberto empezaba a pensar que no le había escuchado, contestó:

—Se trata de mi hijo, Martín. —Su voz se quebró a causa de la emoción—. No está en el colegio y creo que alguien se lo ha llevado.

—¿Qué quieres decir con que se lo han llevado?

—Eso mismo. Que alguien ha ido a por él y no está.

—¡Tenemos que dar la alerta de inmediato! —Roberto cogió el teléfono, pero Daniel se lo hizo bajar de nuevo al regazo con un gesto suave.

—Hace dos horas que han ido a por él —dijo—. Montar controles de carretera y dar la alarma solo los pondrá en alerta y les hará saber que estamos tras ellos. Primero vamos hasta el colegio para enterarnos de lo que ha pasado y después decidiremos qué es lo que hay que hacer.

Roberto asintió, meditabundo, tras un rato de silencio.

—Está bien —dijo—. Pero necesitamos dar la notificación de secuestro infantil cuanto antes. Conoces el protocolo.

—Claro que conozco el puto protocolo —replicó Daniel con una furia contenida en la voz que hizo que a su compañero se le pusiesen los pelos de punta—. Pero se trata de mi propio hijo, y no creo que esto sea una coincidencia.

—¿Te refieres a los asesinatos? —Había una nota de incredulidad en la voz de Roberto—. ¿Qué relación hay?

—No lo sé aún —contestó—. Pero no veo otra explicación.

El teléfono de Roberto sonó en aquel instante interrumpiendo la conversación entre los dos hombres. El policía descolgó y escuchó lo que le contaban desde el otro extremo. Finalmente, asintió y colgó.

—Ya tenemos identificación de las marcas de neumático del escenario de la ambulancia —dijo—. Es un modelo exclusivo de neumático de lluvia extrema de Pirelli que solo montan los Land Rover del 2014. Y comentan del laboratorio que, por el detalle de las marcas, deben de ser neumáticos muy nuevos. Seguramente estamos buscando un coche que solo lleva circulando unas semanas con esas ruedas.

Daniel sintió una conmoción profunda. Un montón de conexiones se empezaron a formar en su mente, pero las desechó de un plumazo. No, no podía ser. No tenía sentido. Y sin embargo…

—Roberto, ¿no tenemos aún las grabaciones de las cámaras de seguridad del centro comercial donde hubo el doble crimen?

—Parece que tuvieron un problema técnico esa mañana —contestó el joven tras pasar rápidamente las hojas de su diario—. Nos han dicho que los discos duros donde se graban las imágenes están corruptos y que tardarán en poder facilitarnos los datos. Lo que sí tenemos es un retrato robot facilitado por la dependienta de la tienda de ropa en la que mataron al guardia de seguridad.

—Pide que te lo manden por correo electrónico ahora mismo. —Daniel apretó los labios hasta reducir su boca a una estrecha y fina línea. Sentía un nudo en la entrada del estómago que casi no le dejaba respirar—. Y avísame cuando llegue. Necesito comprobar algo.

Ya se adivinaba la mole del colegio entre las nubes bajas que envolvían la ciudad aquella mañana. El coche de policía recorrió el último kilómetro a toda velocidad, con la luz de emergencia lanzando destellos azulados sobre el techo. Cuando entraron al patio, Daniel redujo la marcha y apagó el reflector para no llamar la atención.

La directora Barros los estaba esperando en la puerta, con una expresión en la cara que era una mezcla de desconcierto y preocupación. Durante el tiempo transcurrido desde la conversación telefónica debía de haberle dado varias vueltas al asunto, y el temor de haber cometido un error grave se traslucía a las claras en su rostro.

Daniel no dejó que el ruido del motor se apagase antes de bajar de un salto y subió los escalones de dos en dos.

—Hola, Daniel… —comenzó a decir la directora del centro—. Yo…

—¿Quién se ha llevado a mi hijo? —la interrumpió Daniel—. ¿Cómo eran?

—Eran un hombre y una mujer. —La voz de la directora sonaba vacilante y se fue apagando a medida que hablaba—. Dijeron que venían a…

—¡Descríbamelos!

—Yo… —balbuceó la mujer mientras fruncía el ceño—. No recuerdo… No lo sé. Era calvo, creo, y ella era guapa, pero no…, pero no recuerdo… No sé.

—¿Qué significa que no recuerda? —Daniel la sujetó por los hombros para hacer que le mirase a los ojos—. ¿A qué coño se refiere?

—Es lo que quiero decir. —La directora estaba a punto de echarse a llorar. La voz se le quebró e hizo un evidente puchero de desconcierto—. No puedo recordar cómo eran.

Sé que vinieron, y hablaron conmigo y fueron muy simpáticos, pero…

Daniel miró a su compañero con cara de impotencia. Alguien se había llevado a su hijo, no había la menor pista y aquella conversación no conducía a ningún lado. De pronto la mirada de la directora se iluminó al recordar algo.

—¡Tengo la tarjeta de autorización con tu firma! —exclamó—. La recibí y la sellé con el cuño del colegio para luego guardarla en el archivo. Todavía está allí.

—Vamos a verla. —Daniel sintió que la esperanza renacía en su pecho. Al menos tenían una pista.

Caminaron a paso rápido por los pasillos desiertos del colegio, rodeados de orlas colgadas en las paredes desde las que varias generaciones de estudiantes los observaban con una sonrisa congelada en el tiempo. Del otro lado de las puertas de las aulas les llegaba el rumor sordo de la voz de los profesores mientras impartían clase. Cuando alcanzaron el despacho de la directora, esta se dirigió rápidamente a una carpeta situada sobre su mesa y sacó un fajo de papeles.

—Aún no me había dado tiempo a archivarla —dijo mientras pasaba papeles—. Es esta nota. Aquí está tu…

Su voz se detuvo por completo y la sonrisa de alivio que se había dibujado en sus labios se tornó en una expresión crispada y atónita. La mujer miraba el papel que sujetaba en una de sus manos como si fuese una extraña planta alienígena que estuviese más allá de su comprensión.

—No puede… —balbuceó—. No entiendo… Pero… Yo vi tu firma y leí…

Daniel le arrebató la hoja de las manos con un gesto impaciente y la examinó.

Oh, joder, qué coño es esto…

La hoja estaba totalmente en blanco, sin ninguna clase de permiso ni firma, excepto por el sello del colegio en una esquina con la fecha de esa mañana. En el centro de la hoja, como una araña en medio de una red, un pequeño dibujo de un símbolo de infinito con una cruz de dos brazos apuntando hacia arriba parecía guardar un secreto ominoso. Debajo del símbolo, en una caligrafía clara y anticuada, alguien había escrito cuatro únicas palabras:

Ven a nosotros, Casandra.

Daniel tuvo que apoyarse en la pared para no perder el equilibrio mientras el despacho de la directora daba vueltas a su alrededor como un tiovivo de feria. Sentía la sangre rugiendo contra sus sienes mientras la señora Barros lloraba de forma desconsolada, derrumbada en su silla. Respiró hondo tres o cuatro veces para tratar de recuperar el control de la situación. El pánico y la ansiedad que sentía se iban tiñendo poco a poco de una intensa ira y una preocupación infernal.

¿Dónde estás, Casandra? ¿En qué diablos nos has metido a todos?

XXXVII

Logan se mantuvo en silencio casi todo el camino mientras Casandra conducía hacia la ciudad. Se sentía tan cansada y dolorida que le costaba mantener la atención en la carretera y un par de veces estuvieron a punto de irse al arcén.

—Concéntrate —musitó Logan con humor sombrío, sujetando el volante con una mano tras el enésimo bandazo—. No sería muy divertido tener un accidente de tráfico ahora. Conozco tu historial al volante, Casandra.

Ella no replicó a la puya del americano y se limitó a sujetar el volante con fuerza. De su cabeza no salía la imagen de Dawson degollando a aquel Gris indefenso a sangre fría. Cada minuto que pasaba las dudas sobre si había tomado una decisión correcta aumentaban sin parar. Miró de reojo al hombre que llevaba sentado al lado. El efecto de la neurotoxina sobre él aún era patente y de vez en cuando una de sus extremidades se sacudía como sujeta por un cable invisible, a medida que sus nervios drogados iban recuperando poco a poco la conexión con el sistema central, pero por lo demás parecía plácido y relajado, como si en lugar de acabar de salir de una operación de rescate sangrienta y mortal estuviesen dando un paseo vespertino para tomar la merienda.

—¿Falta mucho? —preguntó mientras se giraba hacia ella.

Casandra desvió la mirada rápidamente hacia la carretera. Los ojos de Dawson tenían un componente hipnótico que le perturbaba en lo más hondo.

—No demasiado —contestó—. Ya estamos llegando.

Circulaban por una amplia avenida de cuatro carriles que corría en paralelo a la desembocadura del río. Un par de kilómetros más abajo, el agua dulce del río se mezclaba con la salada del mar en la boca de la ría creando una zona salobre y amplia donde estaban instalados los amarres del puerto deportivo de la ciudad.

Entraron en el aparcamiento del puerto y dejaron el coche de Casandra aparcado justo detrás de un barco que estaba en dique seco, todavía colgado de la grúa, de forma que no fuese visible ni desde la carretera ni desde el edificio de socios. No merecía la pena correr riesgos durante el tiempo que estuviesen allí. Bajaron del coche y ambos se detuvieron junto al capó del vehículo durante un momento, dudando sobre qué hacer a continuación.

Formaban una extraña pareja. Casandra llevaba una sudadera con la capucha puesta, para evitar que su pelo apelmazado y lleno de sangre reseca del enfermero degollado llamase la atención, pero no podía hacer nada para disimular las manchas oscuras de la ropa. Estaba convencida de que tenía el aspecto de una toxicómana en busca de un rincón caliente donde meterse un chute. Logan, por su parte, llevaba una vieja cazadora de Daniel sobre su pijama de interno del hospital psiquiátrico, pero la palidez de su piel era evidente y además aún se tambaleaba y no dejaba de tiritar a causa del efecto residual de la tetrodotoxina. Y por si no fuese suficiente, iba descalzo.

Ambos presentaban el aspecto más lamentable y sospechoso que se pudiese imaginar, sobre todo bajando de un carísimo todoterreno y en medio de un elitista puerto deportivo lleno de yates. Tenían que moverse rápido antes de empezar a llamar la atención y que alguien avisase a la policía.

—¿Qué hacemos aquí? —susurró Dawson entre el castañeteo de sus dientes—. No me digas que nos vamos de pesca. Creo que no estoy en condiciones de sujetar una caña, doctora.

—Tal y como estás, una simple sardina se te llevaría a rastras, si fuese tan tonta como para morder tu anzuelo —contestó Casandra mientras se pasaba un brazo de Logan sobre el cuello y se pegaba a él para ayudarle a andar—. Vamos, ya falta poco.

Ambos caminaron a duras penas los últimos metros que los separaban de la puerta metálica de acceso que daba paso a los amarres. Al lado de la verja había una placa descolorida del tamaño de un teléfono grande. Casandra apoyó a Logan contra la verja mientras rezaba para que nadie se acercase a aquellos dos vagabundos que ensuciaban la inmaculada estética del puerto. Hundió la mano en el bolsillo y sacó la tarjeta negra sin distintivos que había encontrado en el cuerpo del hombre al que estranguló en su cocina.

Durante mucho tiempo se había estado devanando los sesos tratando de averiguar qué era aquella extraña pieza de plástico rígido que no parecía encajar en ningún lado. La respuesta la obtuvo el día que salió del centro comercial con el abrigo de su otra víctima sobre su ropa desgarrada. Al meter las manos en los bolsillos había encontrado una llave alargada y de forma extraña. Jamás hubiese adivinado de qué se trataba de no ser por el llavero del puerto deportivo del que iba colgada, con el familiar logo de aquel club náutico y un número de amarre provisional pintado en el reverso.

No le había costado demasiado sumar dos y dos. Al ver la llave se le había venido inmediatamente a la cabeza la extraña pieza de plástico negro escondida debajo de su fregadero. Era el tipo de tarjeta magnética que se utiliza en los pantalanes de los puertos para permitir el acceso únicamente a los propietarios de los barcos. Por lo general, eran piezas de plástico liso, sin ninguna clase de señal, que se pasan por encima del lector para abrir la puerta. Justo como estaba haciendo ella en aquel instante.

En cuanto deslizó la tarjeta por encima del lector, se oyó un zumbido eléctrico y la puerta se destrabó, moviéndose un par de centímetros hacia fuera. Casandra se sintió tan aliviada que casi se derrumbó allí mismo de la impresión. Si aquella tarjeta no hubiese funcionado, no tenía ni idea de qué habrían hecho a continuación. En el estado físico en el que se encontraban ambos, quedaba descartado saltar la verja y probablemente los habrían echado de allí a patadas para ser detenidos poco después.

Cruzaron la puerta, que se cerró de forma automática a su espalda, y echaron a caminar por el embarcadero. El tramo que tuvieron que andar por el estrecho pantalán fue especialmente difícil, pues la marea que subía no hacía más que mecer con suavidad toda la estructura flotante y en un par de ocasiones estuvieron a punto de caer al agua. Por fin, Casandra se detuvo, tras mirar el llavero por enésima vez y comprobar el número que tenía grabado.

—Aquí es —dijo—. Logan, te presento tu nueva casa.

Frente a ellos estaba fondeado un espléndido velero de nueve metros, con un mástil largo y estilizado que tintineaba con el vaivén de la marea. Sobre el espejo de popa del barco estaba escrito su nombre, Corinto, junto con la matrícula de su puerto de origen. *No es el peor escondite del mundo*, pensó Casandra con admiración. Aquel yate debía de valer una pequeña fortuna.

—¿De quién es este barco? —Logan se irguió desconfiado.

Parecía percibir algo que a Casandra se le escapaba. Se preguntó si el Fulgor jamás abandonaba al americano y gracias a eso podía percibir muchas más cosas que ella.

—Le quité las llaves a un hombre al que maté en un centro comercial —respondió ella de manera directa y sencilla—. Y la tarjeta de acceso era del tipo al que estrangulé en mi cocina. Ninguno de los dos va a venir a molestarte aquí.

—¿Mataste a un hombre en un centro comercial? —Logan la miró atónito—. ¿Por qué?

—Era un Gris, como los de la ambulancia —contestó Casandra apretando la mandíbula—. Venía a por mí y a por mi hijo, así que no me dejó otra opción. Tenía una pistola. Y esta llave, claro.

—Ya veo. —Los ojos de Logan chispeaban socarrones—. Tienes una forma muy brusca de conseguir las cosas, Casandra. ¿Siempre matas a la gente que tiene algo que tú quieres?

—Solo de un tiempo a esta parte. Y normalmente tratan de matarme a mí primero.

—Así no vas a hacer muchos amigos.

—No creo que tú puedas enseñarme nada en ese aspecto, Logan. Estabas en confinamiento solitario.

—*Touché* —respondió con una sonrisa—. Ahora, si no te importa, vamos dentro de este cascarón de una maldita vez. Estoy a punto de caer redondo por ese veneno que me hiciste tragar tan sutilmente. Otra manera de ganar popularidad, por cierto…

Casandra le dio un empujón amistoso que casi hizo que ambos cayesen al agua, pero por fin se encaramaron a bordo del velero. La llave abrió la puerta sin ninguna dificultad y un segundo después estaban en el interior del yate. Un olor a sudor rancio y verduras hervidas les golpeó la nariz nada más entrar.

—Parece la madriguera de alguien —silbó Logan en cuanto sus ojos se acostumbraron a la penumbra—. Y no muy ordenado.

Se notaba que un par de hombres habían estado viviendo allí durante un tiempo y que no se habían preocupado demasiado en mantener el interior del camarote aseado y limpio. Había platos con restos de comida en el pequeño fregadero de a bordo y ropa tirada por todas partes. Las dos literas tenían las sábanas revueltas con olor a usadas y un montón de periódicos salmón de economía estaban apilados encima de la pequeña mesa atravesada por el mástil. En uno de los mamparos había un corcho con varias fotos colgadas con chinchetas. Eran fotos de El Trastero, de diversos miembros del personal y de la puerta de acceso. También había un sorprendente número de fotos de Casandra sacadas a escondidas en la última semana, como comprobó ella con un escalofrío. En algunas se la veía llevando de la mano a Martín, camino del colegio o paseando por la calle.

—No es el Ritz, pero estará muy bien —murmuró Logan, satisfecho, tras echar una ojeada. Se dejó caer en uno de los jergones y soltó un prolongado suspiro de satisfacción.

—Me estaban siguiendo —murmuró Casandra, todavía aturdida, sin separar los ojos de las fotos.

—Te dije que intentarían llegar hasta mí de cualquier forma. —Logan se quitó la chaqueta con dificultad—. Deben de haber vigilado a varias personas hasta encontrar a la pieza más débil. Y, o mucho me equivoco, o ya tenían a alguien dentro del psiquiátrico. Solo era cuestión de tiempo que me atrapasen. Si no hubiese sido por ti, ahora estaría muy jodido. Por cierto, creo que aún no te he dado las gracias por salvarme la vida.

Casandra apartó los ojos del corcho y se giró hacia Dawson. Entonces vio su imagen reflejada en un pequeño espejo colgado del mamparo opuesto del velero. Una bruja de pelo ensangrentado y cara salpicada de rojo le devolvió una mirada agotada desde un rostro aturdido y al borde del colapso. Sus ojos se llenaron de lágrimas y empezó a llorar, liberando de un golpe el dique que había mantenido sus emociones bajo control hasta aquel momento. Las lágrimas comenzaron a correr por sus mejillas, imparables.

—¡Eh! ¿Qué sucede? —Logan se levantó alarmado y la cogió por los hombros.

Casandra se dejó acunar mientras empapaba el pecho del americano con gotas de sufrimiento y tensión desbordada.

—No puedo más —sollozó con voz entrecortada—. No puedo más, Logan. No puedo, no puedo…

—Chsssstt, tranquila. —Él le acarició el cabello y depositó un beso sorprendentemente delicado en su coronilla sin dejar de abrazarla—. Todo va a ir bien, ya lo verás.

Casandra estuvo llorando un rato que se le antojó eterno, hasta que sintió que había vaciado el último rincón de su alma. Lloró por ella, por su vida perdida, que de repente se le antojaba maravillosa, cálida y acogedora. Lloró por su familia, que sin duda se vería salpicada por aquel vendaval de sangre que la rodeaba. Pero sobre todo lloró de miedo y angustia ante el futuro de incertidumbre que se abría delante de ella. Sucia, abrazada a alguien que hasta una semana antes era un desconocido y en medio de un barco que pertenecía a un hombre al que ella había matado, Casandra se sentía la persona más sola y abandonada del mundo.

—Está bien. —Logan la sujetó por los hombros y la miró fijamente cuando ella al fin dejó de sollozar—. Detrás de ti hay una ducha. Quítate toda esa mugre del pelo y relájate un poco. Te vendrá bien y así tendrás la cabeza bien fría para prestarme atención. Tenemos mucho de lo que hablar.

Casandra se enjuagó las lágrimas y asintió. Se sentía vacía, pero, por primera vez en mucho tiempo, extrañamente tranquila. Se metió en la minúscula cabina de ducha del velero y tras desnudarse dejó que el agua caliente se llevase hasta el último rastro de aquella mañana terrible. Con un sentimiento de culpa se dio cuenta de que quizá habría agotado la reserva de agua caliente del velero y que Dawson tendría un problema si quería bañarse también, pero entonces recordó que estaban amarrados a puerto y que había una manguera de agua conectada con los depósitos de a bordo. Con una sensación de perversa satisfacción supuso que todo aquello se cargaría en la tarjeta de crédito del hombre al que ella había matado.

Cuando salió de la ducha en medio de una nube de vapor, se sintió renovada y llena de fuerza. Se recogió el pelo mojado en una coleta y se sentó en la mesa del velero. Mientras ella se duchaba, Dawson había limpiado toda la cabina mediante el expeditivo método de meter ropa sucia, sábanas y platos en varias bolsas de basura apiladas cerca de la puerta. También había hecho desaparecer el corcho con las fotos y estaba sentado plácidamente en el otro lado del camarote, vestido con las ropas de uno de los Grises, mientras leía con interés unos papeles que estaban dentro de una carpeta.

—Tienes mucho mejor aspecto —dijo el americano—. Ya no pareces una vagabunda que rebusca entre cartones.

—Tú tampoco pareces un chalado escapado de un manicomio —replicó ella con un amago de sonrisa que se borró casi al instante—. Pero no intentes despistarme con tus halagos. Estoy muy enfadada contigo, Logan Dawson.

—¿Y eso a qué se debe?

La expresión de sorpresa de su rostro era tan genuina que Casandra estuvo a punto de compadecerse del americano, pero la imagen de la escena sangrienta en la que había estado un rato antes volvió a su mente y le hizo apretar el gesto con dureza.

—No me contaste nada de los Grises —disparó—. Ni de que tengo una especie de poderes telepáticos o algo así. ¡Joder! ¡Hoy podríamos haber muerto, o podríamos haber evitado un montón de muertes si me hubieses contado desde el principio todo lo que el Fulgor trae consigo! ¡Podríamos haber planteado todo el plan de fuga de otra manera, Logan!

—Ya lo sé. —Logan respondió con calma—. Nunca he querido ocultarte información, Casandra. La información es poder, y además, en nuestra situación es casi indispensable para poder mantenernos con vida. Quiero que sepas todo lo que sé yo. No tuve demasiado tiempo para explicarte casi nada, si recuerdas bien cómo fue nuestra última charla. Lamento que hayas tenido que descubrir cosas por ti misma, pero a veces los acontecimientos superan los mejores planes.

Casandra permaneció de pie enfurruñada y echando chispas por los ojos, pero del todo consciente de que lo que estaba diciendo Dawson era cierto. Por fin se dejó caer en el otro banco de la mesa y señaló una botella de Macallan mediada que estaba al lado del americano.

—¿Estás bebiendo alcohol justo después de sufrir un envenenamiento? —preguntó con tono alarmado—. Te gusta jugar al límite. Si yo fuese tu hígado y tuviese que sintetizar todo lo que está flotando en tu sangre, te odiaría profundamente.

Logan miró la botella de whisky con una sonrisa y sacó otro vaso limpio de una pequeña alacena que estaba sobre su cabeza.

—No creo que un poco más de veneno vaya a suponer una gran diferencia ni para mí ni para mi hígado —dijo—. Además, hacía demasiado tiempo que no podía tomarme una copa en condiciones. El bar de El Trastero estaba lastimosamente vacío y la variedad de licores brillaba por su ausencia, si entiendes lo que quiero decir. Toma, ten un vaso y bebe conmigo. Es terrible beber solo.

El americano le alcanzó un vaso de whisky y Casandra lo cogió dubitativa. Finalmente, le dio un trago. Estaba bueno, era seco y acaramelado y dejaba una agradable sensación cálida en su pecho.

—Te contaré las cosas que faltan en tu historia, Cas. En primer lugar, los Grises, o las Sombras, como se denominan ellos.

—¿Qué son? No parecen Oscuros. Da la sensación de que son una especie de imitación barata de los otros, de los que son de verdad poderosos.

—Y eso es justo lo que son —replicó Logan—. Los Oscuros, aunque muy poderosos, como descubrirás, no son omnipotentes. De hecho, tienen las mismas limitaciones físicas que tú y que yo. Por eso, en muchas ocasiones usan a estas Sombras para que hagan por ellos el trabajo sucio que no quieren o no pueden hacer ellos. Además, así consiguen estar en muchos sitios a un tiempo e infiltrarse en los lugares más insospechados sin llamar la atención.

—¿Cómo lo hacen? ¿También vampirizan su mente, como a sus víctimas?

Logan la miró muy serio y de pronto una risa seca y gastada se escapó de su garganta. Era una risa cínica, llena de amargura y dolor.

—Oh, no, en absoluto —contestó—. Las Sombras saben perfectamente lo que ocurre y actúan con plena voluntad. El tipo del centro comercial o los tres sicarios de la ambulancia, todos y cada uno de ellos eran conscientes de lo que estaban haciendo. Te habrían matado sin la menor vacilación porque es lo que los Oscuros les habían pedido que hiciesen.

—Pero ¿por qué harían eso? ¿Cómo los coaccionan?

—No los coaccionan, Casandra. —Logan dio un trago a su vaso y lo miró a trasluz pensativo—. Se prestan voluntarios, porque carcen de escrúpulos y tienen mucho que ganar.

—No entiendo.

Logan suspiró y apoyó el vaso con suavidad sobre la mesa. A continuación rebuscó en los bolsillos de la ropa que llevaba puesta, pero estaban vacíos. Entonces levantó la cabeza y miró hacia la joven.

—¿Tienes un par de monedas? —le preguntó a Casandra.

—¿Unas monedas?

—Sí, dos monedas, me da igual el valor. Dámelas.

Casandra abrió su bolso y sacó de su cartera dos monedas de un euro que tendió a Dawson. Este las cogió con gesto pensativo y las apoyó sobre la mesa, entre los dos.

—Para saber por qué obedecen las Sombras, antes tienes que saber algo más de los Oscuros —comenzó a hablar—. Te expliqué que eran una especie de vampiros psíquicos, que se alimentaban de la energía vital de sus víctimas, ¿verdad?

—Eso es.

—Bien, pues eso no es todo. Lo que diferencia la energía vital de las personas de la de los animales, por ejemplo, es que se ve directamente afectada por las decisiones que tomamos. La tonalidad del aura, sus destellos, sus diminutas perlas de color, todo está enlazado con las decisiones y con el azar.

—¿Con el azar?

—Los seres humanos tenemos la extraña tendencia a pensar que estamos dotados de libre albedrío y que somos plenos amos de nuestros actos y sus consecuencias, pero no siempre es así.

—¿No crees en el libre albedrío?

—No es eso. —Logan meneó la cabeza—. Deja que te ponga un ejemplo. Una mañana sales a la calle camino de tu trabajo y no llueve, pero ese mismo día, si te retrasas porque remoloneas un rato en la cama, sales cinco minutos más tarde y ya ha empezado a llover. A causa de eso, vuelves a por un paraguas y al cruzar la calle de nuevo te atropella un coche y te mata. El retraso que te supuso ir a por el paraguas ocasionó que cruzases la calle cinco minutos más tarde de lo que tenías previsto, y por eso has muerto atropellada. Si hubieses salido cinco minutos antes, seguirías viva.

—Eso es azar —protestó Casandra—. No puedes controlar todas las variables. En tu ejemplo, yo decido volver a por el paraguas en vez de mojarme. Eso es libre albedrío. Además, puede ser que, si salgo cinco minutos más tarde, no me atropellen y por eso me salve. O puede que, por salir cinco minutos más tarde, me tropiece con el amor de mi vida. No tiene ningún sentido hacer cábalas sobre ello.

—Si eres un Oscuro, sí que lo tiene —replicó Dawson ominoso mientras daba otro trago a su whisky—. Cuando absorben la energía de una de sus víctimas son capaces de diferenciar entre las buenas y las malas decisiones que iban a tomar en el futuro, y escoger solo aquellas que necesitan.

—¡Tonterías! —resopló Casandra—. Eso sí que no me lo trago.

—Es un hecho objetivo. El universo es un lugar en equilibrio, Casandra, y por tantas decisiones que causen dolor existen otras tantas que generan el efecto contrario. Los

Oscuros manipulan esos flujos a su favor y por ello son increíblemente ricos y poderosos. Siempre lo han sido y es uno de los principales motivos por los que llevan alimentándose de humanos toda su vida. Los Grises, las Sombras que les juran obediencia, tienen acceso a poder, dinero, influencia… Todo lo que siempre han querido. De eso los Oscuros tienen de sobra.

—¿Y las Sombras también?

—Las Sombras se alimentan de las sobras del banquete, pues no son más que peones en manos de sus amos, aunque ellos no lo quieran reconocer más que para sí mismos. En su mayor parte son políticos, banqueros, agentes de bolsa… Cuanto más poderoso es un Oscuro, más poderosas son sus Sombras. Te sorprendería saber cuántos grandes personajes poderosos, políticos, dictadores, industriales y empresarios han sido Sombras de algún Oscuro a lo largo de los siglos. Pero lo más ingenioso de todo, lo más brillante de su plan, es que la mayor parte de las Sombras no tienen la menor idea de la existencia del Fulgor, de los Oscuros o de nosotros mismos. Solo saben que alguien muy poderoso les pone un caramelo demasiado tentador delante de la boca como para decir que no. Y su alma corrupta no puede resistirse casi nunca.

Casandra recordó de golpe el libro de historia que había visto en el centro comercial y, de repente, todo encajó en su cabeza. Las imágenes de Hitler, de Mao, de Stalin. Las fotos de las reuniones del club Bilderberg, con todos los sonrientes potentados mirando a la cámara con sonrisas frías, envueltos en una nube grisácea. Sintió una arcada que casi le hizo vomitar el whisky que había bebido.

—Pero… ¿por qué los Oscuros no están en primer plano? ¿Por qué usar a estas Sombras como títeres?

—Porque el verdadero poder se detenta detrás del escenario, no sobre las tablas, Casandra. Los actores vienen y van, a medida que las necesidades de los Oscuros van cambiando, pero ellos siempre están ahí, sin llamar la atención, parasitando la existencia de la humanidad. Y los Grises de bajo nivel, por su parte, sirven para trabajos sucios como el que han intentado hacer hoy. Es un sistema perfecto que no obliga a salir a los Oscuros a la luz casi nunca, excepto en casos muy puntuales en los que no pueden delegar. Como tú o como yo.

—¿Y eso por qué? ¿Qué nos hace especiales?

—Porque somos Hijos de la Luz, Casandra. Otra variante de la misma mutación genética que originó a los Oscuros, y por ello mismo, inmunes a sus poderes e influencia. Y además, somos los únicos que podemos ver la auténtica naturaleza de los Oscuros, su verdadera identidad. Los Grises tan solo perciben los efectos de su poder, pero no saben de dónde les viene. Nosotros sí.

—Yo no pienso vampirizar a nadie para vivir, Logan. —Casandra articuló muy bien sus palabras—. Aunque eso suponga que tenga que morir.

—Tampoco te hará falta. Los Hijos de la Luz somos muy parecidos a los Oscuros, en cierta forma, pero al mismo tiempo muy distintos. No necesitamos alterar el orden para conseguir sus efectos, ni matar a nadie para beneficiarnos de las buenas decisiones que jamás tomará.

—¿Qué quieres decir? —La cara de Casandra reflejaba confusión—. Creo que me he perdido.

—Coge esas monedas que hay sobre la mesa —indicó Logan—. Lánzalas al aire y vamos a ver qué sale.

Casandra le obedeció y lanzó las monedas, que cayeron sobre la mesa con un tintineo metálico. El rostro hierático del rey le devolvió la mirada desde las piezas de metal.

—Dos caras —dijo Casandra.

—Vuélvelas a tirar —dijo Dawson—. Y desea con todas tus fuerzas que salgan dos caras otra vez.

Casandra le miró durante un par de segundos, tratando de averiguar si el americano se estaba divirtiendo a su costa o hablaba en serio, pero su rostro era inescrutable. Finalmente suspiró, cerró los ojos, invocó para sí la imagen de la cara de la moneda y las volvió a lanzar al aire. Cuando abrió los ojos de nuevo, comprobó que habían vuelto a salir dos caras.

—Casualidad —musitó.

—Hazlo otra vez —dijo Dawson—. Y otra. Hazlo veinte veces seguidas si quieres, pero desea que salga cara en todas ellas. Ya verás lo que sucede.

Casandra arrastró las monedas hasta su lado y las golpeó un par de veces sobre la mesa, pensativa. Eran unas monedas normales y corrientes, que había sacado de su monedero, sin ningún tipo de truco. Las lanzó por tercera vez y salió de nuevo cara, así como en el cuarto, quinto y sexto lanzamiento.

Las monedas retumbaban de forma mecánica sobre la mesa cada vez que Casandra las lanzaba con una creciente sensación de irrealidad y asombro. Hiciese lo que hiciese, las piezas de metal caían siempre del mismo lado. Apenas recordaba las clases de estadística del instituto, pero hasta ella sabía que la probabilidad de lanzar dos monedas veinte veces y que cayesen siempre del mismo lado eran astronómicamente pequeñas. De repente, tuvo una idea. Cerró los ojos, invocó una imagen en su mente y lanzó las dos monedas al aire con tanta fuerza que una de ellas chocó contra el techo del camarote. Las dos piezas de metal cayeron sobre la mesa y dejaron de hacer ruido. Casandra abrió los ojos despacio y de su boca se escapó una exclamación de asombro.

—¡No puede ser!

Las dos monedas estaban de canto, una al lado de la otra, tal y como ella se había imaginado. Aquello superaba cualquier posibilidad estadística que se pudiese imaginar.

Logan gruñó satisfecho.

—Buen truco —concedió—. A mí no se me hubiese ocurrido jamás, pero creo que demuestra lo que quiero decir, ¿verdad?

—¿Qué significa esto? ¿Mis deseos se transforman en realidad o algo así?

Logan se carcajeó con fuerza durante un buen rato y con ganas, hasta que Casandra le miró enfurruñada.

—Claro que no, por favor —dijo resoplando de la risa—. Eso es pura superstición. Te repito que esto no es una cuestión de magia, sino de pura biología, pero de una forma que no podemos explicar. No puedes cumplir todos tus deseos, pero sí puedes beneficiarte un poco de la aleatoriedad del azar. Digamos que ser Hija de la Luz tiene algunas ventajas y entre ellas están las de torcer un poco las reglas del albur a tu favor. Al fin y al cabo, la teoría del caos nos afecta como a todo el mundo, pero en cosas puntuales llevamos cierta ventaja.

—Eso no tiene mucho sentido.

—Hay gente que puede correr más rápido porque cuenta con unas fibras musculares explosivas, personas que pueden saltar más alto, o hacer multiplicaciones de siete dígitos sin calculadora, y todo es debido a una predisposición genética que les permite tener esos dones innatos. ¿Por qué te resulta tan difícil creer que nosotros tenemos el don de mejorar las estadísticas a nuestro favor?

—¡Porque nadie puede manipular el azar, por eso!

—Y hace doscientos años el hombre no podía volar, ni ir a la Luna. —Logan señaló de nuevo las monedas apoyadas en su canto sobre la mesa—. No puedes negar lo que ven tus ojos, Cas. Sabes que lo que te digo es cierto. ¿No te resulta extraño que últimamente parece que tienes mucha suerte en lo que haces?

—Yo no diría tanto —replicó Casandra con tono ácido mientras enumeraba con los dedos—. He tenido un accidente de tráfico en el que casi muero, me he pasado tres meses en coma, han intentado matarme varias veces y por si fuera poco ahora estoy escondida con un fugitivo en vez de estar tranquilamente sentada en casa con mi familia. Poca gente llamaría suerte a eso.

—Estás viva cuando todas las posibilidades indicaban que deberías estar muerta —dijo Dawson muy serio—. Burlar a la parca de esa manera demuestra que eres especialmente afortunada, querida.

Casandra guardó silencio, sin saber muy bien qué decir.

—Además —continuó el americano—, escapaste del centro comercial sin que nadie te detuviese y sin que al parecer te grabasen las cámaras de seguridad, tu alocado plan de fuga salió bien pese a no tener ni una sola posibilidad a su favor… y, en general, en toda tu vida siempre has tenido suerte. Estoy seguro de que te han dicho más de una vez que eras muy afortunada… ¿Cómo es la expresión que usáis aquí para eso?

—Que tengo una flor en el culo. —Casandra asintió, porque era cierto. Desde que era niña recordaba ser una de esas personas a las que las cosas casi siempre le salían bien.

—Eso es.

—¿Debería jugar a la lotería? —preguntó mientras señalaba las monedas.

—No va exactamente así. Nada garantiza que te tocase el premio, pues al fin y al cabo la aleatoriedad del azar es enorme, pero desde luego tendrías muchas más probabilidades que el resto de los que participen.

—¿Y los Oscuros tienen esta misma… capacidad?

—Muy parecida. —La cara de Logan se ensombreció—. Pero ellos necesitan robarla de otras personas. Eso es lo que te quería explicar con este ejemplo y es lo que define su naturaleza. Para que ellos puedan tener suerte, muchos deben pagar un pesado peaje en forma de desgracias, dolor, angustia y desesperación. No es buena idea tener a uno de esos Oscuros cerca... Salvo si eres un Gris y les prestas obediencia para beneficiarte de su poder, por supuesto.

Casandra guardó silencio durante un rato mientras meditaba con expresión reconcentrada todo lo que acababa de escuchar. Con gesto distraído, cogió de nuevo una de las monedas y la lanzó al aire. La moneda cayó, rebotó en el canto de la mesa y acabó en el suelo.

—Cruz —susurró Dawson—. No eres infalible, como puedes ver.

—¿Y esa marca que usan? —preguntó Casandra de golpe, como si se le acabase de ocurrir en aquel preciso momento—. La de esa especie de ocho tumbado, con una cruz de dos brazos apoyada encima.

—Es su sello, su bandera, por decirlo de algún modo —replicó Logan—. Durante mucho tiempo lo lucieron con orgullo, en una época antigua en la que aún no habían pensado que tendrían que esconderse. Hoy en día lo utilizan como una especie de señal para comunicarse entre ellos, para indicar un sitio donde se va a producir un evento trágico.

Casandra se estremeció.

—¿Como una especie de señal de «bufé libre» para Oscuros, quieres decir?

—Yo no lo podría haber explicado mejor. Cualquier Oscuro que vea esa señal, y para ellos es muy fácil detectarlas, créeme —Logan levantó un dedo hacia el techo, como si señalase al cielo—, sabrá enseguida que en ese lugar va a haber una concentración de muerte y dolor muy importante, lo suficiente como para que les permita alimentarse una buena temporada de la energía vital y de la suerte de las víctimas que sufran allí su destino.

Se hizo un silencio espeso entre ambos mientras Logan le daba un largo y pensativo sorbo a su vaso de whisky y se servía otro a continuación. Casandra trataba de asimilar toda la información que el americano había puesto sobre la mesa y Dawson, por su parte, parecía agotado y sin ganas de seguir hablando, como si exponer todos aquellos hechos le hubiese obligado a reflexionar sobre la enormidad del enemigo al que se enfrentaban.

—Hay una cosa que no entiendo —Casandra rompió por fin el silencio— y que me gustaría saber. Si estos Oscuros son tan poderosos…, ¿por qué hay un grupo de ellos que se toma la molestia de perseguirte…, perseguirnos, en persona? ¿Por qué no mandar simplemente a un montón de Grises para acabar con nosotros, o mejor aún, utilizar su influencia para que las autoridades nos encierren? No debería resultarles difícil implicarnos en algo terrible si de verdad tienen tanto poder.

—Sin duda lo podrían hacer —contestó Logan mientras vaciaba lo que quedaba de la botella en el vaso de Casandra—, pero hay dos motivos fundamentales por los que han hecho de esto algo personal. El primero de ellos es que la recompensa de acabar con un Hijo de la Luz como tú o como yo es increíblemente poderosa. Devorar la energía de nuestras auras les puede facilitar un poder que no lograrían alcanzar de otra forma. Un ser humano normal es como un depósito de gasolina de un coche que se vacía con un tubo de goma, pero alguien como tú o yo… Joder, para ellos somos como un pozo de petróleo. El premio gordo. Así que ya te puedes imaginar qué clase de tratamiento nos espera en caso de caer en sus manos. Te garantizo que no sería una muerte rápida, sino especialmente lenta, dolorosa y dramática.

Casandra se estremeció.

—¿Y cuál es la otra razón?

—Hay algo ritual en acabar con un Hijo de la Luz, algo que bebe directamente de la guerra que existe entre nosotros y ellos desde la noche de los tiempos. Es su obligación moral, por decirlo de alguna manera.

—¡No quiero verme envuelta en esto! —explotó Casandra. Empezaba a sentirse sobrecargada, le dolía la cabeza y la atmósfera dentro de aquel estrecho camarote se estaba volviendo irrespirable para ella—. ¡Solo quiero que me dejen en paz, a mí y a mi familia! ¡Y no quiero participar en una maldita guerra que lleva siglos en marcha!

Logan la miró sin parpadear durante unos segundos, con una expresión de tristeza infinita en los ojos antes de sujetar una de las manos de la mujer entre las suyas.

—No hay ninguna guerra en marcha, Cas —dijo con voz suave—. La guerra terminó hace muchos siglos, y perdimos. Perdimos estrepitosamente. Los Oscuros llevan reinando sobre la humanidad desde hace cientos de años y los pocos Hijos de la Luz que quedamos con vida somos fugitivos. Nos aplastaron.

Casandra le miró como si no pudiese entender lo que le decía.

—Ya no es una guerra, Casandra —apostilló Logan—. Es una cacería. Y nosotros somos la presa, los últimos supervivientes de un ejército en desbandada. Puede que seamos los últimos Hijos de la Luz que quedan con vida.

XXXVIII

El silencio que se hizo en el camarote era tan opresivo que hasta el minúsculo rumor del agua contra los costados del barco podía oírse perfectamente. Un trueno retumbó en la lejanía y al cabo de un segundo las primeras gotas de agua, gordas y pesadas, empezaron a impactar contra la cubierta de madera con un *stacatto* creciente hasta hacerse ensordecedor. Casandra y Logan Dawson se miraban en la creciente penumbra, con las emociones a flor de piel.

—¿Qué quieres decir con que nos aplastaron? —preguntó ella, al fin, rompiendo el silencio—. ¿Cuándo? ¿Cómo?

—No tengo todas las respuestas todavía, Cas, pues la información es muy fragmentaria, pero creo que en algún momento, hace casi veinte siglos, se libraron los últimos enfrentamientos, si se puede llamar así. El tiempo, el olvido y la intervención de los propios Oscuros para borrar su pasado, entre otras cosas, hacen que rastrear la verdad histórica detrás de todo esto sea muy confuso y agotador. Desde entonces, los Oscuros han reinado sin oposición, ocultos entre las sombras para no llamar la atención sobre sí mismos, liquidando de manera sistemática los últimos reductos de Hijos de la Luz que quedaban. Si alguna vez tuvimos una tradición cultural propia, una historia escrita o algún tipo de organización, fue convertida en polvo y cenizas hace mucho tiempo. Nos borraron, Cas, y nosotros formamos parte de los últimos retazos de un lienzo que un día debió de ser enorme.

—Eso no es posible...

—Claro que sí. Fíjate en el mundo, en la historia de la humanidad de los últimos dos mil años, una sucesión de guerras, enfrentamientos por religión, hambrunas, desastres, esclavitud, dolor y malas decisiones. ¿Crees que todo eso es fortuito? Han estado tratando a los seres humanos como corderos en una granja, criándonos para sacrificarnos de vez en cuando y alimentar su apetito o sus ansias de vivir. Nuestros antepasados trataron de oponerse a ellos, pero perdieron. El mundo es un lugar oscuro, hecho a imagen y semejanza de sus dueños.

—Pero si yo soy una Hija de la Luz..., ¿cómo es que no lo sabía? ¿Por qué mis padres no me explicaron nada de todo esto?

—Cada Hijo de la Luz necesita su momento para nacer —explicó Logan—. Puede ser un trauma o una situación extraordinaria. Nadie sabe muy bien el motivo.

—Un trauma... —Casandra pensó de inmediato en su accidente.

—Lo más seguro es que tus padres no tuviesen ni la menor idea —continuó el americano—. Ni tus abuelos, ni los suyos. Cuando nuestros ancestros fueron derrotados, tuvieron que ocultarse para evitar la masacre. La mejor manera de impedir que sus descendientes fuesen víctimas de los Oscuros era que no conociesen su propia naturaleza, ni sus posibilidades. Y normalmente, cuando un Hijo de la Luz tiene un despertar espontáneo, como es tu caso, suele ser detectado y destruido en cuestión de semanas o incluso días. Es una sorpresa que hayas durado tanto. Sin duda eres muy poderosa, aunque tú no lo sepas.

Casandra se reclinó sobre el respaldo de plástico del asiento, abrumada por el exceso de detalles. Se miró las manos, como si no estuviese convencida de que todo aquello fuese real. ¿Poderosa, ella? Agotada, con ropa sucia y mientras su vida se desintegraba a su alrededor, no se sentía especialmente poderosa.

—¿Quién eres, Logan Dawson? —murmuró al fin con voz ronca—. ¿Cómo es que sabes todo esto?

Logan inclinó la cabeza hacia un lado y apartó su melena rubia hasta dejar a la vista una pequeña cicatriz un poco más arriba de la oreja izquierda, escondida en su cuero cabelludo.

—Un tumor cerebral benigno, hace ocho años. Mi billete de entrada a este mundo de locura, como tu accidente. Resulta difícil creer a estas alturas que no toda mi vida he sido un interno peligroso huido de un centro psiquiátrico, ¿verdad? Antes llevaba una vida normal, rutinaria y aburrida. —Logan esbozó una sonrisa triste mientras se mesaba el cabello—. Hace tanto tiempo de eso que en ocasiones siento que no forma parte de mi pasado real, sino que es un sueño muy intenso que he tenido.

—Cuéntamelo. Quiero saber quién eres.

—Hace ocho años era profesor asociado de Historia Medieval en la Universidad de Virginia. —Logan suspiró, trasladado de repente muy lejos de aquel barco oscuro y sucio que se balanceaba con la subida de la marea—. Vivía en una casa preciosa en un barrio residencial a cuarenta minutos de la facultad, un sitio fantástico con perro, jardín, barbacoa y un Ford Mustang del 69 a medio restaurar en mi garaje. Pero, sobre todo, tenía una mujer tan bonita como tú, y dos hijas maravillosas, Alexia y Chloe. Y todo esto sin haber cumplido los treinta.

—Un tipo con suerte.

Casandra señaló la moneda caída sobre la mesa y Logan asintió.

—Sí, eso tenía que ver, sin duda. Sospecho que todas las personas del mundo de las que se dice que tienen suerte poseen alguna gota de sangre de Nacidos de la Luz. El hecho es que un día empecé a sufrir jaquecas. No eran demasiado dolorosas al principio, así que no les di importancia hasta que un día, en medio de una clase, terminé vomitando de dolor. Jamás había pasado tanto miedo en la vida como la tarde que fui al neurólogo y me hicieron el primer TAC. —Se señaló la cicatriz de la sien—. Aquí detrás tenía un tumor del tamaño de una avellana que amenazaba con convertirme en un vegetal y matarme de una forma dolorosa. Aquella tarde me dieron tres meses de vida.

—Es evidente que se equivocaron. —Casandra le sujetó la mano, amistosa—. Estás aquí.

—Habría sido mejor si hubiesen acertado —replicó Logan con voz rota, el dolor desbordando en cada palabra—. Me operaron de urgencia una semana más tarde, con unas posibilidades de sobrevivir a la operación tan ridículas que costó encontrar a un médico que quisiera hacerla. Y aun así, mis monedas, como las tuyas, salieron de cara y seguí vivo. Sin embargo, al cabo de tres días empecé a ver estelas luminosas alrededor de la gente. El mundo brillaba a mi alrededor como si todo se hubiese incendiado en tecnicolor, y yo pensaba que me había vuelto loco de remate. Seguro que te suena, ¿verdad?

Ella asintió, comprensiva, súbitamente consciente de que tenía mucho más en común con aquel hombre de lo que jamás se hubiese podido imaginar. Eran como dos extraterrestres abandonados en el planeta equivocado que se encuentran al cabo de muchos años.

—Y entonces ¿qué pasó?

—Tardaron tres semanas en aparecer en mi vida. Al principio fue uno solo, en la facultad, acompañado de dos Grises. Cometió el error de deshacerse de su escolta pensando que sería fácil acabar con aquel profesor de aspecto despistado y que aún llevaba una enorme venda alrededor de la cabeza. Él se equivocó y acabó en una de las cámaras frigoríficas de la morgue de la Facultad de Medicina, y yo descubrí que tenía un problema en mi vida mucho más grande que una cicatriz en la sien.

—¿Era la primera vez que matabas?

Logan la miró con sorpresa, como si ella hubiese dicho que tenía una araña rosa colgada de la barbilla.

—¡Por supuesto que sí! —exclamó—. Solo era un profesor universitario más, y ni siquiera era titular. Pero me sirvió para estar preparado para el siguiente. Vitaly.

—Lo esperaste —aventuró Casandra.

—Cuando lo vi merodear en torno a mi casa, decidí tenderle una trampa. Me despedí de Daphne y de las niñas y recorrí ciento veinte kilómetros en coche hasta el lago Dutchess, un sitio apartado donde tenía una cabaña de pesca. —Su voz se quebró durante un momento—. Fue la última vez que las vi con vida.

—¿Qué sucedió?

Logan hizo un gesto con la mano, como apartando malos recuerdos.

—Te ahorraré los detalles escabrosos —dijo—. Te vale con saber que tuve a aquel cabrón encerrado durante cuatro días hasta que conseguí que me contase la mayor parte de las cosas que te acabo de revelar. Era un tipo duro, pero hasta un Oscuro habla cuando le aplicas la presión adecuada.

—¿Lo torturaste? —Casandra le miró espantada.

—Aquellos tipos estaban tratando de matarme a mí y a mi familia —replicó Logan con naturalidad—. Y no podía acudir a la policía. Tú has hecho más o menos lo mismo, así que no debería sorprenderte.

—Y después lo…

—¿Si lo maté? Por supuesto. Salvo que alguien haya ido a buscarlo, aún debe de seguir dando de comer a los peces en el fondo del lago. —Su rostro se crispó por completo—. Pero solo entendí su resistencia a hablar cuando volví a casa. El muy cabrón había estado reteniéndome. Sabía que iba a morir y por eso me mantuvo entretenido todo lo que pudo.

—¿Entretenido para qué? —preguntó Casandra, aunque adivinó la respuesta antes de que el americano hablase.

—Cuando llegué a mi casa, mi mujer y mis hijas estaban muertas. Las habían violado y después las habían despedazado por toda la casa. —Por primera vez aparecieron lágrimas en los ojos de Dawson—. Mis hijas solo tenían seis años, Casandra. Seis años, y esas… bestias hicieron que algún malnacido las violase solo para ver el horror en sus ojos.

Casandra sentía la boca seca, incapaz de abarcar el dolor enorme que supuraba del alma de Dawson. Era algo tan abrumador que se escapaba de la comprensión humana.

—Para hacer las cosas más difíciles, dejaron toda la casa sembrada de pruebas incriminatorias… hacia mí. Mis huellas estaban en el cuchillo, gotas de mi sangre en el vestido de una de mis hijas. —Se estremeció—. Lo hicieron de una manera tan perfecta que, si no tuviese la plena seguridad de que había pasado cuatro días a cientos de kilómetros de allí, hasta yo habría pensado que era culpable. Solo tenía una alternativa, que era huir…, y el camino me acabó llevando a El Trastero y ahora a este barco donde estoy contigo. Fin de la historia.

—Pero seguiste matando por el camino. —A Casandra le costaba articular las palabras. Estaba demasiado horrorizada con la historia de Dawson.

—Por supuesto. —La sonrisa que se dibujó en la boca del americano fue tan feroz que ella sintió cómo los vellos del brazo se le ponían de punta—. Yo no soy solo un fugitivo, Casandra.

—Y ¿qué eres, entonces?

—Soy un padre que busca venganza —respondió Logan con voz ronca—. Y pienso acabar con la mayor cantidad de esos hijos de puta antes de que ellos terminen conmigo.

XXXIX

Las últimas palabras de Logan tuvieron el efecto de un ca- ñonazo en la mente de Casandra. Súbitamente se irguió, alarmada, pensando en su propio hijo. Quizá estaba co- rriendo peligro en aquel momento. ¿Cuánto tiempo lleva- ba allí, en aquel barco? ¿Una hora, dos? Había perdido la noción del tiempo y ya era casi la hora de comer. Martín debía de estar a punto de llegar a casa desde el colegio. Se levantó con tanta urgencia que casi golpeó la cabeza contra el techo de madera del barco.

—Debo irme —le explicó a Logan mientras sacaba un te- léfono prepago del bolso y se lo pasaba al americano—. Na- die te buscará aquí y necesitas tiempo para recuperarte y des- cansar. Volveré a verte mañana por la tarde. Mientras tanto, no asomes la cabeza fuera del barco, procura hacer el menor ruido posible y descansa. Si no me equivoco, ambos vamos a necesitar todas nuestras fuerzas para los días que faltan.

—Lo que usted ordene, doctora. —Logan sonrió bur- lón, pero con una mirada seria en sus pupilas.

—Ese teléfono tiene grabado mi número —contestó—. Úsalo solo en caso de emergencia. Y, Logan…

—¿Qué?

—Gracias por compartir todo esto conmigo. —A Ca- sandra se le llenaron los ojos de lágrimas—. Hace que por fin empiece a entender todo lo que está sucediendo y que me sienta… menos sola.

Logan hizo algo sorprendente. Se levantó y la envolvió en sus brazos, en un abrazo cálido y reparador. Ella percibió que había algo más, y supuso que el americano debía de estar haciendo algo con su aura sobre la suya, el equivalente energético a un abrazo, pero no quiso romper el encanto del momento preguntando de forma obvia. Simplemente, se dejó llevar, consolada por aquel abrazo emocional que duró mucho, hasta que se sintió de nuevo calmada y en paz.

—Eso ha sido… formidable —dijo al cabo de un rato—. Tienes que enseñarme cómo lo haces.

—Aún hay muchas cosas que tienes que aprender, doctora Arlaz —replicó Logan con media sonrisa—. Pero ya habrá tiempo. Ahora ve. Tu familia te espera.

Casandra asintió y se dirigió hacia la puerta. Justo antes de salir, y de forma inesperada, giró sobre sí misma y plantó un beso fugaz y liviano como una mariposa sobre la mejilla de Logan. Este dio un paso atrás, con la sorpresa (y un genuino placer) pintada en los ojos.

—Hasta mañana, Logan Dawson —murmuró Casandra como despedida antes de subir las escalerillas del barco—. Eres un buen hombre y me alegro de que estés en mi bando. Pórtate bien.

La joven se bajó de un salto del Corinto y se alejó a la carrera por el embarcadero hacia el coche. La lluvia seguía cayendo con fuerza y cuando entró en el todoterreno su ropa estaba prácticamente empapada. Conectó la calefacción a toda potencia mientras hacía el camino de vuelta a casa, con la mente girando a toda velocidad, mientras trataba de asimilar el enorme volumen de datos que había obtenido.

Buscabas respuestas, ¿verdad? Pues aquí las tienes. Ahora no te quejes de que es demasiado.

A medida que se acercaba a su casa, Casandra iba siendo cada vez más consciente de algo. Tenía que contarle todo aquello a Daniel. Su marido debía saber exactamente qué era lo que estaba pasando, pues ella no podía protegerle a él y a Martín por sí misma. Recordó con un escalofrío el pavoroso relato del fin de las hijas de Logan a manos de los Oscuros y sintió miedo.

Lo realmente difícil sería conseguir que Daniel creyese aquella historia. Casandra rio a solas, en el coche, mientras sorteaba el tráfico de las últimas calles antes de acceder a la carretera solitaria que llevaba hacia su casa. Sería difícil, sin duda. Y que Daniel y ella no se dirigiesen prácticamente la palabra desde hacía unos días no iba a ayudar precisamente a mejorar las cosas. Quizá, si todo aquello hubiese sucedido en otro momento de sus vidas, habría sido mucho más sencillo hacerle ver que algo en verdad extraordinario los había arrastrado a todos a causa de su recién adquirida conciencia, pero en aquel instante dudaba que pudiese conseguirlo a la primera. A lo mejor, si repitiese el número de las monedas, sería más fácil. Pero eso no serviría para demostrar el resto de su historia.

Deprimida, comprendió que no había manera posible de compartir aquello con Daniel sin revelar toda la historia, incluidas todas las muertes que ya llevaba a sus espaldas en tan pocos días. Y entonces sí que sería realmente interesante ver cuál era la reacción de la persona que dormía al otro lado de su cama.

Cuando llegó a su calle, soltó un suspiro de alivio. El coche de su vecina estaba aparcado delante de la puerta de su casa, lo que implicaba que Martín ya debía de haber llegado. El espacio delante de su propia casa estaba vacío, lo que indicaba que Daniel todavía estaba en la comisaría. Casandra sonrió para sí celebrando su buena suerte. Así tendría tiempo de quitarse aquella ropa manchada de sangre y recuperar una apariencia presentable antes de recoger a su hijo y enfrentarse a su marido.

Entró en casa con una sensación rara. Le daba la impresión de que era una mujer del todo distinta a la que había salido de allí aquella misma mañana. Todo a su alrededor le era familiar y al mismo tiempo, de una forma curiosa, extraño. Realmente su mundo se estaba volviendo una montaña rusa difícil de manejar.

Suspirando, negó con la cabeza y colgó el abrigo en el perchero antes de entrar en el salón, mientras soltaba la goma que sujetaba su pelo. Pero el movimiento se detuvo en seco cuando al cruzar la puerta vio la familiar figura de Daniel sentada en la mesa del salón.

Su marido la miraba, con una expresión triste e indescifrable en los ojos, mientras a su espalda se destacaba la silueta alta y fibrosa del doctor Tapia. Un par de celadores del psiquiátrico estaban junto al sofá, atentos al más mínimo movimiento de Casandra, que se dio cuenta de que al entrar otros dos enfermeros se habían situado de forma discreta detrás de ella, cerrando el paso hacia la puerta.

Han descubierto que tengo algo que ver con la fuga. Mantén la calma, Cas. Tranquila. Lo puedes arreglar.

—¿Qué significa esto, Daniel? —intentó que su voz sonase calmada, pero le salió un sonido estrangulado de la garganta.

Daniel se puso en pie y se acercó a ella, con una expresión de zozobra tan intensa y profunda en los ojos que ella comprendió enseguida que no se trataba solo de Logan Dawson.

—Solo te lo voy a preguntar una vez, Casandra, y espero que me contestes. Por el amor que ha habido entre los dos y por el amor que sientes por tu hijo... ¿Dónde está Martín?

Casandra se quedó petrificada mientras un puño de hielo apretaba su corazón hasta detenerlo por completo. Boqueó, conmocionada, y en ese mismo momento, como si hubiese estado esperando la señal para salir a escena, el Fulgor estalló a su alrededor como un espectáculo de pirotecnia. Daniel quedó inmediatamente envuelto en una llamarada roja que ardía con urgencia, alimentada por su ansiedad.

Lo tienen. Ellos lo tienen. No, por favor, nononono.

—¡Dime dónde está, Casandra! —Daniel la sujetó por los hombros con tanta fuerza que ella sintió cómo sus dedos se le clavaban en la carne. Sacó una bolsa de plástico de su bolsillo y la levantó hasta la altura de sus ojos para que pudiese ver la tarjeta de papel que había en su interior, con un logo familiar y siniestro dibujado en ella—. ¿Quién lo tiene? ¿Dónde lo habéis metido?

—Yo no..., no... —solo acertó a balbucear, incapaz de pronunciar una palabra.

Ellos tenían a Martín. Había sido tan estúpida como para suponer que se concentrarían en Dawson y en ella y dejarían de lado a su familia. Empezaba a comprender lo enorme de su error.

—Dime al menos que está vivo, Cas, por favor. —Daniel la miró a los ojos, al borde de un ataque de ansiedad.

Casandra jamás había visto a su marido tan cerca de perder el control de sus emociones y aquello fue lo que más le asustó. Si Daniel estaba tan angustiado es que las cosas tenían que ser realmente terribles.

—No sé dónde está Martín, te lo juro —consiguió articular por fin—. ¿Qué le ha pasado?

—No me mientas, por favor.

—¡No te miento! —aulló—. ¡Jamás le haría daño a nuestro hijo! ¿Quién te crees que soy?

Daniel la miró fijamente, durante un largo rato, antes de contestar muy despacio.

—No lo sé, Casandra. No lo sé. —Señaló hacia la mesa—. Y por el amor que siento por ti no estás camino de un calabozo para ser interrogada antes de desaparecer detrás de las puertas de un psiquiátrico para siempre. Pero tienes muchas cosas que contarme y sospecho que sabes más de la desaparición de Martín de lo que parece.

—No sé nada de eso, te lo juro. —Casandra sentía la angustia creciendo dentro de ella, como un tornado de fuego descontrolado en un incendio devastador—. ¡Tenemos que buscarlo! ¡Cada minuto que tardemos cuenta! ¡Dime qué ha sucedido, por favor!

—Siéntate conmigo, al lado del doctor Tapia. —Daniel señaló hacia la mesa, donde el otro médico esperaba con una expresión inescrutable en el rostro, pero con un brillo de perversa satisfacción en los ojos. Al menos no era un Gris, como apreció Casandra con un suspiro de alivio.

—¿Qué hace él aquí?

—Hacernos un favor y no denunciarte…, de momento. Tú sabes dónde está un paciente suyo y él quiere recuperarlo. —Se calló un segundo antes de añadir una última frase roto de dolor—: Y comprobar cuál es el estado de tu salud mental, de paso.

—¡No estoy loca, Daniel! Es solo que…

—¿Solo que qué, Casandra? ¿Qué? —Daniel la miró con fiereza—. ¡Me has estado ocultando cosas durante todos estos días! ¡Has cometido actos terribles y no entiendo el motivo! ¡Has puesto en peligro la vida de nuestro hijo y ahora está desaparecido! ¿Qué, Casandra? ¡Habla conmigo, joder!

Nunca imaginé que esta conversación acabaría siendo así. La tormenta ya está aquí.

—Está bien —dijo Casandra al borde del llanto—. Te contaré todo lo que ha sucedido en las dos últimas semanas, absolutamente todo.

—Quiero saber hasta el último detalle. No te guardes nada, Cas, si quieres que confíe en ti.

—Te lo explicaré todo —señaló a Tapia y a los enfermeros—, pero no quiero que ellos estén aquí. Diles que se vayan.

—No se van a ir a ninguna parte. —Daniel la sujetó por la mano, con una delicadeza inaudita, mientras le dedicaba una mirada dulce y partida por el sufrimiento—. Van a quedarse aquí a escuchar lo que tengas que decir, hasta la última palabra. Es eso, o que te lleven directamente a El Trastero. Ese es el trato al que he llegado con ellos y que debes aceptar. Tú decides.

A pesar del dolor y de la ansiedad que sentía por la desaparición de su hijo, la forma en la que Daniel le sujetó la mano y el tono que usó para hablar con ella hizo que por primera vez en muchos meses Casandra fuese capaz de ver en el interior de los ojos de su marido, en vez de, simplemente, mirarlos. Y entonces el muro de indiferencia que con tanto esmero había construido a su alrededor para blindar sus sentimientos se hizo añicos, dejando al descubierto la verdad que siempre había estado allí. Casandra fue consciente, de golpe, de la magnitud del error en el que llevaba viviendo tantos meses.

Me ama. Me ha amado todo este tiempo. No ha dejado de quererme ni un segundo. Cómo he podido ser tan idiota.

—Daniel. —Sujetó la mano de su marido con fuerza, sacudida por mareas de emociones contrapuestas. El calor que emanaba era el último eslabón que la mantenía dentro de los límites de la cordura—. Sé que lo que voy a contar va a sonar muy extraño, pero quiero que me escuches con atención. Déjame hablar y no me interrumpas hasta el final, por favor.

Daniel la miró con seriedad, pero asintió. Aquella pequeña dosis de confianza era todo lo que Casandra necesitaba para lanzarse a hablar.

Las palabras salieron de su boca como un torrente. Les contó absolutamente todo, desde el momento en el que recuperó la conciencia tras salir del coma hasta aquella misma mañana. Las primeras auras, el dolor del Fulgor, los asesinatos en el hospital. Cuando llegó al episodio de la pelea en la cocina y de cómo había estrangulado al Oscuro, Casandra percibió cómo la tensión del grupo fluctuaba como sacudida por una corriente eléctrica mientras sus auras se removían inquietas. Uno de los celadores echó un vistazo inquieto hacia la puerta de la cocina, como si esperase ver en el suelo un cadáver todavía caliente.

Casandra no se inmutó y continuó su relato. Había llegado a un punto en el que contar toda la historia se había convertido en una especie de necesidad tan potente que no podía parar. Comprendió en ese momento que todos los secretos que llevaba en la conciencia le habían estado pesando como una losa y que ese peso había estado cerca de destruirla por completo. A medida que desenredaba la madeja de su relato, se sentía cada vez más aliviada, más pura, más en paz. Libre por fin de esa carga.

Cuando terminó, exhausta, contempló el rostro de Daniel, esperando ver comprensión en su mirada. Pero en su lugar se encontró una expresión sombría.

—Sé que resulta difícil de creer, Daniel —comenzó a decir con urgencia—. Pero tienes que…

—Escucha, Cas —la voz de Daniel sonaba ronca, incapaz de recoger todo el sufrimiento que sentía—, quiero creerte. Es más, creo que tú crees realmente todo lo que me estás contando, pero no es así, tesoro. No es así.

—¡Sí que lo es! Mira…

Daniel la interrumpió levantando la mano y apoyándola suavemente sobre la mejilla de su esposa. Una lágrima solitaria le rodaba por la mejilla endurecida y se perdía entre su barba de tres días.

—No, no lo es. Supongo que en tu cabeza todo esto tiene algún sentido, pero la realidad no es así, cariño. Estás sufriendo una alucinación.

—Trastorno esquizofrénico severo, con ideación paranoide, manía persecutoria y construcción de fantasías autorrecurrentes alimentadas por el propio paciente. —El doctor Tapia habló por primera vez desde que Casandra había entrado en la habitación—. Resulta doloroso hacer este diagnóstico sobre una colega, sobre todo si se le tiene en tanta estima y se ha compartido con ella tanto tiempo de trabajo como yo, pero no me cabe la menor duda.

—Oh, por favor, ¡cierra el pico! —explotó ella furiosa—. ¡No encajo con ese diagnóstico, y además, tú jamás me has soportado!

—No discuto la veracidad de lo segundo —concedió el doctor Tapia con un leve encogimiento de hombros—. Pero, aun en tu estado, la profesional que hay dentro de ti tiene que reconocer a la fuerza que mi diagnóstico es acertado. Sabes que estoy diciendo la verdad.

Casandra abrió la boca para replicarle, pero la cerró de inmediato, sin saber muy bien qué decir. Para ser honesta, ella misma habría hecho un diagnóstico similar si algún paciente de El Trastero le hubiese narrado una historia tan extraña como la que ella misma acababa de contar. Solo que en su caso era verdad.

Eso es lo que dicen todos ellos. Siempre están convencidos de que sus fabulaciones son reales. Por eso son peligrosos.

—Cas, el hombre al que mataste en la cocina —a Daniel le costó pronunciar esa frase— no era un técnico de cable, era un agente de bolsa de Suiza. No sé cómo te las ingeniaste para traerlo a casa, pero no hay duda de quién era. Está identificado.

—¡Eso es porque se ocultan bajo varias identidades! —Casandra revolvió en el bolso y sacó su móvil. Tras buscar de forma furiosa en el carrete de fotos, le mostró a Daniel la instantánea que había sacado del libro de historia en el centro comercial—. ¿Ves? —dijo enfebrecida mientras sacudía el teléfono, como si exhibiese la prueba definitiva de la existencia de Dios—. Este oficial de uniforme que está al lado de Himmler, el que mira a la cámara. ¡Es el hombre de la cocina!

—Esta foto tiene por lo menos setenta años —replicó Daniel—. Si ese nazi estuviese vivo, cosa que dudo, ahora tendría más de cien, y no es el caso del muerto de hace unos días. Tu mente te juega malas pasadas.

—Pero...

—Tus huellas dactilares están en el lugar donde Logan Dawson se escapó, en el cuerpo de varios de los cadáveres y en la ambulancia, además de en el arma de fuego que se utilizó en el crimen del centro comercial.

—Daniel —gimió Casandra—, sé lo que parece, pero...

—Tenemos el retrato robot facilitado por los testigos del centro comercial y eres tú, Cas. Y además, está la grabación de la cámara de seguridad. —Daniel abrió el portátil que estaba encima de la mesa y le dio la vuelta—. Nos ha llegado hace apenas una hora, cuando consiguieron recuperar los datos corruptos del disco duro. Se ve cómo disparas el arma.

Casandra contempló la grabación del circuito cerrado de seguridad con los ojos muy abiertos. Se veía cómo entraba en la tienda, agobiada y mirando hacia todas partes con la cara retorcida de pánico, y a continuación cómo se escondía detrás de unos muebles llenos de ropa, ocultándose de algo que quedaba fuera del tiro de cámara. Al cabo de un rato, la pantalla mostraba cómo salía corriendo hacia la puerta de emergencia y la abría de un manotazo, perseguida por un guardia de seguridad. La imagen daba un salto al cambiar el tiro de cámara y de repente se veía cómo el guardia salía despedido de espaldas a causa de un disparo que era inaudible en la cinta. En el borde de la imagen se veía un brazo de mujer sosteniendo una pistola. Su brazo.

—¡Esto no es real, Daniel! —balbuceó mientras la sensación heladora se extendía por todo su cuerpo—. ¡La imagen está manipulada! ¡Ellos la han manipulado! ¡Siempre lo hacen! ¡Quieren que todo señale hacia mí! También lo hicieron con Logan cuando mataron a sus hijas…

—¿Dónde está Logan Dawson, Casandra? —El doctor Tapia se inclinó hacia delante con gesto duro, la expresión amistosa ya desaparecida de su cara—. ¿Estás tratando de imitarle? ¿Es eso? ¿Quieres recrear sus crímenes?

—Yo… no… —balbuceó aturdida, sin apartar la mirada de la cinta, que se repetía en bucle. Estaba segura de que los hechos no habían sido así. Aquella cinta tenía que ser una manipulación de muy buena calidad, algo que estaba al alcance de los Oscuros y sus enormes medios.

Porque tiene que ser una manipulación, ¿verdad? Yo no lo hice, ¿no es cierto?

—No lo hice —murmuró, para sí misma, mientras se echaba las manos a la cabeza—. No lo hice. No lo hice, no lo hice.

—Cas, mírame. —Las palabras salían quebradas de la boca de Daniel, que la sujetó delicadamente por la barbilla para obligarla a levantar la cabeza—. Mírame, por favor. Sé que todo ha sido muy confuso para ti desde lo del accidente. Esas luces que dices que ves, la sensación de que te persiguen, esos seres oscuros y sus sicarios… Todo está dentro de tu cabeza. Nada es real.

—Sí lo es.

—No, Cas. —Daniel señaló la mesa, cubierta de papeles y la pantalla del portátil—. Esto, sin embargo, sí es real. Hay un montón de evidencias físicas que te vinculan con la muerte de al menos seis personas, con la fuga de un desequilibrado peligroso de un psiquiátrico y con la desaparición de nuestro hijo. Eso es *real*. El resto no ha existido nunca.

—Pero…

—Cas, todo lo que crees que ha sucedido —Daniel la miró con compasión— ha tenido lugar tan solo dentro de tu cabeza. Ha sido una fantasía.

XL

Nadie se movió después de las últimas palabras de Daniel. Incluso la propia casa parecía aguantar la respiración esperando la reacción explosiva de Casandra para negar aquella sentencia demoledora, pero esta no llegó. Casandra se limitó a permanecer sentada en la silla, con la cabeza gacha, el pelo tapándole el rostro y las lágrimas derramándose mansamente sobre su regazo.

Daniel tenía razón. Aquel era el final del camino. Todas las explicaciones de lo que había pasado hasta el momento no tenían sentido más que en su fantasía. Estaba claro que algo no había quedado bien en su cabeza después del accidente, un cambio sutil que no le permitía ver el mundo con la misma objetividad que el resto de las personas, sino que la obligaba a mirar las cosas desde un prisma desenfocado y enfermo. En su búsqueda de explicaciones, había hecho que un montón de ideas inconexas y pilladas al vuelo se uniesen de manera fantástica para darse a sí misma una justificación de que lo que estaba haciendo no era una insensatez. Y Logan Dawson y sus delirios esquizofrénicos habían sido la piedra clave en su descenso a los infiernos. Había conseguido que Casandra entrase a formar parte de su propio delirio y se lo creyese por completo.

El siguiente pensamiento ligado a este era tan aterrador y oscuro que Casandra se negaba a afrontarlo, por más que no le quedase otra alternativa. ¿Qué había sucedido con Martín? ¿Lo había matado en un rapto alucinatorio, como al resto de sus víctimas, y ese recuerdo demasiado espantoso incluso para ella estaba reprimido en algún rincón de su mente? ¿Lo había matado Logan? ¿Su hijo inocente se había acercado a ella confiado, sin saber que su madre era una perturbada peligrosa que tenía visiones mesiánicas y se creía perseguida por un grupo de seres eternos?

Se sentía tan enferma con todos aquellos pensamientos que la arcada fue casi inmediata. Sin poder evitarlo se dobló sobre sí misma y echó sobre la alfombra del salón los pocos restos del whisky que había bebido con Dawson en el barco.

Daniel le sujetó la cabeza y le tendió un pañuelo mientras el doctor Tapia miraba hacia otro lado, entre impaciente y asqueado. Los enfermeros se removían inquietos, como si no supiesen muy bien a qué atenerse en una situación tan extraña como aquella.

Casandra contempló la mancha húmeda con olor a whisky sobre el tejido de la alfombra y poco a poco una sensación de claridad se fue extendiendo por su mente. En un breve chispazo de clarividencia, las piezas por fin encajaron en su cabeza y todo cobró sentido.

Por fin lo entendió.

Aquello era real. Eso significaba que el barco, la conversación con Dawson, la tarjeta de acceso y todo lo que había sucedido aquella mañana, desde el momento en el que había llegado a El Trastero, había ocurrido de verdad. Solo tenía que encontrar la línea que separaba la realidad de la fabulación, si es que la había, porque aquel era el único camino para localizar a su hijo. Y la respuesta pasaba por la única persona que parecía tenerlas. Ella misma. Pero primero debía hacer algo urgente.

—Daniel... —Contempló a su marido con una sonrisa cansada en la boca y una mirada resuelta en los ojos—, no sé si me he vuelto loca o todo lo que sucede a mi alrededor es real, pero el único camino para encontrar a Martín es averiguarlo. Tienes que creerme.

—Yo te creo, Cas. El problema es que no sabes qué es real y qué no.

Casandra se levantó de su silla, rodeó la mesa y se arrodilló al lado de su marido. Sujetó las manos de un sorprendido Daniel y le miró fijamente a los ojos. El aura de su hombre ardía con lentitud en medio de chispazos de colores irregulares. El dolor que emanaba de él ante la pérdida de Martín le llegaba en forma de amplios pulsos, y cada vez que uno de ellos la alcanzaba, parecía aumentar su capacidad de percepción del mundo que la rodeaba. La sensación era tan excitante y agradable que se sintió tentada por una milésima de segundo a abandonarse a ella, como un heroinómano al empuje del primer chute.

Si no fuese todo una alucinación, diría que esta es la experiencia más extraordinaria del mundo. Hace que todo sea más vivo, más real, más intenso. Me pregunto si es así cómo los Oscuros...

—Basta —gruñó en voz baja, para sí.

Daniel la miró atónito.

—¿Qué dices?

—Digo que ya es suficiente, Daniel. —Le apretó las manos, conmovida, mientras se concentraba de nuevo en él—. Estoy harta de sufrir, pero sobre todo estoy harta de causarte tanto dolor. A ti y a nuestro hijo. Ya es suficiente. Desde hace unos meses me he comportado como una auténtica fiera rencorosa con el mundo. He dejado que nuestra relación se fuese al garete por culpa de mi mal carácter y de la amargura. Durante todo este tiempo he estado envuelta en mí misma, alimentando mi autocompasión, sintiéndome maltratada por la vida, y todo porque renuncié a mi carrera profesional por ti y por nuestro hijo, sin darme cuenta de que mi trabajo no es lo más importante de la vida y de que vosotros sois, sin duda, lo más maravilloso que tengo.

—Cas, yo…

—Déjame acabar —le interrumpió Casandra embalada—. No sé si alguna vez podré reparar todo el dolor que he causado, pero al menos sé que tengo un motivo en la vida para seguir luchando y ese es el de haceros a Martín y a ti las personas más felices del mundo…, porque eso es lo que me da fuerzas a mí para levantarme todas las mañanas. En algún momento del camino lo había olvidado, y ha hecho falta que todo se vaya al infierno para que en el último segundo vuelva a encontrar el hilo que nos une.

Daniel comenzó a llorar, en silencio. De sus ojos anegados salía una mezcla de dolor, amor sin medida y felicidad por reencontrar a su alma gemela, aunque fuese en el instante previo a perderla para siempre. Sujetó las manos de su mujer y la miró antes de dejar que un chorro de palabras se escapasen, incontrolables, desde su boca.

—He sido un idiota, Cas. Todo este tiempo pensaba que habías dejado de quererme porque me culpabas de no ser feliz en la vida. El orgullo no me dejaba… —Tragó saliva, incapaz de continuar, sorprendido de que por fin hubiesen derribado el muro que los separaba—. Yo quería, pero no sabía cómo decirte…, cuándo decirte… Cas, siento haber sido un completo imbécil. Siento haber dejado que se estropeasen todas esas cosas que…

Casandra negó con la cabeza, sonrió y, simplemente, le besó. Fue un beso cálido, tierno y prolongado, un beso con sabor a deseo, perdón, espíritus unidos y sueños forjados sobre un camino común. Fue la señal luminosa de dos personas que, después de estar mucho tiempo perdidas en medio de la ventisca, por fin se encuentran y se abrazan para celebrar que están con vida. Fue amor. Fue auténtica luz.

—Necesitaba decirte esto, Daniel, porque te quiero —le susurró en el oído—. Te amo, como amo a nuestro hijo, por encima de mi propia vida, y por eso mismo sé que jamás le habría hecho daño, ni consciente ni inconscientemente, ni habría permitido que nadie se lo hiciese. Desconozco si he perdido el juicio o no, pero de eso estoy del todo segura.

—Te creo, Cas. —Daniel se abrazó a ella, como el náufrago que agarra un salvavidas que encuentra flotando en el agua—. Te creo.

—Por eso quiero pedirte que confíes en mí —dijo Casandra—. Si de verdad aún sientes lo mismo que yo, si piensas que aún quedan cosas buenas y nobles entre nosotros que merecen ser salvadas y que podemos hacer crecer todo de nuevo…, necesito tu confianza.

En ese preciso momento, y de una manera tan natural que a ella le pareció familiar, algo sucedió. Del halo de Casandra se desprendió un zarcillo violáceo que se fue a entrelazar con las ascuas anaranjadas del aura de Daniel. A través de ese vínculo empezó a fluir una onda de luz intensa que brotaba de la mujer en oleadas hacia su marido, haciendo que el Fulgor que destellaba en su nimbo de luz se tranquilizase. Era como vaciar un barril de aceite sobre un mar embravecido, haciendo que las aguas se calmasen por completo. De algún modo, Daniel debió de sentir lo que estaba sucediendo porque abrió mucho los ojos y miró a Casandra asombrado.

Esto es lo que me hizo Logan a mí —pensó ella asombrada—. *Y ahora yo misma soy capaz de hacerlo sobre Daniel, aunque no sé cómo.*

Aquella revelación tuvo el efecto de una bomba nuclear en la mente de Casandra. Si aquello estaba sucediendo, entonces todo era real.

Todo.

No estaba loca, no podía estarlo. Las pruebas físicas eran reales, había dicho Daniel. Pues bien, allí delante tenía ante ella la constatación física y real de que su realidad era la auténtica. El Fulgor, retozón y alegre, brillaba entusiasmado, como el perro que recibe una caricia de su amo después de ejecutar un buen truco a su satisfacción, y Casandra lloraba, pero por primera vez de alegría.

—Todo va a ir bien, Dani. —Sonrió entre lágrimas mientras se abrazaba a su marido con pasión, por primera vez en meses.

El hueco de su cuerpo se le hizo tan familiar como si hubiese sido el día anterior la última vez que se habían dado un abrazo semejante. Encajó la cabeza entre su brazo y su hombro y aspiró el olor que salía de su cuerpo, embriagador, mientras sus dos auras se fusionaban en una espiral enloquecida que restallaba llena de pura alegría.

—Detesto tener que romper esta escena tan romántica. —La voz del doctor Tapia sonó rasposa, como un clavo rascando una baldosa—. Pero ya es suficiente. Tenemos que llevarnos a esta mujer al centro cuanto antes para iniciar un tratamiento estabilizador. Solo cuando esté de nuevo orientada, podremos saber dónde está Logan Daw…

—Cállese la boca —murmuró Daniel sin dirigirle la mirada.

—¿Cómo dice? —replicó Tapia confundido.

—Digo que mi mujer no va a ir a ninguna parte, y menos a un puto psiquiátrico. ¿Está claro?

—¡Pero bueno! —rugió el médico poniéndose rojo a la vez que señalaba a Casandra con gesto acusador—. ¡Esto es intolerable! ¡Usted y yo llegamos al acuerdo de que no presentaría la denuncia y no la internaríamos hasta que hubiese hablado con ella! Pues ya ha hablado con ella, señor mío. Ahora se vendrá conmigo o tendré que llamar al juez de guardia y a sus superiores ahora mismo, y que no le quepa duda que en menos de una hora tendrá la orden de detención sobre la mesa. Chicos, ¡cogedla!

Los enfermeros se pusieron en pie, indecisos ante aquella situación extraña. Por una parte, habían recibido una orden directa, pero, por otro lado, Daniel era un agente de la autoridad. Vacilaron, inquietos, durante unos segundos.

Casandra, aún acurrucada contra Daniel, cerró los ojos y dejó que su instinto y el Fulgor tomasen el control. Todavía era como un cervatillo recién nacido que está aprendiendo a caminar con pasos vacilantes, pero todo estaba ahí, listo para ser utilizado. Simplemente, había que dejarlo fluir. Sintió cómo de su aura brincaban varios haces que se entremezclaban con los halos de los enfermeros. Percibió su confusión, su desorientación e incluso la incomodidad que sentían en aquella situación violenta, de manera simultánea y a la vez perfectamente diferenciada.

Todo el mundo tranquilo. Sentaos.

En un gesto que le recordó de forma hilarante a un grupo de perros amaestrados cuando oyen un silbato, los celadores se dejaron caer de nuevo en el sofá con aspecto relajado, casi plácido, como si todos ellos estuviesen íntimamente satisfechos con la decisión que acababan de tomar.

—Pero ¿qué coño hacéis? —escupió Tapia—. ¡Metedla en la ambulancia ahora mismo!

Los celadores le miraron con curiosidad, en parte intrigados y en parte divertidos. Si eran conscientes o no de que estaban desobedeciendo de forma flagrante una orden directa de su jefe, no lo dejaban traslucir en sus rostros. Simplemente, se removieron un poco en el sofá, pero no hicieron el más mínimo amago de mover el culo.

—Está bien —barbotó Tapia, colérico, mientras sacaba una aguja hipodérmica y un frasco de un calmante del bolsillo de su bata—. Me encargaré yo mismo, pandilla de ineptos.

Se giró hacia Casandra con el inyectable en ristre, pero en ese instante Daniel le sujetó la muñeca con mano firme. El médico hizo una mueca de dolor cuando el policía apretó hasta hacerle soltar la aguja, que cayó blanda sobre la alfombra.

—He dicho que aún no. —Daniel habló en voz muy baja, casi en el oído del doctor, como si susurrase un secreto a una amante—. Y si vuelve a intentar hacer algo por el estilo, me voy a enfadar mucho, ¿de acuerdo?

El médico gesticuló afirmativamente con el rostro bañado en sudor.

—Logan Dawson está en un barco, en el puerto deportivo. —Casandra habló con calma mientras sujetaba en la mano la tarjeta que habían dejado en el colegio de su hijo y la miraba con atención. El trozo de papel destellaba con un halo grisáceo apagado, del color del agua sucia en un fregadero abandonado—. Si hay alguien que pueda conocer el significado de esto es él.

—Creo que es un acuerdo aceptable, doctor Tapia. —Daniel soltó la muñeca del médico, que se la frotó con gesto dolido—. Si mi mujer está en lo cierto y Dawson puede ayudarnos a encontrar a mi hijo, yo tendré razón y usted localizará a su paciente. Si todo es una fantasía de su mente, podrá llevarse a Casandra con usted, por su propio bien, y puede que de rebote consiga recuperar a su paciente perdido. ¿Qué me dice?

El médico asintió con gesto huraño después de un breve momento. La mirada que le lanzó a Daniel estaba tan cargada de odio y veneno que habría acabado con la propia Medusa.

—Es usted consciente de que esto le va a costar caro, ¿verdad? —musitó—. Al margen de cómo termine todo, está acabado, inspector. Sus jefes sabrán hasta el último detalle de lo que ha ocurrido aquí, se lo juro. Tendrá suerte si conserva la placa.

Daniel le miró un instante antes de mostrar una sonrisa escalofriante y fría, una sonrisa del hombre que quema las naves a su espalda y sabe que a partir de ese punto se adentra en lo desconocido.

—Francamente, me importa un carajo, doctor —respondió mientras ayudaba a Casandra a ponerse en pie con un gesto cariñoso—. Nuestro hijo está desaparecido y eso es mucho más importante para nosotros que mi puñetera carrera. El tiempo apremia. Mueva el culo.

Salieron al exterior, donde la lluvia había disminuido su intensidad pero aún no había cesado del todo. Al abrir la puerta, Casandra se tropezó de narices con Roberto, el compañero de su marido. El joven le dedicó una sonrisa nerviosa mientras un intenso rubor cubría sus mejillas.

—Hola, Cas —atinó a tartamudear—. Estaba aquí…, yo…

—Estabas en la puerta por si se me ocurría salir corriendo y esos muchachos de ahí dentro no eran capaces de retenerme, ¿verdad, Rober? —Casandra rio al ver cómo el rubor del joven policía llegaba hasta la raíz de su cabello y su aura chisporroteaba como grasa ardiendo—. La última línea de defensa. No te preocupes, no me parece mal. Supongo que era una precaución lógica.

El coche de Daniel y las dos ambulancias que habían traído desde El Trastero estaban aparcadas en un callejón discreto tras la vivienda. Cuando al cabo de unos minutos salieron de la calle formando una pequeña caravana, Casandra no podía sospechar que alguien los observaba y hacía una discreta llamada telefónica.

Ni tampoco que aquella sería la última vez que vería su casa.

XLI

—

El camino hacia el puerto se hizo largo y angustioso para Casandra y Daniel. Era la hora punta de tráfico y cada encrucijada era un embotellamiento de coches bajo la lluvia, que debían sortear a base de pericia y del uso constante de las sirenas de emergencia de los vehículos. Cuando atravesaron el cruce donde Casandra había tenido su accidente meses atrás, la joven comprobó con un escalofrío que la pared donde había estado dibujado el símbolo de los Oscuros había recibido una gruesa capa de pintura fresca que cubría todos los grafitis. En la otra acera, la pequeña tienda del señor Dean estaba cerrada a cal y canto y un discreto cartel de «Se Traspasa» colgaba en el escaparate vacío y cubierto con hojas de periódico pegadas por el interior a toda prisa.

Nunca dejan cabos sueltos. La trampa a tu alrededor está cerrada por completo.

Por completo.

—Salvo que Logan pueda ayudarnos —musitó Casandra para sí en voz alta—. O yo descubra cómo salir de este laberinto por mis propios medios.

—¿Qué has dicho? —Daniel se giró hacia ella hablando casi a gritos para hacerse oír sobre el ruido de la sirena.

—Date prisa —respondió Casandra, consciente de que el plazo se agotaba—. No nos queda demasiado tiempo.

Una niebla espesa arrastrada por el viento desde el mar se iba extendiendo sobre la ciudad como una sábana vieja y húmeda que poco a poco desfiguraba el contorno de los edificios hasta transformarlos en sombras amenazadoras que se erguían a los costados de la calzada. El tenue brillo de los faros del tráfico y de las lámparas de sodio refulgía en la niebla, multiplicándose en mil pequeños destellos que para la visión ampliada por el Fulgor de Casandra suponían un aluvión de luces caleidoscópico y embriagador.

Entraron con discreción en el aparcamiento desierto del puerto deportivo. La lluvia y la espesa niebla habían disuadido hasta al navegante más empedernido de acercarse hasta sus botes, sin duda porque salir con aquellas condiciones al mar era casi suicida. Eso les evitó tener que dar explicaciones de la presencia de un par de ambulancias en la comitiva. Se apearon de un salto, todos evidentemente desconcertados por estar allí, menos Casandra, que avanzó resuelta hacia el portal eléctrico que daba acceso a los pantalanes. A medida que se acercaba sacó la tarjeta de plástico negra del bolsillo para desbloquear el mecanismo, pero de pronto se detuvo, con un regusto ácido subiendo por su garganta.

La verja estaba abierta y el detector de tarjetas estaba desmontado, con los cables al aire. El débil brillo residual del aura que lo rodeaba estaba manchado de un gris sucio, que se confundía con la niebla que los envolvía.

Daniel echó un breve vistazo y le hizo una seña a Roberto. Aunque Casandra no podía ver el aura, aquel acceso forzado le decía más de lo que necesitaba saber. Ambos policías desenfundaron sus armas y se acercaron con cautela al acceso.

—Quedaos atrás —indicó Daniel de forma imperiosa, haciendo un gesto específico hacia el colérico doctor Tapia—. Todos detrás de nosotros.

Abrieron la puerta con precaución y bajaron al oscilante pantalán, que se mecía al compás de las olas. Formaban una extraña imagen: un grupo de personas caminando en fila india por la estrecha pasarela de madera mojada por la lluvia y envuelta en la niebla espesa que no permitía adivinar la silueta de los barcos hasta que estaban a apenas un par de metros de ellos. El *cling-cling* de los obenques metálicos contra los mástiles y el golpeteo de los cascos contra las defensas de goma del muelle formaban un ruido apagado que la niebla se tragaba. Era como caminar en medio de una nube de algodón sucio, que dificultaba incluso la percepción ampliada de Casandra.

—Es ahí delante —susurró de repente—. El siguiente amarre a la derecha.

Daniel asintió y les hizo un gesto para que se detuviesen. Mediante mímica les indicó que se agachasen mientras él y Roberto recorrían agazapados los últimos metros que los separaban del velero. En cuanto se alejaron un par de metros, la niebla devoró sus siluetas y se volvieron invisibles para todos, excepto para Casandra, que podía adivinar con dificultad el destello coloreado de sus auras de forma cada vez más débil.

La espera se hizo interminable. El doctor Tapia la observaba de forma sombría, acurrucado a su lado, tiritando bajo su elegante chaqueta de alpaca, demasiado fina para aquel tiempo inclemente, y que la humedad estaba arruinando. Sin la presencia de Daniel para detener al médico, se sentía indefensa. Los enfermeros formaban una oscura piña humana detrás del médico, goteando bajo la lluvia, tosiendo y maldiciendo, seguramente preguntándose qué coño hacían allí en vez de estar bajo techo en sus puestos de trabajo. Casandra se preguntó a su vez qué pasaría si de repente Tapia se cansaba de esperar y decidía llevársela por la fuerza. Hizo un acopio de energía y sintió cómo el Fulgor levantaba las orejas dentro de ella, alerta e inquieto, preparado para salir disparado a su menor orden. Aunque no sabía muy bien cómo usarlo, se sintió aliviada en secreto.

Eres como un mono con una ballesta, Cas. Un peligro para ti y para los que te rodean. Sobre todo, lo segundo.

De repente se oyeron unos pasos que se acercaban por el pantalán. La tensión del grupo creció a ojos vistas hasta que un par de formas se materializaron entre la niebla. Eran Daniel y Roberto, con expresión cansada y sin las armas a la vista. Venían solos.

No puede ser. No, no, no. Lo dejé aquí. Estuve hablando con él. No estoy loca.

—No había nadie —musitó Roberto—. El barco estaba vacío.

Un resoplido de disgusto sonó detrás de Casandra. La voz del doctor Tapia se elevó desagradable.

—¡Ja! ¡Ya lo suponía! Les dije que las ideaciones de esta mujer son solo delirios autorreferenciales que…

—Había señales de lucha a bordo del velero —le interrumpió Daniel, sin prestarle demasiada atención—. Sangre y huellas de una pelea.

—Puede haber sido ella —murmuró Tapia, que no quería dar su brazo a torcer—. A lo mejor asesinó aquí a Dawson. ¡Es muy peligrosa!

—Si mi mujer es capaz de hacer el destrozo que he visto en ese velero, entonces es mejor que todos salgamos corriendo antes de que se vuelva de color verde y se desgarre la ropa. —Daniel meneó la cabeza—. No, lo de allí es el resultado de una batalla campal de todo un grupo.

—Dios mío, Martín… —Casandra sintió cómo su energía flaqueaba. La única oportunidad de encontrar a su hijo se desvanecía.

—También encontramos esto. Estaba colocado encima de la mesa.

Daniel le tendió un objeto a Casandra, dentro de una bolsa de pruebas. Era el teléfono prepago que le había dado a Dawson. Tenía la pantalla agrietada en una esquina, como si se hubiese llevado un golpe en la refriega, y alguien le había grabado la marca de los Oscuros en el dorso con algún objeto punzante.

Casandra lo miró un rato y de repente abrió su bolso para rebuscar en él, furiosa, hasta encontrar su propio terminal. Lo sacó y encendió el aparato bajo la lluvia hasta que apareció el conocido icono verde de un servicio de mensajería instantánea en la pantalla.

—Tengo un mensaje de ese número de hace veinte minutos —murmuró, sin atreverse a abrirlo.

La idea atroz de que pudiese encontrar una foto de su hijo muerto era demasiado para ella. Comenzó a temblar de manera incontrolable. Daniel se le acercó y le quitó el teléfono de las manos con suavidad. Abrió el mensaje y lo contempló durante un largo rato con expresión inescrutable.

—¿Y bien? ¿Qué es?

—Son unas coordenadas UTM —respondió al cabo—. Para introducir en un GPS.

—¡Ahí es donde deben de tener a Martín! —explotó aliviada. *Está vivo. Aún está vivo.*

—Y a Logan Dawson —contestó Daniel—, si aún no le han asesinado.

Al fin habían encontrado el rastro. Aunque *encontrado* no era la palabra. Aquella era una invitación en toda regla a un encuentro, y si Casandra entendía bien cómo funcionaban los Oscuros, sin duda no sería un recibimiento agradable.

—Es una encerrona —musitó para sí—. Nos hacen jugar su juego y nos conducen a la ratonera que han preparado, Daniel.

—Encerrona o no, vamos a ir —replicó Daniel mientras comenzaba a correr por el pantalán sujetando su propio teléfono—. Pero tomaremos nuestras propias medidas.

—¿Qué vas a hacer?

—Avisar a un equipo táctico de intervención, eso es lo que voy a hacer —replicó él sorprendido—. ¿Qué esperabas?

Casandra se sintió tentada a decirle que aquello no serviría de nada, pero se mordió la lengua. Ni el mejor equipo de fuerzas especiales del mundo tendría la menor oportunidad contra los Oscuros y sus poderes. De golpe, se sintió desanimada al comprender que ella misma era la mejor posibilidad que tenían, ahora que Logan había desaparecido. Como si participase de sus pensamientos, el Fulgor restalló, impaciente por ser puesto a prueba. Fue más una sensación que algo racional, pero Casandra se sintió de pronto reconfortada.

—Nosotros también vamos. —El doctor Tapia tensó la mandíbula mientras señalaba el teléfono—. Si Dawson está ahí, pienso llevármelo conmigo. Y desde luego no voy a perder de vista a la doctora Arlaz.

—Está bien —asintió Daniel con gesto cansado. Impedir que los siguiesen sería absurdo, y sin duda un hombre con los contactos e influencia de Tapia podría obstaculizar muchísimo las cosas en aquel momento si se le dejaba de lado—. Pero se quedarán detrás del equipo y no entrarán hasta que se les dé permiso. ¿De acuerdo?

El médico asintió y se dirigió hacia uno de los vehículos médicos. Al pasar al lado de Casandra la sujetó por un brazo y acercó la boca a su oído.

—No me he creído ni una sola de tus patrañas, Casandra —musitó con voz rasposa—. Ni sé qué puñetas has montado en este maldito puerto, pero sí sé que esta noche dormirás en una de las habitaciones acolchadas de El Trastero, de eso estoy seguro. Tu marido va a pagar muy caro haberme humillado delante del personal. Y tú también.

Sin darle tiempo a responder, soltó el brazo y se alejó hacia la ambulancia. Casandra le apartó de su mente de un manotazo y se subió detrás de Daniel y Roberto, que ya había introducido la dirección en el GPS: un mapa digital brillaba en la pequeña pantalla. Arrancaron con un acelerón y se incorporaron al tráfico de salida de la ciudad.

—Es en el interior, a una hora de aquí. —Frunció el ceño—. No conozco muy bien esa zona.

—Yo tampoco, pero el equipo táctico ya va de camino —replicó Daniel, sin apartar la vista de la carretera—. Deberíamos llegar casi al mismo tiempo si nadie se pierde.

Al cabo de treinta minutos abandonaron la carretera principal para tomar una secundaria que serpenteaba montaña arriba. Tan solo un rato más tarde tomaron un desvío por otra carretera aún más estrecha y menos transitada, con el asfalto en condiciones atroces que hizo que el vehículo traqueteasa mientras recorrían el trayecto a toda velocidad.

—Hace mucho que no reparan esta carretera —murmuró Roberto.

—Tan solo conduce a un pueblo, ahí arriba —contestó Daniel mientras echaba una ojeada al GPS—. No debe de haber más de cinco vecinos en él y me apuesto algo a que la mayoría son ancianos que nunca necesitan el coche.

El bamboleo solo duró unos cinco minutos más, porque de repente Daniel pegó un frenazo en medio del camino destrozado que hizo que la ambulancia que venía justo detrás casi se estrellase contra su parachoques trasero.

—¿Qué sucede? —preguntó Casandra.

—El mapa —musitó Daniel—. Indica que es… por ahí.

Señaló hacia un costado de la carretera, donde se abría un pequeño desvío casi invisible. El antiguo camino había desaparecido hacía mucho tiempo devorado por la maleza y casi no se podía adivinar desde donde estaban. Solo si se observaba con atención se podía ver que las zarzas que se inclinaban desde ambos lados tenían docenas de ramitas rotas y que las más gruesas habían sido cortadas no hacía mucho.

—Por ahí han pasado vehículos hace poco —dijo Roberto—. Fíjate en el suelo.

El asfalto, si es que alguna vez había existido en aquel camino privado, había desaparecido por completo, sustituido por una confusa mezcla de barro y grava irregular. Sobre el cieno se veían varias roderas de vehículos entrecruzadas, pero un par de ellas eran especialmente frescas. Justo en ese momento, por la curva de la carretera por donde habían subido apareció el morro de la primera furgoneta azul oscura del equipo táctico de la policía. Venían tres vehículos y, a juicio de Casandra, suficientes agentes en ellos como para tomar por asalto la guarida de un rey del narco.

Daniel se apeó del coche y se dirigió a hablar con el jefe del equipo. Tras darse un apretón de manos, estuvieron charlando un rato mientras Daniel hacía numerosos gestos hacia el camino que se perdía en la espesura. Al final ambos volvieron a sus asientos y una de las furgonetas de policía se internó en el camino privado abriendo el paso a los vehículos que la seguían en caravana.

Al cabo de tres minutos de sacudidas y crujidos que amenazaban con partir por la mitad al coche policial en medio de aquel barrizal envuelto en vegetación densa, desembocaron en un claro que se abría ante una enorme casona de estilo indiano. Daniel no pudo contener un silbido de asombro al verla.

—Es increíble —murmuró—. Parece sacada de una película antigua.

—De una de terror, querrás decir —replicó Casandra tragando saliva.

La mansión se alzaba ante ellos, con las piedras de sus muros cubiertas del verdín del musgo de innumerables inviernos. El agua de la tormenta chorreaba por sus paredes, y se colaba hacia el interior por algunas ventanas que no habían sobrevivido al paso del tiempo. Una parte del techo del ala izquierda se combaba peligrosamente hacia el interior, a punto de desmoronarse bajo el peso de toneladas de tejas viejas y partidas. Aquí y allá asomaban pedazos de vigas semipodridas, como huesos de ballena a punto de colapsarse tras décadas de abandono.

La villa la rodeaba un muro que se había desmoronado en varios puntos, empujado por la vegetación feroz del jardín que asomaba como una jungla salvaje. Al lado del arco de entrada, casi carcomida por el agua y el tiempo, una placa de piedra decía que aquello era «Villa Brántega», o al menos lo había sido hacía mucho tiempo. Aparcados junto a la puerta se alineaban más de media docena de vehículos, todos ellos de alta gama, oscuros y con los cristales tintados.

Un agente se deslizó cautelosamente hacia ellos mientras el resto se desplegaba a su alrededor tomando posiciones. El hombre fue apoyando las manos sobre los capós hasta que al llegar a uno de ellos hizo un gesto con el pulgar hacia arriba. Aquel estaba caliente. Era el último que había llegado hasta allí.

—Vamos allá. —Daniel abrió la puerta, pero se giró hacia Casandra antes de salir—. Espera aquí y ni se te ocurra moverte hasta que yo te avise, ¿de acuerdo?

—Daniel, debo ir.

—Ni de broma —replicó tajante su marido—. No sabemos qué hay ahí dentro y todo puede ponerse muy feo en un segundo.

—Daniel, si están los Oscuros ahí dentro, yo debo ir. Han montado esta trampa para atraerme a mí y yo soy la única que puede frenarlos.

—¿Cómo, Casandra?

—Bien, yo… —enrojeció, sin saber qué contestar.

Intuía que el Fulgor era una herramienta poderosa en aquella situación, pero no tenía ni idea de cómo sacarle partido. El único que podía tener esa respuesta era Logan Dawson y probablemente en aquel instante ya estaba muerto en algún sótano lóbrego de aquella ruina que tenían delante.

—Me quieren a mí, Daniel —suplicó—. Por favor, déjame acompañaros.

—Más a mi favor —replicó Daniel mientras la besaba con suavidad—. Esos muchachos de azul son muy competentes, Casandra. Ellos se encargarán de todo.

Los «muchachos de azul» ya estaban entrando por la puerta principal con la agilidad que da el entrenamiento continuado. Sin hacer ruido, se desplegaron a través del jardín, pero el laberinto vegetal pronto se los tragó por completo. Hubo un largo minuto de silencio lleno de tensión mientras aguardaban a que sucediese algo. Solo se oía el viento que soplaba con suavidad entre los árboles centenarios y el ruido manso y rítmico de la lluvia al golpear las hojas. De vez en cuando sonaba el crujido de una rama al combarse bajo la brisa, pero nada más. Hasta los animales parecían guardar silencio.

De repente, un alarido de dolor surgió de entre la maleza, un grito de sorpresa, miedo y sufrimiento a la vez. Se hizo un último momento de silencio antes de que sonase una larga ráfaga de disparos, que fueron respondidos al instante desde otro rincón del jardín abandonado.

Aquella fue la señal para desatar un caos infernal en el laberinto de vegetación que rodeaba la villa. Empezaron a sonar disparos por doquier, gritos y advertencias se cruzaban por el aire y la radio que tenía Daniel en la mano comenzó a crepitar con docenas de llamadas de socorro, advertencias y mensajes apresurados que se entrecruzaban. Daba la sensación de que se acababa de iniciar una pequeña guerra.

Una explosión sacudió el aire y levantó una enorme cantidad de tierra y ramas secas a varios metros de altura. En medio del polvo y del humo se adivinó por un instante la figura desmadejada de un hombre que realizaba una pirueta mortal antes de volver a caer al suelo. Estaba demasiado lejos y demasiado envuelto en restos como para distinguir el color de su ropa, pero por un instante les pareció adivinar el azul oscuro del uniforme policial. Aquello ya estaba totalmente fuera de control.

—¡Esperad aquí! —gritó Daniel girándose hacia el grupo que se apelotonaba detrás del coche.

—¡Voy contigo!

—Nada de eso, Cas. —Una bala perdida se abrió paso entre el seto salvaje y descuidado y se acabó estrellando contra la puerta de uno de los coches aparcados con un golpe sordo, que hizo que todo el mundo agachase la cabeza de forma instintiva—. Ese sitio es muy peligroso.

—Nuestro hijo está ahí dentro, Daniel. —Casandra le miró con fiereza—. Voy a ir a por él.

—No, no irás. Te quedarás aquí y vigilarás que Tapia y sus enfermeros no hagan ninguna estupidez. —Señaló hacia el grupo de sanitarios, que se apretujaban detrás de una ambulancia con expresión de terror en el rostro. Seguramente se preguntaban cuánto más podría torcerse aquel día.

—¡Daniel! —Casandra no pudo contener el grito cuando vio cómo su marido y Roberto cruzaban el viejo dintel de piedra cubierto de musgo con las armas en la mano.

Daniel se giró un segundo y le dedicó una sonrisa tensa, un viejo guiño de complicidad que hacía tanto tiempo que no compartían que Casandra se sintió, por un mínimo y fugaz latido, transportada a diez años atrás, cuando los dos se conocieron.

Se removió inquieta mientras Daniel y Roberto desaparecían en el primer cruce del jardín y el tiroteo arreciaba en varios puntos ocultos. De un par de lugares se elevaban densas columnas de humo negro y una de las torres de la villa parecía el escenario de una furiosa lucha.

Casandra parpadeó un par de veces, cuando se dio cuenta de que lo que había tomado por humo de un incendio revoloteando sobre la casa no tenía nada que ver con el mundo físico que la rodeaba. Sobre el tejado del ala izquierda, una densa espiral de aura oscura, mucho más grande que nada que ella hubiese visto jamás, daba vueltas perezosas devorando la luz hacia su interior, como un agujero negro en el centro de la galaxia consumiendo planetas.

Aquello fue demasiado para ella. Tras echar un último vistazo cauteloso hacia los lados, respiró hondo y salió a la carrera hacia la vieja puerta de piedra, haciendo caso omiso a los gritos de alarma del doctor Tapia y su grupo de enfermeros.

Un segundo más tarde había desaparecido entre la espesura mientras desde la casa la nube oscura parecía emitir un suspiro de satisfacción perversa.

XLII

La gravilla crujía bajo los pies de Casandra a medida que se internaba en el laberinto de vegetación. Oía voces distantes entre el follaje y los setos espesos, pero no podía determinar con precisión de dónde venía cada sonido. El tiroteo había menguado mucho, al menos por donde ella andaba, pero parecía arreciar en otras zonas del amplio jardín. Por un momento se sintió como una especie de Alicia caminando por un País de las Maravillas sangriento y desangelado en el que jamás dejaba de llover. El impermeable que llevaba se enganchó en una rama de espino y el plástico se desgarró. Al cabo de un rato sentía una incómoda gota de agua resbalando por su cuello, pero la ignoró por completo.

Podía *sentir* la presencia de los Oscuros muy cerca. Eran tres latidos distintos y completamente diferenciados, como tres instrumentos distintos de una melodía que uno podía separar en su cabeza si prestaba la suficiente atención. Las ondas que emitían se solapaban una sobre otra como olas golpeando una orilla, cada vez más potentes y atronadoras.

Encontró el primer cuerpo al doblar una esquina. No era un agente de policía, sino un hombre joven en traje de combate que sujetaba una pistola en sus manos flácidas. Había recibido un disparo en el pecho y sus ojos abiertos aún reflejaban una expresión de incredulidad, como diciendo «No puedo estar muerto. Hace diez minutos me estaba bebiendo una cerveza y ahora estoy tirado en este jardín sucio y húmedo. Esto tiene que ser un error».

Casandra saltó sobre el cuerpo de una zancada sin dedicarle una segunda mirada. El aura gris que envolvía el cadáver se estaba disipando rápidamente y en pocos minutos no quedaría ni la más mínima esencia. Los últimos jirones salían volando como hojas muertas hacia el torbellino oscuro que giraba sobre la casa, cada vez más grande. Se sintió tentada a recoger la pistola, pero tras pensarlo un segundo desechó la idea. En primer lugar, no tenía la menor idea de cómo usar un arma, y lo más probable es que se hiciese más daño a ella misma que a quienquiera que apuntase, pero sobre todo estaba convencida de que aquello no se arreglaría con armamento convencional.

No muy lejos de allí tropezó con dos de los policías que habían entrado un rato antes. Uno de ellos estaba muerto; su pierna derecha, amputada por encima de la rodilla en una herida abierta de feo aspecto. Tenía el uniforme chamuscado y cubierto de pequeños agujeros por todas partes. A su lado había un hoyo en el suelo que se iba llenando lentamente de agua conforme los regueros de lluvia desembocaban en él. Un tenue olor a explosivo se colaba por debajo del aroma de sangre y fluidos corporales.

Casandra se detuvo paralizada mientras sus pies parecían echar raíces. Si aquel hombre había pisado una mina, eso significaba que podía haber más en aquel laberinto. El otro policía tumbado a su lado gimió y el instinto médico de Casandra se sobrepuso a su miedo. Se acercó a él y le dio la vuelta. Tenía un feo desgarrón en el costado derecho y parecía haber perdido bastante sangre, pero por lo demás estaba bien. El aura del hombre oscilaba como una bombilla a la que le falla el flujo de energía, pero tenía un color fuerte y sano. Alrededor de la herida estaba más descolorida, aunque alguien se había preocupado de hacerle un fuerte torniquete con una venda antes de dejarlo allí. Casandra *supo* que aquel agente no moriría de su herida, aunque debería vigilar su hígado en algún momento de los dos siguientes años.

—Están por todas partes —murmuró el hombre con un gesto de dolor—. Debe de haber por lo menos dos docenas. Nos estaban esperando y han plagado toda la finca de trampas. Tenga cuidado.

—¿Quiénes son?

—No lo sé, pero parecen pistoleros profesionales. Nos superan en número; hemos conseguido obligarlos a replegarse hasta la casa, aunque ahora estamos desperdigados por todo este maldito laberinto y empezamos a estar justos de munición.

Casandra revisó el vendaje con gestos rápidos mientras el policía herido la observaba en silencio. Estaba muy pálido y su mirada era profunda.

—Es usted la madre del niño, ¿verdad?

Casandra asintió con lágrimas en los ojos.

Sentía cómo el Fulgor se removía en su pecho, como el vapor de una caldera a punto de reventar. Empezó a emitir ondas de luz lentas y profundas que hacían pulsar el aire a su alrededor, aunque solo ella lo podía ver. La furia estaba abriéndose paso, a lomos del deseo de venganza y de las ganas de terminar con todo aquello de una vez.

—No se preocupe —dijo mientras incorporaba al agente herido y lo dejaba recostado contra el tronco nudoso de un olmo centenario—. Todo irá bien.

Y yo haré lo que esté en mis manos para que Ellos lo paguen caro.

Acarició el pelo del agente como despedida y sus auras se entremezclaron durante un parpadeo. Sorprendida, advirtió que con ese simple gesto el hombre parecía sentirse repentinamente aliviado del dolor que le atenazaba. Casandra le dedicó un gesto de aliento y se alejó por el camino encharcado. Podía ver en el fango las huellas entremezcladas de los agentes que habían pasado por allí hacía un rato y de diferente color las pisadas de los Grises un rato antes.

Era como seguir el rastro de migas de pan del cuento, solo que el sonido de disparos y los lamentos de los heridos creaban un coro irreal y distorsionado a su alrededor. Esquivó un par de minas de contacto enterradas con esmero en la grava, pero que para Casandra eran tan visibles como si las hubiesen dejado apoyadas en medio del sendero. El agua goteaba de los muros de brezo que delimitaban el camino y de las ramas oscuras que lo cubrían hasta dejar filtrar únicamente una luz oscura y difusa.

De golpe desembocó en un pequeño claro que se había mantenido a salvo de la vegetación gracias a su suelo empedrado. En medio de aquella pequeña explanada había una pérgola para una banda de música, hecha de hierro corroído por el agua y los años. El tejado de un lado se había hundido mucho tiempo atrás y ya era solo un montón informe de madera aplastado en el suelo. Las piedras del suelo estaban cubiertas de relucientes vainas de cobre, testigos mudos de un tiroteo furioso que había tenido lugar allí un rato antes. Tres cuerpos caídos en el suelo (ninguno de ellos llevaba uniforme azul, para alivio de Casandra) atestiguaban que aquel punto estratégico había caído tras una dura lucha.

Un movimiento le llamó la atención en la otra esquina, detrás de los restos de la pérgola. Semiocultos bajo la sombra de un roble, dos agentes de policía se afanaban sobre un Gris que parecía herido. El hombre sangraba por una pierna y lanzaba chillidos de dolor mientras uno de los agentes le esposaba. Su compañero hablaba por radio con alguien mientras vigilaba a su alrededor con aspecto cansado. Ambos parecían exhaustos y conmocionados por aquella operación de rescate que había derivado en batalla abierta.

Casandra iba a dar un paso hacia delante para dejarse ver cuando, de repente, una potente onda invisible la golpeó de lleno con la fuerza de una apisonadora. Fue tan inesperado que boqueó, mareada, mientras ondas sucesivas la iban asaltando como capas de lava que descendiesen de un volcán.

Jadeó al tiempo que trataba de sobreponerse. Podía sentir la energía oscura de aquellas ondas psíquicas que la rodeaban. Era una fuerza negra, perversa y antigua. Aquellas ondas oscurecieron por un instante su campo de visión, la dejaron temporalmente ciega e indefensa cuando el último haz de luz desapareció devorado en medio de aquella energía oscura.

Sintió cómo una miríada de dedos pequeños y pegajosos le recorrían la piel, apéndices ciegos de una mente a distancia que toqueteaba tratando de adivinar qué estaba palpando. En ese instante su Fulgor restalló con la potencia de una bengala y los dedos invisibles se replegaron como hojas chamuscadas por un fuego purificador. Su halo de luz se fue haciendo cada vez más amplio y poderoso y poco a poco la luz solar volvió a bañar todo a su alrededor con más y más fuerza. Con un último empujón mental, Casandra proyectó su energía y la oscuridad se replegó sobre sí misma, dejando a su alrededor una zona libre, protegida por una pared invisible que no podían cruzar.

Los policías de la explanada continuaban a lo suyo, ajenos a la onda oscura que los rodeaba. Casandra comprendió que solo ella era capaz de percibirla, y posiblemente la única que estaba a salvo de sus efectos.

Un crujido de grava puso en alerta al policía que montaba guardia. Le dio una palmada nerviosa en la espalda a su compañero y ambos se pusieron en posición apuntando sus armas hacia el otro camino que desembocaba en el claro. Los pasos se detuvieron por un instante, pero se reanudaron al cabo de un momento, como si su autor estuviese dando un tranquilo paseo por el jardín, ajeno a aquella carnicería.

Finalmente, una esbelta figura entró en el claro. Era una mujer de mediana edad de belleza clásica y fría, con pómulos altos, mirada glacial y un peinado elegante a juego con su ropa. Vestía lo que parecía ser un traje de amazona completo, con altas y carísimas botas de cuero y una chaqueta impermeable. La mujer caminó hasta el centro de la explanada, junto a la pérgola derruida, y le dio un leve puntapié a uno de los cadáveres, con la misma curiosidad clínica con la que un niño tocaría con un palo a un pájaro muerto.

Los dos policías se habían quedado inmóviles por la estupefacción o por algún otro motivo. La pequeña patada de la mujer los sacó de su letargo, pues ambos amartillaron sus armas de manera ruidosa mientras le apuntaban.

—¡Policía! ¡Ponga las manos donde pueda verlas y tírese al suelo! —gritó uno de ellos.

La mujer se dio la vuelta y los miró con expresión divertida, como si encontrase hilarante el hecho de que le apuntasen con un arma.

—¿Hablas conmigo, perro? —Su voz sonaba elegante y modulada, más apropiada para un cóctel que para aquella situación.

—¡He dicho al suelo! ¡Ahora!

Ella rio, con una risa seca y quebradiza, sin vida, que sonaba a un montón de huesos descascarillados sacudidos en una bolsa.

—Muy bien. —Hizo un gesto burlón con las manos—. Al suelo, pues.

El policía que le apuntaba se puso rígido de golpe y soltó un grito de dolor mientras se retorcía de manera antinatural. De uno de sus codos surgió un chasquido escalofriante cuando su brazo se giró en un ángulo que no debería ser posible. Con las manos crispadas sobre la culata de su arma, el agente emitió un estertor de dolor al caer de rodillas. Su aura color lavanda giraba enloquecida a su alrededor y se deshilachaba lentamente por una esquina, atraída hacia la figura silente de la mujer, que le observaba de pie disfrutando del momento.

Es como si le sorbiese la energía con una pajita, pensó Casandra justo antes de que el hombre se derrumbase aullando sobre el suelo. Todo había sucedido en menos de diez segundos. Su compañero le miraba, con los ojos muy abiertos, incapaz de entender qué era lo que estaba sucediendo. Cuando su cerebro por fin procesó la información, apuntó su arma hacia la mujer y realizó tres rápidos disparos en sucesión.

La primera bala salió hacia las nubes y las dos siguientes se enterraron en el suelo, a pocos metros de donde estaban. El policía observaba su mano, que se sacudía como poseída con vida propia, con los ojos desorbitados de terror. Pese al frío, su frente estaba perlada de sudor mientras luchaba por apuntar el cañón en la dirección correcta.

—No deberías jugar con armas de fuego. —La voz de la mujer sonaba arrulladora y suave—. Podrías hacerte daño.

El policía asistió impotente a cómo su mano se giraba poco a poco apuntando la pistola hacia su propia entrepierna. Incluso desde donde estaba Casandra, podía oír cómo el hombre rechinaba los dientes, en un intento desesperado de recuperar el control de su propio cuerpo. Un gemido furioso se escapó de su garganta, se transformó en un alarido de dolor cuando su dedo apretó el gatillo con un estampido ensordecedor. El hombre se derrumbó en el suelo hecho un ovillo, sin dejar de gritar mientras trataba de contener con las manos el enorme destrozo que había hecho, y se desangraba de forma lenta.

La mujer emitió un gemido satisfecho que tenía algo de sexual mientras devoraba con avidez las ondas de dolor que se escapaban de los dos hombres moribundos. Casandra se maldijo por no haber cogido el arma de uno de los policías caídos que había encontrado por el camino. Miró sus manos desnudas y se sintió impotente. ¿Cómo podía enfrentarse a aquella mujer espantosa?

—Sé que estás ahí —dijo la mujer en voz alta mientras avanzaba contoneándose hasta el centro de la explanada—. Puedo sentirte. Sal para que pueda verte.

Es la hora de la verdad, Cas.

Casandra salió de entre el follaje sintiéndose como una vagabunda al lado de aquella mujer de aspecto regio y bien vestida. Tenía el pelo pegado a la cabeza por la lluvia y aún llevaba la sudadera que se había puesto aquella mañana, todavía salpicada con la sangre de los enfermeros muertos en el rescate de Logan, que ya había adquirido un aspecto marrón oxidado. Sus zapatillas Converse habían tragado tanta agua en los charcos que cada vez que apoyaba la planta de los pies chorreaba líquido por los agujeros de los cordones.

—Así que tú eres la famosa Casandra. —La mujer le echó un vistazo de arriba abajo con indisimulado desprecio—. Me imaginaba algo más imponente, teniendo en cuenta que mataste a Silas.

—¿Quién eres?

—Soy Freya, pero ¿por qué te importa? Te voy a matar de todos modos, sepas mi nombre o no.

—Eres una Oscura. —No fue una pregunta, sino más bien una afirmación.

Freya rio de nuevo con aquel sonido desacompasado que subía y bajaba como un ascensor oxidado.

—Oscuros. Así nos llamas, ¿no? —Se limpió una lágrima imaginaria de la mejilla—. Me gusta. No me imaginaba tal grado de creatividad de una paleta como tú. Es… sonoro e imponente.

—Es lo que sois. —Casandra se encogió de hombros—. Y a mí no me parece imponente. Me suena a un montón de mierda presuntuosa y amoral que mata por placer.

La sonrisa de Freya se deshizo en un rictus de disgusto, pero Casandra ni se inmutó. Aunque debería estar aterrorizada, se sentía totalmente tranquila. El Fulgor bullía por sus venas, alerta, asumiendo por completo la parte instintiva de sus reacciones.

—Te diré qué es presuntuoso —vocalizó con cuidado Freya, subiendo el tono de voz a medida que iba hablando excitada—. Presuntuoso es plantarte delante de mí y no arrodillarte suplicando clemencia. Presuntuoso es aparecer sin que nadie te llame y transformar una cacería sencilla en un engorro. Presuntuoso es acabar con la vida de un ser como Silas, infinitamente más viejo, más sabio y más interesante que tu aburrida vida humana normal. Presuntuoso y arrogante es estar ahí de pie, como si tuvieses alguna oportunidad, cuando ya estás muerta.

—Oh, no estoy muerta. —Casandra meneó la cabeza—. Estuve en el Sitio Oscuro, pero ya he vuelto.

—Estás muerta —insistió Freya, relamiéndose los labios con afección—. Como tu hijo. Gritaba como un gorrinito mientras se desangraba, ¿sabes?

Casandra se tambaleó, pero no dejó que sus emociones se reflejasen en su rostro. Su corazón había dejado de latir y tenía ganas de gritar y arrancarse los cabellos, pero no podía hacerlo. Aún no.

—Mientes —musitó con voz pastosa.

—Lo hice yo misma —ronroneó Freya—. Le obligué a que se fuese clavando hierros oxidados en sus deditos antes de degollarlo. Primero la mano derecha, después la izquierda…

—Mientes.

—Martín era muy buen chico, lo tenías muy bien educado. Apenas gritó cuando Escauro se lo llevó a la habitación de al lado para hacer… sus cosas. —Freya chasqueó los labios satisfecha—. El viejo Escauro es un cerdo degenerado, pero muy listo. Le dijo que, si gritaba mucho cuando le metiese su cosa, su mamá lo pasaría muy mal. Es increíble lo que aguantó el culito de tu hijo con tal de no hacer sufrir a su mamá…

Casandra tragó saliva mientras el mundo a su alrededor se volvía un poco borroso. El aire se había vuelto pastoso y tenía la boca totalmente seca. Debía hacer esfuerzos increíbles para mantenerse de pie. De repente sintió un calambrazo que la sacudía desde la punta de los pies a la raíz del cabello. Era el Fulgor, que la azotaba como un látigo.

Despierta.

Mira lo que está haciendo.

No cedas.

No cedas.

Casandra parpadeó fuerte un par de veces tratando de aligerar la pesadez que parecía haber almacenado en su cabeza una tonelada de algodón empapado en alcohol. Cuando consiguió fijar la vista vio cómo el aura negra de Freya había lanzado unos tentáculos pegajosos hacia ella y engordaban siguiendo lentas pulsaciones que emanaban de la propia Casandra.

Se está alimentando de mi dolor. Me cuenta todo esto para hacerme sufrir. Hija de puta.

No supo muy bien lo que hacía, pero le salió de forma natural. Dejó que la rabia le inundase las venas y de su aura salió proyectada una llamarada que golpeó a Freya de frente. La mujer soltó un alarido de sorpresa y dolor mientras se tambaleaba sacudida por aquel rayo. Cuando se giró de nuevo hacia ella, lucía un feo verdugón en la mejilla, como si le hubiesen aplicado un hierro al rojo vivo en ella.

—Ni se te ocurra resistirte, perra. Morirás como tu hijo —bisbiseó antes de extender los dos brazos hacia Casandra en un gesto enérgico.

El halo oscuro de Freya saltó hacia delante en forma de gigantesco tsunami que anegó todo el claro en apenas un segundo. Casi en el mismo instante, su Fulgor se proyectó en forma de un gigantesco arco eléctrico que chocó de frente con el muro de oscuridad produciendo un sonido crepitante y seco. Casandra se dijo que aquello tenían que haberlo oído incluso los que no podían ver aquella lucha de auras. El impacto se prolongó durante un largo rato mientras las dos mujeres hacían esfuerzos ímprobos para evitar que el impulso de la otra las aplastase. Freya rechinaba los dientes y Casandra sudaba por el enorme desgaste. Al cabo de un minuto, ambas ondas colapsaron una sobre otra y se deshicieron como una gigantesca pompa de jabón.

Freya la contempló jadeando y con una expresión de incredulidad en el rostro. Estaba pálida y sudorosa, y de pronto parecía agotada. Casandra, por su parte, se sentía ferozmente eufórica y con un febril deseo de lanzarse sobre aquella mujer odiosa.

—No puede ser —murmuró Freya—. Eres una recién nacida. No puedes resistirte a mí. ¡A mí no!

Freya se acercó al Gris herido que seguía caído a escasos pasos de ella. El hombre estaba lívido y se sujetaba la pierna herida. Freya llegó a su lado y sin contemplaciones levantó el pie y clavó uno de sus tacones en la herida abierta de la pierna. El Gris lanzó un alarido de sufrimiento, que aumentó cuando Freya retorció el pie con saña sobre la herida. Las ondas de dolor alimentaron el halo oscuro de la mujer, que se empezó a recuperar a ojos vistas. Como una araña chupando los jugos de su presa, Freya recuperaba energías. El Gris se removió y Freya lo miró con ira y desprecio.

Aquel era el momento que había esperado Casandra. Con sus auras niveladas en cuanto a fuerzas, y mientras ella no supiese sacar más partido de sus habilidades, eran a todos los efectos dos mujeres normales, una frente a la otra. Y Casandra tenía como poco treinta años físicos menos, el efecto sorpresa de su parte y la furia de una madre herida rugiendo dentro de su corazón.

Sin dudarlo cargó a través de la explanada al tiempo que soltaba un grito liberador. Freya levantó la vista del Gris herido, sorprendida, y no pudo evitar que el puño de Casandra impactase contra su pómulo derecho con un sonoro chasquido. La mujer trastabilló hacia atrás, el vínculo con las ondas de dolor del Gris súbitamente roto, y con expresión de pánico en sus ojos por primera vez.

—¡Ni se te ocurra… volver… a tocar… a mi hijo…, zorra! —Casandra gritaba entre lágrimas mientras descargaba golpe tras golpe sobre la cara de la mujer, que intentaba defenderse levantando las manos sin conseguir resultados.

El Fulgor envolvía los puños de Casandra, que cada vez que atravesaba el halo oscuro de Freya lo deshilachaba como un cuchillo caliente cortando mantequilla. Freya empezó a sangrar por la nariz y la boca y de su garganta salió un gemido de terror. Entonces tropezó con una raíz obstinada que había quebrado el suelo de losas de piedra y cayó a lo largo, al lado de uno de los policías muertos. Su mano arañó el suelo y se rompió alguna de sus delicadas uñas de manicura francesa, hasta que por fin agarró la culata de una de las pistolas caídas.

Freya giró sobre su espalda con una sonrisa feroz en el rostro. Despeinada, tumefacta, con los labios y la nariz rotos y la cara llena de sangre, parecía una vieja arpía salida directamente del infierno.

—Di adiós al mundo, Casandra —gruñó mientras apretaba el gatillo.

Casandra cerró los ojos de manera instintiva una décima de segundo antes de que saliese la bala, pero nada sucedió, aparte de un *clic* apagado. Abrió de nuevo los ojos y lo primero que vio fue la mirada de profunda perplejidad de Freya, que observaba la pistola mientras apretaba de forma obsesiva el gatillo una y otra vez, sin resultado.

El arma estaba encasquillada.

—La suerte de los Nacidos de la Luz. —Casandra rio mientras descargaba una patada en la muñeca de la mujer y la pistola salía volando a varios metros—. Logan me contó algo de eso.

Freya la contempló con una mirada de horror infinito en el rostro, que Casandra no supo interpretar. Haciendo acopio de todas sus fuerzas, la mujer lanzó un último empujón de halo negro, venenoso como el aguijón de un escorpión, contra el corazón de Casandra. El Fulgor simplemente se hizo más intenso mientras devoraba aquella lanza de oscuridad sin mucho esfuerzo. Cuando acabó el breve destello de luz, el aura oscura de Freya se había reducido a una minúscula franja negra que parpadeaba traslúcida alrededor de su cabeza. Por primera vez, la vio como lo que era: una anciana frágil y perversa, ponzoñosa como una bola de pus infectado.

—No me hagas daño —gimió mientras se arrastraba—. No le he hecho nada a Martín, te lo juro. Yo…

Aquello bastó para romper el último dique que contenía la ira de Casandra. La mujer que había torturado a su hijo yacía a sus pies, la misma que sin duda se había estirado de placer frente al dolor de cientos de niños a lo largo de los siglos.

—Adiós, Freya —dijo—. Arde en el infierno, bruja.

Casandra descargó su pie sobre el cuello de Freya, que se partió como una ramita seca con un audible *crac*. Sus ojos se dilataron de la sorpresa por una última vez mientras su aura negra rotaba sobre sí misma, en un giro parecido al del agua que se va por un desagüe, antes de disolverse dentro del aura cada vez más intensa de Casandra. Pataleó unos instantes mientras los músculos recibían las instrucciones finales de un cerebro moribundo, y por fin quedó inmóvil.

La contempló durante un momento, aplastada por la angustia y el dolor. Martín estaba muerto. Violado, torturado y asesinado por aquellas fieras sanguinarias y sin moral. Levantó la cabeza hacia el cielo gris y de su garganta se escapó un aullido de dolor intenso y puro, con sus ojos convertidos en dos fuentes que manaban lágrimas de acero fundido.

Permaneció de pie en medio de la explanada un buen rato mientras a su alrededor se hacía el silencio poco a poco. Los tiroteos habían cesado por completo y ya no se oían gritos ni explosiones. La batalla y su resultado, fuera este cual fuese, ya se había decidido.

Todo había acabado. Excepto Casandra.

Su mirada se paseó por el jardín desierto. El Fulgor, amplificado como nunca, le permitía apreciar el hálito vital de cada rama, de cada insecto, de cada hoja de una manera intensa y atroz. Era consciente de todo lo que sucedía a su alrededor como un humano normal jamás podría serlo.

Pero nada de eso le importaba. La llamada de la venganza era lo único que contaba para ella en aquel momento. Buscar a los Oscuros que quedaban y devolverles todo lo que le habían hecho sufrir, multiplicado por diez. Vengar a Martín. Vengar a Daniel, que probablemente también estaría muerto en algún lado. Secar sus lágrimas sobre las cabezas de los Oscuros y por fin acurrucarse en un rincón y dejarse morir de pena.

Comenzó a caminar hacia la casa, como una Furia vengativa y peligrosa. Sus pisadas hacían levitar apenas los guijarros del camino mientras pasaba, pero ella no se daba cuenta, como tampoco percibía cómo los charcos y el agua de la lluvia que reposaba sobre las hojas se evaporaban a su paso, como si una ola de fuego abrasador recorriese aquellos senderos.

Nada le importaba. Solo la venganza.

Un par de Grises se cruzaron de golpe en su camino. Eran dos hombres altos y corpulentos, con el pelo rapado y ropas militares de camuflaje, que llevaban fusiles de asalto y comentaban algo entre ellos con tranquilidad. Sin duda celebraban el éxito de su emboscada y recorrían el jardín en busca de heridos para rematarlos. Dos profesionales que actuaban de forma fría y metódica.

Ambos levantaron la vista, sorprendidos de encontrarse a alguien con vida. Cuando se dieron cuenta de que era una mujer desarmada en vez de un agente de policía, su sorpresa se transformó en extrañeza. No les dio tiempo a mucho más.

Casandra liberó el Fulgor. Uno de los Grises salió despedido como si un camión le hubiese embestido hasta acabar empalado en una antigua verja de hierro oxidado que rodeaba un rosal salvaje. El sonido de las púas metálicas al atravesar su cuerpo quedó apagado por sus aullidos, que se extinguieron al cabo de un momento. El otro Gris tuvo tiempo de levantar el arma antes de que un fogonazo del Fulgor lo envolviese, y el hombre simplemente se derrumbó en el suelo, sangrando por la boca, la nariz y los oídos, reventado por dentro.

Ella pasó por encima de los cuerpos sin dedicarles una mirada. Era como una diosa primitiva que arrasaba todo a su paso, una fuerza de la naturaleza que después de milenios encerrada en una botella caminaba libre por fin sobre el mundo. Nada la detendría.

La puerta principal de la casa estaba al final de una amplia escalinata de granito que se abría hacia los lados como una inmensa cascada de piedra. El efecto impactante que su diseñador había previsto quedaba disminuido por los cuerpos retorcidos de al menos media docena de agentes de policía que yacían sobre los escalones en las más extrañas posturas. Aquel era el punto donde había concluido de forma abrupta la operación de rescate.

Una parte de la mente de Casandra registró el hecho de que ninguno de aquellos cuerpos era el de Daniel o el de Roberto, pero sí que estaba allí el del jefe de pelotón al que su marido había saludado antes de empezar aquella carnicería. El líder había caído a pocos pasos de la entrada.

Un grupo de Grises salió en tropel de la puerta principal gritando en algo que sonaba como un idioma del este de Europa. Mercenarios. Qué más daba.

Casandra ni siquiera tuvo que pensar. El Fulgor era una fiera salvaje, un fuego que devoraba un bosque centenario de tiempo y aumentaba a medida que se alimentaba. Los dos primeros Grises simplemente se desplomaron a sus pies, con los cerebros fritos por una intensa onda de luz. Ambos estaban muertos antes de tocar el suelo. Los tres que venían detrás giraron las armas unos hacia otros y empezaron a dispararse entre ellos, con una expresión enloquecida en los ojos, reflejo del esfuerzo para resistirse a la mano oculta que los manejaba como marionetas.

Fue estéril. Al cabo de unos segundos su sangre se derramaba por los escalones, mezclándose con la de los agentes que habían caído allí un momento antes, y sus auras eran devoradas por el torbellino cada vez más grande del Fulgor.

Casandra entró en la casa. El gran vestíbulo de entrada había sido transformado en una suerte de campamento base donde los mercenarios Grises habían pasado los últimos días. Había catres, mochilas, efectos personales y cajas de armas y munición por doquier, aunque ni el menor rastro de sus ocupantes. Supuso que o estaban muertos o la esperaban más adelante. Podía sentir el pulso oscuro que emanaba de una habitación unos cuantos pasillos más allá.

La esperaban, insinuantes.

Le daban la bienvenida.

Casandra caminó hacia ellos. Atravesó varias estancias, sin prestar atención a las cortinas decrépitas y los muebles cubiertos de humedad. Al fondo de un largo pasillo se erguía una enorme puerta de castaño taraceado, con incrustaciones que trazaban complicados dibujos geométricos. Casandra la abrió sin necesidad de tocarla, tan solo empujando con el Fulgor, y su energía descontrolada hizo que casi se saliese de las bisagras. Un enorme chorro de luz la sorprendió y la puso en alerta, pero se dio cuenta al cabo de un momento de que era luz natural.

Se hallaba en una larga galería acristalada que daba a la parte trasera de la casa. En su día debía de haber sido un elegante solárium donde los inquilinos de aquella morada

445

podían ponerse al sol sin que les afectase el frío del invierno, pero de eso hacía ya mucho tiempo. Faltaban más de la mitad de los cristales y docenas de palomas habían hecho de las vigas del techo su casa, cubriendo el suelo con una gruesa capa de excrementos que debía abarcar varias generaciones. Aquí y allí se veía el esqueleto cubierto de plumones de algún pájaro medio momificado.

Casandra caminó con cuidado, evitando pisar aquellos puntos donde los niveles de detritus eran más altos, pero entonces percibió algo a su espalda, un pulso de energía que le resultaba familiar.

Se dio la vuelta tratando de contener la emoción que casi le hacía saltar el corazón en la garganta. Tras un minuto que se hizo eterno, un ruido casi inaudible de alguien pisando cristales rotos le confirmó su percepción. Sonaron unos cuantos golpes apagados y de repente una mano apareció por el borde abierto de la balconada impulsando el cuerpo de su propietario hacia arriba. Daniel, con la ropa desgarrada por la maleza y la cara manchada de humo y pólvora, se dejó caer sobre el suelo de madera de la galería con expresión agotada.

—¡Daniel! —El grito, casi un alarido, tenía una mezcla de alivio, alegría, dolor y necesidad de consuelo a partes iguales. Casandra corrió hacia su marido, que levantó la mirada sorprendido.

—¡Cas! ¿Qué haces aquí? —susurró—. ¡Te dije que te quedases en la entrada!

—Daniel, han matado a Martín —se lamentó Casandra mientras se abrazaban—. Esa mujer me lo dijo, lo han matado...

—Chssst, tranquila. ¿De qué mujer hablas? ¿Qué es...?

Su pregunta se interrumpió porque justo en ese momento otro par de manos apareció por el borde de la ventana rota impulsando el cuerpo agotado de Roberto. El joven policía saltó dentro de la galería con un gesto ágil y miró a Casandra con una expresión perpleja durante un largo segundo.

Daniel se giró hacia él, con una sonrisa en la cara, dispuesto a decirle algo, pero un repentino empujón de Casandra le lanzó sobre un montón de plumas muertas y cristales rotos en el instante mismo en que Roberto sacaba su pistola.

A Casandra solo le dio tiempo a restallar el Fulgor una vez hacia el joven compañero de su marido, que envuelto en un halo gris disparó dos veces contra el cuerpo caído de Daniel mientras una sonrisa convulsa se dibujaba en su cara.

XLIII

La primera de las balas se enterró en las tablas del suelo y levantó un surtidor de astillas y excrementos de paloma, pero la segunda atravesó el brazo derecho de Daniel, que lanzó una maldición cuando perdió su arma.

Casandra tan solo había sido capaz de desviar la puntería de Roberto levemente, pero el joven policía ya estaba apuntando de nuevo, esta vez hacia ella. El aura gris que le envolvía giraba con la velocidad de un tornado alrededor de su cabeza y la expresión de su rostro era decidida.

Conocía a Roberto desde hacía años. Había sido una de las primeras personas que se incorporaron a su círculo más cercano cuando se mudaron a la ciudad. Era un buen policía, y un buen chico, pero sobre todo *era su amigo*.

No podía ser un Gris. Eso era imposible.

Casandra solo vaciló un par de segundos mientras estas dudas la asaltaban, tiempo suficiente como para que Roberto disparase dos veces más contra ellos. Una de las balas se perdió por el fondo de la galería, pero el otro proyectil rozó la pierna izquierda de Casandra, que sintió cómo una llamarada de dolor subía por su espina dorsal.

Golpeó con el Fulgor de manera brutal, como jamás había hecho hasta aquel instante, al tiempo que sentía cómo se formaba una burbuja de pura energía alrededor de ella y del cuerpo caído de Daniel. La onda de choque alcanzó a Roberto, que se retorció durante un segundo con expresión perpleja antes de trastabillar como un borracho hasta empotrarse contra la pared. Allí continuó sufriendo convulsiones cada vez más violentas. Un crujido espantoso surgió de su boca cuando los dientes se le partieron a causa de la presión y un olor apestoso a pelo quemado comenzó a salir de su cabeza, en medio de volutas de un fino humo azul. Gruñó algo ininteligible mientras sus pies se sacudían fuera de todo control y finalmente cayó al suelo desmadejado, con los esfínteres sueltos y la piel transformada en una enorme mancha roja. Parecía una langosta sumergida durante demasiado tiempo en una olla con agua hirviendo.

Se hizo el silencio en la galería, por fin.

—¿Estás bien? —Casandra se volvió hacia Daniel.

Su marido sangraba de forma aparatosa por una herida abierta un palmo por debajo del hombro. Sin atender a sus gestos de protesta, le desgarró la chaqueta hasta dejar la herida a la vista. Respiró aliviada al ver que había un orificio de salida. No disponía de material médico, así que rasgó el borde inferior de su camiseta para improvisar un aparatoso vendaje que contuviese la hemorragia. Llevada por un impulso repentino, *tocó* ligeramente la herida con el Fulgor y Daniel debió de sentir un alivio instantáneo porque dejó de rechinar los dientes.

—No tiene mala pinta —musitó ella mientras anudaba bien el vendaje—. Pero será mejor que lo veamos en un hospital pronto. ¿Puedes levantarte?

Daniel asintió mientras se ponía en pie con una expresión desconcertada bailando en los ojos.

—Nos ha disparado. —En su tono de voz resonaba la incredulidad—. Roberto nos ha disparado, joder. ¡Mi propio compañero!

Se acercó hasta el cuerpo caído de Roberto con precaución y recogió su arma del suelo. Lo contempló durante un momento interminable; sus pensamientos, un enigma insondable para Casandra. Tan solo podía ver cómo su aura fluctuaba con violencia, presa de emociones encontradas.

—He pasado ocho horas diarias sentado a su lado durante dos años —murmuró—. Conozco a sus padres, he estado en su casa, me ha presentado a sus novias. Joder, lo sé todo sobre él. Esto no tiene sentido.

—La gente siempre puede sorprenderte, Daniel. —Casandra se acercó por detrás y le puso una mano sobre el hombro—. En algún punto del camino Roberto se desvió y ni tú, ni yo ni nadie supo verlo venir. No es tu culpa.

Aquel no era el momento para explicarle que su compañero y amigo se había convertido en un peón de los Oscuros en algún momento. Posiblemente, el encargado de manipular las cintas de vídeo del centro comercial y de darle toda la información sobre ella a los Oscuros. Más adelante habría un momento mejor. Si es que había un «más adelante» para ellos.

—¿Qué ha pasado aquí? —Daniel meneó la cabeza confuso—. Ha sido como si se electrocutase, o algo por el estilo, pero no veo ningún cable de alta tensión… Esto es una pesadilla.

Casandra abrió la boca para iniciar una difícil explicación sobre el Fulgor y su poder, pero justo en aquel instante oyeron un grito. Era un chillido infantil de miedo, angustia y desesperación. Un chillido que salía de una garganta que tanto Daniel como Casandra conocían a la perfección.

—¡Martín! —El grito salió de la boca de ambos al mismo tiempo.

Como guiados por un mismo pensamiento, le dieron la espalda al cuerpo desmadejado de Roberto y echaron a correr por la larga galería, ignorando los cristales rotos del suelo y toda intención de pasar desapercibidos.

La puerta del otro lado de la galería salió volando por los aires un par de segundos antes de que Casandra y Daniel la alcanzasen, empujada por un vendaval invisible. Si a Daniel le sorprendió aquel fenómeno antinatural, no dio la menor muestra de ello. Su mirada estaba concentrada en la sala que se hallaba al otro lado de la puerta y en la gente que allí los esperaba. Por su parte, Casandra trataba de dominar el Fulgor, que tiraba de su traílla mental como un mastín hambriento. La joven, envuelta en una nube de odio, dolor y deseo de venganza, se daba cuenta de que de alguna manera estaba a punto de perder el control de aquella fuerza poderosa y no tenía la menor idea de lo que podría llegar a pasar si eso sucedía.

Cruzaron el arco de piedra que daba acceso a aquella sala casi a la vez y se detuvieron jadeantes mientras contemplaban lo que había a su alrededor.

Se encontraban en una antigua biblioteca a la que le habían retirado casi todos sus ejemplares. Los pocos que quedaban resistían en las estanterías altas de la planta superior, a la que solo se podía acceder por una escalera que yacía rota y desvencijada en una esquina. Olía a humedad, a aire viejo y viciado y a algo más difícil de identificar.

El pulso oscuro en aquella sala era tan intenso que Casandra se sintió golpeada por la fuerza de sus ondas. Incluso Daniel, ajeno a aquella lucha de poderes, parecía sentir los impulsos de aquella marea energética que los rodeaba y se removió inquieto mientras apuntaba con su arma hacia el grupo de personas que estaba al fondo.

—Por fin llega, Casandra. —Uno de los hombres se adelantó con una sonrisa radiante en el rostro mientras los saludaba de forma amistosa—. La estábamos esperando. Pónganse cómodos, por favor.

Casandra se estremeció a su pesar al oír aquella voz. La última vez que había estado tan cerca de su dueño había sido en un hospital, recién salida del coma, y recordaba a la perfección el efecto perverso que aquel sonido untuoso y letal podía causar en las mentes de los seres humanos normales.

—No le escuches, Daniel —murmuró entre dientes—. Haga lo que haga y diga lo que diga, no le prestes atención.

—¡Mami!

El grito alborozado de su hijo cruzó la estancia y devolvió al corazón de Casandra un rayo de esperanza. Estaba al fondo de la biblioteca, encima de una aparatosa mesa de caoba de diseño antiguo que debía de haber costado una fortuna en su época. Los Oscuros habían mancillado la mesa clavando en ella cuatro arandelas de acero de aspecto sólido que mantenían aprisionado a Martín sobre su superficie mediante un juego de cadenas. Su hijo se retorcía ansioso y giraba la cabeza para poder ver bien a su madre. Las capas consecutivas de mocos resecos y lágrimas antiguas que arrasaban su rostro no dejaban la menor duda de la tortura que había atravesado el pequeño hasta llegar a aquel momento.

A su lado estaba el otro Oscuro: un hombre viejo y calvo de mirada sucia y aspecto traicionero. Este Oscuro acariciaba lentamente una de las piernas desnudas de Martín con una uña, en un gesto de aspecto inocente pero que en sus manos desprendía un inequívoco mensaje de carácter sexual que hizo que a Casandra se le pusiesen los pelos de punta. A su lado, escoltado por los últimos cuatro Grises de su pequeño ejército, Logan Dawson estaba de rodillas en el suelo, amordazado, con las manos y los tobillos sujetos por cinchas de plástico y el rostro magullado. Uno de sus ojos estaba hinchado y en general tenía el aspecto de haber sufrido una paliza de considerables proporciones.

El americano la contemplaba con gesto inescrutable, como si fuera ajeno a todo aquel drama, pero Casandra reconoció un brillo especial en el único ojo que podía mantener abierto. Logan era un tipo tozudo que no se había dado por vencido tan fácilmente.

—Veo que han tenido alguna dificultad en llegar hasta aquí. —El hombre del pelo rubio pajizo señaló la herida del hombro de Daniel y la pierna de Casandra.

Casandra echó un vistazo y fue consciente por primera vez de que estaba herida. El disparo de Roberto le había rozado la pierna por la parte exterior del muslo, dejando un feo rasponazo sangriento. Un milímetro más hacia la derecha y le habría impactado en el músculo.

—Suelta a mi hijo, cabrón —masculló, con cada fibra de su cuerpo en tensión.

—Oh, eso. —El hombre rubio se giró levemente hacia la mesa, como si acabase de descubrir que tenían a un niño de cinco años encadenado allí mismo—. Es por su propia seguridad, querida. Con tantos hombres armados disparando y corriendo por esta casa vieja y llena de trampas no querríamos que se hiciese daño, ¿verdad?

Daniel dio un paso hacia delante, enfurecido, pero Casandra le sujetó de la manga. «Aún no —parecía querer decirle—. No entremos todavía en su juego hasta saber cuál es.»

—Permítame hacer la presentaciones, Casandra. —El hombre rubio exhibió una sonrisa profiláctica que desentonaba con sus ojos pálidos y carentes de emoción—. Mi nombre es Silvano y ese caballero anciano que está cuidando del pequeño Martín es el señor Escauro. A Logan Dawson creo que ya lo conoce y esos tipos de los fusiles que están con él son gente totalmente prescindible. Tan solo falta Freya; en cuanto llegue, podemos sentarnos a hablar.

—Freya es una mujer de unos cincuenta años, rubia y muy elegante, ¿verdad?

—Eso es —replicó Silvano cauto—. ¿Cómo lo sabes, querida?

—Porque no es la primera vez que nos cruzamos —dijo Casandra apartándose un mechón de cabello de la cara—. Y porque le he roto el cuello a esa mala puta hace diez minutos en el jardín, así que no merece la pena que la sigamos esperando, sea para lo que sea.

Por primera vez desde que todo había empezado, se diría que la sonrisa perfecta de Silvano vacilaba un poco, mientras una mirada de asombro recorría de forma tan fugaz sus ojos que Casandra casi no pudo verla. El rubio se giró de nuevo hacia Escauro, que parecía haberse quedado congelado, su mano detenida sobre el muslo de Martín.

—Vaya… —carraspeó tratando de contener sus sentimientos—. Eso sí que es una noticia… desconcertante. Lamento mucho oír eso, Casandra. Freya era una mujer fascinante. Cruel y despiadada, sin duda, pero muy interesante a su manera. Nos conocíamos desde hacía una eternidad.

—No me cabe la menor duda —replicó Casandra—. Sé lo que sois, Silvano. Logan me lo ha contado todo sobre vosotros.

Silvano meneó la cabeza mientras Escauro soltaba una risita rasposa que resultaba tan desagradable como arrastrar clavos oxidados sobre una pizarra. Los ojos del anciano desprendían un fuego de odio tan atroz hacia Casandra que era una sensación casi física.

—El señor Dawson tiene la lengua muy larga y muy malos modales —dijo Silvano mientras caminaba hacia una mesita auxiliar y se servía una copa de coñac de una delicada botella de cristal tallado—. Y seguramente le haya contado un montón de cosas sobre nosotros, pero, créame, Casandra, no tiene usted ni la menor idea de quién o qué somos.

—Sé que sois Oscuros. Sé lo que hacéis. Sé que sois una plaga.

Silvano hizo un gesto despectivo con la mano, como si ahuyentase moscas.

—Eso es solo una parte del todo y, a mi juicio, una parte muy reduccionista, si me permite la expresión. El señor Dawson apenas conoce fragmentos muy superficiales de la historia y tiene un montón de conjeturas, pero es un ciego tanteando las paredes en una caverna oscura. A todos los efectos es un ignorante total de su propia historia y eso la convierte a usted, Casandra, en otra absoluta ignorante, así que no insulte mi inteligencia diciéndome que sabe quiénes somos o lo que hacemos, por favor.

Casandra tragó saliva, pero luchó por no parecer demasiado impresionada.

—Creo que antes de nada deberías preguntarte qué o quién eres tú, en vez de preocuparte por nosotros —continuó Silvano, pasando de golpe a un trato más familiar—. En lo que a mí respecta, me resultas una auténtica sorpresa, Casandra. No esperaba encontrar alguien como tú en este agujero perdido.

—Soy Casandra Arlaz —replicó ella con una extraña serenidad—. Soy una mujer, una madre, una esposa. Soy una persona normal que puede ver la clase de alimañas que sois vosotros.

—Eso es lo que piensas, ¿verdad? —Silvano dio un sorbo pensativo a su copa—. Supongo que Dawson te ha contado una bonita historia de buenos y malos, de luz y oscuridad, donde naturalmente nosotros somos unos seres horribles y los Hijos de la Luz sois unos seres puros y angelicales. ¿No es así?

Casandra guardó silencio mientras calculaba la distancia que la separaba de la mesa donde se hallaba Martín. Estaba bastante segura de que con la ayuda del Fulgor podría llegar junto a él antes de que nadie pudiese mover un dedo, pero no sabía qué podría suceder con los cuatro mercenarios Grises armados y Logan Dawson. Probablemente le metiesen un tiro en la cabeza antes de que lograse evitarlo. Y en el momento en el que las balas empezasen a volar, estaría metida en medio de un tiroteo abrazada a su hijo y tan solo Daniel a su lado para defenderlos.

—La realidad es mucho más compleja, Casandra —continuó Silvano—. El mundo no se divide en buenos y malos. Esa es una división simplista para mentes simples. Lo cierto es que hay una enorme cantidad de tonos intermedios entre ambos extremos y ahí es donde cabe la mayor parte de la gente. Mira a tu alrededor, comprueba la historia de la humanidad y verás que es cierto. ¿Cuántas personas puras existen o han existido? ¿Quién puede decir que no tiene un grado de oscuridad en su cuerpo? ¿Cuántas cosas horribles ha hecho el ser humano a lo largo de su historia?

—Eso es porque vosotros habéis ayudado a que sea así —replicó Casandra—. Lleváis siglos manipulándonos, manejándonos para satisfacer vuestros apetitos.

—Lo único que hacemos es controlar los impulsos naturales del hombre, Casandra, eso es todo. —Silvano se frotó la barbilla—. Nunca ha hecho falta empujar a las mentes humanas a cometer actos horribles, porque eso está en su propia naturaleza. De hecho, si no fuese por nuestro cuidadoso control, puede que el ser humano se hubiese llevado a sí mismo al borde de la extinción varias veces a lo largo de la historia. Además, el dolor y la miseria humana pueden ser explotados de formas mucho más sutiles que con el derramamiento de sangre.

—¿Así que hay que daros las gracias?

—Más o menos. —Silvano sonrió beatíficamente—. Sin duda Dawson nos ha dibujado como depredadores, pero somos más bien cuidadosos granjeros que cultivan un árbol. Evitamos que este muera podando algunas ramas y a cambio recogemos sus frutos. Por ejemplo, de una manera u otra poseemos el control de la mayor parte de los bancos del mundo. Cuando ordenamos una crisis sistémica que deja en la ruina a millones de personas, el dolor y la angustia de todos ellos nos alimentan, pero no matamos a nadie. Es una forma muy cuidadosa de tratar nuestro ganado, estarás de acuerdo conmigo. Esquilamos la lana, dejamos a las ovejas.

—A veces es necesario sacrificar algún cordero que otro —apuntó Escauro con voz rasposa desde detrás mientras ponía la mano sobre el cuello de Martín, que lloriqueó al sentir el contacto.

—Por supuesto, el dolor puro es mucho más placentero, no lo voy a negar —concedió Silvano—. Pero hemos aprendido a adoptar un perfil mucho más discreto a lo largo de los siglos. Cuando Escauro nació hace seiscientos años, por ejemplo, se podía permitir el lujo de secuestrar y torturar a una docena de pequeños como tu hijo todas las semanas en sus tierras del norte de Europa sin que nadie se diese cuenta o pudiese hacer nada. El mundo ha cambiado y ahora las podas tienen que ser más… selectivas.

—Las personas no son ramas que podar, Silvano —negó Casandra—. Son seres con sentimientos, sueños y vidas propias que manejáis a vuestro antojo y a las que hacéis sufrir sin necesidad.

—¿Y por qué no deberíamos hacerlo? —preguntó el hombre rubio—. ¡Solo son animales! Somos superiores, Casandra. Tú, yo, Escauro, Dawson, el resto de los que son como nosotros y que habitan este mundo. Somos tiburones nadando en medio de un banco de arenques y tenemos el derecho moral de aprovecharnos de ello. Podemos ver y sentir mucho más que los comunes mortales, estamos varios escalones por encima de ellos en la escalera que lleva hacia Dios. ¡Es nuestro derecho!

Casandra guardó silencio durante unos segundos y de repente se echó a reír. Era una risa fresca, liberadora y salvaje. Se dobló sobre sí misma durante un segundo mientras el rostro de Silvano pasaba de la perplejidad a la indignación.

—¿Se puede saber de qué te ríes?

—De tu discurso pomposo. —Casandra se secó las lágrimas de los ojos—. Por Dios santo, Silvano, sois tan ridículos. Sueltas esa pamplina de la raza superior y por un segundo haces que me lo crea, pero entonces lo único que tengo que hacer es mirar a mi alrededor y ver dónde estamos para darme cuenta de que todo lo que dices es charlatanería.

—Este lugar es una pura conveniencia —replicó tajante—. Queremos ser discretos.

—Por supuesto que sí —dijo Casandra—. Sois los dueños de todos los engranajes económicos del mundo, manejáis países, gobiernos, corporaciones y a las personas más poderosas para lograr vuestros objetivos, pero...

—Pero ¿qué?

—Pero tenéis que estar escondidos. Corrompéis políticos, arruináis familias y países, destrozáis naciones en guerras absurdas solo para alimentar vuestro apetito y siempre tenéis que usar a Grises para que hagan todo eso por vosotros. Si de verdad fueseis seres superiores, Silvano, haríais todo eso abiertamente, sin necesidad de esconderos. Sabéis de sobra que, si la humanidad descubre vuestra existencia y vuestros planes, os perseguirá hasta exterminaros, no importa cuánto poder hayáis acumulado. Vuestros antiguos vasallos serán los primeros en clavar gozosos vuestras cabezas en una pica.

Silvano apoyó la copa de coñac sobre la mesa, con los labios apretados mientras le dedicaba a Casandra una mirada glacial.

—No sois los granjeros que cultivan el árbol, Silvano, ni los pastores que cuidan el rebaño —remachó Casandra—. Sois el zorro que se cuela por las noches para robar lo que puede. Sois alimañas. Y como alimañas merecéis ser cazadas y exterminadas.

Se hizo un silencio espeso en la vieja biblioteca solo roto por los gemidos de miedo de Martín sobre la mesa. Silvano y Escauro contemplaban a Casandra con expresión hermética y los ojos relampagueando de furia, mientras los cuatro Grises se removían inquietos alrededor de un Dawson que no paraba de sacudir la cabeza de forma furiosa. Daniel miraba a Casandra, que se mantenía de pie, con los puños cerrados y una mirada concentrada.

Los pulsos de energía que cruzaban la habitación de un extremo a otro se hacían cada vez más densos, de forma que hasta aquellos que no percibían el Fulgor podían sentir su presencia. Un par de vasos de cristal estallaron por su cuenta sobre la mesa de los licores y la botella de coñac se rajó de arriba abajo y empezó a derramar su oloroso líquido. Las ventanas crujieron y un par de estanterías temblaron en su sitio.

—Es una pena, Casandra —suspiró Silvano—. Pensé que una mujer culta y sensible como tú podría entender las cosas, pero veo que no eres más que otro borrego del rebaño. El pastor no razona con la oveja, el pastor dispone de ella. Escauro, mátala.

—Será un placer —replicó Escauro mientras salía de detrás de la mesa—. Una Hija de la Luz solo para mí. Hacía muchos años que no me lo permitía.

—Daniel, échate a un lado —murmuró Casandra—. Y vigila a esos tipos del fondo. Si ves que me apuntan, dispara sobre ellos.

—Ten cuidado, Cas. —La voz de Daniel tembló a su pesar—. No entiendo nada… Pero te quiero, mi amor.

Casandra sonrió mientras el brillo de la pasión que sentía su marido alimentaba la energía de su Fulgor como un chorro de gasolina sobre una hoguera. Escauro ya se acercaba, con una sonrisa perversa en el rostro, mientras Logan intentaba gritar algo desde detrás de su mordaza. Si Escauro era el hombre que había asesinado y violado a sus hijas, Casandra podía adivinar qué era lo que podía estar diciendo.

Escauro hizo crujir su cuello a un lado y al otro mientras la contemplaba en silencio, y ella se dio cuenta de que aquel anciano de aspecto engañosamente frágil era mucho más poderoso que Freya y considerablemente más antiguo. La ola negra que le envolvía era como un sudario de siglos que desprendía un olor característico. De pronto, sin previo aviso, Casandra percibió cómo una enorme onda oscura, densa como una capa de alquitrán pegajoso, salía disparada hacia ella sin que tuviese tiempo de esquivarla. El impacto de aquella fuerza negra fue tan poderoso que salió despedida de espaldas y chocó contra una de las estanterías vacías de la biblioteca, que se desmoronó bajo su peso en medio de una lluvia de madera podrida.

El golpe fue de tal calibre que Casandra perdió el aliento por un segundo. Lucecitas de colores daban vueltas alrededor de su cabeza debido al impacto, y el dolor intenso que sentía le hacía sospechar que se había roto al menos una costilla.

Escauro se lanzó sobre ella y le dio una patada en la cadera que le hizo aullar. Daniel se giró y apuntó su arma hacia el anciano, pero este le arrancó la pistola de las manos sin dirigirle ni una mirada y la convirtió en una bola de acero deforme que salió proyectada por una ventana. Daniel se quedó mirando las manos vacías estupefacto, sin darse cuenta de que el anciano levantaba un dedo de forma descuidada en su dirección.

—¡No! —gritó Casandra mientras proyectaba un chorro de su Fulgor alrededor de Daniel.

Consiguió envolverlo en un capullo de luz justo un segundo antes de que una aguja negra impactase contra él, provocando un chirrido apagado. Casandra boqueó de dolor al sentir la enorme presión que aquella onda ponzoñosa causaba en su aura. Por un instante fue capaz de sentir las toneladas de dolor antiguo que había acumulado debajo de aquella exhibición de fuerza. Generaciones de ruina, dolor, angustia, privaciones, hambre y desesperanza, almacenados como unos buenos vinos en una bodega y que en aquel momento Escauro lanzaba con violencia.

Aquella miseria se filtraba dentro de sus huesos y a través de los poros de su piel. Casandra podía sentir la angustia haciéndose propia mientras el Fulgor resoplaba y resistía con un chisporroteo que se alimentaba de sus propias reservas ocultas.

Escauro rechinó los dientes mientras redoblaba sus esfuerzos. Diminutas gotas de sudor comenzaban a perlar su frente y su piel iba adquiriendo un tono rojizo por el esfuerzo. Incapaz de mantener la tensión sobre dos frentes a la vez, replegó el halo oscuro que había lanzado sobre Daniel y concentró todas sus fuerzas en Casandra.

La joven pugnaba por ponerse de pie entre los restos de madera rotos cuando sintió el enorme peso de la onda oscura que le lanzaba Escauro. Su Fulgor se replegó sobre sí mismo como una concha mientras haces de aquella nube negra la envolvían como las patas viscosas de un insecto gigante. Casandra gimió al sentir el dolor sobre la piel. Cada vez le costaba más esfuerzo respirar y percibía cómo la radiación maligna que desprendía Escauro se filtraba a través de su halo y laceraba su piel. El fino vello de sus brazos comenzó a humear y el dorso de la mano enrojeció cuando un golpe de intenso calor la alcanzó con furia. Casandra retiró la mano con un aullido, consciente de que en pocos minutos la tendría cubierta de dolorosas ampollas inflamadas.

El Fulgor flaqueó cuando Escauro lanzó una nueva onda oscura tan intensa que el viejo suelo de parqué de la biblioteca comenzó a astillarse y a salir disparado en forma de lluvia de astillas hacia Casandra. La joven fue capaz de desviar la mayoría, pero unas cuantas atravesaron su ropa como diminutos alfileres de madera y se le clavaron en la piel en medio de un dolor intenso, prístino y puro. Escauro jadeó de satisfacción mientras daba otro paso hacia ella, con la victoria ya en la mano.

¡Mamáááá!

El grito de Martín atravesó el denso aire que vibraba a su alrededor con una facilidad pasmosa. Ni toda la energía oscura que Escauro estaba desplegando en torno a ella podía cortar los hilos subterráneos que unían a una madre con su hijo. Hasta un segundo después de haber oído el grito, Casandra no fue consciente de que Martín no había abierto la boca. Aquel aullido de furia y desesperación había resonado en su cabeza y solo ella, Dawson y los dos Oscuros de la sala parecían haberlo escuchado.

Martín permanecía sentado sobre la mesa de caoba, aún sujeto por los grilletes e incapaz de moverse, pero algo había cambiado. El suave halo naranja de su hijo había sido sustituido por una llamarada de un blanco intenso tan viva y poderosa que lastimaba los ojos si se la miraba de frente. Silvano, que hasta aquel instante se había mantenido a un lado con aspecto pensativo mientras contemplaba cómo Escauro aplastaba a Casandra, se había vuelto hacia el crío y por primera vez parecía genuinamente sorprendido.

Cada Hijo de la Luz necesita su momento para nacer. Puede ser un trauma o una situación extraordinaria. Nadie sabe muy bien el motivo.

La frase de Logan resonó en la cabeza de Casandra con total claridad mientras asistía asombrada a la eclosión de la energía escondida en el interior de su hijo. El pequeño la contemplaba confundido, seguramente asombrado por la explosión de colores y auras que tenía lugar a su alrededor.

Aquel instante de distracción bastó para que Casandra pudiese tomar aire por primera vez desde que Escauro había lanzado su ataque. Espoleada por la imagen de Martín sobre la mesa, la mente de Casandra concentró toda su energía en la fuerza oscura de Escauro y *empujó*.

Fue como meter un hierro al rojo vivo en un cubo de agua helada. Las ondas de energía chocaron y se fundieron en un borboteo pegajoso que le puso los pelos de punta a Casandra. Luego, de manera lenta pero continuada, el Fulgor empezó a devorar el halo oscuro de Escauro como un niño sorbiendo un refresco. La energía del anciano comenzó a flaquear y Casandra se puso en pie, dolorida y sangrando por una docena de heridas, pero con una llamarada de resolución en los ojos. Martín lloriqueaba al fondo de la sala, asustado en medio de aquel espectáculo terrible, y cada vez que oía sus lamentos su pelo se erizaba de furia.

Escauro jadeó a la vez que trastabillaba, tratando de evitar la onda que se acercaba. Un golpe del Fulgor le impactó en el hombro, que crujió como una rama seca bajo el peso de la nieve en invierno. El anciano lanzó un aullido de dolor cuando el siguiente haz de Casandra le torció en un ángulo antinatural todos los dedos de la mano que tenía extendida. Cada gesto de dolor y miedo del anciano exacerbaba la energía de Casandra, que cubierta de sangre parecía la viva imagen de una Furia antigua y vengativa.

Se acercó hasta quedar a un paso de Escauro y descargó un golpe seco sobre el pecho enjuto del anciano. Desprovisto de casi toda su aura negra, Escauro era tan solo un viejo esquelético y con manchas en la piel que se sacudía de forma temblorosa ante Casandra, con los ojos girando enloquecidos de terror. Ella descargó otro golpe seco y Escauro se desplomó en el suelo, incapaz de resistir más.

Casandra dio otro paso y apoyó un pie en su garganta. Tan solo tenía que apretar un poco…

—¡CASANDRA! —El grito desgarrado, y esta vez real, atronó en sus oídos.

Logan Dawson había conseguido deshacerse de su mordaza y estaba de rodillas, con las manos atadas a la espalda y la miraba con expresión enloquecida.

—¡No lo hagas! —aulló el americano—. ¡No lo mates!

Casandra vaciló sorprendida. Aquel viejo diabólico y perverso era el responsable de la ruina y la destrucción de la felicidad de cientos de personas, incluidos Dawson y ella. ¿Por qué le imploraba que salvase su vida?

Miró de nuevo hacia el anciano confundida. El viejo jadeaba estrangulado bajo su pie, un montón de huesos y piel marchita que, desprovisto de su poder, se consumía a ojos vistas.

—No lo mates, Cas —volvió a decir Dawson—. No lo hagas, o te condenarás.

Casandra le miró fijamente, incapaz de comprender a qué se refería Logan. Este la contempló con una expresión de tristeza infinita en los ojos. Entonces la mirada de Casandra se detuvo en un enorme espejo rajado que estaba al fondo de la biblioteca, justo encima de la chimenea, y una sensación de espanto recorrió su espalda.

—No, por favor… —gimió—. No. No. *No.*

En el espejo se podía ver a ella misma, cubierta de sangre, con el pelo revuelto y la ropa destrozada, apoyando el peso de su pie sobre la garganta del caído Escauro. Pero no era eso lo aterrador.

Lo que dejaba sin aliento a Casandra era la contemplación del reflejo del Fulgor alrededor de su cabeza, que se había transformado en una nube densa, negra como la noche y más oscura que un agujero negro a un millón de años luz de la estrella más cercana.

Casandra era una Oscura.

XLIV

Se contempló anonadada durante un buen rato, incapaz de procesar la imagen que le devolvía la superficie rasgada del espejo. No había la menor confusión posible. El aura de suave color malva que la había acompañado hasta aquel momento se había tornado una nube espesa de oscuridad absoluta que giraba como un remolino de fuerza alrededor de su cuerpo. Casandra seguía sintiendo el Fulgor, pero este era mucho más intenso, más poderoso, más vibrante…, más *vivo*. Si prestaba atención, casi podía oír cómo le susurraba pensamientos propios en el oído, anhelante y lleno de inquietud. Le decía cosas insinuantes, sueños de poder y fuerza más allá de cualquier límite, de energía absoluta desatada. Casandra gimió, torturada, hasta que unas palmadas la sacaron de su estupor.

Abrió los ojos y observó a Silvano, que la miraba con una sonrisa irónica mientras aplaudía con exagerada lentitud. La expresión de satisfacción y arrobamiento en la cara del hombre era absoluta.

—Eso es, Casandra, eso es. Déjalo fluir. Deja que crezca. Libera sus ataduras.

—¿Qué me está pasando? —gritó Casandra—. ¿Qué me habéis hecho?

Silvano rio con suavidad, consciente de que Daniel los contemplaba sin entender nada. Los Grises del fondo de la sala apuntaban sus rifles en todas direcciones, nerviosos, mientras Escauro gemía débilmente en el suelo.

—Nadie te ha hecho nada, Casandra. —Silvano casi ronroneaba de placer—. Has sido tú misma, que has dado paso a tu auténtica carta de naturaleza.

—¡Yo no soy así!

—Por supuesto que lo eres —negó Silvano mientras dirigía una mirada burlona hacia Dawson, que continuaba de rodillas con expresión apenada—. No puedes rechazar tu naturaleza, como el escorpión no puede rechazar la suya. Dawson te contó que hace muchos siglos hubo un enfrentamiento entre los Hijos de la Luz y nosotros, ¿verdad?

Casandra asintió angustiada. Su nuevo halo oscuro le permitía palpar los sentimientos y sensaciones de todos los presentes con una facilidad increíble. Podía percibir con total claridad la confusión de Daniel, el miedo de su hijo y los deseos de salir corriendo de un par de mercenarios. El único totalmente inaccesible era el propio Silvano.

—Lo que Dawson no te contó es cómo ganamos aquella guerra, ¿verdad? Por qué fuisteis derrotados con tanta facilidad.

Silvano caminó lentamente hasta colocarse al lado de Martín. Su aura oscura aplacó de inmediato el Fulgor de su hijo y del americano con una soltura pasmosa, casi sin esfuerzo. Casandra comprendió con desánimo que Silvano era con diferencia el más poderoso de todos los Oscuros de aquel grupo y posiblemente el más anciano. Comprendió que, si derrotar a Escauro casi le había costado la vida, acabar con Silvano quedaba más allá de sus posibilidades en aquel instante.

—Hubo diferencias muy grandes. —La voz del hombre rubio sonó evocadora cuando su mente se trasladó a una época muy remota—. Algunos pretendían que no hiciésemos uso de nuestro poder, otros decían que debíamos ponerlo al servicio de la humanidad. Naturalmente, su postura fue rechazada. Si nos hubiésemos revelado en nuestra plena naturaleza, los hombres nos habrían exterminado a todos al cabo de poco tiempo. El miedo del ser humano a todo aquello que es distinto y que puede suponer una amenaza para él es demasiado potente. La historia está llena de ejemplos.

—Y entonces decidisteis convertiros en depredadores.

—No fue una decisión consciente. —Escauro le dedicó una sonrisa triste—. Fue casi una consecuencia de nuestra propia naturaleza. Algunos decidimos liberar nuestra fuerza, dejar que fluyese y alimentarnos del rebaño. Otros se oponían a ello y al final llegó el enfrentamiento.

—Y los asesinasteis a casi todos. —La voz de Casandra sonó dura—. A mis antepasados. Y aún hoy seguís cazando a sus descendientes.

—Casandra, hay algo que no entiendes —replicó Silvano—. Muchos murieron, sí, pero no hubiésemos ganado aquel enfrentamiento de no haber sido porque, en el proceso de exterminarnos mutuamente, muchos de los Hijos de la Luz acabaron convertidos en aquello contra lo que luchaban. Justo como tú. Una vez que liberas a los demonios de la caja, es muy difícil volver a meterlos dentro, como descubrieron muchos de nuestros antepasados. Empiezas a matar y descubres que ya no puedes volver atrás. El proceso te ha cambiado de tal manera que ya eres otra persona.

—Yo no soy una Oscura. —Su voz tembló—. No soy malvada.

—El bien, el mal… —Silvano se encogió de hombros—. ¿Quién marca la diferencia? ¿Dónde están las líneas rojas que no se pueden cruzar? ¿Quién decide lo que está permitido o no? ¿Dios? ¿El hombre? ¿Cada uno de nosotros? La historia de la humanidad es la historia de la jungla, Casandra, y los depredadores que están más arriba se alimentan de los que están debajo. Acepta tu propia naturaleza.

Ella negó con la cabeza, luchando por mantener el control de sus emociones. Su Fulgor restallaba en su interior, con la energía de un huracán desatado. Sentía la llamada de la sangre y su pulsión era tan intensa que Casandra a duras penas conseguía mantener la cordura suficiente como para no caer en la tentación. Sonaba tan fácil...

—Acepta tu destino, Casandra. —La voz de Silvano se elevó dos octavas—. Tendrás todo lo que deseas, todo lo que siempre hayas podido soñar. Dinero, poder, influencias, belleza, vida eterna... ¡Todo es tuyo! El mundo entero estará a tus pies, esperando a que decidas qué es lo que quieres recoger. Nada te será imposible ni inalcanzable, Casandra, ni siquiera tu sueño más salvaje.

—Yo no...

—¿Quieres palacios, yates, coches caros, joyas? ¡Los tendrás, más de los que puedas contar! ¿Deseas ser aclamada como una estrella de cine? Lo conseguirás sin esfuerzo. ¿Quieres ser adorada como una diosa? ¡Maldita sea, incluso eso es posible! —Silvano vibraba con un fulgor fanático en los ojos—. El mundo es nuestro, Casandra... ¡Nos pertenece! Y en todos estos siglos nunca me había tropezado con nadie que tuviese unas aptitudes tan increíbles como las tuyas. Lo supe desde la primera vez que te vi en aquella camilla de hospital.

Casandra abrió los ojos asombrada.

—¿Creías que no me di cuenta de lo que eras nada más entrar en aquella habitación? Freya y Escauro ni se enteraron, por supuesto. Solo eran dos idiotas sedientos de sangre y a los que el paso de los siglos había vuelto descuidados y sin control, pero yo te *vi*, Casandra, y supe que tú tenías que estar con nosotros.

Logan emitió un sonido estrangulado desde la esquina.

—Lo planificaste todo desde el principio, ¿verdad? —En los ojos del americano se hizo la luz de golpe al comprender—. Enviaste a Silas a su casa a solas, porque sabías que era el más débil de todos vosotros y que Casandra acabaría con él. Luego el Gris del centro comercial, no enviar a mercenarios armados a que me secuestrasen, esta emboscada... Lo tenías todo pensado.

—Fue un golpe de suerte tropezar con Casandra cuando íbamos en tu busca, Dawson. Era necesario que todo el potencial que se acumula dentro de ella eclosionase, y que lo hiciese de forma progresiva, para que ni siquiera fuese consciente —asintió Silvano—. Si hubiese muerto en el proceso, habría significado que no merecía estar aquí, pero... ¡mírala!

Casandra se sentía mareada, sacudida por mareas internas tan profundas a las que era incapaz de resistirse.

¿Quién soy? ¿Qué soy?

—Eres el ejemplar más perfecto de nuestra raza que he visto en siglos, Casandra. —En la voz de Silvano había admiración—. Un cruce perfecto entre un Hijo de la Luz y un Oscuro, el punto de equilibrio entre ambas líneas. Este es tu destino.

Casandra quiso replicar, pero las palabras se negaron a salir de su boca. Quería decirle a Silvano que se fuese al infierno, que jamás aceptaría aquella vida, que no entregaría su alma, pero de alguna manera, en el fondo, sabía que él tenía razón. Por primera vez en toda su vida sentía que todas las piezas encajaban y que el mundo vibraba en la nota correcta.

—Cas... —Daniel la miraba con una mezcla de perplejidad y dolor en los ojos. Y detrás de eso, disimulado pero reconocible, percibió miedo. Su propio marido tenía miedo de ella. Aquello más que ninguna otra cosa hizo que el dolor dentro del corazón de Casandra cabalgase sin control.

—Mata a Escauro, Casandra —susurró Silvano, y un gemido de incredulidad surgió de la garganta del anciano caído—. Es viejo y débil, una carga para nosotros y nuestra raza. Absorbe sus conocimientos y los restos de su poder. Es el último escalón y ya no habrá vuelta atrás. Cumple tu destino y únete a mí.

Casandra miró a Daniel y después a Martín, los ojos arrasados por las lágrimas. No tenía otra opción, lo sabía.

—No —se oyó decir a sí misma.

—Tienes que hacerlo, lo sabes.

—No —repitió ella sacudiendo la cabeza—. No, no lo haré, Silvano.

El hombre rubio la miró durante un largo rato con expresión inescrutable en el rostro. Finalmente suspiró, como si hubiese tomado una decisión difícil, y caminó hasta situarse junto a Martín. Sacó una navaja automática con el símbolo de los Oscuros de su bolsillo, la hoja se abrió con un sonoro *clic* y la colocó en el cuello del pequeño.

—No me dejas otro remedio —dijo—. Eso que sientes son los últimos restos de tu moralidad humana. Abandónalos, no les hagas caso. Ya no son obligatorios para ti. Ya no.

—Suelta a mi hijo, Silvano, te lo ruego.

—Tienes que tomar una decisión. —Silvano la miró con solemnidad—. La vida de tu hijo a cambio de tu alma. Mata a Escauro, sube el escalón que falta para ser como yo y Martín vive. Niégate a hacerlo y tu hijo muere, así de sencillo. Tú decides, Casandra.

Ella emitió un gemido estrangulado. El Fulgor brincaba entusiasmado, la sangre rugía con fuerza en sus oídos ante la certeza de que lo que allí decidiese marcaría el resto de su vida para siempre.

Durante el lapso de tres latidos de corazón se hizo un silencio espeso, denso e interminable, tan prolongado que hasta la misma oscuridad que envolvía a Silvano y Casandra parecía estar prestando atención. Pero la decisión ya estaba tomada. El Oscuro había ganado, la obligaba a tomar la única decisión en la que una madre jamás dudaría. Casandra lo supo antes incluso de que Silvano terminase de hablar.

—Martín, mi vida, te quiero —sollozó mientras se acercaba al cuerpo caído de Escauro—. Mami quiere que cierres los ojos muy fuerte, ¿sí, tesoro?

—¡Casandra, no lo hagas! —aulló Dawson—. ¡Es una trampa! ¡El niño es un Hijo de la Luz, morirá de todas formas!

—Es mi hijo, Logan. —Los ojos de Casandra se habían transformado en dos ríos que no paraban de manar—. Haré cualquier cosa para salvarlo. Cualquier cosa. Incluso si eso significa vender mi alma.

—Es la decisión correcta, Casandra. —Silvano asintió satisfecho—. Ven a mí.

Casandra soltó un estertor angustiado y cerró los ojos con fuerza. Se volvió hacia el tendido Escauro que la observaba con los ojos desorbitados por el terror. El anciano estaba mortalmente pálido y las manchas de la edad destacaban sobre su piel como oscuros archipiélagos de maldad, medallas acumuladas de siglos de actos oscuros. Casandra volvió a apoyar el pie sobre su garganta e inspiró hondo antes de balancearse hacia delante. En el momento en el que descargase todo su peso, le partiría la garganta con la misma facilidad con que un halcón casca un huevo.

Este es el fin de todo. Adiós, Daniel; adiós, Martín. Espero que podáis perdonar la clase de persona en la que me voy a transformar.

En ese preciso momento sintió cómo una bola de calor le incendiaba la espalda. Los haces de luz que destellaban en medio de aquella llamarada recorrían todo el espectro de color, desde el rojo al violeta, en un espectáculo tan asombroso que Casandra se quedó durante un segundo sin aliento. Oyó a su espalda un grito indignado perlado de dolor y rabia.

Casandra levantó el pie del cuello de Escauro y se dio la vuelta, arrastrando a su Fulgor en torno a ella como una pesada capa de energía, y un grito de alegría salvaje casi rompió sus cuerdas vocales.

El pequeño Martín estaba de pie sobre la mesa, transformado en una antorcha de luz que emitía enormes ondas de color en todas direcciones. Cada vez que estas olas chocaban contra Silvano, el Oscuro se retorcía sacudido por un terremoto invisible mientras su halo de negrura se deshilachaba como una vela vieja en una tormenta.

Logan Dawson aprovechó aquel instante para liberarse del pesado haz de energía que lo mantenía sujeto al suelo. Su Fulgor se levantó en forma de enorme surtidor de luz y las cintas de plástico que lo mantenían sujeto se partieron con un chasquido. El americano se giró sobre sí mismo con la velocidad de una cobra y descargó un fuerte puñetazo sobre el plexo solar de uno de los mercenarios. El Gris boqueó, tratando de recuperar la respiración, y Dawson aprovechó ese momento para propinar un golpe seco en la garganta del hombre, que emitió un crujido escalofriante. El mercenario cayó al suelo sin vida mientras su aura se desvanecía en el remolino de colores y oscuridad que los envolvía a todos.

Uno de sus compañeros apuntó a Dawson con su arma, pero a tan corta distancia el fusil era más un estorbo que una ayuda. El americano aprovechó el titubeo del Gris para propinarle un empujón con su Fulgor que lo catapultó a través de una de las vidrieras del fondo de la biblioteca. El mercenario soltó un alarido desgarrador mientras caía desplomado al jardín inferior, donde impactó con un crujido de huesos rotos.

—¡Logan, cuidado! —gritó Casandra.

Los otros dos soldados habían levantado sus armas y estaban a punto de disparar. Casandra *tiró* con su mente y el fusil de asalto de uno de ellos salió disparado como si tuviese vida propia hasta acabar enterrado en el fondo de la chimenea, con parte del cañón fundido en segundos y doblado en una figura extraña. El hombre soltó un gruñido aterrorizado y salió corriendo de la sala, pero una estantería le aplastó antes de que pudiese dar más de tres pasos.

Casandra se volvió hacia el último tirador, sabiendo que era demasiado tarde. El hombre apretó el gatillo apuntando a la cabeza de Logan Dawson, a menos de dos metros, en un tiro que no podía fallar. Sonó el disparo y el mercenario se sacudió mientras su bala salía proyectada y se empotraba contra el artesonado del techo. El Gris se miró el pecho incrédulo. Una enorme flor roja se extendía rápidamente, los pétalos de sangre empapando su ropa. Otros dos disparos sonaron en rápida sucesión y el mercenario cayó de bruces, alcanzado por dos balas más que lo remataron.

Casandra se giró a su izquierda. Daniel, con una pistola aún humeante en la mano, contemplaba al mercenario caído con expresión tensa. Su mirada saltó a Silvano, que mantenía un intenso pulso con Martín detrás de la mesa. El pequeño, una vez agotado su caudal inicial de energía, flaqueaba a ojos vistas, incapaz de saber cómo manejar aquella nueva potencia que recorría su cuerpo. Silvano, con la cara deformada por el odio y la tensión, rugía algo en un idioma ininteligible, pero su significado quedaba bien claro. «Vas a morir, y después de ti, todos los de esta sala.»

El Oscuro invocó una enorme ola negra, lista para precipitarse en cualquier momento sobre el crío. Martín gimió aterrorizado, a la sombra de aquella esfera negra y pulida de energía que parecía rezumar maldad por toda su superficie.

—¡Silvano! —rugió Casandra. El Oscuro levantó la vista y se encontró con la mirada llameante de la mujer, que parecía perforarlo—. Aquí tienes mi respuesta —paladeó las palabras, antes de vaciarse por completo en dirección al hombre—, y sigue siendo no.

Soltó al Fulgor por completo, incapaz de mantener por más tiempo el control sobre aquella energía que había crecido de forma desaforada. Nada más aflojar las riendas, el leve viento se transformó en un huracán incontrolable. Una enorme onda de choque avanzó por la biblioteca arrasando sillas, muebles, libros y cualquier objeto que no estuviese firmemente atornillado al suelo, haciéndolo volar en todas direcciones. Al mismo tiempo, el aura de Dawson y la de Martín se sumaron a su propia onda, convirtiendo aquel flujo en un torrente energético de dimensiones descomunales. Las vigas crujieron y el techo saltó por los aires, proyectando una lluvia de vigas podridas y tejas antiguas en cientos de metros a la redonda. Toda la casa se sacudía hasta los cimientos, incapaz de soportar aquel enorme pulso de energía.

Silvano contempló impotente aquel gigantesco tsunami que se abalanzaba sobre él y levantó por instinto un muro oscuro para protegerse. Fue como tratar de detener al Amazonas con un dique de arena. El Fulgor combinado deshizo su pantalla como si fuese de papel y se desplomó sobre él con contundencia. Sonó un grito enfurecido debajo de aquella ola y una intensa llamarada los deslumbró por un instante antes de oírse un estruendo de cristales rotos. Silvano saltó por la ventana, en medio de los restos de la vidriera, con la piel chamuscada y una expresión desesperada en la cara.

El pulso llegó a su punto máximo y se deshizo sobre sí mismo en apenas un segundo. Cuando desapareció, de golpe se hizo un vacío en la biblioteca que se llenó enseguida con una bolsa de aire caliente acompañada de una avalancha de cascotes, tejas rotas y escombros que caían como lluvia fina. La biblioteca se desplomaba después de haberse hinchado como un globo podrido. Todos se agacharon de manera instintiva hasta que los restos dejaron de precipitarse sobre ellos.

Se hizo un silencio pesado. Solo se oía el ruido de los restos al golpear unos contra otros y los crujidos quejosos de la estructura que amenazaba con venirse abajo. Toda el ala derecha de la casa, donde estaba la biblioteca, no era más que una inmensa ruina.

Casandra tosió, cubierta de polvo, mientras trataba de adivinar la figura de Martín en medio de la densa humareda que los envolvía. Divisó una pequeña figura que se tambaleaba, insegura, mientras subía una pila de escombros, y se lanzó en su dirección sin prestar atención a las docenas de cortes y heridas que le puntuaban todo el cuerpo.

—¡Mami! —gritó el pequeño al verla.

Tenía un aspecto horrible. Su uniforme escolar estaba desgarrado, sucio y le faltaban los zapatos, y su cara era un reguero de lágrimas, tierra y mocos, pero parecía estar bien. Solo la expresión asustada de sus ojos revelaba de verdad la auténtica y devastadora experiencia que habían atravesado.

Casandra lo abrazó sollozando de emoción. Sus lágrimas se mezclaron con las de su hijo y durante un instante el mundo se detuvo por completo y solo existieron ellos dos, en una comunión íntima. Sus auras chisporrotearon al mezclarse, pero Casandra tan solo podía sentir la suavidad de la piel de Martín y su aroma mientras el calor del pequeño y el suyo se fundían.

Alguien se acercó por detrás haciendo crujir las tejas rotas debajo de sus pies. Casandra levantó la vista y vio que era Daniel, que los contemplaba emocionado. Su marido tampoco tenía demasiado buen aspecto. El brazo derecho colgaba inerte, con el vendaje empapado en sangre, algún trozo del tejado le había golpeado la cabeza durante el colapso final y tenía una fea brecha sobre una ceja, pero aparte de eso parecía entero debajo del polvillo blanco de yeso y cal que le cubría.

—¿Estáis bien? —El abrazo que les dio fue tan intenso que Martín y Casandra soltaron un gemido mezcla de placer y dolor.

—Aún no sé muy bien qué es lo que ha pasado aquí —musitó—. No puedo ver esa… cosa que hacéis Martín y tú, pero pude sentirla. Era como…, como…

Daniel levantó los brazos mientras buscaba las palabras adecuadas para explicar lo que había sucedido en aquella biblioteca, pero meneó la cabeza y sonrió.

—Tenías razón, Casandra. Nadie podrá creernos. Esto es demasiado asombroso.

Casandra sonrió con melancolía mientras apretaba la mano sana de Daniel. Por lo que a ella respetaba, aquella pesadilla había acabado. Tenía a su familia con ella y los Oscuros habían desaparecido. Todo estaba bien. Las cosas volvían a la normalidad…

—¡Logan! —gritó de repente mientras abría mucho los ojos—. ¿Dónde está Logan? ¡Daniel, tenemos que buscarlo!

La biblioteca era una ruina completa. Todo el techo había volado por los aires y al menos la mitad de las tejas habían acabado cayendo dentro de la estancia arrastrando parte de las paredes con ellas. Allá donde mirasen se veían pilas de escombros, vigas de madera carcomidas y muebles astillados. Al pasar al lado del cuerpo de Escauro, comprobaron con un escalofrío que una viga enorme había aplastado al anciano transformando su cabeza en una masa informe que goteaba debajo de la madera.

Trastabillando y gateando entre los cascotes, llegaron al lugar donde había estado el americano la última vez que lo vieron y empezaron a excavar con frenesí.

Comenzaron a apartar piedras y tejas rotas a toda velocidad, hasta dejar a la vista un enorme trozo de escayola y madera que en algún momento había servido de cierre a uno de los anaqueles de libros de la planta superior. Daniel lo levantó con un gruñido de esfuerzo y debajo apareció el cuerpo encogido de Logan Dawson. Casandra gimió al pensar que el americano estaba muerto, pero entonces este se movió al tiempo que emitía un prolongado quejido.

Le ayudaron a incorporarse. Estaba tan cubierto de polvillo blanco que parecía un fantasma pálido, en cuya cara destacaban sus dos inmensos ojos azules. Parpadeó un par de veces y luego sonrió. Era la primera vez que Casandra veía aquella sonrisa franca, abierta y realmente alegre, no teñida de tristeza. Por un segundo pudo adivinar la clase de persona fascinante que debía de haber sido Logan Dawson antes de que el Fulgor entrase en su vida. De repente la sonrisa se borró de su rostro, sustituida por una expresión de urgencia.

—¿Y Silvano? ¿Dónde está?

—Salió despedido por esa ventana —señaló Casandra—. Bueno, por el hueco enorme donde estaba la ventana, mejor dicho.

Se asomaron con precaución por el boquete en la pared y miraron hacia abajo. El jardín se extendía salvaje en todas direcciones, pero justo debajo de donde en su día hubo un balcón había una pila enorme de escombros. El cadáver retorcido del Gris que había lanzado Dawson seguía allí, pero no había el menor rastro de Silvano. Se había volatilizado, como si jamás hubiese pisado esa casa.

—¿Dónde está? —preguntó Casandra—. ¡Le vi caer!

—Puede que esté bajo los restos de la pared —musitó Daniel pensativo.

—No —negó Dawson con la cabeza—. Ha escapado.

—Pero… ¿por qué?

—Ahora mismo debe de estar extremadamente débil. Un solo Oscuro contra tres Hijos de la Luz es un hueso difícil de roer incluso para un ser tan anciano y poderoso como Silvano. Se ha ido, pero volverá, y traerá a más de los suyos con él, que no te quepa la menor duda.

Casandra sintió cómo un peso enorme de plomo se instalaba en su corazón.

—¿Qué vamos a hacer? —Miró hacia Daniel y Martín, que en ese momento estaba subido en brazos de su padre cubriéndolo a besos—. Casi morimos, y eran solo tres Oscuros. Si vuelven con más…

—Acabarán contigo.

—¿Qué alternativa tenemos, Logan?

—Solo una —replicó el americano incorporándose con dificultad—. De momento, huir y alejarse de esta ciudad lo más rápido que podáis. Después, recuperar fuerzas y prepararse.

—Prepararse… ¿para qué?

—Para sobrevivir. Y para ganar la guerra.

—Pensaba que decías que la guerra había terminado. Perdimos.

—Ha vuelto a empezar —contestó Logan—. Y esta vez te tenemos a ti. Mírate.

El americano señaló al espejo rajado, que había sobrevivido en pie de forma milagrosa en una de las pocas paredes que no se habían colapsado. Casandra se observó con un estremecimiento. Su aura ya no era negra, pero tampoco era del suave color malva que la había teñido hasta entonces. Fluctuaba entre ambos colores, en unas irisaciones difíciles de seguir, y a mucha más velocidad que cualquier otro halo que ella hubiese contemplado jamás.

—¿Qué soy, Logan? ¿Quién soy?

—No lo sé —respondió con franqueza el americano—. Pero sí sé que si alguna vez ha existido alguien que les pueda plantar cara a los Oscuros eres tú, Casandra. No ahora. No aquí. Pero sí en el futuro.

—Yo no pedí esto, Logan. —A Casandra le temblaron los labios y Dawson le dio un fuerte abrazo lleno de cariño.

—Ya lo sé —murmuró en su oído—. Eres humana, Cas, una mezcla entre la luz y la oscuridad, entre lo mejor y lo peor, y eso es precisamente lo que te hace tan fuerte. De ti depende controlar ese equilibrio.

Casandra cerró los ojos y sintió cómo el Fulgor zumbaba dentro de ella con la energía de una estación eléctrica de alto voltaje. *Hola, Casandra. Soy yo. Soy tú. Ya estamos juntos, por fin,* parecía decir.

—¿Y Martín?

—Martín es como tú —dijo Dawson mientras miraba cautelosamente al niño con gesto reflexivo—. Puede que incluso más poderoso que tú. Pero aún no sabe cómo canalizar esa energía.

—Nadie va a tocar a mi familia —gruñó Daniel—. Ni siquiera un Oscuro de esos.

—Tendrás que ayudarlos y protegerlos —asintió Dawson—. Pero ahora tenéis que salir de aquí cuanto antes. No os queda nada en esta ciudad. Recuerda todas las pruebas que ya han sembrado y que apuntan hacia ti, Cas. En pocas horas ellos tomarán el control de esta situación, en cuanto Silvano consiga contactar con sus iguales. Me apuesto algo a que vuestras caras aparecerán dentro de nada en los informativos como los responsables de esta matanza.

Casandra palideció levemente, pero se mantuvo firme. Había cambiado. Ya nada le daba miedo.

—Vamos a ser prófugos —dijo—. Incluso Martín.

—Seréis libres —le corrigió Logan con otra de sus extrañas sonrisas.

—¿Cómo sobreviviremos? —los interrumpió Daniel repentinamente lívido—. ¡La policía nos perseguirá! Antes de cuarenta y ocho horas tendrán intervenidas nuestras cuentas y teléfonos. Conozco de sobra el procedimiento, Cas. No duraremos demasiado ahí fuera.

Logan Dawson y Casandra se miraron e intercambiaron una sonrisa cómplice. El americano metió una mano en el bolsillo, sacó dos monedas brillantes y se las lanzó a Casandra, que las atrapó al vuelo.

—Tendremos suerte, Daniel. —Ella se abrazó a su marido y le revolvió el pelo—. Tendremos suerte, créeme.

Daniel la miró confuso, pero asintió. Su percepción de la realidad había sufrido una terrible conmoción en las últimas horas y ya no le sorprendía nada que viniese de Casandra, por extraño que fuera. Confiaba en ella.

—Está bien —asintió—. Pero tenemos que salir de aquí antes de que esto se transforme en un avispero. O mucho me equivoco o dentro de un rato esto va a estar lleno de policía y guardia civil.

Salieron de la biblioteca apurando el paso. Martín murmuró un «mira, mamá, papá es de color verde», que les arrancó una sonrisa mientras descendían por las escaleras principales. Al llegar al aparcamiento comprobaron que no había el menor rastro de presencia humana. Tapia y sus enfermeros debían de haber huido hacía rato y las fuerzas policiales todavía no habían llegado, pero les quedaba poco tiempo.

—Este es el momento de decir hasta luego —murmuró Dawson mientras le daba un abrazo enorme a Casandra—. Yo no voy con vosotros.

—¿Qué dices? —Casandra le miró con los ojos muy abiertos—. ¿Por qué?

—Juntos llamaremos demasiado la atención —replicó el americano—. Además, vosotros tenéis que encontrar un lugar donde poneros a salvo, pero yo debo seguir el rastro de Silvano. —Su gesto se endureció—. Tengo que saber adónde va y con quién se encuentra. No nos volverán a pillar desprevenidos. Esto ya no es una cacería, ni somos presas.

—¿Cómo nos encontrarás? —murmuró Casandra—. Ni siquiera yo sé adónde vamos a ir.

—Confía en mí. —Logan sonrió de nuevo—. Nos encontraremos. Ahora id. El tiempo corre.

Casandra le dio un abrazo enorme.

—Gracias por estar ahí, Logan Dawson —le susurró al oído—. No estás tan loco como la gente dice.

—Gracias ti, Cas —replicó el americano—. Eres una doctora horrible a la que se le escapan los pacientes, pero una persona fenomenal.

Se separó de ella con una sonrisa y se acercó hasta Daniel. Ambos hombres se estrecharon las manos, con una mirada de tímida confianza entre ellos. Los dos sabían que tenían muchas cosas que explicarse el uno al otro, pero ya encontrarían el momento. Logan revolvió el pelo de Martín y miró en derredor, consciente por primera vez de que volvía a ser libre.

—Nos vemos pronto, Casandra —dijo a modo de despedida.

Con gesto refinado se subió a una de las elegantes berlinas de los Oscuros y arrancó el motor. Al cabo de unos segundos salió por el camino, dando botes, hasta que desapareció tragado por la maleza.

Casandra cogió a Daniel de la mano mientras este sujetaba a Martín en brazos. Estaban los tres solos, en pie ante la casa en ruinas, y el mundo entero parecía guardar silencio.

—Ha dejado de llover —dijo Daniel de repente—. Por fin.

Casandra levantó la cara hacia el cielo y notó por primera vez en semanas la suave caricia del sol. La humedad se elevaba en diminutas columnas de vapor en torno a ellos mientras el mundo parecía ponerse de nuevo en marcha de forma tímida. La vida continuaba.

—Sí —dijo por fin con una sonrisa—. Ha salido el sol.

Los tres se subieron en uno de los coches y abandonaron el viejo camino traqueteante hasta llegar a la carretera. Daniel conducía, sin saber muy bien adónde les llevaba su ruta. A su alrededor, el mundo estallaba en una orgía de colores y brillantes auras que se perdían en el horizonte.

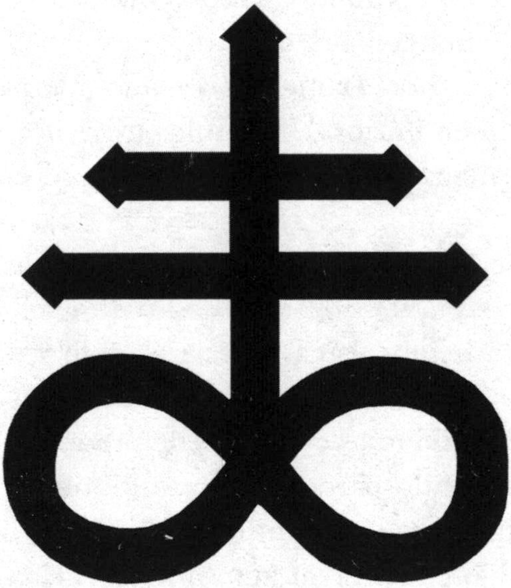

Coda y agradecimientos

Hay un montón de gente a la que tengo que dar las gracias en este libro, y es que todos ellos, de una forma u otra, han colaborado a lo largo de los dos últimos años para que *Fulgor* brille con luz propia.

En primer lugar a Lucía, Manel y Roi, porque ellos son los que soportan con estoicismo mi ciclotimia de escritor, sobre todo cuando estoy en la fase final de un libro. Gracias, mis *parrulos*. Os quiero.

A Ángeles Aguilera, que fue la primera en oír hablar de esta historia y me animó a descubrir cómo seguía.

A mis editoras españolas, Raquel Gisbert (a la que aterroricé, para mi gran alborozo, en un peaje de autopista) y Puri Plaza, por sus invaluables consejos a lo largo de todo el camino y por su apoyo constante. Cada llamada y cada reunión con vosotras es un chute de adrenalina y un motivo para mejorar día a día. Sois increíbles.

A mi editora norteamericana, Gabriela Page-Fort, y a todo el equipo de Seattle, porque desde que oyeron hablar de la historia de Casandra no dejaron de recordarme que necesitaban que saltase el Charco cuanto antes. Trabajar con vosotros es una aventura excitante cada día.

A mi agente Antonia Kerrigan, por hacerme sentir siempre protegido y en buenas manos, algo fundamental en esta profesión, y a todo su maravilloso equipo, especialmente a Tonya Gates, Claudia Calva y Hilde Gersen por el calor y la profesionalidad que desprenden. A mi coagente Tom Colchie y a todo el equipo de Nueva York, por su fantástico desempeño.

Al formidable equipo humano de Planeta, tanto en Madrid como en Barcelona. Marc Rocamora, Sergi Álvarez, Laura Franch… No puedo citaros a todos aquí, pero sois una fuerza imparable que transforma cada título en algo especial. Gracias por creer en mí.

A José Luis Barca Bravo, por todo el afecto y cariño que vuelca en mi persona y los increíbles detalles que tiene conmigo. Cada vez que traes algo nuevo consigues dejarme asombrado. Muchas gracias, amigo.

A Juan Gómez-Jurado y Manuel Soutiño con enorme cariño. Lejos en la distancia, cerca en el corazón. Seguís siendo especiales. Y, por supuesto, a mis compinches Víctor Hermo y Héctor Santaló, porque el mundo sin vosotros sería un lugar muy aburrido.

A mis VTP. No hay palabras para describir lo que suponéis para mí. Os quiero a todos y cada uno de vosotros, con vuestras virtudes y defectos. Os seguiría al infierno sin la menor duda, con una sonrisa en los labios, sabiendo que todo nos iría bien.

Y especialmente a ti, amigo lector. Este libro solo existe porque tú has querido leerlo. Aunque no lo sepas, eres la persona más importante de este proceso, porque sin ti no tendría ningún sentido. Así que déjame darte las gracias. Espero que tu Fulgor sea ahora un poco más intenso y lleno de vida. Si te apetece contarme qué te ha parecido el libro, quieres preguntarme alguna cosa o simplemente hablar conmigo, me puedes encontrar en Twitter como @Manel_Loureiro.

Y es que el sol siempre sale, incluso después de las peores tormentas.